古典文獻研究輯刊

十 二 編

曾 永 義 主編

第 14 冊

李漁戲曲作品及理論研究

陳 佳 彬 著

國家圖書館出版品預行編目資料

李漁戲曲作品及理論研究／陳佳彬 著 -- 初版 -- 新北市：花木
蘭文化出版社，2015〔民104〕
序 4+ 目 6+300 面；19×26 公分
（古典文學研究輯刊 十二編；第 14 冊）
ISBN 978-986-404-412-2(精裝)
1.(清) 李漁 2. 戲曲理論 3. 戲曲評論
820.8   104014985

ISBN- 978-986-404-412-2

9 789864 044122

古典文學研究輯刊
十二編　第十四冊　　　　　ISBN：978-986-404-412-2

李漁戲曲作品及理論研究

作　　者　陳佳彬
主　　編　曾永義
總 編 輯　杜潔祥
副總編輯　楊嘉樂
編　　輯　許郁翎
出　　版　花木蘭文化出版社
社　　長　高小娟
聯絡地址　235 新北市中和區中安街七二號十三樓
　　　　　電話：02-2923-1455 ／傳眞：02-2923-1452
網　　址　http://www.huamulan.tw 信箱 hml 810518@gmail.com
印　　刷　普羅文化出版廣告事業
初　　版　2015 年 9 月
全書字數　251807 字
定　　價　十二編 26 冊（精裝）新台幣 48,000 元

李漁戲曲作品及理論研究

陳佳彬　著

作者簡介

　　陳佳彬，台灣新竹人。國立成功大學藝術研究所助理教授。國立中央大學文學博士。曾任中國文化大學中國戲劇學系助理教授兼教卓副主任、中華戲劇學會電子報主編、中國藝術研究院訪問學人。曾獲教育部文藝創作獎、行政院大陸委員會中華發展基金獎助。

　　攻讀博士期間，師事洪惟助教授，學習中國古典戲曲專業。碩士班師從王士儀教授，學習西方戲劇理論、中西戲劇比較專業。求學期間，亦向多位名師求教，曾向馬榮利老師學習京劇小生表演藝術；李寶春老師、陳華彬老師學習傳統京劇導演排演技法。2009 年，正式拜中國大陸張奇虹導演為師，學習斯坦尼斯拉夫斯基導演體系。

　　著有學術專書《罪與罰——元雜劇公案故事研究》，以及多篇學術研究論文，散見中、臺等地知名學術期刊。亦從事戲劇、戲曲劇本創作，發表舞台劇作品幸福系列六部作品、戲曲作品三部。

提　　要

　　本文以《李漁戲曲作品及理論研究》為題。以《閒情偶寄》及《笠翁傳奇十種》為主要探討對象，希冀以「創作真實」這一理念，討論李漁戲曲學的理論體系。擬完成以下五項目標：

　　一、整理近四百年來李漁研究成果：在李漁著作及前賢的研究成果，發現少有對其版本進行考證者，另一方面台灣學人的研究成果不容忽視，為此作回顧整理。

　　《閒情偶寄》對於劇本創作與劇場實踐，開啟中國古典戲劇理論的整體性論述。本文針對劇作者、劇本、導演創作、演員創作、觀者（讀者與觀眾）、評論者、劇場演出，這七者對於戲劇創作真實層面分別進行研究。

　　二、李漁的劇本創作與其理論的生成：就「劇本創作真實」探討李漁劇作及編劇理論之間的關係，並討論其劇本結構的形式要求。

　　三、李漁對導演、演員、劇場實踐與理論的建立：針對李漁導演的創作技法、演出修改本的實踐、家班演員培訓，以及劇場演出進行論述。

　　四、李漁對觀者（讀者與觀眾）到評論者的探討：從劇場演出的觀者「觀看意識」概念以及李漁提出教育觀眾之法，形成評論真實。

　　五、李漁劇本創作與劇場實踐的整體概念及理論體系：在劇本（文學）及劇場（演出）的系統研究中，詮釋上述七者的本質及其彼此關係的場域建立，將其關係構成圖譜，並據此說明李漁如何完成劇本與劇場創作。

　　透過筆者所創的圖譜，認為李漁的創作體系，涵蓋劇本系統與劇場系統，其中劇作者創作的劇本、導演創作、演員創作、觀者（讀者與觀眾）、評論者這五者間對於戲劇創作真實的層面，是有其全面性、體系化的成立，實屬開創中國戲曲史上的第一人。

自 序

　　首先，非常感謝花木蘭文化出版社高社長、主編曾永義教授、本書推薦人洪惟助教授、審查委員，以及編輯出版部工作人員，因爲有您的支持與協助，本書《李漁戲曲作品及理論研究》方能順利出版問世。

　　本書爲敝人的博士論文，持以尊重歷史，僅做出版體例的技術性處理，以及訂正錯訛之處。

　　攻讀博士時，發表數篇關於李漁的研究論文。在此，一併感謝這些匿名審查委員的意見提供與建議。本書相關章節曾經發表及出版情形，如下：

一、專書、學報期刊論文

1. 〈李漁家班演員培訓及其理論探討〉，收入於《千里風雲會：2010 兩岸八校師生崑曲學術研討會論文集》，臺北：里仁書局，2014 年 11 月，頁661～694。

2. 〈李漁創作理論及其實踐〉，收入於《育達通識學報》第二期，育達商業科技大學，2012 年 1 月，頁 58～88。

3. 〈李漁導演技法的理論與實踐〉，收入於《2011 跨越與實踐戲曲表演藝術學術研討會論文集》，臺北：文津出版社，2011 年 6 月，頁 257～283。

4. 〈李漁家班演員培訓及其理論探討〉，收入於《藝術論衡》復刊號第三期，國立成功大學藝術研究所，2010 年 11 月，頁 21～47。

二、研討會論文

1. 〈李漁導演技法的理論與實踐〉於 2011 年 1 月 7 日「2011 跨越與實踐戲曲表演藝術學術研討會」發表，收錄於論文集，頁 157～172。

2. 〈李漁家班演員培訓及其理論探討〉於 2010 年 5 月 28 日「2010 兩岸八校師生崑曲學術研討會」發表，收錄於論文集，頁 23～44。

3. 〈二十世紀李漁文獻學研究——以台灣學者研究與專著出版爲範圍〉於 2007 年 10 月 27 日「第十四屆全國中文研究所研究生論文發表會」發表，收錄於論文集，頁 187～202。

在校訂本書時，點點滴滴、回憶之情湧上心頭。茲錄當年的致謝文，如下：

致謝文

指導教授洪惟助老師與我結緣於碩士班課程，在中國文化大學課堂上老師溫文儒雅、言語幽默風趣。自 94 年 1 月進到中大跟隨洪老師執行「提昇中文能力計畫」，以及針對元雜劇曲牌聲情分析研究，開啓佳彬的博士班研究之路，誠摯的感謝老師悉心教導，使我得以進入戲曲領域，對於研究方向、觀念啓迪與求學態度逐一斧正與細細關懷，勤管嚴教的方式使我在這些年中獲益匪淺。老師對治學的嚴謹更是我輩學習的典範。

論文預審時，感謝李國俊教授、康保成教授明眼細讀，幫助我修訂、共同勘酌論文的細部問題，同時也提供不少資料作爲我論述上的依據與參照。論文口試期間，承蒙口試委員李殿魁教授、曾永義教授、李國俊教授、石光生教授、康保成教授的鼓勵與疏漏之處的指正。因爲有您紮實而豐厚的學養，給佳彬提供寶貴建議與資料，使得本論文更臻完備，在此謹深致謝忱。

在修業期間，感謝學校（中央大學）提供優雅清靜的校園學習環境及豐厚的研究資源。更感謝系上老師的關懷與教導，楊主任祖漢教授、李國俊教授、康來新教授、孫玫教授、李瑞騰教授、王力堅教授、華瑋教授、丁亞傑教授等諸位老師在課業知識的傳授、研究計畫的協助，以及對我生活上的關懷與幫助。

本論文的完成亦得感謝中華發展基金管理會，提供赴中國北京研究的經費。感謝中國藝術研究院戲曲研究所劉禎所長、詹怡萍老師、圖書館李館長的教導與協助，以及北京國家圖書館、北京大學圖書館館方人員的熱情鼎力幫忙，才得以完成本論文古籍的蒐集與研究工作。

感謝老妹月明全心照料家裡及父母的病體，我才能在無後顧之憂下專心求學。更謝謝母親的支持與關懷。在文大與中大求學這些年，師長們、助教們、同學們對我的鼓勵與支持。讓佳彬得以走過崎嶇，對人生更加惜福。需要感謝的人無法一一提及！心中只有感恩！感激！感謝所有曾經幫助過我的人，以及無私支持的親朋好友們！謝謝你們！

謹以此書獻給從小嚴管並慈愛栽培我的祖父在天之靈。

　　李漁研究，方興未艾。李漁的戲劇理論與創作，除具有歷史研究價值；近年來，更有將其作品進行跨界演出者。本書結論提及在科際整合下，李漁戲曲學具有前瞻性研究價值，這些年筆者亦投入後續相關研究工作。在此，感謝科技部人文社會科學研究中心，於 2014 年補助本人研究計畫（戲曲經典傳承與跨文化編演——以李漁劇作及雨果作品爲討論範疇）。未來，將具體成果分享與讀者知曉。

2015 年 6 月於成功大學禮賢樓

目次

表目錄

圖目錄

凡　例

一、為求本文引註統一，除非必要外，凡引李漁劇作及理論原文，皆以浙江古籍出版社出版《李漁全集》（修訂版）十二冊為準。

二、本文所用參考書籍，為求簡潔，文中引註時不注出版項，請參見參考書目。如同一書籍有多家出版或再版情形，以本文參考書目所列出版項為依據。

三、當頁注釋：引用他人之意見或參考他人之資料、論點時，均加以注釋說明。注釋採當頁尾註(footnote)，各章內用連續編碼，各章之間不相接續。

四、表圖目次：表圖譜例各依出現順序，依章節分別編號，並分別表列一頁目次，表在前，圖次之。序數與標題，置於表之上方，圖之下方，齊頭置左排列。

五、寫作體例本文參考 *MLA Handbook for Writers of Research Papers fifth edition* 第六版，書林出版有限公司。

第一章　緒　論

第一節　研究動機與目的

　　李漁（1610 或 1611～1680）〔註1〕，清代作家、出版家、集編導一身的家班主人、戲曲理論家。李漁著書、編書、印書做文化事業傳播，積極參與戲曲演出，使得其戲曲作品與理論得以實踐、流傳。

　　本書以《李漁戲曲作品及理論研究》為題。以《閒情偶寄》及《笠翁傳奇十種》（亦名《笠翁十種曲》）為主要探討對象，以其他相關著作作為探討

〔註 1〕李漁原名仙侶，字謫凡，號天徒。後改名李漁，字笠鴻，號笠翁、湖上笠翁（據《閒情偶寄》署名）、伊園主人（據詩歌《伊園十便》小序）、隨庵主人（據黃鶴山農傳奇《玉搔頭序》）、芥子園主人等，又有覺世稗官、覺道人、笠道人（據小說《聞過樓》第一回）、莫愁釣客（據傳奇《巧團圓》批評署名）、新亭客樵（據《芥子園畫譜》）……等筆名，明神宗萬曆三十九年（1611）辛亥八月初七生於如皋。專門研究李漁生平的學者利用敦睦堂《龍門李氏宗譜》（蘭溪李氏宗譜八卷，1940 年刻本）與金華《龍門李氏分宗譜》（清李錫爵等纂修，清松隱本堂鈔本）兩份宗譜資料與李漁作品相互參證比較，編排出不同的李漁生年紀事，各有論據，增加了李漁在生卒年考證、事蹟遊歷、創作作品年代……種種可能性，本文不逐一論之。在研究李漁年表及傳記中，透過留世的詩詞文集，來觀照李漁生平、創作、遊歷的事蹟。相關李漁個人傳記，請參閱黃麗貞《李漁研究》（1974 年）、《李漁》（1978 年）；朱傳譽主編《李漁傳記資料》（1981 年）；蕭榮《李漁評傳》（1985 年）；單錦珩《李漁傳》（1986 年）、《李漁年譜、李漁交游考、李漁研究資料選輯》（1992 年）；陳再明《湖上異人李笠翁》（1995 年）；沈新林《李漁評傳》（1997 年）；吳瓊《湖上笠翁——清代奇聞李漁》（1996 年）；沈新林《李漁新論》（1997 年）；俞為民《李漁評傳》（1998 年）；郭英德《李漁》（1999 年）；徐保衛《李漁傳》（2002 年）；萬晴川《風流道學李漁傳》（2005 年）。為求本文寫作脈絡清晰，文後佐附「附錄 1-1　李漁生平及創作紀年簡表」，相關斷代以該表為準。

輔助，希冀以「創作眞實」（Create the reality）〔註2〕這一理念，討論李漁戲曲學的理論體系。

中國古典戲曲理論，有記載作家生平，品評其創作特色的《錄鬼簿》、《錄鬼簿續編》；有記載演員，品評其演唱技藝的《青樓集》、《消寒新詠》；有記載曲目加以評述的《曲品》、《遠山堂曲品》、《遠山堂劇品》；有論述演唱方法與技巧的《唱論》、《南詞引證》；有戲曲格律譜、韻書、創作方法及戲曲風格等問題討論的《中原音韻》、《太和正音譜》……等等，亦有融合史料、品評劇作、論述創作方法的各種曲話，如《雨村曲話》、《雨村劇話》、《藤花亭曲話》；有專門論述戲曲創作方法與技巧的《曲律》、《閒情偶寄》。《閒情偶寄》一書是李漁重視劇本結構，對戲曲的創作與表演討論全面性歸結的戲曲理論專著，成書於《笠翁十種曲》之後，可視爲李漁多年創作經驗的整理論述。

過去，在中國未與近代西方文化接觸之前，討論戲劇創作、演出、理論時，並無西方意義上的「戲劇（主要指舞台劇）」〔註3〕傳統。在科際整合的現今，成立學門理論體系，並走向跨學門研究，成爲潮流趨勢，促使「戲劇理論體系化」成爲大家熱衷探索的議題，確實爲研究者開啓新的視野。簡單來說，「體系化」是指由許多要素構成，具有一定條理組合成的整體。也就是說透過一種系統化的方式，將具體的研究成果轉化爲一套規則、方法。隨著西方現代戲劇在導演以及演員訓練體系上的實踐，戲劇理論逐漸從戲劇文本的討論擴大到整體劇場演出的探討，進而產生「劇場藝術學」的新觀念。而「戲劇理論體系化」的目的，便是將一個人對戲劇的理念，甚至是一群人共通的戲劇規則，成爲一套有系統的戲劇理論。

〔註2〕戲劇創作是人爲創作的故事，而非眞實發生的事件。劇作家、導演、演員以生活的眞實或歷史事件，去創造劇本、舞台表演，使得生活眞實成爲舞台藝術眞實。戲劇創作是人爲的操作，卻被觀眾當眞，被嚴肅的看待和討論，好像劇中事物是眞的、實際發生過的東西。爲此，本文以「創作眞實」這一理念，來討論李漁的創作。關於各形式「創作眞實」的整理及說明，見第六章。

〔註3〕例如探討戲劇基本元素時，往往引用漢彌爾頓（Clayton Hamilton）所提及的「一部戲劇，是設計由演員在舞台上，當著觀眾表演的一個故事。（A play is story devised to be presented by actors on a stage before an audience.）」其中，戲劇就包含了四個元素──「演員」、「舞台（表演場地）」、「觀眾」和「故事」，才能成爲戲劇，從而討論戲劇在對象物上的研究，如演員表演學、劇場理論、觀眾學、劇本創作與理論……等不同的領域研究。原文出處 Clayton Hamilton, *The Theroy of the Theatre, and Other Principles of Dramatic Criticism*. New York：Holt, 1939, p.3；中文出處引自姚一葦：《戲劇原理》，頁15、211。

　　明末清初的李漁並無「戲劇理論體系化」的研究方法概念，但透過其創作實踐（包含其劇本與家班演出）與《閒情偶寄》中的創作理念論述，不免揣測其戲曲理論與創作的關聯性。因此，本文企圖完成以下五項目標：

　　一、整理近四百年來李漁研究成果；

　　二、李漁的劇本創作與其理論的生成；

　　三、李漁對導演、演員、劇場實踐與理論的建立；

　　四、李漁對觀者（讀者與觀衆）到評論者的探討；

　　五、李漁劇本創作與劇場實踐的整體概念及理論體系。

第二節　文獻回顧與探討

　　明清文人對李漁的評價，褒貶不一。有說他性喜女色，如袁于令〔註4〕、董含〔註5〕、劉廷璣〔註6〕。亦有認爲他「溫然善下，退讓君子」的譽詞（如孫治〔註7〕）。而歷來對其著作評價儘管也存在褒貶不一的情況，但並不像對其爲人評價那樣懸殊。就戲曲成就方面來談李漁，孫治認爲其劇作五種是「其壯者如天馬之鳴霹靂，其幽者如纖林之響落葉，其詼諧如東方舍人射覆於萬乘之前，其莊雅如魏邴丞相謀謨於議堂之上，而總以寄其牢愁之感，寫其抑鬱之思。〔註8〕」；李調元稱李漁「音律獨擅，近時盛行其《笠翁十種曲》〔註9〕」；朱琰

〔註4〕語出《娜如山房說尤》：提及李漁「性齷齪，善逢迎，游縉紳間，喜作詞曲小說，極淫褻，常挾小妓三四人，子弟過游，便隔簾度曲，或使之捧觴行酒，并縱談房中，誘賺重價。」收錄於《李漁全集》，卷十二，《李漁研究資料（上）》，頁310。

〔註5〕董含《蓴鄉贅筆》云：「李生漁者，自號笠翁，居西子湖。性齷齪，善逢迎，邀遊縉紳間。喜作詞曲小說，備極淫褻。常挾小妓三四人，遇貴游子弟，便令隔簾度曲，或使之捧觴行酒，並縱談房中術，誘賺重價。其行甚穢，眞士林所不齒者。予曾一遇，後遂避之。夫古人綺語猶以爲戒，今觀《笠翁一家言》，皆壞人倫傷風化之語，當墜拔舌地獄無疑也」。見《筆記小說大觀》三編之十，頁6779。

〔註6〕語出《在園雜誌·卷一》，劉廷璣稱李漁「但所至，攜紅牙一部，盡選秦女吳娃，未免放誕風流」，轉引《李漁研究資料》，見《李漁全集》，卷十二，頁311。

〔註7〕語出《孫宇台集·卷七》，轉引《李漁研究資料》，見《李漁全集》，卷十二，頁308。

〔註8〕劇作五種爲《李氏五種》（《憐香伴》、《風箏誤》、《意中緣》、《玉搔頭》、《奈何天》五種傳奇），順治十六年己亥（1659）笠翁第一部傳奇集問世。

〔註9〕李調元：《雨村曲話》，見《中國古典戲曲論著集成》，冊八，頁26。

《金華詩錄》說他「負才子名，婦人孺子無不知有李笠翁者。……且與李贄、陳繼儒三人並舉，是三人者，近雅則仲醇庶幾，諧俗則笠翁爲甚。〔註10〕」；楊恩壽則說「笠翁十種曲鄙俚無文，直拙可笑。意在通俗，故命意遣詞，力求淺顯。流布梨園者在此，貽笑大雅者亦在此。究之位置腳色之工，開合排場之妙，科白打諢之宛轉入神，不獨時賢與頡頏，即元明人亦所不及，宜其享重名也。〔註11〕」除上述外，尚有于源《燈窗瑣話》、丘煒菱《客雲廬小說話》、張岱《瑯環文集‧答袁折庵書》、黃周星《制曲枝語》、黃文暘《曲海總目提要》、小橫香室主人《清朝野史大觀》……等諸多文人的評價〔註12〕，大致上都認爲李漁作品擁有兩大特色，一爲語言通俗，二是關目奇巧，可見通俗幽默是李漁作品的特色。雖然有人批評李漁作品缺乏辭采，卻也點出李漁「意在通俗」的創作目的。而明清的劇本創作，有重視表演效果的梨園當行，也有重視辭采的文人案頭之作，而李漁劇作「意在通俗」的走向，應該是「流布梨園」的重要標的。

在近人研究李漁的劇作中，吳梅應當占有一席之地。吳梅《中國戲曲概論》云

> 今自開國以迄道光，總述詞家，亦可屈指焉。……清人戲曲，大抵順康之間以駿公、西堂、又陵、紅友爲能，而最著厥惟笠翁。翁所撰述，雖涉俳諧，而排場生動，實爲一朝之冠。繼之者獨有雲亭、昉思而已。〔註13〕

於卷下三〈清人傳奇〉中，云：

> 蓋笠翁諸作，布局雖工，措詞殊拙，僅足供優孟之衣冠，不足入詞壇之月旦。〔註14〕

又云：

> 翁作取便梨園，本非案頭清供，後人就文字上尋瘢索垢，雖亦言之有理，而翁心不服也。科白之清脆，排場之變幻，人情世態，摹寫無遺，此則翁獨有千古耳。〔註15〕

〔註10〕朱琰：《金華詩錄‧李漁小傳》，轉引《李漁研究資料》，見《李漁全集》卷十二，頁313。
〔註11〕楊恩壽：《詞餘叢話》，見《中國古典戲曲論著集成》，冊九，頁265。
〔註12〕以上引文可參見單錦珩《李漁研究資料選輯》的收錄。該資料分爲三個部分：與李漁同時人、身後清人的評議、民國時期（1911～1949）進行收錄，見《李漁全集》卷十二，頁307～349。
〔註13〕吳梅：《顧曲麈談‧中國戲曲概論》，卷下，頁177。
〔註14〕同上註，頁187。
〔註15〕同上註，頁191。

　　吳梅極力從演出角度稱讚李漁劇作是場上之曲，非案頭之作，但對其市
井諢浪的風格並不能完全認同。

　　在一些研究中國文學史、文學批評史、戲曲史的書籍中，對李漁的劇作
及理論多有論述〔註16〕，甚至闢專章析論，如葉長海的《中國戲劇學史稿》
全書十三章中，專為「李漁劇論」設立一章，從概論、創作論到戲曲演習論，
對李漁的劇論體系做出分析〔註17〕。研究李漁的專書，大致可分為李漁生平
研究〔註18〕、著作研究〔註19〕，以及其著作出版〔註20〕三類。總體來看，有
關研究「李漁」的議題論述在二十世紀的一百年間，有不少學者進行研究，

〔註16〕就筆者所見的文學史與戲曲史，論及李漁者，方孝岳《中國文學批評》(1934)；
　　　　朱東潤《中國文學批評史大綱》(1944)；郭紹虞《中國歷代文論選》(1962)；
　　　　游國恩《中國文學史》(1964)；夏寫時《中國戲劇批評的產生和發展》(1982)；
　　　　敏澤《中國文學理論批評史》(1982)；余秋雨《戲劇理論史稿》(1983)；王
　　　　運熙、顧易生《中國文學批評史》(1985)；葉長海《中國戲劇學史稿》(1986)；
　　　　朱恩彬《中國文學理論史概要》(1989)；黃保真、蔡鍾翔、成復旺《中國文
　　　　學理論史》(1991)；譚帆、陸煒《中國古典戲劇理論史》(1993)；吳毓華《古
　　　　代戲曲美學史》(1994)；傅曉航《戲曲理論史述要》(1994)；趙山林《中國
　　　　戲劇學通論》(1995)；張少康、劉三富《中國文學理論批評發展史》(1995)；
　　　　李昌集《中國古代曲學史》(1997)；楊棟《中國散曲學史研究》(1998)；俞
　　　　為民《中國古代戲曲理論史通論》(1998)；陳竹《中國古代劇作學史》(1999)；
　　　　楊星映《中國古代文學理論批評史綱要》(1999)……等，內容不一而足的對
　　　　《閒情偶寄》提出見解。
〔註17〕葉長海書中提到：「這部著作，不僅在創作論和創作方法方面提出了許多十分
　　　　寶貴的新見解，而且在導演工作和戲劇教學工作方面，初步創立了系統性的
　　　　理論……事實上已構成一部頗具規模並初見體系化的戲劇學著作。」詳見葉
　　　　長海：《中國戲劇學史稿》，頁408。
〔註18〕李漁生平的研究：1974年，黃麗貞《李漁研究》(該書前有李漁生平的簡述)；
　　　　1978年，《李漁》黃麗貞；1985年，蕭榮《李漁評傳》；1986年，單錦珩《李
　　　　漁傳》；1992年，單錦珩《李漁年譜、李漁交游考、李漁研究資料選輯》；1995
　　　　年，陳再明《湖上異人李笠翁》；1996年，吳瓊《湖上笠翁——清代奇闖李漁》；
　　　　1997年，沈新林《李漁評傳》；1998年，俞為民《李漁評傳》；1999年，郭英
　　　　德《李漁》；2002年，徐保衛《李漁傳》；2005年，萬晴川《風流道學李漁傳》。
〔註19〕以李漁作品、理論為討論對象的專書：1974年，黃麗貞《李漁研究》(1995
　　　　年再版)；1982年，杜書瀛《論李漁的戲劇美學》；1989年，崔子恩《李漁小
　　　　說論稿》；1993年，胡天成《李漁戲曲藝術論》；1994年，俞為民《李漁《閒
　　　　情偶寄》曲論研究》；1996年，黃強《李漁研究》；1997年，沈新林《李漁新
　　　　論》、張曉軍《李漁創作論稿：藝術的商業化與商業化的藝術》；1998年，杜
　　　　書瀛《李漁美學思想研究》、俞為民《李漁評傳》(2000年再版)；2004年，
　　　　胡元翎《李漁小說戲曲研究》、駱兵《李漁的通俗文學理論與創作研究》。
〔註20〕李漁著作的出版，請參見本章第四節　研究對象素材與選擇的論述。

透過不同的研究方式和論著型態，產生不少專著和單篇論文，詳細出版資料參見本文附錄。〔註21〕

　　歸結前人研究李漁文獻，有以片段摘錄、論文收錄形式出版的，如1990年，趙文卿、趙肖羽編《李漁研究麟麟集》；1991年，鄧綏甯等著《李漁傳記資料》；1992年，單錦珩撰《李漁年譜 李漁交游考 李漁研究資料選輯》及《現代學者論文精選 李漁研究論著索引》。亦有以評議方式寫作論文者，有：2001年，魏中林、謝遂聯師生聯合整理寫出〈20世紀的李漁戲曲理論研究〉一文，以李漁曲論作為研究範疇，歸納出三個階段的研究歷程〔註22〕，就其所見將大陸出版文獻分作總體評價、戲曲審美特性、戲劇導演美學、戲劇表演美學、觀眾美學五項歸結，進而以美學觀、編劇結構論、喜劇論進行評點式總體歸納〔註23〕。2004年，朱錦華〈李漁戲曲理論研究50年綜述〉一文中，從文獻整理與理論發掘兩點進行李漁的戲曲理論歸納，在研究範圍及材料上不及魏中林、謝遂聯的文獻整理與整體歸納〔註24〕。黃念然〈20世紀李漁戲曲理論研究述評〉一文，對李漁學術研究論文、專著，分為草創期（1949年以前）、過渡期（1949年至新時期）、豐收期（新時期以降）三個時期，並從事《閒情偶寄》理論體系的研究；戲曲結構理論；戲曲導演學、觀眾學或劇場學的研究；中外比較研究；關於金聖歎與李漁二者關係的研究四個面向提出看法〔註25〕。2007年，蔡東民的〈李漁劇論研究百年（1901

〔註21〕 本文收錄有：一、研究李漁專書的彙整。（參見附錄1-2研究李漁書目資料彙編）；二、期刊學報論文資料。（參見附錄1-3中文單篇論文資料彙編）；三、學位論文。（參見附錄1-4中國大陸學位論文資料彙編、附錄1-5台灣學位論文資料彙編）。

〔註22〕 該文將李漁研究起步階段認定在20年代初至1949年，以朱湘〈批評家李笠翁〉視為現存最早的一篇研究文章。始後，在這期間才有十數篇關於李漁曲論的研究成果，並斷定該階段的研究文章僅是一般性概述文章。第二階段起於1949年到1978年，根據其不完整的文獻統計，亦有20餘篇論文，但1967年至1977年文革期間研究工作處於停擺狀態。第三階段從1979年到2001年止，大量的單篇文章及專著出現，其視為繁盛期。魏中林、謝遂聯：〈20世紀的李漁戲曲理論研究〉，《江海學刊》，2001年第四期，頁167～168。

〔註23〕 魏中林、謝遂聯：〈20世紀的李漁戲曲理論研究〉，《江海學刊》，2001年第四期，頁168～171。

〔註24〕 朱錦華：〈李漁戲曲理論研究50年綜述〉，《徐州師範大學學報（哲學社會科學版）》，2004年第四期，頁17～21。

〔註25〕 該論文並無紙本刊行，僅刊載於網絡。黃念然〈20世紀李漁戲曲理論研究述評〉一文，發布日期2005年4月14日，刊載網址http://www.guxiang.com/xueshu/others/wenxue/200504/200504140015.htm。

～2000）檢討〉論文中，對大陸地區所發表的研究李漁相關論文按時間及專題研究兩種面向進行歸納〔註 26〕。以上三篇單篇論文、一本學位論文的評述，皆是針對中國大陸地區二十世紀以降，關於李漁的學術研究做出總整理。

　　國外李漁研究是非常活躍的，在單錦珩的〈李漁研究資料〉〔註 27〕中便收錄早期海外學者（如：岡晴夫、Patrick Hanan、Eric P. Henry、伊藤漱平、馬漢茂）的論文，以及海外出版的資料索引研究工作〔註 28〕，在當時資訊及檢索不發達的年代，這樣龐大的蒐集工作，實屬不易。直到 2001 年，在羽離子〈李漁作品在海外的傳播及海外的有關研究〉〔註 29〕一文中，才又對海外地區「李漁」此一議題的研究成果進行總結，並對過去這段學術歷程進行回顧與反思性研究。2009 年，羅曉的〈美國漢學界的李漁研究〉則是關注到美國漢學界 Eric P. Henry、Patrick Hanan、Shelley 三人對李漁的研究工作〔註 30〕。除上述提及的外國學者研究外，尚有其他專書出版，如1970 年，文世昌（Man, Sai-cheon）的學位論文 *A Study of Li Yu on Drama*（中文譯爲《李漁戲劇理論的研究》）〔註 31〕、1977 年，茅國權（Nathan K. Mao）與柳存仁（Liu Ts'un-yan）合著的李漁評傳 *Li Yü*（《李漁》）〔註 32〕、

〔註 26〕蔡東民將時間劃分爲三個階段，分別爲 1901～1949 醞釀與奠基期、1950～1979 初成與動盪期、1980～2000 高漲與回落期，對李漁劇論的研究進行概貌勾勒；專題研究則是分創作理論研究、搬演理論研究、戲曲美學研究、劇論體系研究、比較研究、研究方法與角度以及國際影響等方面，進行論著目錄重新整理。蔡東民：〈李漁劇論研究百年（1901～2000）檢討〉，上海戲劇學院，碩士論文，2007 年。

〔註 27〕單錦珩〈李漁年譜〉、〈李漁交游考〉、〈李漁研究資料選輯〉、〈現代學者論文精選〉、〈李漁研究論著索引〉曾於 1992 年以單行本出版，於 1998 年收錄於浙江古籍出版社編：《李漁全集（修訂本）》第 12 卷之中。

〔註 28〕見浙江古籍出版社編：《李漁全集（修訂本）》，第 12 卷，頁 463～474。

〔註 29〕羽離子：〈李漁作品在海外的傳播及海外的有關研究〉，《四川大學學報（哲學社會科學版）》，2001 年，第 3 期，頁 69～78。

〔註 30〕分別爲埃瑞克・亨利（Eric P. Henry）1980 年出版 *Chinese Amusement: The Lively Plays of Li Yu*（《中國人的娛樂：李漁的充滿生氣的演出》）；韓南（Patrick Hanan）1988 年出版 *The Invention of Li Yu*（《李漁的創作》）；張春樹（Chun-shu Chang）和雪萊（Shelley Hsueh-lun Chang，漢名駱雪倫）1992 年出版 *Crisis and Transformation in Seventeenth-Century China Society, Culture, and Modernity in Li Yü's World*（《明清時代之社會經濟巨變與新文化──李漁時代的社會與文化及其現代性》）；羅曉：〈美國漢學界的李漁研究〉，華東師範大學，碩士論文，2009 年。

〔註 31〕*A Study of Li Yu on Drama*, University of Hong Kong Libraries, 1970.

〔註 32〕*Li Yu*, Boston : Twayne Publishers, 1977.

1978 年，馬措達（Shizue Matsuda）的博士論文 *Li Yu: His Life and Moral Philosophy as Reflected in His Fiction*（中文譯爲：李漁生平及其小說中所反映的道德哲學）〔註 33〕。

第三節　台灣地區李漁文獻析論

　　台灣地區的李漁研究，過去未有完整的述評，蔡欣欣《臺灣戲曲研究成果述論》一書中，有不完全的整理與一些散評〔註 34〕。本節試圖做較完整的資料蒐集與論述，分「李漁全集的出版與研究專著」、「台灣博碩士論文」、「單篇論文發表情況」論述。

一、李漁全集的出版與研究專著

　　1970 年，德國漢學家馬漢茂（Helmut Martin，赫爾穆特·馬丁，1944～1999）〔註 35〕主編史上第一部（共十五冊）的《李漁全集》，由成文出版社印行，在《李漁全集·弁言》中指出其在 1963 年至 1969 年八年間，於德國、法國（巴黎）、日本、香港、台灣等地圖書館的蒐集及友人提供下，收錄了《一家言全集》、《十種曲》（康熙世德堂《笠翁傳奇十種》）、《無聲戲》、《覺世名言十二樓》……等，才將李漁的相關資料收集齊全〔註 36〕。1990 年才有大陸浙江古籍出版社出版的十二卷《李漁全集》，並在 1992 年又再出版二十卷的《李漁全集》修訂本。有了馬漢茂發端的《李漁全集》對李漁作品的收錄，方才展開了李漁的學術研究。

　　黃麗貞《李漁研究》〔註 37〕與《李漁》〔註 38〕的出版。《李漁研究》一書，

〔註 33〕 *Li Yu: His Life and Moral Philosophy as Reflected in His Fiction*, Thesis（Ph.D.）--Columbia University, 1978. Ann Arbor, Mich. : University Microfilms International,1985.

〔註 34〕 關於李漁研究散見於該書數處，見蔡欣欣：《臺灣戲曲研究成果述論》，頁 38、195～197、212、344、434。

〔註 35〕 馬漢茂爲德國的當代漢學家。1966 年完成論文 *LI YLI-WENG ÜBER DAS THEATER*（《李笠翁及其著作》），獲海德堡大學中國文化博士學位。

〔註 36〕 馬漢茂（Helmut Martin）編：《李漁全集》，第一冊，弁言。

〔註 37〕 該書於 1974 年自資出版《李漁研究》，直到 1995 年由國家出版社重印刊行。筆者未見 1974 年自資出版《李漁研究》一書，但透過 1995 年版的《李漁研究》重版序〉中「重印刊行」之說法，大致可以斷定兩版《李漁研究》並無修訂差異之處。

〔註 38〕 該書於 1978 年由河洛圖書出版社印行，1982 年改由國家出版社印行。

為台灣第一部研究李漁專著,內容由「六篇」及兩個附錄構成〔註39〕,為李漁的生平、著作兩個部分概述所構成。該書第一篇略述李漁生平與著作,定篇目為〈李漁評傳〉;交代其文集、詩集、詞集、史論,組成對《笠翁一家言》的簡述,定篇目為〈一家言全集〉;將《閒情偶寄》一書分為「笠翁戲劇論」、「笠翁女性觀」、「笠翁的生活藝術」三點,成為第三篇〈閒情偶寄〉;從第四篇起至第六篇,以李漁作品介紹為篇目,依戲曲《十種曲》、小說《十二樓》、《無聲戲》進行劇情介紹與析評。綜觀《李漁研究》每篇之後皆略下評語,內容多半摘錄李漁所寫之文字記載,考錄性文字頗多,頗似資料彙編,摘錄甚勤,然資料出處多半未詳加註明,是為可惜之處。總體言之,該書開創之功實不可沒。黃麗貞第二本專著《李漁》一書〔註40〕,全書敘述大抵以李漁生平為綱,以史話的形式講述李漁一生之際遇與著作,全書未設章節,而是按時代順序分別論述李漁的生平歷程及事蹟與著作,文末〈結語〉中對李漁一生提出「生命有價值」、「作品具特色」之歸結,是一部簡煉的李漁生平傳記。

台灣地區關於李漁作品的出版情況,大致以李漁的小說《十二樓》及戲劇理論《閒情偶寄》最廣為出版。就所見者,以《十二樓》而言,1975年長歌出版社、1983年桂冠出版社、1995年建宏出版社,以及2004年台灣古籍出版社,就有四種版本。《閒情偶寄》出版,有廣文出版社在1970年出版《笠翁曲語》,後據中央研究院藏清康熙10年(辛亥)(序)刊笠翁秘書第一種本影印出版《閒情偶寄》(1977年);1989年新文豐出版社出版《笠翁偶集摘錄》;1990年台北長安出版社的排印本。以及由劉有恆編訂的《中國古典戲劇曲譜叢刊》中《演出本巧團圓傳奇曲譜》、《演出本風箏誤傳奇曲譜》、《演出本奈何天傳奇曲譜》、《演出本凰求鳳傳奇曲譜》四種,和零星散見的《窺詞管見》、《笠翁對韻聲律啟蒙合璧》、《喬復生王再來二姬合傳》、《肉蒲團》〔註41〕、《第一奇書》〔註42〕等近二十本書籍出版。

〔註39〕 第一篇李漁評傳;第二篇一家言全集;第三篇閒情偶寄;第四篇十種曲;第五篇十二樓;第六篇無聲戲;附錄一肉蒲團;附錄二回文傳。

〔註40〕 兩個版本(1978年及1982年),並無任何修訂與差異之處。

〔註41〕 《肉蒲團》四卷二十回,存世有舊刊本,台灣天一出版社曾據以影印。作者真實姓名不詳。劉廷璣《在園雜誌》稱「李笠翁漁,一代詞客也,著述甚夥,有《傳奇十種》、《閒情偶寄》、《無聲戲》、《肉蒲團》各書,造意紉詞,皆極尖新。」孫楷第《中國通俗小說書目》、魯迅《中國小說史略》皆推論該書應是李漁作品,但史家對《肉蒲團》是否為李漁所撰,持存疑態度。

〔註42〕 即李漁評閱的《新刻繡像批評金瓶梅》。《第一奇書》共五冊,乃是依據清康熙乙亥年(1695年)張竹坡評在茲堂本影印。該書即竹坡本金瓶梅。

二、台灣博碩士論文

自 1972 年起至 2009 年間，共有 22 本（其中博士論文 3 本，碩士論文 19 本）討論李漁的學位論文〔註43〕。

（一）台灣學位論文寫作的結構共性

論文章節架構安排：緒論或第一章多爲李漁生平、思想及作品之介紹。多半是研究者以所見之書籍列舉或概括式簡述李漁生平，在所見的廿一部論文中〔註44〕，張百蓉碩士論文〈李漁及其戲劇理論〉第一章以李漁鄉里、生卒年歲、家庭、交遊、營生之道，列一簡譜，條其梗概，並重新將作品分作創作、編選、評閱三類，分列出刊印流行及內容簡介。吳芬燕碩士論文〈李漁話本小說研究〉第一章則以「李漁傳略及其作品」爲名目，概述李漁的生活環境與生命歷程，並簡述其作品。葉雅玲碩士論文〈李漁文學理論與小說創作關係研究〉在第一章「緒論」則採文獻歸納法將歷來學界有關李漁生平、思想及作品研究之情形作一回顧，到第二章「李漁傳略及作品考述」才針對李漁作品以近來發現文獻爲材料及袟議李漁之作，分創作、改寫、編撰、評閱鑒定四部份，分別論述。吳淑慧碩士論文〈李漁及其《十種曲》研究〉則以李漁的社會存在作爲假設命題，析論李漁生平及其著作，是在明清社會經

〔註43〕1972 年，平松圭子〈李笠翁十種曲研究〉；1980 年，張百蓉〈李漁及其戲劇理論〉；1985 年，吳芬燕〈李漁話本小說研究〉；1990 年，葉雅玲〈李漁文學理論與小說創作關係研究〉；1996 年，吳淑慧〈李漁及其《十種曲》研究〉；1997 年，呂宜哲〈李漁小說理論探述──從「閒情偶寄」中的「文學觀」談起〉、張東炘〈李漁戲曲三論〉；1998 年，單文惠《笠翁十種曲》研究〉；2001 年，余美玲〈李漁的《連城璧》與《十二樓》之研究〉；2002 年，林靜如〈李漁的音律理論在《笠翁傳奇十種》中的實踐〉；2003 年，劉幼嫻〈李漁的戲曲理論〉；2004 年，林雅鈴〈李漁小說戲曲研究〉；2005 年，郭怡君〈明代戲曲編劇理論研究〉；2005 年，朱亮潔〈李漁新論──遺民觀點的考察〉；2006 年，韋贈燕〈李漁韻學研究〉；2007 年，段正怡〈張岱、李漁飲饌小品之考察〉、陳儀珊《連城璧》之婦女研究〉、鄺采芸〈明末清初傳奇多元對應關係研究──以李玉、李漁、洪昇、孔尚任爲主〉、江仁瑞〈李漁十二樓的創作特質研究〉、陳美芳〈李漁《十二樓》之女性研究〉；2008 年，彭郁文〈雅俗之趣對李漁園林觀的影響〉、吳麗晶〈李漁擬話本小說敘事研究──以敘事邏輯與行動元分析爲主〉，詳細資料出處見參考書目。

〔註44〕台灣學位論文史上，第一部是平松圭子的〈李笠翁十種曲研究〉。雖在台灣大學圖書館以及國家圖書館都列爲館藏書目，但經實地尋找該論文時，發現兩地圖書館的藏書已然遺失，未能拜讀該論文。因此，本文論述到該著作時僅能透過「全國博碩士論文資訊網」所存留之摘要及關鍵詞，以及第二手資料來進行評述，是爲遺憾之處。

濟的變動下，分作四個時期，來概括李漁的世界觀及李漁作品中的創作意識
與風格。呂宜哲碩士論文〈李漁小說理論探述——從「閒情偶寄」中的「文
學觀」談起〉的第一章是對李漁地位的確認與澄清，以李漁在人生中的種種
際遇，來呈現作品之閱歷與情感。張東炘碩士論文〈李漁戲曲三論〉的緒論
以短短數語簡述李漁生平與著作，便進入以三個論點思索李漁戲曲的特質。
單文惠碩士論文〈《笠翁十種曲》研究〉則以專章（第二章李漁其人）來探討
李漁的生平，採取編年體的編排方式，序列重要事件發生年代，關於眾說紛
紜的事蹟，則陳列各家說法，再依《笠翁一家言》進行釐清與斷定，提出合
理的看法，而不可解，仍存而不論。余美玲碩士論文〈李漁的《連城璧》與
《十二樓》之研究〉、林靜如碩士論文〈李漁的音律理論在《笠翁傳奇十種》
中的實踐〉、劉幼嫻博士論文〈李漁的戲曲理論〉、辜贈燕碩士論文〈李漁韻
學研究〉，四部論文皆僅於第一章的一小節以概述或簡傳方式呈現李漁的生
平。林雅鈴博士論文〈李漁小說戲曲研究〉則以專章（第二章李漁生平、社
會地位與創作態度）對李漁生平進行整理爬梳，由身兼士商身份的社會地位
來推衍其創作及劇論的影響。朱亮潔碩士論文〈李漁新論——遺民觀點的考
察〉提出「遺民」之觀點，對李漁進行個案研究論述。關於李漁的生平考述
則散見於各章各節中，雖說在第一章將研究範圍、前人研究及近年碩博士論
文作一概述，但未能將其所論述李漁「遺民」之意識與後現代主義中「遺民」
之相互比較，稍嫌遺憾。關於該文之論述，容後分析之。

　　綜觀上述，台灣學位論文往往先就李漁家世與生平，作概念性、交代性
的回顧。對李漁生平進行重新定位，有吳淑慧以社會存在論、林雅鈴以身兼
士商身份的社會地位、朱亮潔以遺民觀點，開拓李漁生平史的論述。

（二）台灣學位論文研究李漁文獻成果

　　本小節按研究類別，分為「李漁戲曲劇本研究類」、「李漁小說研究類」、
「李漁戲劇理論研究類」、「李漁文學理論研究類」及其他，並按發表時間順
序，給予簡要評介，說明其學術史上意義及研究貢獻。

1. 李漁戲曲劇本研究類

　　台灣第一部發表李漁研究學位論文，是 1972 年平松圭子的碩士論文〈李
笠翁十種曲研究〉。其摘要云：

> 論及他的劇作，其主題大都以男女風情與奇巧之姻緣為主，內容不
> 外才子佳人私定終身，幾經周折，終締姻盟，蓋不出傳奇舊套。但

他主張以劇娛人，故十種曲中多屬滑稽喜劇。其關目出奇，重用丑
淨花面角色，重視科諢。注重賓白一以爲密繫劇情發展的線索，凡
此分爲笠翁作劇之特點。他自養歌妓，使之扮演所作諸劇，因此笠
翁對於樂曲、導演皆有見解，熟悉場上的習慣及樂工之技巧。他的
戲劇文字盛顯，適宜場上演唱，但可惜追求關目穿插之密切，失去
含蓄幽深的情味……〔註45〕

以「李笠翁」、「崑腔」、「自述曲論」、「以劇娛人」、「滑稽喜劇」作爲關鍵詞，
吳淑慧指出該論文通篇以排場用韻作爲論述主體〔註46〕，大抵用關目穿插之
排場、宮調叶韻來詮釋李漁的自述曲論、以劇娛人、滑稽喜劇的書寫脈絡。

　　1996年，吳淑慧碩士論文〈李漁及其《十種曲》研究〉認爲李漁利用人
物、關目與事件，運用二元對立來創作《十種曲》，以戲曲理論《閒情偶寄》
來檢證《十種曲》，對李漁作整體的評價與歷史定位。在總結前人研究成果，
採用介紹時代背景和各種李漁著作，舉例並扼要評論李漁及著作在文學史的
地位，提出李漁的戲曲藝術類型，有別於當時的功能說看法，觀點新穎。

　　1998年，單文惠於碩士論文〈《笠翁十種曲》研究〉提出：

擬由《笠翁十種曲》的分析出發，配合戲劇理論，歸納李漁的創作
特色來印證他的理論，並結合當時的傳奇創作背景，比較其作品之
差異，最後推論創作與理論產生差距的原因。〔註47〕

該論文採用分別評點《笠翁十種曲》的方式，進行論述，大致釐清一條李漁
創作的發展過程，其拓荒性和篇幅的限制，存在個別作品論述不夠深入的傾
向。對於李漁提出劇作與理論是否相符合，有著自我創見、各自表述的傾向，
揭示作者獨特的審美情趣。

　　2002年，林靜如碩士論文〈李漁的音律理論在《笠翁傳奇十種》中的
實踐〉中，對李漁戲曲音樂理論提出探討，以〈詞曲部〉中「音律」篇章
作爲論述，驗證李漁音律理論在《笠翁十種曲》的實踐，分析「理論」與
「實務」間的距離與關係。以上四本是針對李漁戲曲劇本所做的學位論文
研究成果。

〔註45〕參見「全國博碩士論文資訊網」，系統編號061NTU03045002所提供之資料。
〔註46〕吳淑慧：〈李漁及其《十種曲》研究〉，（淡江大學中國文學系研究所，碩士論
　　　文，1996年），頁3。
〔註47〕單文惠：《《笠翁十種曲》研究〉，（國立臺灣師範大學國文研究所，碩士論文，
　　　1998年），摘要，無頁碼。

2. 李漁小說研究類：計有六本學位論文

1985 年，吳芬燕碩士論文〈李漁話本小說研究〉先從生平著作、版本及寫作背景、文學觀念的外緣考察後，才進行話本小說《無聲戲》、《十二樓》的內容和創作技巧研究。將作品依內容取材分作爲戀愛婚姻、婦女貞節才智、天理果報、鬼神迷信、官吏權貴、倫理孝養、託付理想，七類進行研究。從情節安排、人物塑造及語言特色三點進行創作技巧的專章論述。開創台灣學人對李漁小說的研究。

2001 年，余美玲碩士論文〈李漁的《連城璧》與《十二樓》之研究〉則針對《無聲戲》與《連城璧》以及《無聲戲》與《十二樓》的關係，作比較分析，並從時代影響所產生的侷限性進行討論，重新爲其定位，在一定程度上涉及戲劇理論與批評，脈絡簡明，富於新意。

2007 年至 2008 年間，陳儀珊〈《連城璧》之婦女研究〉、江仁瑞〈李漁十二樓的創作特質研究〉、陳美芳〈李漁《十二樓》之女性研究〉、吳麗晶〈李漁擬話本小說敘事研究──以敘事邏輯與行動元分析爲主〉，皆以西方文學理論（女性主義、敘事學）的研究方法，來分析李漁作品的學位論文。

3. 李漁戲劇理論研究類：計有三本學位論文

張百蓉碩士論文〈李漁及其戲劇理論〉提出李漁戲劇理論與傳統戲劇理論的差異性、李漁戲劇理論產生之背景及其觀點，以歷史發展歷程來尋找李漁戲劇理論發展變化的規律，分析評價李漁理論的脈絡。

戲劇研究出身的張東炘，碩士論文〈李漁戲曲三論〉則以戲曲與小說的關係、李漁如何創作符合戲曲演出的戲劇因素、重新思考李漁戲曲的成就與貢獻三方面進行論述，認爲李漁劇作在場上搬演時所獨具的特色與成就，形成對崑曲最重要的貢獻。

劉幼嫻博士論文〈李漁的戲曲理論〉則以亞里斯多德的《詩學》（Aristotle's ***Poetics***）〔註 48〕爲根據，並參閱布羅凱特《世界戲劇藝術欣賞》（Oscar G. Brockett's ***History of the Theatre***）〔註 49〕一書，以現代文學批評的角度重新架構、詮釋，提出戲曲基本理論、創作論與表演論。全文以情節、格局、人物、語言、音律、表演八章來建構李漁曲論的架構，在材料收集上發掘整理，用

〔註48〕該論文所選用的譯文版本爲姚一葦譯註的《詩學箋註》（其選用版本爲台灣中華書局 1989 年出版）。

〔註49〕該論文所選用的譯文版本爲胡耀恒所譯《世界戲劇藝術欣賞》（其選用版本爲志文出版社 1991 年）。

力甚勤。全文以西方戲劇理論眼光審視中國古典戲劇理論，建構其框架與體系，進行論述，綜合中西，似乎見其言之成理，開拓研究李漁戲劇理論的新視野，但嚴格意義上來說中西的獨特與差異，更有待釐清。

4. 李漁文學理論研究類：計有兩本學位論文

關於李漁文學理論方面有兩部碩士論文，可作為研究代表。1990 年，葉雅玲碩士論文〈李漁文學理論與小說創作關係研究〉中，根據李漁小說《無聲戲》之別本——足本《連城璧》以檢討《無聲戲》一集、二集、《連城璧》諸本間的異同，並在李漁劇論、詞論、小說批評中，尋找與小說創作有關的論述。並從《連城璧》、《十二樓》、《肉蒲團》、《合錦回文傳》進行結構比較，探討是否為李漁之作，一窺理論在作品中實踐與呼應之情形。其獨特的選題，對李漁文學研究走向全面的探討，無疑是一種拓展，比較注重文獻學的研究方法，在材料的收集與考辨上，使該論文顯得內容豐富紮實，同時對相關理論問題也提出不同思考與看法，有不少獨到的見解。

1997 年，呂宜哲碩士論文〈李漁小說理論探述——從「閒情偶寄」中的「文學觀」談起〉中，從李漁《閒情偶寄》一書的文學理論中，整理出李漁的小說創作理論，並藉由《無聲戲》、《連城璧》、《十二樓》三部小說的內容作為理論之印證，探討將作品平民化的目的性，從新儒家的觀點來進行研究，對李漁一生功過提出批評與檢討。

5. 其他：以下五部學位論文雖以李漁著作為研究對象，難以用上述四種分類涵蓋其研究範疇，故以「其他」一類稱之。

2004 年，林雅鈴於博士論文〈李漁小說戲曲研究〉中，將李漁小說作品與戲曲作品加以分析，關照二者之間的關係，認為二者之間有許多共同點，雖是不同文體的創作，但從「敘事性」的研究觀點來界定李漁小說與戲曲的定位與獨特性。

2005 年，朱亮潔碩士論文〈李漁新論——遺民觀點的考察〉運用「遺民意識」研究李漁生平與作品的學位論文。朱亮潔借鑑遺民史的論述，運用一種新的觀念「遺民範例」和研究方法，重新檢視李漁，對其人、其作品的「遺民意識」進行梳理和探討，並對一些作品作出新的闡釋〔註 50〕。並藉此探討

〔註 50〕 其論文第二章中，以《無聲戲》、《十二樓》中反映鼎革創傷記憶，闡述李漁如何隱微地在字裡行間寄託因世變而產生的「遺民意識」；第三章以《笠翁十種曲》歸納出四項明代政治腐敗的原因，揭示李漁對於明清易代此一歷史世變的省思。

李漁的隱性遺民意識，判斷李漁歷經明清易代的重大歷史事件（甲申之變），在社會思潮中的作用和影響，確定其在這時代的精神〔註 51〕，同時也反映出這時代的審美觀念〔註 52〕、社會思潮的發展變化，開拓李漁研究的新視野。第六章〈反思與總結〉從明遺民與李漁間的往來，及其對李漁的評價，重新審視李漁「畸人」的文人特質。

2006 年，辜贈燕於碩士論文〈李漁韻學研究〉中，以李漁三部韻書《笠翁詩韻》、《笠翁詞韻》及《笠翁對韻》作爲研究對象，輔之其所寫千餘首詩詞，進行明末清初「如皋方言」在時間及地域方言的研究，並提出「李漁著重時音」的研究成果。從其論文第二章針對《笠翁詩韻》、第三章針對《笠翁詩韻》、第四章針對《笠翁詞韻》，至第五章對李漁自我語音體系的探討，大致可歸納出以下成果：

> 聲母方面，如皋方言確未如吳語區般保留全濁音，在某種程度上已產生濁音清化的現象。此外，精莊合流可視爲古音的遺存。韻母方面，止攝與遇攝、流攝與遇攝都有互入現象。聲調方面，濁上歸去與入派三聲爲其最大特色。〔註 53〕

該論文試圖在韻學中，理出李漁的創作譜系，並從中探討韻學創作在精神血脈上的繼承、變異及其成因，爲中國韻學史提供一種新的觀察視角，針對李漁持守時音作韻的立場，提出高度肯定的評價。辜贈燕在方法材料的使用和作品的鉤稽上極爲豐富，對相關問題的思考，有其一套的系統論述。

2007 年，鄺采芸〈明末清初傳奇多元對應關係研究──以李玉、李漁、洪昇、孔尚任爲主〉，則以四位作家作品進行明末清初這一時代傳奇作品的關照、對應分析。

2008 年，彭郁文〈雅俗之趣對李漁園林觀的影響〉是對李漁自豪的園林設計進行論述，研究方法上除李漁自身的雅俗觀，輔以他人的「雅俗觀念」進行辯證論述。

〔註 51〕 在其論文第四章〈商業行爲下的歷史悲懷〉對李漁運用商業機制賣文治生，提出辯護，以《尺牘初徵》、《古今史略》對於書信作者的選擇及明代殉難者的載錄，表露他對易代感懷及明代忠臣之心的肯定。

〔註 52〕 其論文第五章〈園林生活及隱逸思維〉中指出李漁造園理論的心情及主體意境。

〔註 53〕 辜贈燕：〈李漁韻學研究〉，（國立成功大學中國文學系研究所，碩士論文，2006 年），摘要（無頁碼）。

三、單篇論文發表情況

以「李漁」作為研究對象的單篇論文可分為作家生平、小說、劇本、戲曲理論、文學主題等方面。本文收錄 62 筆資料（從 1968 年至 2009 年 12 月為止），在「中文期刊篇目索引影像系統」提供資料性質分類上，認定為學術性文章，確有其研讀之價值。有些篇帙，甚而成為該學者的學位論文或專著的一部份。

在李漁的生平研究有：鄧綏寧〈李漁生平及其著述〉、王傑〈清初詞曲理論專家李漁〉、竹癡〈李笠翁才華和人品的研究〉、胡夢華〈文學批評家李笠翁〉、杜若〈與戲劇結不解緣的李笠翁〉、林翠鳳〈「清代名人傳略　李漁傳」糾補〉。

小說研究方面：黃麗貞〈李笠翁和十二樓〉、駱雪倫〈李漁戲劇小說中所反映的思想與時代〉、韓南著、商偉譯〈論「肉蒲團」（李漁著）的原刊本〉、呂依嬙〈機趣、戲謔、新詮釋——論李漁《無聲戲》的性別書寫〉、陳建華〈凝視與窺視：李漁〈夏宜樓〉與明清視覺文化〉。

劇作研究方面：張敬〈論李笠翁十種曲〉、劉有恆〈談崑劇傳統劇本之重編與新譜：以重編新譜李漁「比目魚」傳奇為例〉、范民仁「An Evaluation of Li Yu's Revised Scene of P'I-P'A Chi--With Reference to His Theory of Drama」、李惠綿〈李漁劇作中的神異情節〉、童元方〈戲如人生——談李漁的「比目魚」小說及戲曲〉、單文惠〈「笠翁十種曲」研究〉、陳秋良〈談李漁「蜃中樓」的新創原素〉、劉幼嫻〈談李漁以稗官為傳奇藍本的創作理念——以小說〈生我樓〉與傳奇《巧團圓》為例〉、劉原州〈李漁《奈何天》傳奇析論〉、羅中琦〈李漁《十種曲》慣用情節析論〉。

理論批評研究方面：黃駿豐〈李笠翁及其「閒情偶寄」〉、宋筱蕙〈李漁及其戲曲論〉、李元貞〈李漁的喜劇風格及其曲論的成就〉、黃麗貞〈李漁戲曲〉、沈惠如〈李漁家伶演劇研究〉、賴慧玲〈從李漁的「科諢論」看他的三部喜劇——「風箏誤」「蜃中樓」「奈何天」〉、車行健〈李漁論「琵琶記」〉、賴慧玲〈李漁喜劇「笑點」的語用前題分析——以「風箏誤」、「蜃中樓」、「奈何天」為例〉、陳勁松「Notes on Dramatic Theories of Aristotle and Li Yu（李漁）」、陳東炘〈從「風箏誤」談李漁對賓白理論的實踐〉、楊清惠〈論李漁「風箏誤」反映的劇場意識〉、王璦玲〈明末清初才子佳人劇之言情內涵及其所引生之審美構思〉及〈晚明清初戲曲審美意識中情理觀之轉化及其意義〉、吳淑

慧〈明清傳奇教化典範的思索——以李漁《閒情偶寄》對戲曲典範的再理解〉、塗怡萱〈李漁戲曲理論中的觀眾意識〉、王建科〈李漁的科諢理論及其小說戲曲的科諢藝術〉、徐宗潔〈「一夫不笑是吾憂」——論李漁「風箏誤」的喜劇佈局〉、羅中琦〈李漁科諢論及其實踐〉、李惠綿〈明代戲曲文律論之開展演變〉、朱亮潔〈李漁的園林生活及隱逸思維〉。

　　專以文學作為研究的有：袁震宇〈簡論湯顯祖和李漁的辭賦〉、吳宏一〈李漁「窺詞管見」析論〉、葉樹仁〈「宋稗類鈔」編者辨〉、劉慧珠〈李漁文學觀中的虛實論〉、高文彥〈李漁題畫詩析論〉、張薰〈李漁「窺詞管見」析論〉、Evseeff, David D.〈明末清初的「男色」風氣與笠翁之文學作品〉、黃雅莉〈談李漁論詞之「以景結情」審美表現〉及〈李漁《窺詞管見》淺析〉、王鐿容〈傳「奇」乎？傳「教」乎？——（清）李漁編輯《千古奇聞》的編選視域初探〉、詹皓宇〈書寫才女——李漁〈喬復生王再來二姬合傳〉評析〉。

　　亦有書評的相關論文或報導，如：李恭蔚〈Nathan K. Mao 及 Liu Ts'un-yan 著「李漁」（*Li Yü*）評介〉、大雅藝文雜誌編輯部〈閒情偶寄圖說〉。

　　關於李漁的詩詞、小說、劇本、理論，不乏研究者考察。研究方法上，無論是以中國古典文論還是西方理論思想，皆有其開展性。如 2006 年發表的三篇文章來看，朱亮潔以遺民思想來寫作〈李漁的園林生活及隱逸思維〉一文，並成為其碩論的一章；謝宜蓁〈李漁食蟹觀之探究〉一文則從飲食文學角度來看待李漁的美食觀；蕭君玲、鄭仕一兩人則從李漁所提的戲曲創作技法角度去談民族舞蹈的編舞技法應用，完成〈李漁戲曲美學在民族舞蹈編創中的應用〉一文，可以知道未來關於「李漁」的研究將走向「跨文化」、「跨文類」的學術整合趨勢，勢必帶來新的研究氣象。

　　對研究李漁而言，全面蒐集文獻是基本的研究態度。根據以上的整理（第三、四節），大致將資料彙整為專書、學位論文、單篇論文三大類。這項工作，定有百密一疏、遺珠之憾事，未來如能進行有效的全面普查蒐集，相信成果將更為豐碩。

第四節　研究對象與範圍

　　本文以《閒情偶寄》及《笠翁十種曲》為主要研究對象，先就李漁的著作說明，以及版本介紹、整理製表。

一、《閒情偶寄》版本

　　《閒情偶寄》成書年代、第一次出版年代、分卷、傳世版本等問題，說明如下。

　　就成書、第一次出版年代的斷定，學界有兩種說法〔註54〕，康熙 10 年（1671 年）、康熙 11 年（1672 年）。透過現存的版本、序文、及李漁當時的詩文論述，推論出康熙十年（1671）立秋，余懷爲《閒情偶寄》作序；冬，《閒情偶寄》成書，隔年（1672）印刻傳世，本文從《閒情偶寄》完成於 1671 年之說法。

　　分卷問題，從翼聖堂原刊本《閒情偶寄》共分十六卷，分八部：詞曲、演習、聲容、居室、器玩、飲饌、種植、頤養，涉及戲劇、營造、園藝、飲食、養生、美容⋯⋯等方面。其中〈詞曲部〉三卷、〈演習部〉二卷及〈聲容部〉之部分內容，論述戲曲創作及演出、教習、導演方法。後出的《笠翁一家言全集》將《閒情偶寄》改爲《笠翁偶集》由原十六卷，併爲六卷，成爲現今大家所用之分法。卷一：詞曲部上（「結構第一」至「音律第三」）；卷二：詞曲部下（自詞曲部「賓白第四」至演習部全）；卷三：聲容部；卷四：居室部、器玩部；卷五：飲饌部、種植部；卷六：頤養部。後人亦有把部分內容摘取獨立成書，如：將詞曲部與演習部摘出，題名《李笠翁曲話》，或《笠翁劇論》等出版刊物。

（一）《閒情偶寄》古籍部分

　　《閒情偶寄》現存古籍在版本歸屬並不容易釐清，就筆者親訪三處〔註55〕所見古籍正本，整理書名（依所見的名目與分卷劃分詳加註明）、出版年（依收藏單位所斷定之出版年代登錄）、典藏地如下。

〔註54〕關於《閒情偶寄》出版考據，可參閱黃強〈李漁著述四種考辨〉，《李漁研究》，浙江古籍出版社，1996 年，頁 417～422。朱錦華：〈《閒情偶寄》成書時間考辨〉，《四川師範大學學報（社會科學版）》，2003 年，第 3 期，頁 53～55。朱秋娟：〈李漁家班與李漁戲曲創作、戲曲理論間的互動〉，揚州大學，碩士論文，2006 年。

〔註55〕筆者於 2008/7/1～7/3、2009/7/1～8/30 期間於北京國家圖書館（善本圖書室及普通古籍圖書室）、北京大學圖書館（古文獻資源庫）、中國藝術研究院進行蒐集。

表 1-1　北京國家圖書館、北京大學圖書館所藏《閒情偶寄》古籍

序　號	書　　名	出版年	典藏地及說明
1	閒情偶寄：14 卷	1644	北京國家圖書館
2	閒情偶寄：6 卷	1644	北京國家圖書館
3	閒情偶寄：16 卷	清（1644～1911）	北京大學圖書館
4	閒情偶寄：14 卷	1662	北京國家圖書館
5	閒情偶寄：14 卷	1662	北京國家圖書館
6	閒情偶寄：16 卷	1662	北京國家圖書館
7	閒情偶寄：16 卷	1671（清康熙 10 年）	北京大學圖書館
8	李笠翁曲話	1925	北京國家圖書館 曹聚仁點讀〔註 56〕
9	閒情偶寄〔註 57〕	1936	北京國家圖書館
10	閒情偶寄	1936（民國 25 年）	北京大學圖書館 鉛印本 上海雜誌公司編印
11	李漁文選	1937	北京國家圖書館 洪爲法選注〔註 58〕

※　本表依年代排序。

（二）近現代《閒情偶寄》出版專書

　　《李笠翁曲話》版本最早係 1925 年上海梁溪圖書館排印本，由曹聚仁校訂，只錄〈詞曲〉、〈演習〉二部；1937，洪爲法選注《李漁文選》；1940 年，任訥編《新曲苑》本，亦錄此二部，書名題作《笠翁劇論》；1959 年出版（1980 年重印），《中國古典戲曲論著集成》收錄，名爲《閒情偶寄》；1970 年，《笠翁曲語》；1977 年，台北廣文書局出版的《閒情偶寄》〔註 59〕；1981 年，徐壽凱注釋本《李笠翁曲話注釋》、陳多註釋本《李笠翁曲話》；1994 年，俞爲民《李漁《閒情偶寄》曲論研究》；1995 年，顏天佑《閒情偶寄：藝術生活的

〔註 56〕本書輯錄著者《家書》中有關曲的論述，分詞曲和演習兩部分。詞曲部分分論結構、采詞、音律、賓白、科諢及格局；演習部分論述選劇、變調、授曲、教白、脫套等。

〔註 57〕收詞曲、演習、聲容、居室、飲饌、種植、頤養等八部，共十六卷。記述戲曲結構、戲曲演唱、音律，以及堆假山、砌牆壁、種花、養生諸問題。

〔註 58〕選收各體文章 39 篇，每篇後有注釋。書末附《李笠翁傳》，書前有選注者寫的《引論》。

〔註 59〕據國立中央研究院藏清康熙 10 年（辛亥）（序）刊笠翁秘書第一種本影印。

結晶》；1996 年，李忠實譯注本《閒情偶寄》；1999 年，孟澤校點《笠翁曲話》；
2000 年，民輝譯本《閒情偶寄》；2000 年，江巨榮、盧壽榮校注本《閒情偶
寄》；2002 年，艾舒仁編次、冉雲飛校點《李漁隨筆全集》；2002 年，台北明
文書局出版《閒情偶寄》；2003 年，王連海注釋本《閒清偶寄圖說》；2004 年，
董每戡《《笠翁曲話》拔萃論釋》。

　　除上述之外，《李漁全集》所收的《閒情偶寄》，1970 年馬漢茂（Helmut
Martin）編輯的《李漁全集》屬清康熙中葉世德堂藏板刻本；而 1980 年，浙
江古籍出版社編輯《李漁全集》是單錦珩以雍正八年芥子園《笠翁一家言全
集》為底本，參校世德堂藏板，及翼聖堂藏板作比對後的排印本。

　　為求本文撰寫援引資料的一致性與統一，採用浙江古籍出版社出版的《李
漁全集》，該書收錄於第十一卷；輔以馬漢茂《李漁全集》第五冊，所用的《笠
翁一家言偶集》。

二、《笠翁傳奇十種》版本

　　《笠翁傳奇十種》，又名《笠翁十種曲》，據李漁本人和同時代的郭傳
芳說法有「前後八種」、「內外八種」，凡十六種〔註60〕。但留世的作品只有
十種，分別為《憐香伴》第一次刊刻於順治八年辛卯（1651）、《風箏誤》
第一次刊刻於順治九年壬辰（1652）、《意中緣》第一次刊刻於順治十年癸
巳（1653）、《玉搔頭》第一次刊刻於順治十二年乙未（1655）、《奈何天》
第一次刊刻於順治十四年丁酉（1657），據小說《無聲戲》〔註61〕第一回〈醜
郎君怕嬌偏得豔〉，亦即《連城璧全集》〔註62〕（子集）第五回〈美婦同遭

〔註60〕李漁《閒情偶寄‧詞曲部‧音律第三》云：「自手所填諸曲（如已經行世之前
　　　　後八種及已填未刻之內外八種。）」、郭傳芳《慎鸞交序》亦提及「前後八種」。
　　　　關於《笠翁閱定傳奇八種》是否為李漁所著，請見下文（三、李漁其他創作
　　　　概述）的說明。

〔註61〕小說《無聲戲》分《無聲戲》一、二集先後刊行。《無聲戲》一集，第一次刊
　　　　刻於順治十三年丙申（1656）；小說《無聲戲》二集，第一次刊刻於順治十四
　　　　年丁酉（1657）；而《無聲戲合集》與《十二樓》（又名《覺世名言》）第一次
　　　　刊刻於順治十五年戊戌（1658）。

〔註62〕《連城璧》的出版年代不詳，據孫楷第、蕭欣橋等人的考證，僅能推斷李漁
　　　　移居南京後，將《無聲戲合集》經若干修訂改刻為《連城璧全集》，共十二篇，
　　　　之後又將合集之外的六篇（其中有一篇可能為後寫）刻印為《連城璧外編》。
　　　　詳見三份資料如下，孫楷第：〈李笠翁著《無聲戲》即《連城璧》解題〉、〈李
　　　　笠翁與《十二樓》——亞東圖書館重印《十二樓》序〉（收錄於《李漁全集》
　　　　中，題為〈李笠翁與《十二樓》〉，內文稍作增訂）；蕭欣橋：〈李漁《無聲戲》、
　　　　《連城璧》版本嬗變考索〉。

花燭冤，村郎偏享溫柔福〉改編而成、《蜃中樓》第一次刊刻於順治十六年
己亥（1659）、《比目魚》第一次刊刻於順治十八年辛丑（1661），據小說《連
城璧子集》第一回〈譚楚玉戲裡傳情，劉藐姑曲終死節〉改編而成、《凰求
鳳》第一次刊刻於康熙四年乙巳（1665），據小說《連城璧申集》第九回〈寡
婦設計贅新郎，眾美齊心奪才子〉改編而成、《愼鸞交》第一次刊刻於康熙
六年丁未（1667）、《巧團圓》第一次刊刻於康熙七年戊申（1668），據小說
《十二樓》中之〈生我樓〉改編而成；以及改本《琵琶記・尋夫》與《明
珠記・煎茶》〔註63〕。

　　在單錦珩《李漁研究資料選輯》中，提及《笠翁傳奇十種》有清翼聖堂
刊本、清大文堂刊本、清康熙中葉世德堂刊本、清經本堂刊袖珍本、金陵積
德唐重刊本、聚秀堂藏版，道光七年新鐫、點石齋畫報本，光緒石印；《笠翁
傳奇十二種曲》〔註64〕大知堂偶刊袖珍本、經術堂偶刊等，計九種。而孫崇
濤〈中國戲曲刻家述略〉〔註65〕則提出《笠翁傳奇十種》除芥子園刻本外，
還另有清翼聖堂、經術堂、大知堂、大文堂、宏道堂等多種刻本。

　　就筆者所見李漁的劇本合集（《笠翁傳奇十種》）以及單行本版本，如下
說明：〔註66〕

（一）《笠翁傳奇十種》全集（合集）的古籍版本

1. 《笠翁傳奇十種》翼聖堂刻本二十冊（二函）有圖；規格：長 22 公分、
   寬 15 公分；每頁 9 行 20 字；有眉批。
2. 《十種曲》康熙中世德堂刻本十冊（二函）有圖；規格：長 23 公分、
   寬 16 公分；每頁 11 行 23 字；有眉批。總目頁將《凰求鳳》誤刻爲《鳳
   求凰》。
3. 《笠翁十二種曲》清道光十九年廣聖堂藏板刻本十二冊（二函）；規格：
   長 18 公分、寬 13 公分；每頁 11 行 23 字；無眉批。

〔註63〕康熙十年（1671）立秋，余懷爲《閒情偶寄》作序，冬，《閒情偶寄》成書，
　　　記載著改編前人傳奇：《琵琶記・尋夫》；《明珠記・煎茶》；《南西廂》，如〈遊
　　　殿〉、〈問齋〉、〈逾牆〉、〈驚夢〉；《玉簪記・偷詞》；《幽閨記・旅婚》等。現
　　　存《琵琶記・尋夫》、《明珠記・煎茶》二折。
〔註64〕較十種多出《邯鄲夢》、《南柯記》。
〔註65〕文中提到遼寧省圖書館藏有芥子園初刻李漁《笠翁傳奇十種》二十卷的藏板。
　　　該文刊載於《戲曲藝術》2005 年第 2 期，頁 58～71。
〔註66〕於中國藝術研究院、北京國家圖書館、北京大學圖書館三處的調查所得整理。

（二）李漁劇作的（古籍）單行本

分北京國家圖書館、北京大學圖書館、中國藝術研究院圖書館（善本圖書室）三處所藏之古籍，製表整理並說明。

表1-2　北京國家圖書館所藏李漁劇作古籍單行本

編　號	書名（古籍善本室典藏名目）	出版年
1	比目魚傳奇二卷（清）李漁撰〔註67〕	1644
2	比目魚傳奇二卷（清）湖上笠翁撰〔註68〕	1662
3	比目魚傳奇二卷（清）湖上笠翁撰〔註69〕	1662
4	比目魚傳奇二卷三十二齣（清）湖上笠翁〔註70〕	1644
5	比目魚傳奇四集三十二齣（清）湖上笠翁〔註71〕	1644
6	巧團圓傳奇，又名，夢中樓二卷（清）李漁撰〔註72〕	1644
7	巧團圓傳奇二卷（清）李漁撰〔註73〕	1644
8	巧團圓傳奇二卷（清）湖上笠翁撰〔註74〕	1662
9	巧團圓傳奇二卷（清）湖上笠翁撰〔註75〕	1662
10	巧團圓傳奇二卷（清）湖上笠翁撰〔註76〕	1644
11	巧團圓傳奇二卷三十三齣（清）湖上笠翁〔註77〕	1662
12	巧團圓傳奇二卷三十三齣（清）湖上笠翁〔註78〕	1644
13	巧團圓傳奇四集三十三齣（清）湖上笠翁〔註79〕	1644
14	玉搔頭傳奇二卷（清）李漁撰〔註80〕	1644

〔註67〕版心題比目魚，一頁9行20字，四周單邊。有秦淮醉侯批評。

〔註68〕版心題比目魚，有圖，一頁上下2欄，下欄11行22字，小字單行，四周單邊單魚尾。

〔註69〕版心題比目魚，有圖，一頁9行20字，四周單邊。

〔註70〕版心題比目魚，一頁10行24字小字單行，左右雙邊單魚尾。

〔註71〕2冊，一頁11行23字，左右雙邊單魚尾。

〔註72〕有圖，一頁9行20字，四周單邊。

〔註73〕2冊，有圖，版心題巧團圓，一頁8行20字小字單行，四周單邊。

〔註74〕有圖，版心題巧團圓，一頁9行20字，四周單邊。

〔註75〕有圖，版心題巧團圓，一頁上下2欄，下欄11行22字小字單行，四周單邊單魚尾。

〔註76〕大知堂刊本，一頁9行18字小字單雙行，左右雙邊單魚尾。

〔註77〕有圖，版心題巧團圓，一頁9行20字，四周單邊，有朱筆圈點。

〔註78〕一頁11行21字，四周單邊單魚尾。

〔註79〕2冊，一頁11行23字，左右雙邊單魚尾。

〔註80〕有圖，書名頁及版心題玉搔頭，一頁9行20字，四周單邊。

編 號	書名（古籍善本室典藏名目）	出版年
15	玉搔頭傳奇二卷（清）湖上笠翁撰〔註81〕	1662
16	玉搔頭傳奇二卷三十齣（清）湖上笠翁撰〔註82〕	1644
17	玉搔頭傳奇二卷三十齣（清）湖上笠翁編〔註83〕	1644
18	玉搔頭傳奇四集三十齣（清）湖上笠翁撰〔註84〕	1644
19	李笠翁四種曲〔註85〕（清）李漁撰	1644
20	奈何天傳奇，一名，奇福記二卷（清）湖上笠翁撰〔註86〕	1662
21	奈何天傳奇，又名，奇福記二卷（清）李漁撰〔註87〕	1644
22	奈何天傳奇二卷（清）湖上笠翁撰〔註88〕	1662
23	奈何天傳奇二卷三十齣（清）湖上笠翁撰〔註89〕	1644
24	奈何天傳奇四集三十齣（清）湖上笠翁撰〔註90〕	1644
25	風箏誤傳奇四集三十齣（清）湖上笠翁撰〔註91〕	1644
26	風箏誤傳奇二卷（清）湖上笠翁撰〔註92〕	1644
27	風箏誤傳奇二卷三十齣（清）湖上笠翁撰〔註93〕	1644
28	風箏誤傳奇二卷（清）李漁撰〔註94〕	1644
29	風箏誤傳奇二卷（清）湖上笠翁撰〔註95〕	1662
30	風箏誤傳奇二卷（清）湖上笠翁撰〔註96〕	1662

〔註81〕 大知堂刊本，一頁9行18字小字單雙行，左右雙邊單魚尾。

〔註82〕 一頁11行23字，左右雙邊單魚尾。

〔註83〕 有圖，版心題玉搔頭，一頁9行20字，四周單邊。

〔註84〕 經術堂刊本，2冊，書名頁及版心題玉搔頭，一頁9行18字小字單行，四周單邊單魚尾。

〔註85〕 收錄了《意中緣》、《巧團圓》、《奈何天》、《愼鸞交》四部劇作，各一冊，有圖，爲一頁9行20字，四周單邊。

〔註86〕 2冊，有圖，版心題奈何天，一頁上下2欄，下欄11行22字小字單行，四周單邊單魚尾。

〔註87〕 有圖，一頁11行21字，四周單邊單魚尾。

〔註88〕 版心題奈何天，一頁9行20字，四周單邊。

〔註89〕 一頁11行23字，左右雙邊單魚尾。

〔註90〕 2冊，一頁11行23字，左右雙邊單魚尾。

〔註91〕 經術堂刻本，2冊，書名頁及版心題風箏誤，一頁9行18字小字單行，四周單邊單魚尾。

〔註92〕 大文堂刻本，2冊，書名頁及版心題風箏誤，一頁11行23字，左右雙邊單魚尾。

〔註93〕 一頁11行23字，左右雙邊單魚尾。

〔註94〕 有圖，版心題風箏誤，一頁9行20字，四周單邊。

〔註95〕 有圖，版心題風箏誤，一頁10行24字小字單行，左右雙邊單魚尾。

〔註96〕 有圖，9行20字，四周單邊。

編　號	書名（古籍善本室典藏名目）	出版年
31	風箏誤傳奇二十九齣（清）湖上笠翁編次〔註97〕	1875
32	風箏誤傳奇（清）湖上笠翁撰〔註98〕	1875
33	風箏誤傳奇二十九齣（清）湖上笠翁編次〔註99〕	1897
34	風箏誤二卷（清）李漁撰〔註100〕	1644
35	風箏誤一卷（清）湖上笠翁撰〔註101〕	1875
36	凰求鳳傳奇二卷（清）李漁撰〔註102〕	1644
37	凰求鳳傳奇二卷（清）湖上笠翁撰〔註103〕	1662
38	凰求鳳傳奇二卷（清）湖上笠翁撰〔註104〕	1662
39	凰求鳳傳奇二卷三十齣（清）湖上笠翁撰〔註105〕	1644
40	凰求鳳傳奇四集三十齣（清）湖上笠翁撰〔註106〕	1644
41	意中緣一卷（清）李漁撰〔註107〕	1644
42	意中緣傳奇二卷（清）李漁撰〔註108〕	1644
43	意中緣傳奇二卷（清）李漁撰〔註109〕	1644
44	意中緣傳奇二卷（清）李漁撰〔註110〕	1644
45	意中緣傳奇二卷（清）湖上笠翁撰〔註111〕	1662
46	意中緣傳奇二卷（清）湖上笠翁撰〔註112〕	1662

〔註97〕3冊，有圖，版心題風箏誤，一頁18行42字，左右雙邊單魚尾。

〔註98〕2冊，有圖，版心、書名頁題風箏誤，一頁16行40字，四周單邊單魚尾。圖書館版本項列為石印本。

〔註99〕為點石齋畫報：六集附八種，第42冊，為（清）尊聞閣王輯，影印本。

〔註100〕有圖，版心題風箏誤，一頁上下2欄，下欄11行22字小字單行，四周單邊單魚尾。

〔註101〕翼聖堂刻本。

〔註102〕2冊，有圖，一頁9行20字，四周單邊。

〔註103〕經術堂刻本，2冊，書名頁題皇求鳳，版心題凰求鳳，一頁9行18字小字單行，四周單邊單魚尾。

〔註104〕大知堂刻本，2冊，一頁9行18字小字單雙行，左右雙邊單魚尾。

〔註105〕一頁11行23字，左右雙邊單魚尾。

〔註106〕2冊，一頁11行23字，左右雙邊單魚尾。

〔註107〕2冊，抄本。

〔註108〕大知堂刻本，一頁9行18字小字單雙行，左右雙邊單魚尾。

〔註109〕一頁9行20字，四周單邊。

〔註110〕2冊，有圖，一頁9行20字，四周單邊。

〔註111〕2冊，有圖，版心題意中緣，一頁9行20字，四周單邊。

〔註112〕有圖，一頁11行22字，四周單邊單魚尾。

編　號	書名（古籍善本室典藏名目）	出版年
47	意中緣傳奇二卷三十齣（清）湖上笠翁撰〔註113〕	1644
48	意中緣傳奇二卷三十齣（清）湖上笠翁撰〔註114〕	1644
49	意中緣傳奇四集三十齣（清）湖上笠翁撰〔註115〕	1644
50	愼鸞交三十六齣（清）李漁撰〔註116〕	1644
51	愼鸞交傳奇二卷（清）李漁撰〔註117〕	1644
52	愼鸞交傳奇二卷（清）李漁撰〔註118〕	1644
53	愼鸞交傳奇二卷（清）湖上笠翁撰〔註119〕	1662
54	愼鸞交傳奇二卷（清）湖上笠翁撰〔註120〕	1662
55	愼鸞交傳奇二卷（清）湖上笠翁撰〔註121〕	1662
56	愼鸞交傳奇二卷三十五齣（清）湖上笠翁〔註122〕	1644
57	愼鸞交傳奇二卷三十六齣（清）湖上笠翁〔註123〕	1644
58	愼鸞交傳奇四集三十六齣（清）湖上笠翁〔註124〕	1644
59	蜃中樓傳奇二卷（清）李漁撰〔註125〕	1644
60	蜃中樓傳奇二卷（清）湖上笠翁撰〔註126〕	1662
61	蜃中樓傳奇二卷（清）湖上笠翁撰〔註127〕	1662
62	蜃中樓傳奇二卷（清）湖上笠翁撰〔註128〕	1644
63	蜃中樓傳奇二卷三十齣（清）湖上笠翁撰〔註129〕	1644

〔註113〕一頁 11 行 23 字，左右雙邊單魚尾。
〔註114〕4 冊，有圖，版心題意中緣，一頁 9 行 20 字小字單行，四周單邊。
〔註115〕2 冊，書名頁及版心題意中緣，一頁 9 行 18 字小字單行，四周單邊單魚尾。
〔註116〕2 冊，抄本，書衣墨筆題愼鸞交。
〔註117〕2 冊，有圖，一頁 11 行 21 字，四周單邊單魚尾。
〔註118〕有圖，一頁 9 行 20 字，四周單邊。
〔註119〕2 冊，有圖，版心題愼鸞交，一頁 9 行 18 字小字單雙行，左右雙邊單魚尾。
〔註120〕2 冊，有圖，一頁 10 行 24 字小字單行，左右雙邊單魚尾。
〔註121〕一頁 9 行 18 字小字單雙行，左右雙邊單魚尾。
〔註122〕4 冊，有圖，一頁 9 行 20 字小字單行，四周單邊。
〔註123〕一頁 11 行 23 字，左右雙邊單魚尾。
〔註124〕2 冊，一頁 11 行 23 字，左右雙邊單魚尾。
〔註125〕2 冊，版心題蜃中樓，一頁 9 行 20 字，四周單邊。
〔註126〕2 冊，有圖，版心題蜃中樓，一頁 10 行 24 字小字單行，左右雙邊單魚尾。
〔註127〕2 冊，有圖，目錄及版心題蜃中樓，一頁上下 2 欄，下欄 11 行 22 字小字單行，四周單邊單魚尾。
〔註128〕2 冊，有圖，一頁 11 行 21 字，四周單邊單魚尾。
〔註129〕一頁 11 行 23 字，左右雙邊單魚尾。

編　號	書名（古籍善本室典藏名目）	出版年
64	蜃中樓傳奇四集三十齣（清）湖上笠翁撰〔註130〕	1644
65	憐香伴傳奇二卷（清）李漁撰〔註131〕	1644
66	憐香伴傳奇二卷（清）湖上笠翁撰〔註132〕	1662
67	憐香伴傳奇二卷（清）湖上笠翁撰〔註133〕	1662
68	憐香伴傳奇二卷（清）湖上笠翁撰〔註134〕	1644
69	憐香伴傳奇二卷三十六齣（清）湖上笠翁〔註135〕	1644
70	憐香伴傳奇四集三十六齣（清）湖上笠翁〔註136〕	1644

※　本表依書目筆劃排序。

表1-3　北京大學圖書館所藏李漁劇作古籍單行本

編　號	書名（古文獻資源庫典藏名目）	出版年
1	比目魚傳奇：2卷〔註137〕	清（1644～1911）
2	巧團圓傳奇：2卷〔註138〕	清康熙7年（1668）
3	巧團圓傳奇：2卷〔註139〕	清（1644～1911）
4	玉搔頭傳奇：2卷〔註140〕	清（1644～1911）
5	奈何天傳奇：2卷〔註141〕	清（1644～1911）
6	風箏誤傳奇：2卷〔註142〕	清順治16年（1659）
7	風箏誤傳奇：2卷〔註143〕	清（1644～1911）
8	凰求鳳傳奇：2卷〔註144〕	清（1644～1911）

〔註130〕2冊，一頁11行23字，左右雙邊單魚尾。

〔註131〕大文堂刻本，版心題憐香伴，一頁11行23字，左右雙邊單魚尾。

〔註132〕2冊，有圖，版心題憐香伴，一頁上下2欄，下欄11行22字小字單行，四周單邊單魚尾。

〔註133〕2冊，有圖，版心題憐香伴，一頁9行20字，四周單邊。

〔註134〕2冊，有圖，一頁10行24字小字單行，左右雙邊單魚尾。

〔註135〕一頁11行23字，左右雙邊單魚尾。

〔註136〕經術堂刻本，2冊，版心題憐香伴，9行18字小字單行，四周單邊單魚尾。

〔註137〕2冊（有函），有圖。索書典藏號 MX/812.7/4039

〔註138〕2冊（有函），有圖。版刻年據清康熙7年序。索書典藏號 MX/812.7/40371

〔註139〕2冊，有圖。索書典藏號 MX/812.7/4037

〔註140〕1冊，有圖。索書典藏號 MX/812.7/4038

〔註141〕1冊，有圖。索書典藏號 MX/812.7/4041

〔註142〕2冊（有函），有圖。索書典藏號 SB/812.7/4037a

〔註143〕2冊（有函），有圖。索書典藏號 MX/812.7/4043

〔註144〕2冊（有函），有圖。索書典藏號 SB/812.7/4037

編　號	書名（古文獻資源庫典藏名目）	出版年
9	意中緣傳奇：2 卷〔註 145〕	清順治 16 年（1659）
10	憐鸞交傳奇：2 卷〔註 146〕	清（1644～1911）
11	蜃中樓傳奇：2 卷〔註 147〕	清（1644～1911）

※ 本表依書目筆劃排序。

表 1-4　中國藝術研究院所藏李漁劇作古籍單行本

編　號	書名（編目卡題名）	出版年與其它說明
1	《比目魚傳奇》	二卷二十二齣 清順治十八年（1661）刻本 四冊二函，有精圖六幀
2	《比目魚傳奇》	二卷二十二齣 清順治十八年（1661）刻本 四冊二函，有精圖六幀 與《憐鸞交傳奇》合一函 此書爲《笠翁十種曲》零種
3	《巧團圓》	二卷三十四齣 一名《夢中樓》 清康熙年間刻本 六冊（一函）圖十二幀 此書爲《笠翁十種曲》零種
4	《奈何天》	不著撰人 清康熙五十三年（1714）鈔本 一冊一函
5	《憐香伴傳奇》	二卷三十六齣 清鈔本 四冊一函
6	《繡像風箏誤》	八卷三十二回彈詞 不著撰人 清嘉慶漱芳閣刻本 六冊一函，附圖十二幀
7	《繡像風箏誤》	十冊一函，有圖十二幀 無標記出版年

〔註 145〕2 冊（有函）。版刻年據清順治 16 年序。索書典藏號 SB/812.7/4037b
〔註 146〕1 冊（有函），有圖。索書典藏號 MX/812.7/4040
〔註 147〕2 冊（有函），有圖。索書典藏號 MX/812.7/4042

編　號	書名（編目卡題名）	出版年與其它說明
8	《繡像風箏誤》	八卷三十二回 清嘉慶十六年（1811）刻本 不著撰人 環秀閣藏板 六冊一函，有圖十二幀
9	《詫美身段譜》（《風箏誤》）	不著撰人 舊鈔本 見《崑曲二十五齣》
10	《巧團圓》（川劇）	不著撰人 舊坊刻本 見《川劇壬集》冊 917

（三）李漁劇作近現代出版情況

　　由於近現代出版李漁的劇作頗多，如 1984 年，黃天驥、歐陽光選注的《李笠翁喜劇選》收錄《風箏誤》、《蜃中樓》、《奈何天》三部劇作；1991 年，王季思《中國十大古典喜劇》收錄《風箏誤》；再者如 2009 年出版，王學奇等人校注《笠翁傳奇十種校注》一書則以清翼聖堂藏板刻本爲底本，世德堂藏板刻本及上海朝記書庄爲參校本，進行校勘注釋的研究。其他李漁的近現代劇作選集出版品，不多述。

　　爲求本文援引資料的一致性與統一，採用浙江古籍出版社出版的《李漁全集》第二卷收錄的《笠翁傳奇十種》。

三、李漁其他著作概述

　　本論文主要研究的著作外，李漁作品尚有《笠翁一家言文集》（《笠翁文集》四卷、《笠翁別集》二卷）；《笠翁一家言詩詞集》（《笠翁詩集》四卷、《耐歌詞》附〈窺詞管見〉）；《齠齡集》已佚〔註148〕；小說作品計有《無聲戲》、《連城壁》、《十二樓》、《合錦回文傳》〔註149〕、《肉蒲團》〔註150〕等；以及戲曲作品《笠翁閱定傳奇八種》。

〔註148〕語見《閒情偶寄》卷五種植部竹木第五「梧桐」條、《笠翁一家言詩詞集・笠翁詩集》卷一有《續刻梧桐詩》。

〔註149〕孫楷第《中國通俗小說書目》以爲該書可能根據李漁原本改作，馬漢茂認爲該書「水準低，前後文之不一致，絕非李漁手筆。」。

〔註150〕《肉蒲團》提爲「情隱先生」編次，作者不詳。劉廷璣《在園雜誌》以爲李漁作，孫楷第《中國通俗小說書目》、魯迅《中國小說史略》皆推論該書應是李漁作品，但史家對《肉蒲團》是否爲李漁所撰，持存疑態度。

　　《笠翁閱定傳奇八種》〔註151〕，全稱爲《湖上李笠翁先生閱定繡刻傳奇八種》，雖爲戲曲作品，但這八種傳奇的作者，在《曲錄》、《曲海總目》〔註152〕、《樂府考略》、《曲目新編》〔註153〕、《傳奇彙考標目》〔註154〕、《今樂考證》〔註155〕諸書，作者何人各有不同的看法。後人對這傳奇八種的作者考證出現歧異，吳曉鈴〈考李笠翁的新傳奇八種〉〔註156〕一文，認爲是李漁所作。但孫楷第、黃強、關非蒙等，採不認同之觀點。孫楷第〈李笠翁與十二樓〉〔註157〕、黃強《〈繡刻傳奇八種〉非李漁所作考〉〔註158〕，二文透過流傳版本、李漁寫作習慣、序文、清人記載、李漁創作種數，五點分別進行論證；關非蒙在《李漁全集》第三卷〈笠翁閱定傳奇八種・點校說明〉，認爲閱定傳奇八種應非李漁所著〔註159〕。由於《笠翁閱定傳奇八種》的作者考證不一，本文不以此八種作品作爲李漁戲曲理論及劇本創作的關係論述。

第五節　研究方法與本文架構

一、研究方法

　　本文的研究目的，在於探討李漁戲曲作品與理論，歸納李漁是如何建構其戲劇理論體系。在研究的步驟上，首先扼要說明李漁的戲曲相關著作，並展開探究。論李漁戲曲作品，以「創作眞實」爲主軸，並對相關問題提出討論。針對李漁對劇本及劇場的創作思想做解析論述。最後，提出李漁具有全方位、整體性的理論。

〔註151〕八種爲：《萬全記》、《十醋記》、《偷甲記》、《雙鎚記》、《魚籃記》、《四元記》、《雙瑞記》、《補天記》。

〔註152〕著錄《偷甲記》、《四元記》、《雙鎚記》、《魚籃記》、《萬全記》五種爲李漁作；又著錄《十醋記》（註明即《滿床笏》）、《補天記》、《雙瑞記》三種入無名氏。

〔註153〕著錄《偷甲記》、《四元記》、《雙鎚記》、《魚籃記》、《萬全記》五種爲李漁作。

〔註154〕著錄八劇，無作者姓名。

〔註155〕姚燮《金樂考證》以爲「讀其詞，則斷非笠翁手筆也」，因存疑。該文收錄《李漁研究資料選輯》，《李漁全集》卷十二，詳見頁328～329。

〔註156〕吳曉鈴：〈考李笠翁的新傳奇八種〉，《中華戲曲》，第5輯，1988年，頁278～298。

〔註157〕見《李漁研究資料》下，《李漁全集》卷十二，頁35～37。

〔註158〕該文收錄於《李漁研究》一書，頁331～343。

〔註159〕關非蒙認爲在芥子園刊本《笠翁五種曲》無《四元記》，有《十醋記》，標明作者爲李漁。清初刊本《笠翁新三種傳奇》爲《補天記》、《雙瑞記》、《四元記》，標明作者爲李漁。《繡刻傳奇八種》，是上述五種和三種的合刻本。而《笠翁閱定傳奇八種》標明李漁應爲「閱定」者，而非作者（創作者）。

　　本文採用的研究方法爲：文獻整理法、文本分析法、系統研究法。

（一）文獻整理法

　　以李漁的著作做爲主體，輔以明清文人筆記中討論李漁的相關論述，以及後人的研究成果進行文獻整理。在引用李漁的著作的處理上，原文以浙江古籍出版社《李漁全集》爲主要依據，並參考前賢的研究成果作爲二手資料。

（二）文本分析法

　　近現代的一些注釋家，他們對《笠翁傳奇十種》及《閒情偶寄》有其自身理論規範與敘事觀點。作爲一個重新閱讀經典的閱讀者，必須回歸作品本身，摒除其他研究者所衍生出的理論範疇。本文透過文本分析，以《笠翁傳奇十種》及《閒情偶寄》爲對象，希冀從「李漁戲曲學」的「創作眞實」系統化觀點出發，探討李漁創作與理論實踐的應用性。

　　分析文本時，則援引英美新批評主義（The New Criticism）〔註160〕的文本細讀法（close reading；scruting）。文本分析涉及作者、作品、讀者三者，新批評主義認爲重心不同，就會產生不同的批評，如以作者爲主要討論的傳記式批評，偏重於作者個人經歷與作品的印證，成爲歷史──社會式批評；而著重作品對讀者的影響，及讀者對作品的反應，便衍生了意圖謬見（Intentional Fallacy）以及感受謬見（Affective Fallacy）的讀者批評；而只注視作品，認爲作品即本體，在文論史上稱「客觀主義批評」（Objectivism），便是文本細讀法的先聲。

　　本文援引文本細讀法的原因，旨在它是新批評主義中，對作品結構以客觀的基本態度，解析研究文本中的詞語及論證的確實意義，將作品產生的社會意義、作者心理因素、讀者反應……等推到研究的門外，在批評方法上極爲嚴峻。其次，在詞語意義的解析上，特別注意在全書語句脈絡中的意義釐清，以語言特徵作爲研究的基礎。

（三）系統研究法（Systems Approach）

　　在取材時，爲求其整體性，將「創作眞實」作爲主要討論，將之區分爲

〔註160〕英美新批評主義（The New Criticism）自 20 世紀初於英國發端以來，便不斷給自己正名，如本體論批評（Ontological Criticism）、反諷批評（Ironical Criticism）、張力詩學（Tensional Poetics）、結構批評（Structural Criticism）、分析批評（analytical Criticism）、語境批評（Contextual Criticism）、文本批評（textual Criticism）……等，見趙衡毅《新批評──一種獨特的形式文論》，頁 2～17。

劇本的創作眞實與劇場的實踐眞實兩大範疇，分析其劇本創作（《笠翁傳奇十種》）與理論建構（《閒情偶寄》），並對二者做統合，以期完整呈現體系。其次，是跨學科的觀點支援借鑑，利用西方文學理論、戲劇理論的體系架構，重新審視李漁戲曲理論及其劇作的關係，塑造出屬於中國戲劇戲曲學的理論體系。在寫作中，適度參酌西方文學理論、戲劇理論（亞里斯多德的戲劇理論、西方戲劇原理的觀點）、批評學、文本學、社會學……等，因這部份的論述屬於輔助性參照，在此不列舉，僅在本文章節中以附註扼要說明之。不過，在實際的理論支援及參酌上會盡量謹慎，即便我們不可否認某些西方研究具有普世性，但仍必須小心，避免以西方的歷史經驗，生搬硬套直接解釋中國傳統戲劇（戲曲）的價值。

　　本文在處理問題時，基於實際上的需要，而以某一研究方法爲主軸，並輔以其他方法，希冀在各種的研究方法交互使用下，能使主題眞實地顯現出來，探索《笠翁十種曲》及《閒情偶寄》是如何呈現李漁的戲曲理論體系。

二、本文架構與預期成果

第一章　緒　論

　　敘述題目選定的動機與目的，並略論前人研究李漁相關議題上的意義與研究價值。說明本文研究對象之理由、研究方法，與研究的議題規劃。

第二章　《笠翁傳奇十種》齣目研究

　　以《笠翁傳奇十種》爲主要研究對象，旨在討論其齣目名稱於各版本的差異性，及其是否具備戲劇行動性的命名法則。分成各版本間的齣目名稱差異；各版本間的齣目名稱辨疑；「齣目」、「關目」與「戲劇行動事件命名」的關係研究，進行論述。

　　本章旨在完成比對幾種《笠翁十種曲》版本，在世人所周知世德堂藏板刻本、翼聖堂藏板刻本兩種外，清道光以後的刻本也是值得關注的版本，如本文所列的廣聖堂藏板刻本。將各刻本與浙江古籍出版社所排印的《笠翁十種曲》錯誤之處指出。

　　本文第三章至第五章進入李漁劇作及理論分析，以《笠翁傳奇十種》及《閒情偶寄》爲主要討論對象。第三章從劇本系的創作觀討論其劇作的創作思維與編劇技法。第四、五章，分別對劇場中，導演、演員表演、觀眾等三方面理論進行探討，進而從劇場系統的觀念析論李漁戲曲理論在劇場實踐之可能性。

第三章　劇本創作：李漁創作技法研究

本章針對李漁創作技法進行研究。

第一、針對李漁戲劇創作，提出各劇作在戲劇真實上處理的不同，如《憐香伴》的「奇人情局」；《風箏誤》的「誤會離奇」；《意中緣》、《玉搔頭》的「真人真事」；從小說到劇本創作的戲劇真實：《奈何天》、《比目魚》、《凰求鳳》、《巧團圓》；《蜃中樓》的「營造幻覺」；《慎鸞交》的「風流道學」。

第二、根據李漁對劇本結構提出的理論與要求，進行：論「結構第一」下的「立主腦」說；對戲劇結構形式的選材與要求；論李漁對傳奇「格局」的劇本佈局常規；李漁對創作的實質媒介要求與掌握，四點歸納。從李漁創作劇本的戲劇真實觀念進行總結。

第四章　導演創作：李漁導演技法的理論與實踐

戲曲導演對劇場藝術的表現，是通過演員的表演來完成，而其導演乃是劇本過渡到劇場的特殊手段或媒介。本章對李漁導演技法的理論與實踐展開論述，針對李漁對修改劇本的方法提出，以及對《琵琶記・尋夫》、《明珠記・煎茶》的修改本具體實踐進行研究。

第五章　演出創作：李漁家班演員培訓及劇場演出探討

李漁的演員訓練之道及理論內涵，觀照在演員訓練上，成為他們自身的表演藝能培訓方法。透過《演習部》和《聲容部》，把劇本創作之外，有關排演、表演、戲曲音樂等演出藝術，稱為「登場之道」，進行開創性的論述。李漁從配腳色、正音、習態等方面，總結了訓練演員的經驗。

通觀《閒情偶寄》一書中，有關劇本創作法與劇場演出的理論建構，可以看出它的系統性和實踐性。整體戲劇，包含劇作家、導演、演員、觀眾，藉此產生劇本創作演出的真實、導演的創作真實、演員的舞台真實、觀眾的想像真實，以及批評者的詮釋真實。除此之外，李漁的劇場演出理論是密切聯繫在實際舞台的搬演，這在中國古代戲曲理論發展史上，是一個新的里程碑。

第六章　李漁戲曲學：劇本與劇場

透過《閒情偶寄》來探究李漁劇本創作與劇場實踐兩者間的理念見解，並闡述其體系建構。本章透過「創作真實」的圖譜，將李漁戲曲創作體系，分為劇本與劇場，從劇本創作、導演創作、演員創作、觀眾等層面一一解構李漁的戲曲創作體系。

結　論

　　對李漁戲曲理論體系化作一最後歸納與總結。本論文通過李漁實質的劇作及理論產生進行考察，認為應把劇作家、作品、導演、演員、演出、觀者，這些文學傳播及劇場創作中所構成的重要部分，系統化、整體化觀之。縱然其創作與理論有著不同的理念與訴求，或有些差異與背離，這表示李漁的戲劇創作與理論是不斷進行著的創作觀念。

第二章 《笠翁傳奇十種》齣目研究

本章主要探討二個議題。其一、《笠翁傳奇十種》齣目名稱在存世版本中的差異；其二、李漁劇作中，齣目的命名是否具備戲劇行動性。

第一節 《笠翁傳奇十種》的出版與研究

《笠翁傳奇十種》在明清時期的出版以及現存狀況分析，單錦珩所編的《李漁研究資料選輯》附錄〈李漁作品的版本及禁毀資料〉中提及關於李漁傳奇作品，共 15 筆資料〔註 1〕，該文僅注資料出處，並未詳加論述。且目前尚無專書或論文提出《笠翁傳奇十種》版本異同的文獻相關探討〔註 2〕。據所見《笠翁傳奇十種》的現存版本，說明如下：〔註 3〕

中國藝術研究院戲曲研究所善本研究室典藏李漁戲曲著作，分別為《笠翁傳奇十種》（清康熙中葉世德堂藏板）、《十種曲》（清康熙至乾隆年間翼聖

〔註 1〕浙江古籍出版社編：《李漁全集》修訂本，第十二卷，〈李漁年譜 李漁交遊考 李漁研究資料選輯〉，頁 353～355。

〔註 2〕在 2009 年出版的《笠翁傳奇十種校注》，在劇作上進行注釋工作，並無針對版本比對提出相關議論。同年，杜書瀛《〈笠翁十種曲〉版本、校注及其評價——從〈憐香伴〉新版校注談起〉一文中，並未提及新版校注的新書資訊，僅說明自己查閱古籍下的幾個版本以及研究工作表述，故認為目前尚無專書或論文，對《笠翁傳奇十種》進行版本異同的相關文獻學、版本學探討。

〔註 3〕筆者獲行政院大陸委員會「98 年度第 1 期中華發展基金獎助研究生赴大陸地區研究」獎學金，赴大陸北京期間為 2009.7.1.～2009.8.31.，在此由衷感謝中華發展基金補助「《李漁劇作及其戲劇理論研究》之大陸文獻研究計畫」，特此說明。

堂藏板）、《笠翁十二種曲》（清道光十九年（1839 年）廣聖堂藏板）三種。北京國家圖書館藏收有五種：《笠翁十種曲》（1644 年）〔註4〕、《笠翁傳奇：十種二十卷》〔註5〕（1644 年），兩種分屬不同典藏層級，且索書卡資料，所標示書目名稱亦不同，但實爲相同文獻；《笠翁傳奇十二種曲》〔註6〕（1644 年）、《笠翁傳奇十種》（1662 年）〔註7〕、《李笠翁十種曲》〔註8〕（1918 年）。北京大學圖書館古籍特藏庫則收有四種：《笠翁五種傳奇》〔註9〕（無標示出版年）、《笠翁十種曲》〔註10〕（1644～1911 年）、《笠翁十種曲》〔註11〕（1736～1820 年）、《李笠翁十種曲：10 種》〔註12〕（1912～1949 年）。

　　民國以來《笠翁傳奇十種》出版狀況：民國 12 年（1923 年）7 月，上海朝記書莊出版的石印本線裝書，一劇一冊，共有十冊〔註13〕；隨後上海大成

〔註 4〕該資料典藏於北京國家圖書館普通古籍室，與中國藝術研究院所收世德堂藏板刻本相一致。該出版資料定爲 1644 年，實爲清入關順治元年，非李漁創作劇本或出版年，特此說明。

〔註 5〕該資料典藏於北京國家圖書館善本古籍室，與中國藝術研究院所收世德堂藏板刻本相一致。該出版資料定爲 1644 年，實爲清入關順治元年，非李漁創作劇本或出版年，特此說明。

〔註 6〕該資料典藏於北京國家圖書館普通古籍室，與中國藝術研究院所收清道光十九年（1839）廣聖堂藏板《笠翁十二種曲》相一致，惟出版時間註記不同。該出版資料定爲 1644 年，實爲清入關順治元年，非李漁創作劇本或出版年，特此說明。

〔註 7〕該資料典藏於北京國家圖書館普通古籍室，與中國藝術研究院所收翼聖堂藏板刻本相一致。該出版資料定爲 1662 年，實爲康熙元年，非李漁創作劇本或出版年，特此說明。

〔註 8〕與上海朝記書莊出版的石印本內容經比對後，相一致；惟索書卡資料上，所標示書目名稱及出版時間註記不同。

〔註 9〕該資料爲線裝刻本，10 冊（1 函），所收劇目爲：《意中緣》、《鳳求凰》（封面字誤實爲《凰求鳳》一劇，內文則刻爲《凰求鳳》）、《玉搔頭》、《蜃中樓》、《奈何天》。

〔註 10〕該資料爲線裝刻本，20 冊（2 函），有圖。與中國藝術研究院所收世德堂藏板刻本相一致。

〔註 11〕該書名據內封面題名，內封面鐫「書聯屋藏板」字樣，線裝刻本，20 冊（3 函），有圖。24.7cm，9 行 20 字，白口，四周單邊，框高 19.5cm，寬 13.5cm。

〔註 12〕該資料爲上海大成書局出版，據朝記書社原版影印。線裝影印本，10 冊（2 函）。

〔註 13〕中央大學戲曲研究室所典藏的五部作品:《風箏誤》、《蜃中樓》、《凰求鳳》、《巧團圓》、《慎鸞交》，其內容曲文賓白皆做了刪減，但仍保留其完整的劇目齣數。筆者自費於 2008 年 7～8 月在北京國家圖書館普通古籍室，查得《李笠翁十種曲》資料一筆，該單位出版註記爲 1918 年，但其兩者內容經比對後，相一致。

書局據朝記書莊影印出版，成爲十冊兩函線裝書〔註14〕，以上二種並不常見於市面。直至 1970 年，德國漢學家馬漢茂（Helmut Martin，赫爾穆特・馬丁，1944～1999）《李漁全集》，共十五冊，由台灣成文出版社印行出版，在《李漁全集・弁言》中指出其在 1963 年至 1969 年八年間，於德國、法國（巴黎）、日本、香港、台灣等地圖書館的蒐集及友人提供下，收錄《一家言全集》、《十種曲》（康熙世德堂藏板刻本《笠翁傳奇十種》）、《無聲戲》、《覺世名言十二樓》……等，方將李漁的相關資料收集齊全出版〔註15〕。中國大陸於 1980 年由浙江古籍出版社出版了《李漁全集》，共二十卷，以及 1992 年再版的《李漁全集》修訂本，共十二卷。

　　關於台灣學者研究《笠翁傳奇十種》所採用的版本問題及研究方面。在蔡欣欣《臺灣戲曲研究成果述論》所提供的李漁文獻〔註16〕，以及筆者發表〈二十世紀李漁文獻學研究——以台灣學者研究與專著出版爲範疇〉一文〔註17〕，發現研究者所採用的《笠翁傳奇十種》版本，皆以浙江古籍出版社出版的《李漁全集》爲主，未曾考證原典（古籍）是否與《李漁全集》有所差異。至於《笠翁傳奇十種》的版本研究，則尚未開展。

　　中國大陸目前亦尚無專書或論文，對《笠翁傳奇十種》進行版本異同的探討。但關於《笠翁傳奇十種》關目問題的討論，則有：1996 年，黃強《李漁研究》〔註18〕一書收錄其 30 篇論文中，有涉及到版本及關目情節的問題，如〈李漁曲目的『前後八種』與『內外八種』〉與〈論李漁小說改編的四種傳奇〉兩篇。2004 年，胡元翎在其博士論文基礎上，出版《李漁小說戲曲研究》

〔註14〕　此版本典藏於北京大學圖書館古籍特藏庫，經部分劇本比對，此版本與中央大學戲曲研究室所藏版本內容一致。再者，其出版時間並未註明，僅能從上海大成書局成立到結束時間 1912～1949 年來斷定。其封面與上海朝記書莊不同，各自劇本皆加上「傳奇」兩字，分別爲：蜃中樓傳奇、風箏誤傳奇、奈何天傳奇、憐香伴傳奇、巧團圓傳奇、意中緣傳奇、玉搔頭傳奇、愼鸞交傳奇、鳳求鳳傳奇、比目魚傳奇。

〔註15〕　馬漢茂（Helmut Martin）編：《李漁全集》，第一冊，弁言。

〔註16〕　關於李漁研究散見於該書數處，尤其頁 38、頁 195～197、頁 212、頁 344、頁 434。蔡欣欣：《臺灣戲曲研究成果述論》。

〔註17〕　該文發表於 2007 年 10 月 27 日「第十四屆全國中文研究所研究生論文發表會」，收錄於論文集，頁 187 至 202。

〔註18〕　〈李漁曲目的『前後八種』與『內外八種』〉原載於《文學遺產》，第 1 期，1987 年；而〈論李漁小說改編的四種傳奇〉原載於《藝術百家》，1992 年，第 3 期，頁 48～54。隨後黃強於 1996 年出版《李漁研究》收錄並做部分內容修訂。

一書,該書的第十章特別論及關目布設的議題,並附錄了三種表格(分別為李漁十種曲關目份量布設一覽表、李漁十種曲關目功能布設一覽表、李漁十種曲關目轉移模式一覽表),以作為論述依據〔註19〕。2006年,陳慶紀發表〈李漁戲曲的關目藝術及當代意義〉〔註20〕一文,提出「新奇有趣,力避窠臼」、「細密緊湊,天衣無縫」、「關注人情,力戒荒唐」三項標目,內容空泛,毫無佐證資料;針對「關目」一詞,亦未界定即使用。

綜上所述,尚未討論李漁劇作內容前,先就各版本間的「齣目名稱」差異性進行探討與研究。

第二節　各版本間的齣目名稱差異

本節旨在完成比對幾種《笠翁傳奇十種》的版本,在世人所周知世德堂藏板刻本、翼聖堂藏板刻本兩種外,清道光己亥(十九)年廣聖堂藏板刻本亦是一個特殊的版本。以下比對三種藏板以及浙江古籍出版社《李漁全集》排印本,說明如下表(表2-1　《笠翁傳奇十種》各版本一覽表):

表2-1　《笠翁傳奇十種》各版本一覽表

藏板名目	世德堂藏板	翼聖堂藏板	廣聖堂藏板	世德堂藏板為底板翼聖堂藏板作比對
作者	李漁	李漁	李漁	浙江古籍出版社編輯
書名	笠翁傳奇十種	笠翁傳奇十種	笠翁十二種曲	笠翁傳奇十種
出版形式	刻本,線裝	刻本,線裝	刻本,線裝	排印本
年代	清康熙中葉	清康熙至乾隆年間	清道光己亥年(1839年)	1980年(共20卷,收錄於第4、5卷)1992年(共12卷,收錄於第2卷)
冊數	二函,共十冊	二函,共二十冊	二函,共十二冊	
高廣	長23公分寬16公分	長22公分寬15公分	長18公分寬13公分	長18公分寬16公分

〔註19〕胡元翎:《李漁小說戲曲研究》,頁241~295。
〔註20〕陳慶紀:〈李漁戲曲的關目藝術及當代意義〉,《山西師大學報(社會科學版)》,第33卷第4期,2006年,頁49~52。

藏板名目	世德堂藏板	翼聖堂藏板	廣聖堂藏板	世德堂藏板為底板翼聖堂藏板作比對
版式行款	11行，行23字 注文小字雙行 字數同 單欄 版心白口 單白魚尾 上方記書名 有圖 有眉批	9行，行20字 注文小字雙行 字數同 單欄 版心白口 單白魚尾 上方記書名 有圖 有眉批	11行，行23字 注文小字雙行 字數同 單欄 版心白口 單白魚尾 上方記書名 無圖 無眉批	19行 行字不拘 曲文大字 賓白小字 有圖 有眉批
劇目次序	1.《憐香伴》 2.《風箏誤》 3.《意中緣》 4.《蜃中樓》 5.《凰求鳳》〔註21〕 6.《奈何天》 7.《比目魚》 8.《玉搔頭》 9.《巧團圓》 10《愼鸞交》	1.《憐香伴》 2.《風箏誤》 3.《意中緣》 4.《蜃中樓》 5.《凰求鳳》 6.《奈何天》 7.《比目魚》 8.《玉搔頭》 9.《巧團圓》 10《愼鸞交》	1.《憐香伴》 2.《風箏誤》 3.《意中緣》 4.《蜃中樓》 5.《凰求鳳》 6.《奈何天》 7.《比目魚》 8.《玉搔頭》 9.《巧團圓》 10.《愼鸞交》 11.《邯鄲夢》〔註22〕 12.《南柯夢》	1.《憐香伴》 2.《風箏誤》 3.《蜃中樓》 4.《意中緣》 5.《凰求鳳》 6.《奈何天》 7.《比目魚》 8.《玉搔頭》 9.《巧團圓》 10.《愼鸞交》

　　三個刻本除形制皆重新製版印行外，在「齣目名稱」上相異之處，計有51處（見下表2-2），具有爭議，大抵可歸類爲四種情形：

　　一、爲通同字的問題，並無傷於主體結構。

　　二、爲誤刻錯別字問題，多出現於清道光己亥年（1839年）廣聖堂藏板刻本，無圖、無眉批，且刻製品質也相當粗糙，墨印品質也時而過多，時而不見字跡。內文的別字、錯刻也不時出現，但經比對後仍可確定其並無刪改原著曲文賓白。

〔註21〕總目頁將《凰求鳳》誤刻爲《鳳求凰》。
〔註22〕收錄湯顯祖的《邯鄲夢》及《南柯夢》，並於頁首刻有「臨川湯若士撰」字樣。

三、《笠翁傳奇十種》中，唯有《巧團圓》與《愼鸞交》兩劇在齣數及齣名上產生名不符實的狀況，容後討論。

四、廣聖堂藏板刻本收錄湯顯祖的《邯鄲夢》及《南柯夢》，並於頁首刻有「臨川湯若士撰」字樣，與李漁劇作無關，本文暫不討論。

表2-2　各版本中「齣目名稱」差異表

版　本	世德堂藏板		翼聖堂藏板		廣聖堂藏板		浙江古籍出版社排印本		說明差異之處
劇　名	齣數	齣名	卷數	齣名	集數	齣名	齣數	齣名	
憐香伴	九	氈集	上卷	氈集	元集	壇集	九	氈集	「壇」字應屬誤刻
憐香伴	十六	鞅望	上卷	鞅望	亨集	跌望	十六	鞅望	「跌」字應屬誤刻
憐香伴	廿六	女校/女較	下卷	女校/女較	利集	女校	廿六	女校	
憐香伴	廿九	搜挾	下卷	捷挾	貞集	捷挾	廿九	搜挾	「捷」字應屬誤刻
憐香伴	卅五	並封	下卷	並封	貞集	竝封	卅五	並封	「並」與「竝」通同字
風箏誤	十八	艱配	下卷	艱配	利集	艱配	十八	艱配	「艱」與「艱」通同字
風箏誤	廿五	覻宴/凱宴	下卷	覻宴	貞集	覻宴	廿五	凱宴	「覻」字應屬誤刻
意中緣	十八	沉奸	下卷	沉奷	利集	沉奸	十八	沉奸	「奷」字應屬誤刻
蜃中樓	二十	激怒/寄書	下卷	激怒	利集	激怒	二十	寄書	
凰求鳳	三	夥媒/夥謀	上卷	夥媒	元集	夥媒	三	夥謀	
凰求鳳	九	媒間	上卷	媒間	亨集	媒問	九	媒間	「問」字應屬誤刻
凰求鳳	十四	拐偦	上卷	拐偦	亨集	揚壻	十四	拐婿	「揚」、「壻」二字應屬誤刻；「偦」與「婿」為通同字
凰求鳳	十八	囚鸞	下卷	囚鸞	利集	四鸞	十八	囚鸞	「四」字應屬誤刻
凰求鳳	廿五	妬悔	下卷	妬悔	貞集	妬悔	廿五	妒悔	「妬」與「妒」通同字
凰求鳳	廿六	墮計	下卷	墮計	貞集	隨計	廿六	墮計	「隨」字應屬誤刻
奈何天	一	崖畧	上卷	崖略	元集	崖略	一	崖略	「畧」與「略」通同字

版　本	世德堂藏板		翼聖堂藏板		廣聖堂藏板		浙江古籍出版社排印本		說明差異之處
劇　名	齣數	齣名	卷數	齣名	集數	齣名	齣數	齣名	
奈何天	五	隱妬	上卷	隱妬	元集	隱妬	五	隱妒	「妬」與「妒」通同字
比目魚	六	決計	上卷	決計	元集	決許	六	決計	「許」字應屬誤刻
比目魚	十二	肥遯	上卷	肥遯	亨集	肥遯	十二	肥遁	「遁」字應屬誤刻
比目魚	二十	再聘/竊發	下卷	再聘	利集	竊發	二十	竊發	
玉搔頭	一	拈要	上卷	拈要	元集	拮要	一	拈要	「拮」字應屬誤刻
玉搔頭	八	締盟	上卷	締好	亨集	締盟	八	締盟	
玉搔頭	十七	讐玉	下卷	讐玉	利集	讎玉	十七	仇玉	「讐」、「讎」、「仇」三字為通同字
巧團圓	十三	防辱	上卷	防辱	亨集	昉辱	十三	防辱	「昉」字應屬誤刻
巧團圓	十七	？	上卷	？	亨集	？	十七	剖私	刻本未見第十七齣。〔註23〕
巧團圓	十八	剖私	下卷	剖私	利集	剖私	十八	變餉	
巧團圓	十九	變餉	下卷	變餉	利集	變餉	十九	驚燹	
巧團圓	二十	驚燹	下卷	驚燹	利集	驚燹	二十	追踪	
巧團圓	廿一	追踪	下卷	追踪	利集	道踪	廿一	聞詔	「道」字應屬誤刻
巧團圓	廿二	聞詔	下卷	聞詔	利集	聞詔	廿二	詫老	
巧團圓	廿三	詫老	下卷	詫老	利集	詫老	廿三	傷離	
巧團圓	廿四	傷離	下卷	傷離	利集	傷離	廿四	認母	
巧團圓	廿五	認母	下卷	認母	利集	認母	廿五	爭購	
巧團圓	廿六	爭購	下卷	爭購	利集	爭購	廿六	得妻	
巧團圓	廿七	得妻	下卷	得妻	貞集	得妻	廿七	聞耗	
巧團圓	廿八	聞耗	下卷	聞耗	貞集	聞耗	廿八	途窮	
巧團圓	二九	途窮	下卷	途窮	貞集	途窮	廿九	疊駭	
巧團圓	三十	疊駭	下卷	疊駭	貞集	疊駭	三十	拉引	
巧團圓	卅一	拉引	下卷	拉引	貞集	拉引	卅一	巧聚	
巧團圓	卅二	巧聚	下卷	巧聚	貞集	巧聚	卅二	原夢	

〔註23〕所有刻本皆未刻有第十七齣，浙江古籍出版社將第十八齣〈剖私〉以後提前排序。

版 本	世德堂藏板		翼聖堂藏板		廣聖堂藏板		浙江古籍出版社排印本		說明差異之處
劇 名	齣數	齣名	卷數	齣名	集數	齣名	齣數	齣名	
巧團圓	卅三	原夢	下卷	原夢	貞集	原夢	卅三	譁嗣	
巧團圓	卅四	譁嗣	下卷	譁嗣	貞集	譁嗣			
愼鸞交	十三	癡盼	上卷	癡盼	亨集	癡盼	十三	癡盼	「盼」與「盻」兩字義非等同，有所差異。
愼鸞交	二十	席捲	下卷	席捲	利集	席捲	二十	席卷	「卷」爲「捲」簡化字型。
愼鸞交	廿七	庵遇	下卷	庵遇	貞集	菴遇	廿七	庵遇	「庵」與「菴」通同字。
愼鸞交	卅三	譎諷	下卷	絕見	貞集	絕見	卅三	絕見	齣數及名稱皆有差異。〔註24〕
愼鸞交	卅三	修好	下卷	修好	貞集	修好	卅四	修好	
愼鸞交	卅四	計竦	下卷	計竦	貞集	計竦	卅五	計竦	
愼鸞交	卅五	全終	下卷	全終	貞集	全終	卅六	全終	
邯鄲夢					計 30 齣				與李漁劇作無關，省略之。
南柯夢					計 30 齣				

　　上表所列爲版本間相異的 51 處，所列齣名有二者，前爲總目所標之齣名，後爲內文所標之齣名，相關辨證，容下節說明。

第三節　各版本間的齣目名稱辨疑

　　在三個版本的比對中，出現總目與內文所標之齣名出現差異，擬以此差異，作爲探討對象，並試以「齣目名稱需具戲劇行動性作爲命名準則」來分析。本節在進行《笠翁傳奇十種》齣目名稱是否具有戲劇行動性論述前，其研究方法及使用名詞定義與界定，是不容忽視的，也必須對其原始定義及時代意義有一番認知。

　　西方戲劇理論中「戲劇行動（action）」一詞的定義上，中西方亦產生多種變異詞彙。正本清源的說「行動」一詞，在亞理斯多德（Aristotle，西元前

〔註24〕世德堂藏板內文刻有兩次第三十三齣，齣目名稱前爲〈譎諷〉，後爲〈修好〉。其他版本第三十三齣則以〈絕見〉爲齣名。

384～322，以下行文簡稱亞氏)《創作學》〔註25〕(*Poetics*，一般譯爲《詩學》)
的第一章提出行動說以來，西方學者便進行「action」一詞的定義與界定。如
佛格森(Francis Fergusson)析論「action」涵義爲三個模式〔註26〕，到王士儀
否定佛格森第三種形式的不存在，提出〈亞氏《詩學》中行動一詞的四重意
義〉一文〔註27〕，將「戲劇行動」一詞，分成創作行動、做出行動、表演行
動、身體行動四類區別。在王士儀譯本亞氏《創作學》第六章提到相關「戲
劇行動」計有九條，如下：

> 悲劇是一個戲劇行動的創新；
> 創新是來創作出做出戲劇行動者。
>
> 戲劇行動就是創新；而做出戲劇行動又來自那個戲劇行動者；……
> 進而，情節是戲劇行動的創新；而我在此所謂的情節就是將戲劇行
> 動事件組合起來之意。
>
> 但其中最爲重要者是戲劇行動衝突事件的組合。
>
> 諸多的戲劇行動事件與情節才是悲劇的目的，也是所有的最重大的
> 目標。……
>
> 悲劇創作只要有情節與戲劇行動衝突事件的組合即可。
>
> 情節是悲劇的靈魂，也是開始的首要；……
>
> 悲劇它是創新戲劇行動；而且其中最爲重要者是透過他的戲劇行動
> 者。〔註28〕

〔註25〕在 *Aristotle's Poetics* 中文譯文專書中，有傅東華(1968年臺灣商務出版)、羅
念生(2000年人民文學出版)、陳中梅(2001年臺灣商務出版)、劉效鵬(2008
年五南出版)分別所譯書名爲《詩學》，姚一葦(《詩學箋註》，1984年書林出
版)，崔延強(《亞里士多德·論詩·修辭術：亞歷山大修辭院》，2001年慧明
文化出版)，林國源(《古希臘劇場美學》，2000年書林出版)，王士儀(《亞理
斯多德《創作學》譯疏》2003年聯經出版)、等相關專著，在專有戲劇名詞界
定上及譯文部分有所不同，本文爲學術名詞系統專一，從《亞理斯多德《創
作學》譯疏》之專有名詞譯法。
〔註26〕佛格森將 action 一詞，分爲 praxis (πρᾶξις，doing，做)，poiesis (ποίησις，
making，製造)，theorian (θεωρία，contemplation，注視)三種呈現模式。
Fergusson, Francis An Introduction To Aristotle's Poetics, trans, Butcher S.H.,
New York : Hill & Wang.1961. p.10.
〔註27〕王士儀：《戲劇論文集：議題與爭議》，頁25～47。
〔註28〕見王士儀：《亞理斯多德《創作學》譯疏》，尤其頁83～89。

在戲劇行動之初，戲劇行動便將衝突事件與戲劇行動者交代於觀眾面前，透過行動者的行為與戲劇行動事件的發生，逐漸發展成為情節。而李漁三部劇作中，在齣目名稱上出現不同之處，以下分別以「戲劇行動」的觀念析論。

一、《蜃中樓》第二十齣的齣目辨

世德堂藏板刻本《蜃中樓》的總目錄頁上記載第二十齣為〈激怒〉而內文則題為〈寄書〉，而翼聖堂藏板刻本與廣聖堂藏板刻本則都是標為〈激怒〉，浙江出版社則是以〈寄書〉作為齣目。由於該齣並無任何眉批註釋，本文以「戲劇行動者所做出的戲劇行動事件」來斷定。

本齣劇寫張羽（小生）為龍女舜華下海傳書，赤龍錢塘君（淨）被張羽激將法激怒，決定帶兵索回姪女一事。所謂的「寄書」是指張羽為龍女舜華下海傳書一事；而寄書本意乃指龍女舜華寄書回家，戲劇行動者為龍女舜華，做出寄書一事。而本齣戲劇行動者應為張羽，首先他將龍女舜華的書信交給舜華父母。而舜華父母將女兒牧羊一事說與赤龍錢塘君知曉，但赤龍並不相信。錢塘君再三詢問張羽，張羽以激將法言道：

> 【五韻美】他也曾撥琵琶，細訴昭君怨。道是胡人惡潔喜的是腥共羶，（淨）竟然如此他當初就不該求親了。（小生）聞得令侄女說，這頭親事，不是他上門來仰攀，倒是大王自屈龍威，到他家去俯就的。道是你願和番屈體將親獻。只為著威儀太貶，致累他早悲紈扇。（淨大怒介）何物老奴，這般放肆！難道我錢塘君的性子，他是不知道的麼？（小生）他道：大王謝事已久，手中沒有兵權；即使怪他，也只好怪在肚裡，料想做不出甚麼事來。道是你，雖多力，也少權，料得過這失勢蛟龍，不敢他部中蝘蜓_{音膍}。〔註29〕

赤龍錢塘君已是大怒，張羽再以一句「聞得涇海父子驍悍異常，大王不可輕舉。〔註30〕」徹底激怒赤龍錢塘君，使其差兵遣將，出征涇海。等到出兵後，張羽云：

> （內鳴金擂鼓，淨急下）（小生）你看他頭也不回，竟自領兵去了。這番定有好音，全虧我一激之力。我且到便殿去假寐片時，再作道理。正是：請將不如激將，借兵怎似挑兵。〔註31〕

〔註29〕李漁：《笠翁傳奇十種‧上》，見《李漁全集》，卷2，頁278。
〔註30〕同上註，頁278。
〔註31〕同上註，頁279。

由張羽最後的道白，可知該齣的戲劇行動者是張羽，藉由他的挑撥與激將法，使得該齣充滿戲劇衝突事件，完成「激怒」的命名，比起內文所標的「寄書」，應為目錄的「激怒」為佳。

二、《凰求鳳》第三齣的齣目辨

該齣劇寫錢二娘（副淨扮村妓）、趙一娘（淨扮老妓）、孫三娘（丑扮肥妓）三人生意冷淡，想方設法要招攬嫖客。從下場詩來看：

> 風月場中益美談，倒翻常局女嫖男。
>
> 從來舊例該如此，輸髓贏錢不叫貪。〔註32〕

其中「舊例」一詞，所說的事「花案」一事。語出趙一娘：

> 【前腔（按：大迓鼓）】（淨）文人口是刀，一經批削，沒處翻招。近
>
> 來花案無公道。西子名低嫫姆高。正好夤緣，取做特超。〔註33〕

所謂的花案，意指每年定一次評比妓女名次的活動，來評價這些妓女的行情，而花案指的就是評比後的名單。而這三名妓女的對象就將主意打到呂哉生身上，決定倒嫖。

世德堂藏板刻本《凰求鳳》的總目錄頁上記載第三齣為〈夥媒〉而內文則題為〈夥謀〉，而翼聖堂藏板刻本與廣聖堂藏板刻本則都是標為〈夥媒〉，浙江出版社則是以〈夥謀〉作為齣目。「夥媒」與「夥謀」的差異在於「媒」與「謀」的動機不同。

「媒」是指介紹婚姻的人，如《禮記·坊記》提到「故男女無媒不交，無幣不相見。」，當然「媒」也有介紹之意，在劉勰《文心雕龍·辨騷》提出「豐隆求宓妃，鴆鳥媒娀女。」之意；「謀」有籌劃、計議、商議之意。在《左傳·隱公九年》云「冬，公會齊侯于防，謀伐宋也。」且「謀」更有暗中算計、陷害之意，在《論語·季氏》言道「而謀動干戈於邦內」。就戲劇行動者所做出的戲劇行動事件來斷定，趙一娘、錢二娘、孫三娘三人計議倒嫖呂曜，寫下薦書〔註34〕，才有第六齣〈倒嫖〉情節的成立，故第三齣齣名定為〈夥

〔註32〕李漁：《笠翁傳奇十種·上》，見《李漁全集》，卷2，頁431。

〔註33〕同上註，頁430。

〔註34〕「倒嫖」、「薦書」語出：（丑）這等不難，呂哉生的面貌，是我們認得的。終有一日，在門前走過，大家扯他進來同宿幾夜。得不要嫖錢，再把些甜言蜜語叮囑叮囑，他自然稱讚我了。（醜搖手介）休想，休想，我也曾嫖過一次，好意捏他一把，他倒變下臉來，說了許多歹話。二位的嘴臉，也與我差不多，不

謀〉更爲恰當。

三、《比目魚》第二十齣的齣目辨

同理論述《比目魚》第二十齣〈再聘〉或〈竊發〉的命名問題，世德堂藏板刻本《比目魚》的總目錄頁上記載第二十齣爲〈再聘〉而內文則題爲〈竊發〉，翼聖堂藏板刻本則題爲〈再聘〉，廣聖堂藏板刻本與浙江出版社則題爲〈竊發〉。該齣亦無任何眉批註釋，筆者同樣以戲劇行動者所做出的戲劇行動事件來斷定關目名稱。該齣爲一過場戲，描寫山大王（副淨扮虎面奇形）日前兵敗，挑選好黃道吉日，力圖再戰。該齣以南呂【步蟾宮】、【前腔頭】、【番竹馬】等曲牌，作爲敘說偷偷起兵一事，並且言道：

> 俺山大王前次出兵，只爲單尚勇力，不用機謀，被他伏下火攻，燒壞我許多猛獸。
> 只得逃入深山藏鋒斂銳，休息了半年，才覺得精還力復。如今得了一位軍師，計較
> 如神，不亞陳平、諸葛，用他行兵，料無不勝之理。更有一椿喜事，聞得那慕容兵
> 道，已經棄職歸山。除卻此人，誰是孤家的敵手？叫左右，快請軍師出來。……（見
> 介）大王，今乃黃道吉日，正好起兵。（副淨）請你出來，正是爲此。……〔註35〕

上述戲劇行動事件觀之，以「竊發」一詞，具有私下起兵肇事之戲劇行動性；而「再聘」一詞在此使用並不合適。在〈結構第一〉中，論及填詞制曲之道，前人創作皆以音律爲首，李漁卻把結構放在最前，並且認爲作傳奇，要有奇事，方有奇文，且亦提道「命題」的重要性。由以上三齣可以看出，李漁首重結構第一的重要性，云

> 填詞首重音律，而予獨先結構者，以音律有書可考，其理彰明較
> 著。……故作傳奇者，不宜卒急拈毫，袖手於前，始能疾書於後。
> 有奇事，方有奇文，未有命題不佳，而能出其錦心，揚爲繡口者也。

〔註36〕

要討個沒趣。（副淨）既然如此，近來名士也多，不希罕他一個，我就另扯別
人。（淨）定要是他才好。我有道理，他近日閉關靜坐，再不出門。聞得也冷
靜不過，要許仙傳去陪伴他。難道小許陪伴得，我們就陪伴不得？只怕他不肯
收留，倒弄出個沒意思。須要問他相好的人，討得一封薦書，再辦些禮物帶去。
往常是男女嫖婦人，我們翻起案來，婦人倒去嫖男女。這樣湊趣，他難道還不
收留？（丑、副淨）有理，有理！既然如此，各人去討薦書，且看他留那一個？。
見李漁：《笠翁傳奇十種·上》，見《李漁全集》，卷2，頁430～431。
〔註35〕李漁：《笠翁傳奇十種·下》，見《李漁全集》，卷2，頁176。
〔註36〕李漁：《閒情偶寄》，見《李漁全集》，卷11，頁4。

可見李漁對命題的重要性，排於首位。如果所命的題目不好，豈能讓演員演唱，觀者動容呢？本文所強調齣目名稱具有戲劇行動性，成為評價關目「新」、「奇」、「好」、「妙」的重要論點，由此證實。

第四節　《巧團圓》與《愼鸞交》的齣數與齣目商榷

在第二節「表2-2　各版本齣目名稱差異一覽表」中，曾論述《巧團圓》與《愼鸞交》兩劇在劇本形式上齣數與齣目所有出入，以下分別論述其狀況。

一、論《巧團圓》未見第十七齣與第十六齣〈途分〉的兩組戲劇行動事件

《巧團圓》各版本間的齣目名稱及齣數整理如下。

表2-3　《巧團圓》各版本齣目名稱一覽表

版本\項次	世德堂藏板《笠翁傳奇十種》齣數	世德堂藏板《笠翁傳奇十種》齣名	翼聖堂藏板《笠翁傳奇十種》卷數	翼聖堂藏板《笠翁傳奇十種》齣名	廣聖堂藏板《笠翁十二種曲》集數	廣聖堂藏板《笠翁十二種曲》齣名	浙江古籍出版社排印本《李漁全集》齣數	浙江古籍出版社排印本《李漁全集》齣名	說明差異之處
1	一	詞源	上卷	詞源	元集	詞源	一	詞源	同
2	二	夢訊	上卷	夢訊	元集	夢訊	二	夢訊	同
3	三	議贅	上卷	議贅	元集	議贅	三	議贅	同
4	四	試艱	上卷	試艱	元集	試艱	四	試艱	同
5	五	爭繼	上卷	爭繼	元集	爭繼	五	爭繼	同
6	六	書帕	上卷	書帕	元集	書帕	六	書帕	同
7	七	闖氛	上卷	闖氛	元集	闖氛	七	闖氛	同
8	八	默訂	上卷	默訂	亨集	默訂	八	默訂	同
9	九	懸標	上卷	懸標	亨集	懸標	九	懸標	同
10	十	解紛	上卷	解紛	亨集	解紛	十	解紛	同
11	十一	買父	上卷	買父	亨集	買父	十一	買父	同
12	十二	掠媪	上卷	掠媪	亨集	掠媪	十二	掠媪	同
13	十三	防辱	上卷	防辱	亨集	昉辱	十三	防辱	「昉」字應屬誤刻

版本 項次	世德堂藏板《笠翁傳奇十種》		翼聖堂藏板《笠翁傳奇十種》		廣聖堂藏板《笠翁十二種曲》		浙江古籍出版社排印本《李漁全集》		說明差異之處
	齣數	齣名	卷數	齣名	集數	齣名	齣數	齣名	
14	十四	言歸	上卷	言歸	亨集	言歸	十四	言歸	同
15	十五	全節	上卷	全節	亨集	全節	十五	全節	同
16	十六	途分	上卷	途分	亨集	途分	十六	途分	同
17	十七	？	上卷	？	亨集	？			刻本未見第十七齣。〔註37〕
18	十八	剖私	下卷	剖私	利集	剖私	十七	剖私	
19	十九	變餉	下卷	變餉	利集	變餉	十八	變餉	同
20	二十	驚燹	下卷	驚燹	利集	驚燹	十九	驚燹	同
21	廿一	追踪	下卷	追踪	利集	道踪	二十	追踪	「道」字應屬誤刻
22	廿二	聞詔	下卷	聞詔	利集	聞詔	廿一	聞詔	同
23	廿三	詫老	下卷	詫老	利集	詫老	廿二	詫老	同
24	廿四	傷離	下卷	傷離	利集	傷離	廿三	傷離	同
25	廿五	認母	下卷	認母	利集	認母	廿四	認母	同
26	廿六	爭購	下卷	爭購	利集	爭購	廿五	爭購	同
27	廿七	得妻	下卷	得妻	貞集	得妻	廿六	得妻	同
28	廿八	聞耗	下卷	聞耗	貞集	聞耗	廿七	聞耗	同
29	廿九	途窮	下卷	途窮	貞集	途窮	廿八	途窮	同
30	三十	疊駭	下卷	疊駭	貞集	疊駭	廿九	疊駭	同
31	卅一	拉引	下卷	拉引	貞集	拉引	三十	拉引	同
32	卅二	巧聚	下卷	巧聚	貞集	巧聚	卅一	巧聚	同
33	卅三	原夢	下卷	原夢	貞集	原夢	卅二	原夢	同
34	卅四	譁嗣	下卷	譁嗣	貞集	譁嗣	卅三	譁嗣	同

〔註37〕所有刻本皆未刻有第十七齣，浙江古籍出版社將第十八齣〈剖私〉以後提前排序。

　　由上表可以看出，眾刻本中《巧團圓》第十七齣，未行刊刻，便刻第十八齣〈剖私〉，形成該劇有三十四齣之名，實則三十三齣，而浙江出版社直接將第十八齣〈剖私〉更爲第十七齣，排印爲三十三齣。後人如不參閱刻本，則不見其眞貌。

　　而第十六齣〈途分〉，該齣可分爲兩組戲劇行動事件，且前後戲劇行動者也非同一人，是否可將其分爲兩齣。林靜如與胡元翎都曾提出不同的意見與看法。《巧團圓・途分》一齣，林靜如視爲粗細短場〔註 38〕。而該齣是認定爲短場戲或過場戲，是值得探討的議題。該齣可分爲兩組戲劇行動事件，且前後場戲劇行動者各有其人，是以認爲將其分爲兩齣的重要依據之一。首先，〈途分〉一齣用了羽調【勝如花】兩支，中呂【泣顏回】兩支（後一首記有前腔換頭），正宮【催拍】兩支，最後以【一撮棹】作收。試想李漁會將一個過場戲以三個宮調，七支曲子來完成嗎？再者，前一齣〈全節〉用了八支曲子，後一齣〈剖私〉亦用了六支曲子。林靜如視〈全節〉爲中細正場、〈剖私〉爲文細正場，爲何要將〈途分〉視爲粗細短場呢？「短場」雖具一定之表演份量，但其戲劇行動事件推動情節是較爲緩慢的，主要是在強調表現戲劇行動者的人物心理轉折過程，以抒情的文場戲爲主。胡元翎論及關目份量時〔註 39〕，則認爲〈全節〉爲次場，〈途分〉爲次場，〈剖私〉爲重場。

　　就《巧團圓・途分》戲劇行動事件而言，前半場以尹厚（外扮，別號小樓）與姚繼（生扮，姚繼原爲尹厚之子，小時候被拐賣給布商姚家。）船上分別事件，後半場以尹厚（外）對姚器汝（小生扮，棄官回鄉後，改名爲曹玉宇。）述說認姚繼爲子，以及謊稱姓名籍貫一事，最後姚器汝爲尹厚找出解決之道。從劇本曲文來看：

> （淨丟行李，丑推生上岸介）（生背行李上肩，望外哭介）爹爹，孩兒去了，你好生保重。（外亦哭介）我兒你去罷！自家愛惜身子，早些回來。（生回顧掩淚下，淨、丑拽篷介）風越大了，大家呷酒去。（同下）（外）我只說行到漢口，還有一會工夫，有許多說話不曾講得。如今慌慌張張推他上去，萬一有要緊話忘了，却怎麼處？待我把心上的事情，從頭再想一遍。
>
> 【泣顏回】家事不輕微，盡堪養子供妻。這一句是講過的了。（屈一指介）家門榮顯，傳米尚有餘貴。這一句也是講過的了。（又屈一指介）前妻現在，

〔註 38〕林靜如：〈李漁的音律理論在《笠翁傳奇十種》中的實踐〉，附錄頁 19。
〔註 39〕胡元翎的關目份量分類請參閱其專著《李漁小說戲曲研究》，頁 245～246。

望歸人、定把門兒倚。這一句也是講過的了。（又屈一指介）姓和名久著人
間，尹小樓是人皆識。

> 呀！不好了！這是第一句話，反不曾講得，卻怎麼了？……〔註40〕

尹厚將義子姚繼送上岸後，突然想到，忘了跟姚繼說出真名實姓〔註41〕。當
眾人下後，尹厚一人吊場，自述心頭之後，發現未告知姚繼實情。尹厚急欲
要上岸，就在眾人不依、又打又罵之下，姚器汝幫其解決此問題，其云

> 【前腔】（按：正宮【催拍】）他負長才不憂數奇，要尋親何辭百罹。況
> 有先幾，況有先幾，指引迷途，不仗人力；一紙蠅頭，便使來歸。
> 忙歸去把姓氏標題，遍貼向，路東西。〔註42〕

尹厚也認同姚器汝之看法，作下決定。

> （外）也講得是。待我到家之後，把姓名住處，多寫幾十張，往一切沖繁路口粘貼
> 起來。或者他看見字跡尋來相會，也不可知。承教了。〔註43〕

綜上所述，這齣戲可分作兩組戲劇行動事件，以尹厚一人吊場，作爲前後戲
劇行動事件劃分。前寫尹厚與姚繼父子分別之情；後記姚器汝解尹厚之憂。
假定尹厚一人吊場後作爲下一齣（第十七齣）的理由前提外，該齣第一個戲
劇行動事件用曲爲羽調【勝如花】兩支，中呂【泣顏回】兩支（後一首記有
前腔換頭），而尹厚一人吊場後的第二個戲劇行動事件則用正宮【催拍】兩支，
最後以【一撮棹】作收。如將〈途分〉一齣視爲過場或短場戲，那切割爲兩
齣，第十六齣〈途分一〉用四支曲牌；而李漁未刻記的第十七齣以〈途分二〉
用三支曲牌，不正符合林靜如與胡元翎對於關目份量之看法。

　　依此可以再推論一件事，李漁在前八個劇作中，齣數皆是以偶數齣作爲
收束〔註44〕，是否《巧團圓》實際爲三十四齣作收，而非虛數的三十四齣，
作爲李漁創作傳奇的法則，是可以再行商榷的。

〔註40〕李漁：《笠翁傳奇十種‧下》，見《李漁全集》，卷2，頁363。
〔註41〕在《巧團圓‧買父》一齣中，尹厚假捏了一個姓名，連同籍貫也虛構了一個
　　　　湖廣省城。
〔註42〕李漁：《笠翁傳奇十種‧下》，見《李漁全集》，卷2，頁364～365。
〔註43〕同上註，頁365。
〔註44〕在眾所認定的前後八種說法中，《憐香伴》共36齣、《風箏誤》共30齣、《意
　　　　中緣》共30齣、《蜃中樓》共30齣、《鳳求鳳》共30齣、《奈何天》共30齣、
　　　　《比目魚》共32齣、《玉搔頭》共30齣。詳文請參閱黃強〈李漁曲目的「前
　　　　後八種」與「內外八種」〉一文，見《李漁研究》，頁322～330。

二、《愼鸞交》第三十三齣齣數辨正與齣目商榷

在《愼鸞交》一劇中，世德堂藏板，內文中刻有兩次第三十三齣，齣目
名稱前爲〈譎諷〉，後爲〈修好〉，使得全劇爲三十五齣作收，實際上則有三
十六齣。而其他版本第三十三齣則以〈絕見〉爲齣名，並未出現重複刻制第
三十三齣之舉，所以皆以三十六齣作收。整理如下表：

表2-4　《愼鸞交》各版本齣目名稱一覽表

版本\項次	世德堂藏板《笠翁傳奇十種》		翼聖堂藏板《笠翁傳奇十種》		廣聖堂藏板《笠翁十二種曲》		浙江古籍出版社排印本《李漁全集》		說明差異之處
	齣數	齣名	卷數	齣名	集數	齣名	齣數	齣名	
1	一	造端	上卷	造端	元集	造端	一	造端	同
2	二	送遠	上卷	送遠	元集	送遠	二	送遠	同
3	三	論心	上卷	論心	元集	論心	三	論心	同
4	四	品花	上卷	品花	元集	品花	四	品花	同
5	五	賄篦	上卷	賄篦	元集	賄篦	五	賄篦	同
6	六	訂遊	上卷	訂遊	元集	訂遊	六	訂遊	同
7	七	拒託	上卷	拒託	元集	拒託	七	拒託	同
8	八	目許	上卷	目許	元集	目許	八	目許	同
9	九	心歸	上卷	心歸	亨集	心歸	九	心歸	同
10	十	待旦	上卷	待旦	亨集	待旦	十	待旦	同
11	十一	魔氛	上卷	魔氛	亨集	魔氛	十一	魔氛	同
12	十二	私引	上卷	私引	亨集	私引	十二	私引	同
13	十三	癡盻	上卷	癡盻	亨集	癡盻	十三	癡盼	「盻」與「盼」兩字義非等同，有所差異。
14	十四	情訪	上卷	情訪	亨集	情訪	十四	情訪	同
15	十五	厭貧	上卷	厭貧	亨集	厭貧	十五	厭貧	同
16	十六	贈妓	上卷	贈妓	亨集	贈妓	十六	贈妓	同

項次	世德堂藏板《笠翁傳奇十種》齣數	世德堂藏板《笠翁傳奇十種》齣名	翼聖堂藏板《笠翁傳奇十種》卷數	翼聖堂藏板《笠翁傳奇十種》齣名	廣聖堂藏板《笠翁十二種曲》集數	廣聖堂藏板《笠翁十二種曲》齣名	浙江古籍出版社排印本《李漁全集》齣數	浙江古籍出版社排印本《李漁全集》齣名	說明差異之處
17	十七	久要	上卷	久要	亨集	久要	十七	久要	同
18	十八	耳醋	上卷	耳醋	亨集	耳醋	十八	耳醋	同
19	十九	狠圖	下卷	狠圖	利集	狠圖	十九	狠圖	同
20	二十	席捲	下卷	席捲	利集	席捲	二十	席卷	「卷」為「捲」簡化字型。
21	廿一	債餌	下卷	債餌	利集	債餌	廿一	債餌	同
22	廿二	却媒	下卷	却媒	利集	却媒	廿二	却媒	同
23	廿三	攘婚	下卷	攘婚	利集	攘婚	廿三	攘婚	同
24	廿四	首奸	下卷	首奸	利集	首奸	廿四	首奸	同
25	廿五	雪憤	下卷	雪憤	利集	雪憤	廿五	雪憤	同
26	廿六	棄舊	下卷	棄舊	利集	棄舊	廿六	棄舊	同
27	廿七	庵遇	下卷	庵遇	貞集	菴遇	廿七齣	庵遇	「庵」與「菴」通同字。
28	廿八	窮追	下卷	窮追	貞集	窮追	廿八	窮追	同
29	廿九	就縛	下卷	就縛	貞集	就縛	廿九	就縛	同
30	三十	受降	下卷	受降	貞集	受降	三十	受降	同
31	卅一	悲控	下卷	悲控	貞集	悲控	卅一	悲控	同
32	卅二	譎諷	下卷	譎諷	貞集	譎諷	卅二	譎諷	同
33	卅三	譎諷	下卷	絕見	貞集	絕見	卅三	絕見	齣數及名稱皆有差異。〔註45〕
34	卅三	修好	下卷	修好	貞集	修好	卅四	修好	同
35	卅四	計竦	下卷	計竦	貞集	計竦	卅五	計竦	同
36	卅五	全終	下卷	全終	貞集	全終	卅六	全終	同

〔註45〕世德堂藏板內文刻有兩次第三十三齣,齣目名稱前為〈譎諷〉,後為〈修好〉。其他版本第三十三齣則以〈絕見〉為齣名。

從上表可以看出幾點問題，如下說明：

（一）為通同字或文字簡化後所產生的問題，並無傷於主體結構。

（二）為誤寫別字問題，在世德堂藏板刻本、翼聖堂藏板刻本、及廣聖堂藏板刻本中第十三齣皆以〈癡盼〉為名，在浙江出版社中才更名為〈癡盼〉。「盼」帶有怨恨、怒目而視之意；而「盼」有看、想望、眼睛黑白分明，三種意義存在。觀李漁對於此齣的戲劇行動事件安排，是描寫廣陵王又嬙（旦），托好友鄧蕙娟代為擇婿，但又心生懷疑，待人來報喜訊後，心事釋懷一事。觀戲劇行動者王又嬙以五支曲子及道白完成此一戲劇行動事件，皆帶有怨恨之意。故浙江出版社將「盼」更字為「盼」，有將文意消弱之舉，應正名為〈癡盼〉為合適。

（三）《憐鸞交》一劇在版本比對中，出現齣數及齣名上產生名不符實的狀況。世德堂藏板的《憐鸞交》重覆刻製第三十三齣，造成全劇為三十五齣作收，實際上為三十六齣。而齣目名稱自第三十三齣起為〈譎諷〉（與第三十二齣同名）、〈修好〉、〈計竦〉、〈全終〉。而其他版本，翼聖堂藏板刻本、廣聖堂藏板刻本、及浙江古籍出版，皆為第三十三齣〈絕見〉、第三十四齣〈修好〉、第三十五齣〈計竦〉、第三十六齣〈全終〉，以三十六齣作收，名實相符。

上述種種推論，可知李漁在劇作的齣數上，應屬偶數齣作為收束，尤其是在眾所認定的內外八種，《憐香伴》共 36 齣、《風箏誤》共 30 齣、《意中緣》共 30 齣、《蜃中樓》共 30 齣、《凰求鳳》共 30 齣、《奈何天》共 30 齣、《比目魚》共 32 齣、《玉搔頭》共 30 齣；而後作的《憐鸞交》共 36 齣，以及《巧團圓》是否為 34 齣是可再商榷的。

第五節　「齣目」、「關目」與「戲劇行動事件」的關係

傳統戲曲劇本中，「關目」一詞往往與劇目、情節混淆，而「關目」往往出自劇本的眉批評點。本節先行界定「關目」一詞用法，並佐以西方戲劇理論的「戲劇行動概念」、「戲劇行動體系」說法，論證評定關目的優劣，具有戲劇行動性之概念。

「關目」一詞，有其原義、本義、延伸義的衍異過程，大抵可以歸納出三種涵義，一為「劇目」（根據其詞彙使用時衍生而成），二為「配在戲劇中的重要情節」（本義，後來根據其詞彙使用也變成廣義的「情節」義涵），三

爲「關鍵」（原義）。李昌集《中國古代曲學史》則提出四個意義層次：其一爲今所謂故事，再準確一點說，爲有趣的故事、奇特的故事；其二爲最緊要、最重要的情節、關節；其三爲戲曲學文體概念，與「傳奇」及當今的「戲劇」概念大體同義，其四爲劇本之意。〔註46〕

「關目」一詞，首先出現於元代，如《元刊雜劇三十種》其中十八部劇作在劇名前冠以「新編關目」、「新刊關目」字樣，表示該劇情乃是新編創作之意〔註47〕；鍾嗣成《錄鬼簿》出現「關目同」的字樣，意味著兩本雜劇情節相同〔註48〕。對於「關目」一詞涵義，侯雲舒的碩士論文〈明清戲劇理論之結構概念研究〉〔註49〕、高禎臨的〈論戲曲中的「關目」〉〔註50〕、許子漢〈戲曲「關目」義涵之探討〉〔註51〕、李惠綿〈戲曲「關目」論之興起與發展〉〔註52〕等相關文獻。大抵仍把「關目」一詞視爲「故事情節」，或者進一步理解爲「關鍵的情節」，與《中國文學通典：戲劇通典》云：

> 古代戲曲、曲藝術語。泛指情節的安排和構思。今存《元刊雜劇三十種》劇本的每劇題目之前，往往冠以「新刊關目」、「新編關目」的字樣，是說明劇本故事情節新奇的意思。明代朱有燉《香囊怨》雜劇中的人物周恭云：「這《玉合記》（按實爲《呂玉英風月玉盒記》）正可我心，又是新近老書會先生做的，十分好關目。」〔註53〕

從其敘述可以得知，未經明人更改過的《元刊雜劇三十種》中，便已出現「關

〔註46〕原文參見李昌集：《中國古代曲學史》，頁 209～211。

〔註47〕《新校元刊雜劇三十種》，又名《元刻古今雜劇三十種》、《覆元槧古今雜劇三十種》。1958 年由上海商務印書館珂羅版影印古本戲曲叢刊編輯出版《古本戲曲叢刊四集・元刊雜劇三十種》；1962 年，有鄭騫校訂《校訂元刊雜劇三十種》；1980 年，徐沁君參考二十二種相關版本，校點出版《新校元刊雜劇三十種》一書，本文係參考其參校成果。

〔註48〕鍾嗣成：《錄鬼簿》，見《中國古典戲曲論著集成》，冊二，頁 111。

〔註49〕侯雲舒：〈明清戲劇理論之結構概念研究〉，（國立中山大學中國文學研究所，碩士論文，1994 年）。

〔註50〕該文先於《嶺南學刊》上發表後，收錄於碩士論文中。高禎臨：〈明傳奇六十種曲戲劇情節研究〉，（東海大學中國文學研究所，碩士論文，1994 年）。

〔註51〕許子漢〈戲曲「關目」義涵之探討〉，《東華人文學報》，第 2 期，2000 年 7月，頁 125～142。

〔註52〕該文發表在 2001 年 12 月 5～16 日的「宋元文學學術研討會」上，並收錄於《宋元文學學術研討會論文集》，（台北：東吳大學中文系出版，2002 年 3 月），頁 173～219。

〔註53〕么書儀等編著：《中國文學通典：戲劇通典》，頁 109。

目」一詞，重新檢閱《元刊雜劇三十種》共得十八個劇本使用「關目」一詞。
據高禎臨的考察結果，元明清三代，鍾嗣成的《錄鬼簿》、賈仲明《錄鬼簿續
編》、朱有燉〈繼母大賢・傳奇自引〉、李贄《焚書》、湯顯祖的玉茗堂曲評、
臧懋循《元曲選》、徐復祚《曲論》、王驥德《曲律》、馮夢龍《墨憨齋定本傳
奇》、呂天成《曲品》、凌濛初《譚曲雜箚》、祁彪佳《遠山堂曲品》及《遠山
堂劇品》、金聖歎《第六才子書西廂記》、李漁《閒情偶寄》、梁廷柟《藤花亭
曲話》……等元明清的戲曲理論文獻中，便以「關目好」、「關目佳」、「無關
目」……等作爲評語。〔註54〕到了近代，隨著戲曲理論的發展，以及西方戲
劇理論的引進，「關目」一詞才漸漸不被使用。

　　李斗《揚州畫舫錄》卷五〈新城北錄下〉所錄黃文暘《曲海》二十卷的
序目云：

> 乾隆辛丑間，奉旨修改古今詞曲。予受鹽使者聘，得與修改之列，兼
> 總校蘇州織造進呈詞曲。因得盡閱古今雜劇傳奇，閱一年事竣。追憶
> 其盛，擬將古今作者各撮其關目大概，勒成一書。即成，爲總目一卷，
> 以記其人之姓氏。然作是事者多自隱其名，而妄作者又多僞託名流以
> 欺世，且其時代先後，尤難考核。即此總目之成，已非易事矣。〔註55〕

依文意「總目一卷」的內容就是「將古今作者各撮其關目大概」。意思是將古
今戲曲的劇名繫於各個作者名下。我們不能看到「撮其關目大概」就一定認
爲是劇情提要，因爲作者說的是「古今作者」的「關目大概」而不是「古今
戲曲」的「關目大概」。這裡所說的「關目」似應作「劇目」解。

　　透過「關目」一詞的整理爬梳，可知「關目」一詞具有多義性，有時作
「重要情節」解釋，有時亦作「劇目」解讀。筆者進行「關目」一詞的再詮
釋時，認爲元明清的戲曲理論文獻中，對於劇作上的眉批註解〔註56〕，其評
語「關目好」、「關目佳」、「無關目」是指對「戲劇行動事件」安排的評價。
推論及此，從「關目」一詞的多義性，擇「劇目」、「關鍵的情節」以及「故
事情節」來看，不如將「關目」情節，視爲「齣目」命名依據。李漁劇作的
齣目，如以「戲劇行動事件的安排」作爲命名依據。假使這一假設是成立的，

〔註54〕「關目」一詞解釋，詳文請參閱高禎臨：〈明傳奇六十種曲戲劇情節研究〉，
　　　　頁42～66。
〔註55〕李斗：《揚州畫舫錄》，卷五〈新城北錄下〉，頁111。
〔註56〕中國戲劇劇本評點的眉批中，被認爲是游離於情節之外的東西，卻是中國戲
　　　　曲「關目」評論的出處。

那麼界定「關目」具有戲劇行動事件的涵義，與「齣目」可以爲一體兩面，亦可分離使用。以下本文以《笠翁傳奇十種》的齣目做一檢驗。首先，選用世人周知的世德堂藏板所刻之齣目：

表 2-5 《笠翁傳奇十種》齣目（以馬漢茂編《李漁全集》的《世德堂藏板》爲例）

劇名／齣數	憐香伴	風箏誤	意中緣	蜃中樓	凰求鳳	奈何天	比目魚	玉搔頭	巧團圓	慎鸞交
1	破題	顛末	大意	幻因	先聲	崖畧	發端	拈要	詞源	造端
2	婚始	賀歲	名逋	耳卜	避色	慮婚	耳熟	呼嵩	夢訊	送遠
3	僦居	閨鬨	毒餌	訓女	夥謀〔註57〕	憂嫁	聯班	分任	議贅	論心
4	齋訪	郊餞	寄扇	獻壽	情餌	驚醜	別賞	訊玉	試艱	品花
5	神引	習戰	畫遇	結蜃	籌婚	隱妬	辨賊	奸圖	爭繼	賄篋
6	香詠	糊鷂	奸囮	雙訂	倒嫖	逃禪	決計	微行	書帕	訂遊
7	閨和	題鷂	自媒	婚諾	先醋	媒欺	入班	篋鬨	鬮氛	拒託
8	賄薦	和鷂	先訂	述異	遇賢	倩優	寇發	締盟	默訂	目許
9	氈集	囑鷂	移寨	婣阻	媒間	誤相	草扎	弄兵	懸標	心歸
10	盟謔	請兵	囑婢	離愁	冥冊	助邊	改生	講武	解紛	待旦
11	請封	鷂誤	賺婚	惑主	心離	醉巹	狐威	贈玉	買父	魔氛
12	狂喜	冒美	錯怪	怒遣	入場	焚券	肥遯	拾愁	掠嫗	私引
13	諂笑	驚醜	送行	望洋	報警	軟誆	揮金	情試	防辱	癡盼
14	倩媒	遣試	露醜	抗婣	拐僭	狡脫	利逼	抗節	言歸	情訪
15	逢怒	堅壘	入幕	授訣	婣詫	分擾	偕亡	逆氛	全節	厭貧
16	鞅望	夢駭	悟詐	點差	酸報	妬遣	神護	飛艑	途分	贈妓
17	溫發	媒爭	毒誆	鬮鬧	貼招	攢羊	徵〔註58〕利	讐玉	╲	久要
18	驚颺	艱配	沉奸	傳書	囚鸞	改圖	回生	得像	剖私	耳醋

〔註57〕目錄爲夥「媒」，正文標目爲夥「謀」。從其戲劇行動事件來看「夥謀」一詞爲之恰當。

〔註58〕目錄爲「徵」利，正文標目爲「征」利。「征」和「徵」通，有收取之意。

劇名 齣數	憐香伴	風箏誤	意中緣	蜃中樓	凰求鳳	奈何天	比目魚	玉搔頭	巧團圓	慎鸞交
19	冤襯	議婚	求援	義舉	揭招	逼嫁	村姥	偵誤	變餉	狠圖
20	議遷	蠻征	借兵	激怒/ 寄書 〔註59〕	阻兵	調美	再聘/ 竊發 〔註60〕	收奸	驚燹	席捲
21	緘愁	婚鬧	捲簾	龍戰	翻卷	巧怖	贈行	聞警	追踪	債餌
22	書空	運籌	救美	寄恨	畫策	籌餉	譎計	極諫	聞詔	却媒
23	隨車	敗象	返棹	回宮	傳捷	計左	僞隱	避兵	詫老	攘婚
24	拷婢	導淫	赴任	辭婚	假病	擄俊	榮發	錯獲	傷離	首奸
25	聞試	凱〔註61〕 宴	遣媒	試術	妬悔	密籌	假神	誤投	認母	雪憤
26	女較 〔註62〕	拒姦	拒妁	起爐	墮計	師捷	詒冊	謬獻	爭購	棄舊
27	驚遇	聞捷	設計	驚焰	作難	錫祺	定優	得實	得妻	庵遇
28	簾阻	逼婚	誑姻	煮海	悟奸	形變	巧會	止兵	聞耗	窮追
29	搜挾	詫美	見父	運寶	聞捷	夥醋	攀轅	擒王	途窮	就縛
30	強媒	釋疑	會眞	乘龍	讓封	鬧封	奏捷	媲美	疊駭	受降
31	賜姻						誤擒		拉引	悲控
32	覿美						駁聚		巧聚	譎諷
33	出使								原夢	譎諷 〔註63〕 /修好
34	矢貞								謹嗣	計竦
35	並封									全終
36	歡聚									

〔註59〕目錄爲「激怒」，正文標目爲「寄書」。從其戲劇行動事件來看「激怒」一詞更爲貼切。

〔註60〕目錄爲「再聘」，正文標目爲「竊發」。從其戲劇行動事件來看「竊發」一詞爲之恰當。

〔註61〕目錄爲「覬」宴，正文標目爲「凱」宴。從其戲劇行動事件來看「凱宴」一詞爲之恰當。

〔註62〕目錄爲女「校」，正文標目爲女「較」。從其戲劇行動事件來看「女較」一詞爲之恰當。

〔註63〕目錄爲「修好」，正文第三十三齣出現兩次標目，前爲「譎諷」，後爲「修好」。

　　由上表可知，除《風箏誤》第十三齣〈驚醜〉與《奈何天》第四齣〈驚醜〉，以及《風箏誤》第二十七齣〈聞捷〉與《凰求鳳》第二十九齣〈聞捷〉同名外，其他齣目皆不相同，連明清傳奇第一齣所謂的家門大意，李漁都匠心獨具的取名爲〈破題〉、〈顛末〉、〈大意〉、〈幻因〉、〈先聲〉、〈崖畧〉、〈發端〉、〈拈要〉、〈詞源〉、〈造端〉。

　　李漁《閒情偶寄・結構第一》中「脫窠臼」提到：

> 古人呼劇本爲「傳奇」者，因其事甚奇特，未經人見而傳之，是以得名，可見非奇不傳。新即奇之別名也，若此等情節業已見之戲場，則千人共見，萬人共見，絕無奇矣，焉用傳之？

> 吾謂塡詞之難，莫難於洗滌窠臼，而塡詞之陋，亦莫陋於盜襲窠臼。……窠臼不脫，難語塡詞，凡我同心，急宜參酌。〔註64〕

李漁爲「情節」求新求奇，使其「關目」新奇，在「齣名名稱」上能不求新求奇嗎？由此觀乎李漁的創作與戲劇理論是可以相互應證的。

　　本文將「關目」的好壞，視爲「戲劇行動事件」優劣評價，正如將「關目」理解大抵近於「故事情節」，或者進一步理解爲「關鍵的情節」的評點。如賈仲明以「關目奇、關目嘉、關目眞、關目冷」〔註65〕、李贄以「關目好、關目妙、無關目、少關目、沒關目」〔註66〕評點劇本，此處的「關目」指的「戲劇情節」或「關鍵的情節」。透過李漁對戲劇行動事件的命名，將創作重心置於「戲劇行動者作出行動」一事，完成一劇「戲劇行動」的創作理念，進行「關目」評點，論證其具備「戲劇行動」意義上的文本創作價值。爲此，先討論西方戲劇理論對「行動」一詞的概念。在戲劇行動之初，戲劇行動便將衝突事件與戲劇行動者交代於觀眾面前，透過行動者的行爲與戲劇行動事件的發生，逐漸發展成爲情節。而我們常常所謂的「傳奇！傳奇！無奇不傳」的想法，不正是要故事新穎，關目布置上要有新的格局嗎？不正是與亞氏《創作學》提出的「戲劇行動就是創新」有不謀而合之處嗎？從本質上來分析，「情節」一事在戲劇中有其存在之必要性，戲劇情節是「做出戲劇行動又來自那個戲劇行動者」及「創新戲劇行動；而且其中最爲重要者是透過他的戲劇行動者」爲最大特色，〔註67〕正是與其他敘事文學運用代言體的方式來鋪陳故事情節不同。

〔註64〕 李漁：《閒情偶寄》，見《李漁全集》，卷11，頁9～10。
〔註65〕 王鋼：《校訂錄鬼簿三種》，頁138、140～141、152。
〔註66〕 秦學人、侯作卿編：《中國古典編劇理論資料彙輯》，頁52～55。
〔註67〕 王士儀：《亞理斯多德《創作學》譯疏》，頁83～85。

再者，所有的齣名皆有動詞為名，以大家熟知的《風箏誤》為例，扣除明清傳奇家門大意的創作原則第一齣〈顛末〉後，故事情節發展以〈賀歲〉、〈閨鬨〉、〈郊餞〉、〈習戰〉、〈糊鷂〉、〈題鷂〉、〈和鷂〉、〈囑鷂〉、〈請兵〉、〈鷂誤〉、〈冒美〉、〈驚醜〉、〈遣試〉、〈堅壘〉、〈夢駭〉、〈媒爭〉、〈艱配〉、〈議婚〉、〈蠻征〉、〈婚鬨〉、〈運籌〉、〈敗象〉、〈導淫〉、〈凱宴〉、〈拒姦〉、〈聞捷〉、〈逼婚〉、〈詫美〉、〈釋疑〉為齣名，皆有一個動詞，作為齣目命名，與西方戲劇理論的「戲劇行動概念」、「戲劇行動體系」理念，不正是相同嗎？況且，李漁《閒情偶寄・結構第一》中，便以「立主腦」作為一劇之根本，如：

> 一本戲中，有無數人名，究竟俱屬陪賓，原其初心，止為一人而設。
> 即此一人之身，自始至終，離合悲歡，中具無限情由，無窮關目，
> 究竟俱屬衍文，原其初心，又止為一事而設。此一人一事，即作傳
> 奇之主腦也。……後人作傳奇，但知為一人而作，不知為一事而作。
> 盡此一人所行之事，逐節鋪陳，有如散金碎玉，以作零齣則可，謂
> 之全本，則為斷線之珠，無樑之屋。作者茫然無緒，觀者寂然無聲，
> 又怪乎有識梨園，望之而卻走也。此語未經提破，故犯者孔多，而
> 今而後，吾知鮮矣。〔註68〕

與亞氏《創作學》中的「戲劇行動就是創新」、「做出戲劇行動又來自那個戲劇行動者」、「悲劇的創新不是一個人的一生，而是他的戲劇行動和性命」〔註69〕，不是又恰恰吻合，透過李漁對戲劇行動事件的命名，將創作重心置於「戲劇行動者作出行動」一事，完成一劇「戲劇行動」的創作理念。

本章比對幾種《笠翁十種曲》版本，在世人所周知世德堂藏板刻本、翼聖堂藏板刻本兩種外，清道光以後的刻本也是值得關注的版本，如本文所列的廣聖堂藏板刻本。其次，將各刻本與浙江古籍出版社所排印的《笠翁十種曲》錯誤之處指出。並針對李漁劇作齣數、齣目進行辨證，提出相關舉證。再次，認為李漁劇本中「齣目」名稱，建立於戲劇行動者作出戲劇行動事件的基礎上。李漁「一人一事」（「戲劇行動者作出行動」一事，完成一劇「戲劇行動」的創作理念）的概念，是可以放在一齣（折）戲中去考量。最後，進行「關目」一詞之商榷，並論證文本評點時，所用的「關目」優劣評價，可用西方戲劇批評的「戲劇行動」義涵去進行討論。

〔註68〕李漁：《閒情偶寄》，見《李漁全集》，卷11，頁8。
〔註69〕王士儀：《亞理斯多德《創作學》譯疏》，頁85。

第三章　劇本創作：李漁創作技法研究

　　本文第三章迄第五章，係文本分析《笠翁傳奇十種》與《閒情偶寄》後，分別就劇作者、導演、表演者、觀眾四個對象，以及劇本與劇場兩種創作型態進行討論。本章以「劇本創作眞實」探討李漁劇作及編劇理論之間的關係，並討論其劇本結構的形式要求。

第一節　李漁「人情物理」的創作概念

　　過去研究李漁者，不僅數量豐厚，範圍廣闊，影響亦極爲深遠。除明清曲家理論概念的交互啓發，亦影響至現代專家學者對李漁的戲劇理論觀點。就現存《閒情偶寄》注疏〔註1〕而言，各家借題發揮的注書解釋方式，常促使舊的觀念思想發生變化，因而產生新的觀念與思維，換言之，李漁的戲劇理論因各家註解的詮釋而獲得發展，雖開展李漁的戲曲理論研究，卻也同時偏離原義。

　　「回歸原典」是思想文化發展中具普遍性的規律，並非特例，在中國文學史、經學史的發展，同樣有回歸原典的問題。過去注釋《閒情偶寄》者，

〔註 1〕所見者計有 15 種：1925 年，曹聚仁校訂《閒情偶寄》；1937 年，洪爲法選注《李漁文選》；1981 徐壽凱注釋《李笠翁曲話注釋》；1981 年陳多註釋《李笠翁曲話》；1985 年單錦珩校點《閒情偶寄》（1991 年、1992 年分別再版）；1988 年，李德原譯注《李笠翁曲話譯注》；1994 年，俞爲民《李漁《閒情偶寄》曲論研究》；1996 年，李忠實譯注《閒情偶寄》；1998 年，俞爲民《李漁評傳》（2000 年再版）；1999 年，孟澤校點《人間詞話 笠翁曲話》；2000 年，民輝譯《閒情偶寄》、江巨榮、盧壽榮校注《閒情偶寄》；2002 年，艾舒仁編次、冉云飛校點：《李漁隨筆全集》；2003 年，王連海注釋《閒清偶寄圖說》；2004 年，董每戡《《笠翁曲話》拔萃論釋》。

往往會因時代觀念、解釋者的身份、詮釋的視角、解釋方法……等，悖離原典，可能有各式各樣的歧出（歧出是必然的衍義過程），在此勢必難以盡數舉出，重點放在「回歸原典」方法論的提出。提出「回歸原典」表示放棄對於各種詮釋脫離李漁戲劇理論的批判，進一步來說，就是放棄過去注釋家對李漁原典的注釋、翻譯、解釋、詮釋、評點……等解讀。〔註2〕

確認使用的原典後，從實際閱讀經驗和反省中，體會到「回歸原典」的重要性。專有名詞及其意義往往隨著時代而改變，因此，對於古代制度與器物的了解，常有助於了解古人的思想本。「文本細讀」（close reading；scruting）出現於西方文學批評中的語義學，是指審慎的閱讀作品每一個詞，揣摩它的本義與言外之意。而此處所指的「文本細讀」除認同語義學解讀的基本特徵〔註3〕：以文本為中心、重視語境對語義分析的影響、強調文本的內部組織結構外，更強調符合整體結構的全面性。

李漁身處晚明清初，雖然延續明代前期的創作思路，然經歷了易代世變之衝擊，其戲曲藝術的創作思想產生重大的變化，依據李漁創作劇本的次序以及《閒情偶寄》的創作觀，李漁為何會提出寫「人情物理」力戒「荒唐怪異」的戲劇真實觀〔註4〕。在戲劇創作這條道路上，李漁對人「性」、「情」理解所創出的「情真」論，情真而文才至，創作者必先有真情於心，方能激發創作的潛能，寫出動人的作品。李漁認為戲曲演出是一種鉤魂攝魄的表演藝術，其云：

> 如其離合悲歡，皆為人情所必至，能使人哭，能使人笑，能使人怒
> 髮衝冠，能使人驚魂欲絕，即使鼓板不動，場上寂然，而觀者叫絕
> 之聲，反能震天動地。〔註5〕

〔註2〕研究李漁者，大多以浙江古籍出版社輯編的《李漁全集》作為李漁的著作原典論述，當然也有使用馬漢茂主編《李漁全集》（1970 年由成文出版社印行），如張春樹與駱雪倫 *Crisis and Transformation in Seventeenth-Century China Society, Culture, and Modernity in Li Yü's World*（《明清時代之社會經濟巨變與新文化──李漁時代的社會與文化及其現代性》）一書，1992 出版。

〔註3〕傅修延：《文本學──文本主義文論系統研究》，頁 35～47。

〔註4〕李漁提出「戲劇真實」的說法，並非筆者首創，早在 1980 年，杜書瀛在〈李漁論戲劇真實〉一文中便提出此說法，且收錄其專書《李漁美學思想研究》中；再者，王茜於 2001 年更發表〈李漁論戲曲情節的真實性與新奇性〉一文，將李漁創作中「戲劇真實」這個議題分為「真實性」與「新奇性」兩點來區別其異同之處。出處見杜書瀛在〈李漁論戲劇真實〉、《李漁美學思想研究》，頁 17～42；以及王茜〈李漁論戲曲情節的真實性與新奇性〉一文。

〔註5〕李漁：《閒情偶寄》，見《李漁全集》，卷 11，頁 69。

這就是戲劇感人，之所以能使人「魂消」，能讓人「神怡」，能夠「傳情移人」的原因所在。李漁是在為友人徐冶公《香草亭傳奇》寫序時評論該傳奇合乎「人情物理」的創作概念，這時六十八歲的他，認為友人的劇作與其「《閒情偶寄》所論填詞意義，鮮不合轍。〔註6〕」，而「人情物理」語出「結構第一」戒荒唐款，李漁認為

> 王道本乎人情，凡作傳奇，只當求於耳目之前，不當索諸聞見之外。無論詞曲，古今文字皆然。凡說<u>人情物理</u>者，千古相傳；凡涉荒唐怪異者，當日即朽。……世間奇事無多，常事為多。物理易盡，人情難盡。有一日之君臣父子，即有一日之忠孝節義。性之所發，愈出愈奇，儘有前人未作之事，留之以待後人。……即前人已見之事，儘有摹寫未盡之情，描畫不全之態。若能設身處地，伐隱攻微，彼泉下之人，自能效靈於我，授以生花之筆，假以蘊繡之腸，製為雜劇，使人但賞極新極豔之詞，而竟忘其為極腐極陳之事者。此為最上一乘，予有志焉，而未之逮也。〔註7〕

由以上諸多論點，李漁戲劇創作與理論旨趣是如何呈現所謂的「戲劇真實」呢？所謂的「戲劇真實」是有別於「生活真實」的。生活真實乃指社會生活中實際存在的人和事，屬於客觀現實，而戲劇真實是創作者在真實的人生體驗上，通過創造力，以虛構的形式去創作出作品，呈現出事真、情真、理真的創作真實。

第二節　劇本真實：李漁戲劇創作真實的理念

以下對李漁十部劇作進行創作真實理念分析。

一、《憐香伴》的「奇人情局」戲劇創作真實

《憐香伴》，又名《美人香》。劇寫書生范介夫之妻崔雲箋，與曹語花於菴堂結識，互生憐愛之意，以「美人香」為題，互讚文才，結為姐妹，並希望語花也嫁與介夫。而周公夢從中破壞，讓語花之父曹有容怒告學使，介夫

〔註6〕原文為：「是詞幻無情為有情，既出尋常視聽之外，又在人情物理之中，奇莫奇於此矣。」全文分見兩處：李漁：〈《香草亭傳奇》序〉，見《李漁全集》，卷1，頁47。李漁：〈評鑒傳奇二種·香草吟〉一文，見《李漁全集》，卷11，頁123。
〔註7〕李漁：《閒情偶寄》，見《李漁全集》，卷11，頁13～14。

被黜。隨後，介夫改名石堅應試，有容不知石堅即介夫，愛石才華，將語花許配與石。其創作旨趣為兩女同嫁一夫之事，且妻妾能夠相見相悅、相思不捨，語見《憐香伴·破題》

> 結鴛盟的趣大娘喬妝夫婿。嫁雌郎的痴小姐甘抱衾裯。
>
> 落圈套的呆阿丈冤家空做。得便宜的莽兒郎美色全收。〔註8〕

上述四句詩點出四個人物做出四件戲劇行動事件，藉此完成該劇的雙雙聯姻，其中趣大娘為崔雲箋，痴小姐為曹語花，呆阿丈為曹有容，莽兒郎為范介夫。該劇創出新局，展示李漁早年對「相思」、「情欲」的創作概念，從第21齣〈緘愁〉

> （貼旦）小姐，從來害相思的也多，偏是你這一種相思害的奇特。「相思」二字，原從「風流」二字上生來的，若為個男子害相思叫做牡丹花下死，做鬼也風流，你又不曾見個男子的面。那范大娘是個女人，他有的，你也有；你沒有的，他也沒有。風不風，流不流，還是圖他那一件，把這條性命送了？看來都是前生的冤業。
>
> 【宜春樂】【宜春令】（小旦）你道是冤無主，債沒頭，這相思渾同贅瘤。呆丫頭，你只曉得「相思」二字的來由，却不曉得「情慾」二字的分辨。從肝膈上起見的叫做情，從衽席上起見的叫做欲。若定為衽席私情才害相思，就害死了也只叫做個欲鬼，叫不得個情痴。從來只有杜麗娘才說得個「情」字。你不見杜家情實，何曾見個人兒柳？我死了，范大娘知道，少不得要學柳夢梅的故事。痴麗娘未必還魂，女夢梅必來尋柩！我死，他也決不獨生。我與他，原是結的來生夫婦，巴不得早些過了今生。【大勝樂】相從不久，今生良願，來世相酬！〔註9〕

從中，兩位女子之間的愛憐情感，以及女子相思風流的創作新意由然生成，難怪李漁會在劇末寫出「傳奇十部九相思，道是情痴尚未痴。獨有此奇人未傳，特翻情局愧填詞。〔註10〕」的奇人情局之事，但李漁的好友虞巍就不是那麼看待，其序寫道：

> 當場者莫竟作亡是公看也。笠翁攜家避地，窮途欲哭。余……見其妻妾和諧，皆幸得御夫子，雖長貧賤，無怨。不作《白頭吟》，另具紅拂眼，是兩賢不但相憐，而直相與憐李郎者也。〔註11〕

〔註8〕李漁：《笠翁傳奇十種·上》，見《李漁全集》，卷2，頁7。
〔註9〕同上註，頁69。
〔註10〕同上註，頁110。
〔註11〕同上註，頁3。

可見虞巍認為李漁能夠創作出這情節，故事應發想於自身的生活處境，透過生活真實，創作出劇本的情節真實，而其戲劇真實也就此產生，而《憐香伴》的奇人情事、相思風流、創奇出新也在第一部傳奇中展現出來。

二、《風箏誤》的「誤會離奇」戲劇創作真實

《風箏誤》創作旨趣為一紙風箏引發的才子佳人愛情故事。劇寫書生韓世勛（琦仲）才貌雙全，雙親亡故，由世伯戚輔臣撫養成人。戚子友先，乃酒色之徒，與韓同窗。詹武承妾梅氏、柳氏各有一女，梅氏女愛娟醜陋無知，柳氏女淑娟美貌有才。李漁透過創作，將一連串不可能的事件變成可能，展開《風箏誤》傳奇中一連串不和諧的戲劇創作真實。《風箏誤・顛末》寫著：「放風箏，放出一本簇新的奇傳。相佳人，相著一付絕精的花面。贅快婿，贅著一個使性的冤家。照醜妻，照出一位傾城的嬌艷。〔註12〕」因清明節放一只題詩的風箏而引發的錯誤、巧合、以假冒真的情節，使得李漁寫末腳一登場便言道

> 好事從來由錯誤，劉、阮非差，怎入天台路？若要認真才下步，反
> 因穩極成顛仆。更是婚姻拿不住。欲得嬌娃，偏娶強顏婦。橫豎總
> 來由定數，迷人何用求全悟。〔註13〕

李漁在戲劇創作這條道路，除了呈現創作要將不可能的事件變成可能的劇本創作真實外，對於戲劇創作觀念他有著另外的期待，他認為觀者觀看傳奇，使其發「笑」是他的任務與目的，不然不會寫出「傳奇原為消愁設，費盡杖頭歌一闋。何事將錢買哭聲，反令變喜成悲咽？惟我填詞不賣愁，一夫不笑是吾憂。舉世盡稱彌樂佛，度人禿筆始堪投。〔註14〕」這樣的卷末言論，而戲劇創作如何迎合觀眾的要求，李漁在《風箏誤》劇中多寫歡樂，少述憂愁，且創作出與期待悖反、與事理相反的喜劇情境，正如樸齋主人在篇末總評說的：

> 是劇結構離奇，鎔鑄工煉，掃除一切窠白，向從來作者搜尋不到處，
> 另闢一境，可謂奇之極，新之至矣！然其所謂奇者，皆理之極平；
> 新者，皆事之常有。近來牛鬼蛇神之劇充塞宇內，使慶賀宴集之家，
> 終日見鬼遇怪，謂非此不足悚人觀聽。詎知家常事中，盡有絕好戲
> 文未經做到耶！是劇一出，鬼怪遁形矣。〔註15〕

〔註12〕李漁：《笠翁傳奇十種・上》，見《李漁全集》，卷2，頁117～118。
〔註13〕同上註，頁117。
〔註14〕同上註，頁203。
〔註15〕同上註，頁203。

樸齋主人所謂的「離奇」、「奇之極，新之至」就是對李漁戲劇創作眞實觀的評價。李漁在一連串不可能發生的誤會事件又巧合的情境下，完成創作眞實，在《風箏誤》中，在第十三齣〈驚醜〉貌醜的愛娟在自家院中拾得風箏後，誤以爲情詩爲戚家風流公子所爲，於是主動密約。韓世勛則誤以爲密約乃詹家二小姐淑娟對自己多情眷顧，欣然赴約。誰知一見面，竟是那麼一個性劣貌陋的女子，不禁「驚醜」而逃。而這都源自「一紙風箏」。緊接著在第十四齣〈遣試〉韓世勛認定所見醜女即詹家二小姐淑娟，於是告訓自己

> 我吃過這一次虛驚，以後的婚期，切記要仔細！一不可聽風聞的言語，二不可信流傳的筆札，三不可拘泥要娶閥閱名門。從來絕代佳人，都出在荒村小戶，總之要以目擊爲主。古人三十而娶，不是故意要遲，想來也是不肯草草的緣故。〔註16〕

於第二十一齣〈婚鬧〉中，詹父爲愛娟議婚，愛娟誤以爲對象就是密約時見到的那個才子（韓世勛），而戚友先則誤以爲自己將要娶的新娘，是美貌絕倫的淑娟。洞房之夜，眞相大白，驚疑失措，但無奈已是生米煮成熟飯，便只好將錯就錯。而才子佳人的誤會，未就此結束。第二十九齣〈詫美〉，韓高中狀元，上司詹烈侯執意將女兒淑娟許配給他。韓誤以爲是當初見到的那位醜婦，心中抵死不願娶，但又不敢違命。待到洞房之夜，他如坐針氈，故用扇子遮面獨守，此舉自然會引起新娘淑娟的誤會。直到第三十齣〈釋疑〉，才揭出這「一紙風箏引來錯誤」的眞相。

三、《意中緣》、《玉搔頭》的「眞人虛事」戲劇創作眞實

（一）《意中緣》創作與旨趣

《意中緣》劇寫窮秀才之女楊雲友、名妓林天素追求畫家董其昌與陳眉公，且雙雙生情成爲眷屬一事。故事大意見第一齣〈大意〉

> 【慶清朝慢】董子、陳生，齊名當世，文詞翰墨兼長。有女雙耽畫癖，各仿才郎。瞥見情留尺幅，分頭擬效鴛鴦。風波起，一投陷阱，一欲強梁。從奸黨，隨豪客，周旋處，大節保無傷。賴有江生丈義，徹底助勷。救出男妝女士，便充佳婿代求凰。逢良友，齊歸趙璧，各自成雙。名士逃名，偶拉同心友。才女憐才，誤落奸人手。兩番嫁婿，都是假姻緣。一旦逢親，才完眞配偶。〔註17〕

〔註16〕 李漁：《笠翁傳奇十種‧上》，見《李漁全集》，卷2，頁151。
〔註17〕 同上註，頁321。

該劇開場便說出創作的旨趣在「戲場配合不由天，別有風流掌院。〔註18〕」，為何說是戲場呢？黃媛介在《意中緣・序》可以提供參考〔註19〕。這是因為確有真人真事，林天素、楊雲友、董玄宰、陳仲醇四人相遇一事，而李漁將過去的事件成為創作，也就是將生活真實寫入劇本之中，形成另一種戲劇創作真實。使得李漁在劇末以尾聲、下場詩，充份表達創作出「真人虛事」的寫作，並進而告誡自己以後不要再以生活真實的實例入題。《意中緣》尾聲所道：

> 意中緣，今遂了。虧個文人把天再造，不枉把恨事從頭說一遭。
>
> 李子年來窮不怕，慣操弱翰與天攻。
>
> 佳人奪取歸才士，眼淚能教變笑容。
>
> 非是文心多倔強，只因老耳欠龍鍾。
>
> 從今懶聽不平事，怕惹閒愁上筆鋒。〔註20〕

（二）《玉搔頭》創作與旨趣

《玉搔頭》，一名《萬年歡》。劇寫明朝正德皇帝朱厚照眷戀妓女劉倩倩，將其納入宮中，封為貴妃的故事。於第一齣〈拈要〉寫到

> 看上皇帝要從良，劉妓女的眼睛識貨。
>
> 誤收窈窕入椒房，萬小姐的姻緣不錯。
>
> 力保金甌無缺陷，許靈寶的擔荷非輕。
>
> 削平藩亂定家邦，王新建的功勞最大。〔註21〕

此劇是舊聞逸事，劇寫明武宗欲親選美女，出宮私服微行。太原周二娘有養女劉倩倩，面貌姣好，喜讀詩書，未接客先矢志從良，是青樓中不更二夫的貞女。武宗聞得倩倩有絕世姿容，又要擇人而與，特去相訪。倩倩見武宗儀表非凡，推心相待，兩人情意相投，訂下同歸之約，武宗準備回京後遣車馬來迎。臨別時，倩倩以家傳玉搔頭一支相贈，作為迎娶之信物。武宗不慎於途中丟失，為范欽之女淑芳拾得。倩倩不知武宗為當今天子，當內侍以皇帝名義來宣召她時，倩倩不見玉搔頭，矢志守約，誓死不奉詔，逃往他鄉。武宗再次微服到至太原，只見人去樓空，就將倩倩畫像複製多份，各處訪尋。

〔註18〕李漁：《笠翁傳奇十種・上》，見《李漁全集》，卷2，頁321。
〔註19〕同上註，頁317～318。
〔註20〕同上註，頁417～418。
〔註21〕同上註，頁219～220。

范淑芳拾得玉搔頭，而容貌又與畫像相似，被送入宮。倩倩經一番曲折，也被送入宮，與范女同被封爲貴妃。雖說睡鄉祭酒在全劇後的〈總評〉中提及：「武宗之面目，久現於優孟衣冠。嫖院一事，可謂家喻而戶曉者矣！〔註22〕」李漁此劇之主要情節，當取材於這些「優孟衣冠」、「家喻而戶曉」之故事，但在創作過程中，雖正史、稗官野史有記載正德皇帝微服私游，或言及明武宗幸劉倩及娶范欽女之事，但《玉搔頭》明顯違背了「歷史眞實」走向了「戲劇創作眞實」，據汪德淵《今事廬隨筆》一書云

> 予舊見揚州某宅，藏有《玉搔頭》傳奇稿本，中敘明武宗南巡，在
> 揚州閱兵諸事，歷歷如繪，皆爲正史所不備者，詎但一朝樂府已哉！
> 其記武宗簪花戎服，與《陔餘叢考》所引者相同，誠曲中之史也。
> 〔註23〕

李漁創作《玉搔頭》筆墨旨趣始終不離武宗獵色之心、妓女遇貴之幸，只因歡娛太過，招致國家傾亡，雖然情節安排並未改變他一貫對於男女風情的津津樂道，且運用誤會、巧合、錯認等戲劇性因素來達到劇作的喜劇效果。

《意中緣》、《玉搔頭》兩劇中，皆藉由眞人虛事的一段愛情故事，經創作改動，使得事件難以分辨出孰眞孰幻，而這種採用了歷史上實有其人、借前代實事，進行創作，或許在創作上會違背歷史的眞實性；但如何從「歷史眞實」取出「新意」來進行創作，李漁的「戲劇創作眞實」則更加確立。李漁在〈曲部誓詞〉說：「幻設一事，即有一事之偶同；喬命一名，即有一名之巧合。〔註24〕」認爲創作中的一切人物、情節並不一定是歷史上曾經眞實發生過的事實。雖說戲劇創作來源於生活，但並不等於生活，不等於歷史，李漁的戲劇創作是透過對生活或歷史素材進行選擇後，而產生創作眞實，其云

> 凡閱傳奇而必考其事從何來、人居何地者，皆說夢之癡人，可以不
> 答者也。然作者秉筆，又不宜盡作是觀。若紀目前之事，無所考究，
> 則非特事蹟可以幻生，並其人之姓名亦可以憑空捏造，是謂虛則虛
> 到底也。若用往事爲題，以一古人出名，則滿場腳色皆用古人，捏
> 一姓名不得；其人所行之事，又必本於載籍，班班可考，創一事實
> 不得。非用古人姓字爲難，使與滿場腳色同時共事之爲難也；非查

〔註22〕李漁：《笠翁傳奇十種·下》，見《李漁全集》，卷2，頁314。
〔註23〕原文可見蔣瑞藻《小說考證》卷八。
〔註24〕李漁：《笠翁一家言文集》，見《李漁全集》，卷1，頁130。

　　古人事實爲難，使與本等情由貫串合一之爲難也。〔註25〕

李漁認爲戲劇創作是允許有適度虛構的。觀劇時如果觀者將「戲劇創作」與「生活眞實」、「歷史眞實」相互考查，處處拘泥於劇本給劇中人物、情節與生活中、歷史中的眞實度相互查核，這樣何來創作下的「戲劇眞實」呢？李漁曾多次提出自己的創作屬於「寓言」，在《閒情偶寄・詞曲部・結構第一》的「審虛實」款並提出「予即謂傳奇無實，大半寓言，何以又云姓名事實必須有本？〔註26〕」在〈曲部誓詞〉特別強調「余生平所著傳奇，皆屬寓言，其事絕無所指。恐觀者不諒，謬謂寓譏刺其中，故作此詞以自誓。〔註27〕」他自言生平所著傳奇皆屬寓言，便是主張傳奇創作不是照搬生活中的眞人眞事，縱然偶然的巧合，觀者不可以爲作品中的人與事有所指，進而對號入座，說明《笠翁十種曲》虛構意識的明確，也就是「創作眞實」，比起「生活眞實」、「歷史眞實」，更是李漁所追求的戲劇眞實。

四、從小說到劇本創作的戲劇眞實：《奈何天》、《比目魚》、《鳳求鳳》、《巧團圓》

（一）四部傳奇作品與小說原著間的主要戲劇行動事件與人物改編及結局異動說明如下〔註28〕：

1.《奈何天》

　　第一次刊刻於順治十四年丁酉（1657），原小說出處：《無聲戲》第一回〈醜郎君怕嬌偏得豔〉；《連城璧全集》第五回〈美婦同遭花燭冤，村郎偏享溫柔福〉。

　　1-1. 增加闕忠爲主人助邊、焚券、籌餉、密籌、師捷等情節安排。

〔註25〕李漁《閒情偶寄》，見《李漁全集》，卷11，頁16。

〔註26〕同上註。

〔註27〕李漁：《笠翁一家言文集》，見《李漁全集》，卷1，頁130。

〔註28〕關於《奈何天》、《比目魚》、《鳳求鳳》、《巧團圓》四部傳奇與小說原著之比較的專書（如胡元翎《李漁小說戲曲研究》、黃強《李漁研究》中的〈李漁小說改編的四種傳奇〉）、學位論文（如鍾明奇〈論李漁及其小說戲曲世界〉、盧壽榮〈李漁戲曲小說研究〉、林雅鈴〈李漁小說戲曲研究〉）及單篇論文（如童元方〈戲如人生——談李漁的「比目魚」小說及戲曲〉、郭英德〈稗官爲傳奇藍本——論李漁小說戲曲的敘事技巧〉），研究文章繁多，且各自表述立場不一，在此僅就「劇本創作眞實」下的「戲劇眞實」討論李漁的劇本創作觀，不雜冗他人研究之成果。

1-2. 原作因闕里侯醜陋惡臭，三婦無奈之下達成妥協，輪流值夕；劇本結尾改爲醜郎君忽變成美郎君，並受皇帝封爵，眾夫人爭相討好，結局是與妻歡好。

2.《比目魚》

第一次刊刻於順治十八年辛丑（1661），原小說出處：《連城璧子集》第一回〈譚楚玉戲裡傳情，劉藐姑曲終死節〉。

2-1. 增加了慕容介、譚楚玉先後平定山寇。

2-2. 莫漁翁原小說本爲漁夫，改寫成退隱官員。

2-3. 原小說譚楚玉得官發迹之後，與劉藐姑一起歸隱山林，以山林寂寞終之；劇本改譚楚玉剿賊大獲全勝，與慕容介的誤會消除。

3.《凰求鳳》

第一次刊刻於康熙四年乙巳（1665），原小說出處：《連城璧申集》第九回〈寡婦設計贅新郎，眾美齊心奪才子〉。

3-1. 把小說中的三個妓女改爲一個，把喬氏女子（小說中的喬小姐）變成寡婦，把寡婦曹婉淑變成未嫁佳人，其餘沒有作根本性的改動。

3-2. 增加呂哉生赴試遇變的經歷。

3-3. 原小說寫呂哉生同娶五位佳人，享盡齊人之福，而戲劇創作增加讓他得到神助，折取桂冠的行動事件安排。

4.《巧團圓》

第一次刊刻於康熙七年戊申（1668），原小說出處：《十二樓》中之〈生我樓〉。

4-1. 增加曹玉宇父女在亂世中有不俗的戲劇行動事件：父平戰亂，女智鬥賊首。

4-2. 三位主角的身份都不同於原小說。

4-3. 劇本結尾呈現姚繼一家骨肉團圓，姚繼並獲得功名爵位。

（二）《奈何天》的「丑旦聯姻」戲劇創作真實

《奈何天》，又名《奇福記》。劇寫闕里侯富可敵國，但其相貌奇醜，三次娶妻，鄒、何、吳三女皆嫌其醜陋，不願與之同居。李漁在《奈何天》第一齣〈崖略〉的【前詞】（案：【蝶戀玉樓春】，即【蝶戀花頭】接【玉樓春尾】）明其創作旨趣爲

多少詞人能改革，奪旦還生，演作風流劇。美婦因而仇所適，紛紛
邪行從斯出。此番破盡傳奇格，丑、旦聯姻眞叵測。須知此理極平
常，不是奇冤休叫屈。〔註29〕

推究李漁之所以能夠「破盡傳奇格局」，使「丑旦聯姻」是因爲在故事情節安
排下，管家闕忠爲主人（闕里侯）廣行善事，納餉輸邊。於是天神爲之脫胎
換骨，改變容顏，成爲美貌男子，朝廷爲之封官，這時三女都來爭奪封誥。
因此卷末道出

【南尾】從來花面無佳戲，都只爲收場不濟，似這等會洗面的梨園怎
教他不燥脾！

填詞本意待如何？只爲風流劇太多。

欲往名山逃口業，先拋頑石砥情波。

閨中不作違心夢，世上誰操反目戈？

從此紅顏知薄命，鶯鶯合嫁鄭恆哥。〔註30〕

（三）《比目魚》的「貞夫烈婦」戲劇創作真實

李漁創作「戲中戲」〔註31〕的雙重戲劇創作眞實表現。在第一齣〈發端〉
提出

【戀秦娥】【蝶戀花】（末上）無事年來操不律，考古商今，到處搜奇蹟。
戲在戲中尋不出，叫人枉費探求力。【憶秦娥】梨園故事梨園習，本
來面目何曾失。何曾失，一生一旦，天然佳匹。

【秦樓夢】【憶秦娥】檀板輕敲，霓裳緩舞，此劇不同他劇。生爲情種，
旦作貞妻，代我輩梨園生色。【如夢令】感激，感激，各把音容報德。

【雙魚比目游春水】【漁家傲】劉旦生來饒艷質，譚生一見鍾情極。默
訂鸞凰人不識。遭母逼，娶金別許偕鸞匹。【摸魚兒】演《荊釵》，雙
雙沉溺，神威靈顯難測。護持投入高人網，不但完全家室。【魚游春

〔註29〕李漁：《笠翁傳奇十種・下》，見《李漁全集》，卷2，頁7。

〔註30〕同上註，頁102。

〔註31〕「戲中戲」（Drama in drama）一詞，又譯爲「劇中劇」，指故事中的故事的
創作手法，即當故事發展時敘述另一個故事。在文學技巧中，又被稱
爲巧喻（或稱曲喻）、敘事內鏡（出自法語 Mise en abyme）。通常兩個
故事之間有一定的關係，而故事中的故事（內在故事）是用作揭示外
在故事中的眞實一面；亦有純粹爲娛樂觀者。

水】身榮幾使恩成怨，國法伸時思情抑。經危歷險，才終斯劇。

譚楚玉鍾情鐘入髓。　　劉藐姑從良從下水。

平浪侯救難救成雙。　　莫漁翁扶人扶到底。〔註32〕

其中的「戲在戲中」搬演「梨園故事」，即譚楚玉與劉藐姑合演《荊釵》一劇，李漁於《比目魚》故事情節發展時敘述另一個故事《荊釵》的創作技巧。劇本中，角色在情節（戲劇行動事件）安排下，透過人物在舞台上表演另一套戲劇（即所謂的「劇中劇」），而原先劇本創作下的其他角色成為觀看「劇中劇」的「觀眾」，所創造出來的戲劇真實出現了雙重的概念。因為觀看《比目魚》的觀眾，正在觀看劉藐姑飾演錢玉蓮，演出《荊釵記·抱石投江》一折〔註33〕，且劇中的譚楚玉也正看著劉藐姑演出，此時情節能否明確分辨誰是在劇中、誰是在劇中劇。或許觀看《比目魚》的觀眾能清楚分辨，但第十五齣〈偕亡〉所創作的譚楚玉與劉藐姑，能否清楚分辨在「劇中劇」內，其劇中與劇外之別，而李漁藉由「戲中戲」的劇本創作，表現雙重的「戲劇真實」。

再者，《比目魚》劇寫譚楚玉與名伶劉藐姑的真誠愛戀。王端淑於《比目魚》序說到：

> 笠翁以忠臣信友之志，寄之男女夫婦之間，而更以貞女烈婦之思，寄之優伶雜伎之流，稱名也。小事肆而隱……說者謂文章至元曲而亡，笠翁獨以聲音之道與性情通，情之至即性之至。藐姑生長於伶人，楚玉不羞為鄙事，不過男女私情。然情至而性見，造夫婦之端，定朋友之交，至以國事滅恩，游蘭招隱，事君信友，直當作典謨訓誥觀。〔註34〕

可見譚楚玉自遇藐姑後，投入劉家戲班與藐姑一同學戲。藐姑亦知譚來意，願託終身。兩人苦心相守，原指望有情人終成眷屬，既不能成就姻緣，就決定以身殉情。王端淑讚譽李漁「以貞夫烈婦之思，寄之優伶雜妓之流」的生活真實追求，創作出「生為情種，且作貞妻，代我輩梨園生色」的戲劇真實。《比目魚》雖是「男女私情」的戲劇創作題材，但劇中男女（譚楚玉與劉藐姑）一往而情深，卻是「情至而性見」，可見出人性可貴的一面。

〔註32〕李漁：《笠翁傳奇十種·下》，見《李漁全集》，卷2，頁112。

〔註33〕該情節出現於《比目魚》第十五齣〈偕亡〉，同上註，頁154～158。

〔註34〕李漁：《笠翁傳奇十種·下》，見《李漁全集》，卷2，頁107。

（四）《凰求鳳》的「謂道學、行風流」戲劇創作真實

《凰求鳳》，又名《鴛鴦賺》，以三女爭一男爲故事主軸，一反傳統才子求佳人的情節安排。劇寫呂曜（哉生）容貌豐美，風流而不輕薄。名妓許仙儔願託終身，願幫呂娶一名家之女爲正室，自許爲側室，實恐呂所娶之妻嫉妒，想方設法爲呂物色佳人——曹婉淑。而喬夢蘭慕呂才名，託媒說親，約定入京應試後，呂入贅喬家。許得知後，即騙呂與曹成婚。後又被喬所知，經一番爭奪，三女和好，同嫁於呂。故事最終，以呂高中狀元，三女互讓封誥作結。

所謂的「謂道學、行風流」戲劇創作眞實，李漁將「尊禮教」的生活眞實追求，投射到「反傳統」的劇本創作眞實。在《凰求鳳》第一齣〈先聲〉云

> 【意難忘】呂子才容，慮風流太過，斂銳藏鋒。青樓人不捨，繡户意偏鍾。謀反間，設牢籠，無計不縱橫；喬輸許，高才捷足，好事成空。曹姬坐享乘龍，悔無端漏洩，暗裡興戎。一番喬做作，頭腦忽冬烘。消妒癖，釀和風，三美並中宮；效《關雎》不淫而樂，事在倫中。
>
> 絕風流的少年，偏持淫戒。最公道的神明，忽鍾私愛。
>
> 極矛盾的女子，頓結痴盟。至乖巧的媒人，反遭愚害。〔註35〕

而杜濬在《凰求鳳》序〉寫道：

> 生人之大患有三：一曰淫，一曰妒，一曰詐。淫者不顧身而遑顧名；妒者不容己而遑容人；詐者不恤死而遑恤生？吾友笠道人深憂之，以爲此非莊語所能入，法拂所能爭也，必也以竹肉爲針砭，以俳優爲直諒，則機圓而用捷矣，其惟傳奇乎？於是〈凰求鳳〉之書又出焉。〔註36〕

《凰求鳳》強調呂哉生「戒淫」、三女「戒妒」、「戒詐」的意念。李漁是如何創作出呂哉生「戒淫」，又自許「風流」，但又想「尊禮教」的人物形象呢？在《凰求鳳・避色》中，呂哉生出場便言道：

> 止因小生的相貌，生得過於豐美，又有藉甚才之名，引得人家女子個個傾心，人人注念。不但明央媒妁，顯送絲鞭，要與小生聯姻締

〔註35〕李漁：《笠翁傳奇十種・上》，見《李漁全集》，卷2，頁425。
〔註36〕同上註，頁421。

好。還有那些不正氣的婦人，或是暗遞佳音，約我去做逾牆之張珙；或是妄投信物，說他願做私奔之文君。小生是個風流少年，卻不是個輕薄子弟。雖不好拂人之情，也還要自愛其鼎。曾讀《感應》之篇，極守淫邪之戒。做了別樣歹事，那些輪迴報應，雖然不爽，還有遲早之不同；獨有姦淫之報，一定要現在本身，決不肯限到來世。淫人妻女，就將妻女還人，卻像早晨借債，晚上還錢。只因打算不來，所以不肯胡行亂走。是便是了，小生負卻這種才華，又生就這副軀貌，「風流」二字，是分明受之於天。這個道學先生，如何做得到底？只除非娶個絕代佳人做了妻室，使風流願飽，色欲途窮，才能勾守義終身，不走邪路。所以年將弱冠，不肯輕議朱陳，就是為此。如今會場在邇，要想杜門謝客，做些靜養的工夫。〔註37〕

呂哉生認為淫人妻女是輕薄行為，但如果娶個絕代佳人，甚至一夫多妻，則是風流的理念，這就是李漁創作出自命「風流」，但又想成為「尊禮教」的「道學先生」形象。李漁透過在戲劇行動事件安排上，以第三齣〈伙謀〉、第六齣〈倒嫖〉來呈現呂生是如何規避眾多妓女的追求，更是將「婦人嫖男子奇矣」〔註38〕的情節翻上一新。

李漁在現實生活中其實是一夫多妻，且和樂相處，這是他得意之處，所以在生活「禮教」的規範下，反對女子妒嫉，是為其二。過去傳奇中，才子佳人的愛情故事，以才子追求佳人的男追女情節創作模式，而李漁的「反傳統」創作，是指三女追求婚姻的情節創新設計。在《凰求鳳・讓封》開場便讓管家提起「凰求鳳」的「反傳統」的創作，其云

千載風流第一場，不曾竊玉更偷香；只因要守男兒節，翻使人間鳳作凰。自家非別，狀元呂老爺新收的管家，派來守宅門的便是。這一座新居，乃是三位夫人公派出來的銀子，買來一同居住的，取名叫做「求鳳堂」。為何取這兩個字？只因世上的婚姻，都是男人去求女子，古來叫做「鳳求凰」。獨有我家老爺偏與別人相反，這三頭親事，都是女家倒去求男，翻來做了「凰求鳳」。〔註39〕

《凰求鳳》起因於三女爭奪呂哉生而起，在劇情安排上許仙儔與喬夢蘭二人

〔註37〕 李漁：《笠翁傳奇十種・上》，見《李漁全集》，卷2，頁426。
〔註38〕 語出〈倒嫖〉一齣，同上註，頁437。
〔註39〕 同上註，頁515。

如何鬥智較量。其中喬夢蘭未進門就先吃醋，李漁便在事件安排中讓其備受取笑，止於化妒爲憐，彼此和睦，劇終更讓三女彼此謙讓封誥，完成李漁「欲談理學、先妝風流」的戲劇創作意旨，在第三十齣〈讓封〉卷尾云：

> 倩誰潛挽世風偷，旋作新詞付小優。
>
> 欲扮宋儒談理學，先妝晉客演風流。
>
> 由邪引入周行路，借筏權爲浪蕩舟。
>
> 莫到詞人無小補，也將弱管助皇猷。〔註40〕

由上述所提的「世風」、「理學」、「由邪引入周行路」、「助皇猷」來看，李漁認爲情欲必須在合於禮教的狀況下發展，雖說情欲是人之自然反應，但李漁在《閒情偶寄》卷首（〈凡例七則〉）期能「點綴太平」、「規正風俗」、「警惕人心」的訴求，無疑是對「尊禮教」的生活追求。

（五）《巧團圓》的「奇遇巧合」戲劇創作真實

《巧團圓》一名《夢中樓》。該劇係取當時真實事件而成〔註41〕，又是李漁小說《十二樓》中之〈生我樓〉的創作改編而成〔註42〕。故事以李自成所引起的動亂爲背景，寫一家離散，最終父親、母親、妻子因巧合而團聚的故事。李漁於第一齣〈詞源〉便點出書生姚繼，自幼無雙親，孤身一人，常夢至一小樓，內有床帳，似曾睡臥於此。〔註43〕姚氏東鄰曹玉宇，招贅姚繼。時值亂世，姚外出謀生，途中遇尹小樓，憐其年老孤獨，認作繼父。隨後又買得尹妻，認作娘親。隨之，姚又與妻曹女重逢。最後，尹小樓夫婦相會後，以姚夢中之小樓即其出生之處，尋家問事後方知姚繼爲倆人十多年前所丟失之子，至此闔家團圓。

在《巧團圓》的序言中，提到

> 笠翁之著述愈出愈奇，笠翁之心思愈變而愈巧。讀至〈巧團圓〉一
>
> 劇，而事之奇觀止矣，文章之巧亦觀止矣！……是劇於倫常日用之

〔註40〕李漁：《笠翁傳奇十種‧上》，見《李漁全集》，卷2，頁521。

〔註41〕清人王士禎《香祖筆記》卷四有記載。李漁於《巧團圓》卷尾亦曾寫道「演傳聞，新聽睹，筆花喜得未全枯。」見李漁：《笠翁傳奇十種‧下》，見《李漁全集》，卷2，頁415。

〔註42〕而其中第十三齣〈防辱〉中，曹小姐以巴豆塗身、保全貞節的戲劇行動事件安排，與《無聲戲》第五回〈女陳平計生七出〉同出一轍，故事描寫聰慧過人的耿二娘，同樣被賊所擄之後，靠巴豆保全貞節，還要弄懲罰了賊頭。

〔註43〕原文見李漁：《笠翁傳奇十種‧下》，見《李漁全集》，卷2，頁321。

間，忽現變化離奇之相。無後者鬻身爲父，失慈者購嫗作母，鑿空至此，可謂牛鬼蛇神之至矣！及至看到收場，悉是至性使然，人情必有，初非奇幻，特飲食日用之波瀾耳。〔註44〕

〈總評〉中更認爲

是劇一出，其稿本先剞劂而傳，遠近同人無不服予之先見。鬻身爲父，購婦爲母，奇莫奇于此矣！題帕委身，捐軀贖美，淫莫淫于此矣！究之敦孝、敦慈，率由天性；矢節，矢義，迴別閑情，一軌于至正、至愨。人詫笠翁之能作怪，吾服笠翁諸劇似怪而絕不怪也。至塡詞賓白，字字化工，不復有墨痕木楮跡。笠翁之自信若是，吾儕之信笠翁者，亦若是耳！〔註45〕

的高度評價。且在莫愁釣客、睡鄉祭酒的和評的眉批中，第一齣〈詞源〉「妙從家常情事裡翻出新奇，眞驅山鞭石手。〔註46〕」；第二齣〈夢訊〉「極舊極腐之事，一經熔鑄，便是絕妙新詞。〔註47〕」、「老來色相，過目即忘；兒時聽睹，終身不斁，此等夢境是人皆有。吾細觀笠翁諸劇，無他奇巧，止能善繪人情。〔註48〕」；第三齣〈議贅〉「徑吐眞情，不作家常套語。〔註49〕」；第四齣〈試艱〉「笠翁之曲，工部之詩，俱得力於兵火喪亂。可見人遭遇，無境不可。〔註50〕」；第十齣〈解紛〉「漁獵往事，妙在一字不可動移。〔註51〕」；第十七齣〈剖私〉「亂世人情，一筆寫出。〔註52〕」、「詰問人情，勝於老吏斷獄。〔註53〕」、「無語不刺心脾，又兼入情。〔註54〕」；第二十三齣〈傷離〉「情都在人意中，語都在人意外，不能不服才鋒之穎出。〔註55〕」；第二十六齣〈得妻〉「設身處地，始見情事逼眞。〔註56〕」、「妙處都在恰好處，恰

〔註44〕李漁：《笠翁傳奇十種・下》，見《李漁全集》，卷2，頁317。
〔註45〕同上註，頁415。
〔註46〕同上註，頁321。
〔註47〕同上註，頁322。
〔註48〕同上註，頁323～324。
〔註49〕同上註，頁326。
〔註50〕同上註，頁329～330。
〔註51〕同上註，頁345。
〔註52〕同上註，頁365。
〔註53〕同上註，頁366。
〔註54〕同上註，頁366。
〔註55〕同上註，頁381。
〔註56〕同上註，頁389。

好處又在自然合拍。〔註57〕」；第二十八齣〈途窮〉「摹寫人情，不至透骨徹髓不已。〔註58〕」的評價中，認爲李漁乃以生活眞實的人情進行創作，看似離奇的情節，戲劇行動事件的段段出人意表，又屬「人情物理」的巧妙安排。難怪李漁也認爲《巧團圓》與以前劇作相比，有「似覺後來差勝」〔註59〕之感。

　　《巧團圓》以「家常情事裡翻出新奇」的戲劇事件安排，又能「不作家常套語」的創作技巧，使作品獲以「情都在人意中，語都在人意外」的劇本創作高度評價，可見李漁對於寫作題材「創新」、「求奇」，無遺展露地以一個「巧」字來進行《巧團圓》劇本的創作。對於源自有史可查的眞實事件，以及自寫小說《十二樓》的〈生我樓〉，重新創作的《巧團圓》劇本，李漁並非是「剽竊陳言」、因襲故事，其在《閒情偶寄》的〈凡例七則〉的「戒剽竊陳言」中，提到

> 不按半世操觚，不攘他人一字，空疏自愧者有之，誕妄貽譏者有之，至於剿案襲臼，嚼前人唾餘，而謂舌花新發者，則不特自信其無，而海內名賢，亦盡知其不屑有也。……閱是編者，請由始迄終驗其是新是舊。如覓得一語爲他書所現載，人口所旣言者，則作者非他，即武庫之穿窬，詞場之大盜也。〔註60〕

對於「剽竊」這種抄襲或竊取別人的思想或言詞的作爲，李漁尤爲不恥。李漁認爲創作源於生活素材，在《巧團圓》中以創新求奇，又不失其生活中的人情事理，但不應荒唐怪異，其認爲

> 王道本乎人情，凡作傳奇，只當求於耳目之前，不當索諸聞見之外。無論詞曲，古今文字皆然。凡說人情物理者，千古相傳；凡涉荒唐怪異者，當日即朽。〔註61〕

進而又論述他是如何做到「家常情事裡翻出新奇」的理念的，其云

> 人謂家常日用之事，已被前人做盡，究微極穩，纖芥無遺，非好奇也，求爲平而不可得也。予曰：不然。世間奇事無多，常事爲多，物理易盡，人情難盡。有一日之君臣父子，即有一日之忠孝節義。

〔註57〕李漁：《笠翁傳奇十種・下》，見《李漁全集》，卷2，頁390。
〔註58〕同上註，頁395。
〔註59〕同上註，頁321。
〔註60〕李漁《閒情偶寄》，見《李漁全集》，卷11，凡例頁3。
〔註61〕同上註，頁13～14。

性之所發，愈出愈奇，盡有前人未作之事，留之以待後人，後人猛

發之心，較之勝於先輩者。〔註62〕

在李漁認知中，從日常生活出發的生活眞實素材是難以寫盡人情的，發出「豈
非五倫以內，自有變化不窮之事乎？〔註63〕」之鳴，才會認爲只要「設身處
地」便能「伐隱攻微」〔註64〕地創作，符合戲劇眞實的劇作，成就自己的創
作之才。

五、《蜃中樓》的「營造幻覺」戲劇創作眞實

《蜃中樓》可能爲李漁根據元人雜劇尙仲賢《柳毅傳書》〔註65〕、李好
古《張生煮海》加以創作而成的劇本。劇寫柳毅與張羽分別與洞庭龍王的女
兒舜華、東海龍王的女兒瓊蓮，經過重重波折，最終結爲夫婦。李漁除了保
留過去故事中的神話色彩外，並結合離奇的劇情，進一步發揮想像力，成爲
孫治宇在序文中所謂的「奇觀」〔註66〕。

李漁在《蜃中樓》道自己「從來不演荒唐戲」只因爲「坐上賓朋盡好奇」，
只好「野豆棚中」，創作出《蜃中樓》〔註67〕。在《蜃中樓》第一折〈幻因〉
便點出李漁創作該劇的「營造幻覺」以成故事的創作意旨，其寫道

【臨江仙】（末上）蜃氣人人知是幻，獨言身世爲眞。不知也是蜃乾
坤。終朝營海市，一旦付波臣。只有戲場消不去，古人面目常存。
請閒片刻幻中身。莫談塵世事，且看蜃樓姻。

【鳳凰台上憶吹簫】柳子無妻，張生寡侶，兩人義合同居。有龍宮
二女，蜃閣憑虛。忽遇仙人接引，心肯處、四偶相俱。遭狠叔，勢
凌猶女，別許陳朱。悲呼，不偕俗侶，甘牧羊堤上，貶作傭奴。幸

〔註62〕 李漁：《閒情偶寄》，見《李漁全集》，卷11，頁14。

〔註63〕 同上註。

〔註64〕 原文爲「此言前人未見之事，後人見之，可備填詞制曲之用者也。即前人已
見之事，盡有摹寫未盡之情，描畫不全之態。若能設身處地，伐隱攻微，彼
泉下之人，自能效靈於我，授以生花之筆，假以蘊繡之腸，制爲雜劇，使人
但賞極新極豔之詞，而意忘其爲極腐極陳之事者。此爲最上一乘，予有志焉，
而未之逮也。」同上註，頁14～15。

〔註65〕 另有一說爲唐人傳奇李朝威《柳毅傳書》見林雅鈴：〈李漁小說戲曲研究〉，
東海大學中國文學系研究所，博士論文，2004年，頁173。但就實際查閱《太
平廣記》卷311的記載，裴鉶提及「柳毅靈姻之事」一事，錄名爲《柳毅傳》。

〔註66〕 李漁：《笠翁傳奇十種・上》，見《李漁全集》，卷2，頁207。

〔註67〕 語出《蜃中樓》第三十齣〈乘龍〉卷尾，同上註，頁313。

多情泣遇，洩恨傳書。露衷曲，良緣終阻。遇神仙，別授奇謨。三
兄弟，計窮煮海，獻出雙姝。

守節操的貴嬌娃，貶身甘作賤。

有義氣的好朋友，不肯獨居奇。

會幫襯的巧神仙，始終成好事。

少圓通的呆叔岳，到底折便宜。〔註68〕

李漁以舜華〔註69〕、瓊蓮、柳毅、張羽四人作為主要的戲劇行動者，就戲劇
行動事件安排來論，其主線為舜華與柳毅的愛情，輔以瓊蓮、張伯騰的愛情
線，而關鍵的戲劇行動事件則為蜃樓訂下婚約。

《蜃中樓》以「營造幻覺」作為戲劇創作真實的論據有二：

（一）劇本創作的「脫套」創新訴求

在這議題的探討上，過去研究者多將《柳毅傳》、《柳毅傳書》、《張生煮
海》等相關作品進行人物、情節的比較〔註70〕。李漁在《蜃中樓》的創作過
程中，是以「脫套」創新的劇本創作訴求，作為戲劇演出的前提，進行自己
的「戲場」演出創作，他反對習用慣有的「戲場惡套」作為，認為

戲場惡套，情事多端，不能枚紀。以極鄙極欲之關目，一人作之，
千萬人效之，以致一定不移，守為成格，殊為怪也。西子捧心，尚
不可效，況效東施之顰乎？且戲場關目，全在出奇變相，令人不能
懸擬。若人人如是，事事皆然，則彼未演出而我先知之，憂者不覺
其可憂，苦者不覺其為苦，即能令人發笑，亦笑其雷同他劇，不出

〔註68〕李漁：《笠翁傳奇十種・上》，見《李漁全集》，卷2，頁211～212。

〔註69〕從戲劇事件安排來看舜華是最主要的戲劇行動者人物。原因是：1. 第二到六
齣描寫柳毅與舜華一見鍾情，雙雙為自己及朋友、堂妹訂下婚約。2. 戲劇行
動事件，主要是展示愛情受阻的經過，進而表現出舜華堅貞的人物性格與形
象塑造：第八到十四齣，尤以第十四齣〈抗姻〉寫舜華不肯與涇河龍王之子
成親，被遣送到涇河邊牧羊。由此看來，劇情的上半部戲份著重在舜華身上，
從第十五齣起，才將四人交織在一起。

〔註70〕本文不再多贅，請自行參閱黃強〈論李漁小說改編的四種傳奇〉；賴慧玲〈李
漁喜劇「笑點」的語用前題分析──以「風箏誤」、「蜃中樓」、「奈何天」為
例〉、〈從李漁的「科諢論」看他的三部喜劇──「風箏誤」「蜃中樓」「奈何
天」〉；胡元翎〈李漁《蜃中樓》對「柳毅」故事的重寫〉，《文學遺產》；駱兵
〈試論李漁戲曲改編的敘事策略〉、〈李漁對前人創作的戲曲改編初探〉；袁鳳
琴〈「水神托人傳書」母題的流變〉；陳秋良：〈談李漁「蜃中樓」的新創原素〉；
趙雪梅〈淺談李漁《蜃中樓》的改編藝術〉。

範圍，非有新奇莫測之可喜也。〔註71〕

李漁提出舞台上演出的情節必須出奇創新，令觀眾無法預知想像，如果觀眾都能在戲未開演就知道其如何搬演，這種因襲模仿的千篇一律演出，是不可能讓觀眾認同的。其云

> 古人呼劇本爲「傳奇」者，因其事甚奇特，未經人見而傳之，是以得名，可見非奇不傳。新即奇之別名也。若此等情節業已見之戲場，則千人共見，萬人共見，絕無奇矣，焉用傳之？是以塡詞之家，務解傳奇二字。欲爲此劇，先問古今院本中，曾有此等情節與否，如其未有，則急急傳之，否則枉費辛勤，徒作效顰之婦。〔註72〕

針對當時的舞台搬演狀況，同時提道「新劇」與「舊劇」的觀點，云

> 吾觀近日之新劇，非新劇也，皆老僧碎補之衲衣，醫士合成之湯藥。即眾劇之所有，彼割一段，此割一段，合而成之，即是一種「傳奇」。……吾每觀舊劇，一則以喜，一則以懼。喜則喜其音節不乖，耳中免生芒刺；懼則懼其情事太熟，眼角如懸贅疣。〔註73〕

> 今之梨園，購得一新本，則因其新而愈新之，飾怪妝奇，不遺餘力；演到舊劇，則千人一轍，萬人一轍，不求稍異。〔註74〕

李漁反對不求創新，一味沿襲老套。因此在創作時，提出從事戲劇（戲曲）的創作者（劇作家、導演、演員）要明白「傳奇」的眞正內涵，像《蜃中樓》這種「古人面目常存」的劇本題材，在演出前觀眾已然對故事有所認知，劇作家應隨時求新求變，針對舊劇，改以登場演出「營造幻覺」作爲戲劇眞實的訴求，非全盤照搬戲劇關目，而是創作新的劇本，李漁將此方法稱爲「變調」。

（二）劇本舞台指示對「營造幻覺」的演出要求

李漁在創作劇本的過程中，並不是每一部戲、每一齣情節都要求演出時對舞台的擺設、對佈景、對燈光的情境要求；但針對特殊的劇情、發生時間、地點的提示，其便會以舞台技術的藝術處理進行要求，進行場景氣氛的描述。我們可以從劇本《蜃中樓》的三處看出李漁的創作端倪。

〔註71〕李漁：《閒情偶寄》，見《李漁全集》，卷11，頁102。
〔註72〕同上註，頁9～10。
〔註73〕同上註，頁70。
〔註74〕同上註，頁72。

1. **第五齣〈結蜃〉的蜃樓設計與舞台指示**

   預結精工奇巧蜃樓一座，暗置戲房，勿使場上人見，俟場上唱曲放煙時，忽然抬出。全以神速爲主，使觀者驚奇羨巧，莫知何來，廠有當於蜃樓之義，演者萬勿草草。〔註75〕

   四人並立，一面唱，一面放煙作蜃氣介。〔註76〕

   煙氣放盡，忽現蜃樓介。〔註77〕

2. **第二十八齣〈煮海〉的高台設計**

   預搭高臺二層：上層扮五色雲端遮住臺面，下層放鍋灶、扇、杓等物（末上）一朵祥雲降海東，能教神物變昆蟲。先家別有降龍術，不在臨川禹步中。吾乃東華上仙是也。……我且立在雲頭，看他的舉動。（立上層介）〔註78〕

3. **第二十九齣〈運寶〉的寶玩物件設計指示**

   預備龍宮諸色寶玩，齊列戲房，候臨時取上，務使璀璨陸離，令觀者奪目。〔註79〕

由上述的三點，可知李漁在劇本的舞台指示中，清楚表達對舞台搬演的要求。那如何「營造幻覺」的戲場演出呢？李漁在《閒情偶寄·器玩部·制度第一》中的「燈燭」款就提及宴客與歌台觀劇的不同，並提出演出戲劇時「專人剪燈蕊」之說法（詳見第五章的專節論述）。

由李漁對劇本的舞台指示與劇場演出的燈光照明要求，我們可以發現李漁對於劇場與戲劇演出的關係是雙方面的。一方面，劇場爲戲劇的表演提供場所，成爲演出戲劇的物質要件；另一方面，劇場的物質要求是由演出的戲劇來限定的，爲了追求看戲的品質，或大膽的推說李漁對於戲劇演出眞實的要求，除在劇本創作中，使用舞臺指示去助益於人物的形象刻劃外，當劇本通過演出，導演、演員、舞臺工作者進行藝術創造時，亦能透過舞臺指示先行佈置出劇本所提供的場景要求與舞台氛圍。關於李漁對劇場的佈置要求，於後闢一節專論之。

〔註75〕李漁：《笠翁傳奇十種·上》，見《李漁全集》，卷2，頁222。
〔註76〕同上註，頁224。
〔註77〕同上註，頁224。
〔註78〕同上註，頁304。
〔註79〕同上註，頁308。

六、《愼鸞交》的「風流道學」戲劇創作眞實

《愼鸞交》是李漁留世的最後一部作品，於康熙六年丁未（1667）刊行，而《閒情偶寄》一書，大抵創寫於此時，分冊刻印，最晚於康熙十一年壬子（1672）成書，前後歷時六年，能確定的是《閒情偶寄》中的〈詞曲部〉與〈演習部〉是「前後八種曲」刻印出版後才開始撰寫的。李漁在撰寫第三卷〈詞曲部・賓白第四〉時，《愼鸞交》、《巧團圓》也已刻成。因此，《愼鸞交》與《巧團圓》兩部是最足以作爲劇本創作與其戲劇理論《閒情偶寄》交互印證的作品。

《愼鸞交》與《蜃中樓》寫作結構有相似之處，同屬「雙生雙旦」的主副線情節。劇寫書生華秀送父赴任西川節度使後，縱遊吳越。劇情環繞在華秀與王又嬙兩人愼始全終的思想，兩人立下誓言，以十年爲期，若有失節失義之事，神明共誅。而另一副線爲侯儁（永士）與鄧蕙娟二人之事，侯儁信口許諾，卻見異思遷，背棄盟約。使得主副線呈一正一反的對比戲劇事件安排，情節交叉進行，歷經赴試中舉、派媒說親、央媒求親……等戲劇行動事件過程，故事以華秀與又嬙成婚，闔家團圓作結。其中「愼始全終」的思想，李漁是以「風流道學」作爲戲劇創作眞實的訴求，進行《愼鸞交》的創作，藉華秀之口言道

> 我看世上有才有德之人，判然分作兩種：崇尚風流者，力排道學；宗依道學者，酷詆風流。據我看來，名教之中，不無樂地，閒情之內，也盡有天機，畢竟要使道學、風流合而爲一，方才算得個學士、文人。〔註80〕

李漁認爲「有才有德之人」的著意於合「風流」與「道學」爲一時的訴求，不然不會在《愼鸞交》卷末論道

> 讀盡人間兩樣書，風流道學久殊途。
>
> 風流未必稱端士，道學誰能不腐儒。
>
> 兼二有，戒雙無，合當串作演連珠。
>
> 細觀此曲無他善，一字批評妙在都。〔註81〕

上述將「風流」與「道學」分作兩種不同的品流。其生活價值實屬不同，但李漁心中，又認爲「士人」身上這兩種生活價值雖可分合，但難以相互取代，也因此以「合當串作演連珠」點明在劇本創作眞實及舞台搬演的演出眞實上，突破舊有的分流格局，華秀出於自我意志的選擇，決定「風流道學」的人生

〔註80〕李漁：《笠翁傳奇十種・下》，見《李漁全集》，卷2，頁424。
〔註81〕同上註，頁528。

之道，而華秀主張「盡欲」而不主張「縱欲」，其一，名正言順的風流娶妾之語〔註82〕；其二，第六齣〈訂遊〉的「腐儒」道學之說〔註83〕；第十四齣〈情訪〉做出「防情」的「閉門不學魯男子，留坐懷爲柳下生。」的風流觀〔註84〕；第十六齣〈贈妓〉中非「眞正腐儒」〔註85〕的風流開始；第十七齣〈久要〉華秀的「風流」表現後，隨即將《憐鸞交》的「憐」字表現出來，十年之約的要求，以圓「違卻祖訓」〔註86〕之言，託言爲

> 小生素重天倫，看了生身的父母，極其尊大，不敢在他面前浪措一詞。只除非多等幾年，待我勵志青雲，立身廊廟，做些顯親揚名的大事出來。到那時節，得了父母的歡心，才可以恃愛而求，所以要你如此。〔註87〕

李漁劇作中表現華秀將「風流」與「道學」兩種價值最終結合爲一，莫不出此下策，實懼「道學」之舉，最終回到傳統倫理道德規範，而此一現象約略呈現出李漁所處的年代（明末清初）的生活眞實，透過發生於日常生活中形形色色的人物與事件，展示出當下的社會思想。由「戒諷刺」款中，論創作應當有「一股正氣〔註88〕」，讓劇作得以留世，可見一斑。

　　把風流道學結合在一起，自娛娛人的李漁，將其生活觀融入劇作加以闡發，將那些滿口仁義道德卻一肚子男盜女娼的僞道學家，放入劇中，以及華秀的風流雅事之嘲弄，時時可見。總體而論，李漁在劇本創作中以不同的故事型態與創作技法來表現生活眞實，除了學習古人透過戲曲宣揚教化外，更爲之重要的著重「戲劇眞實」的創作，李漁透過「生活眞實」、「歷史眞實」獲取素材，用劇本創作帶給讀者「劇本眞實」下生活照映，成就李漁的戲劇眞實。

〔註82〕語出第二齣〈送遠〉華秀：「且喜荊妻賢淑……結縭未幾，就勸小生娶妾。」，李漁：《笠翁傳奇十種・下》，見《李漁全集》，卷2，頁424。

〔註83〕語出第六齣〈訂遊〉華秀：「小弟是個腐儒，最怕與良家女子相遇……」，同上註，頁436。

〔註84〕同上註，頁460。

〔註85〕語出第十六齣〈贈妓〉華秀：「賤性雖然執著，卻不是個眞正腐儒……」，同上註，頁468。

〔註86〕語出第十七齣〈贈妓〉華秀：「寒家屢世不娶青樓」、「我如今要娶妳回去，有何之難！只是違卻祖訓，就算不得孝子慈孫了。」，同上註，頁470、471。

〔註87〕同上註，頁472。

〔註88〕原文：「凡作傳世之文者，必先有可以傳世之心，而後鬼神效靈，予以生花之筆，撰爲倒峽之詞，使人人贊美，百世流芬。傳非文字之傳，一念之正氣使傳也。」，見李漁：《閒情偶寄》，見《李漁全集》，卷11，頁6。

第三節　戲劇結構：李漁的劇本結構理論與要求

　　本節就李漁對劇本創作的結構理論與形式設計進行討論。關於李漁的戲劇創作理論資料，多出自《閒情偶寄》，也有散見於《笠翁一家言文集》中的〈《香草亭傳奇》序〉、〈喬復生王再來二姬合傳〉、〈曲部誓詞〉；《耐歌詞》卷末附有〈窺詞管見〉二十二則；李漁的詩詞；以及其與友人的文稿。

一、論「結構第一」下的「立主腦」說

　　李漁《閒情偶寄》是在《笠翁傳奇十種》創作後，成書出版的劇作法理論，也是中國第一個提出戲曲編劇重視「戲劇結構」的人，其認為在講韻律、曲律、文辭之前，最先要有「結構」的觀念〔註89〕。對李漁來說，結構是創作法體系化的根本，創作的立論與其體系架構由「結構第一」而起，其云

> 至於結構二字，則在引商刻羽之先，拈韻抽毫之始。如造物之賦形，當其精血初凝，胞胎未就，先為制定全形，使點血而具五官百骸之勢。倘先無成局，而由頂及踵，逐段滋生，則人之一身，當有無數斷續之痕，而血氣為之中阻矣。〔註90〕

結構是全劇的靈魂，制定完整的結構，便是「制定全形」也就是制定完整的戲劇行動事件，如人的身體一樣，是有血有肉，具有「五官百骸」的完整之人，藉一個生命體說明結構，是為結構的有機論。再者，李漁更進一步舉例「結構」如同造屋，云

> 工師之建宅亦然。基址初平，間架未立，先籌何處建廳，何方開戶，棟需何木，梁用何材，必俟成局了然，始可揮斤運斧。倘造成一架而後再籌一架，則便於前者，不便於後，勢必改而就之，未成先毀，猶之築舍道旁，兼數宅之匠資，不足供一廳一堂之用矣。〔註91〕

以「工師建宅」喻戲劇行動事件的結構亦復如此。李漁認為不能把整體做好，結構規劃未能完善，創作是不可能成功的，就像房子與窗的比例差異太大，再重新修蓋一次，是浪費金錢、材料、精神，所以必須把全形規劃好，再去

〔註89〕語出「填詞首重音律，而予獨先結構者，以音律有書可考，其理彰明較著。」見李漁：《閒情偶寄》，見《李漁全集》，卷11，頁4。李惠綿的結構論考證中，認為李漁是第一個標舉結構一詞，並將之理論化的人。見李惠綿：《戲曲批評概念史考論》，頁289～341，尤其頁314。

〔註90〕李漁：《閒情偶寄》，見《李漁全集》，卷11，頁4。

〔註91〕同上註，頁4。

構思傳奇（即戲劇劇本創作），其云

> 故作傳奇者，不宜辛急拈毫，袖手於前，始能疾書於後。有奇事，
> 方有奇文，未有命題不佳，而能出其錦心，揚爲繡口者也。嘗讀時
> 髦所撰，惜其慘澹經營，用心良苦，而不得被管弦、副優孟者，非
> 審音協律之難，而結構全部規模之未善也。〔註92〕

創作是一套方法，依照命題，加以結構而成，所謂「有奇事，方有奇文」的
創作首要原則，仍是事有必然的道理，創作結構的好壞，實質性質概念，就
是生活素材的取用，即李漁所謂的「奇事」，而創作的整體意義詮釋，其涵意
從「立主腦」款來推論。所謂的立主腦是指

> 主腦非也，即作者立言之本意也。傳奇亦然。一本戲中，有無數人
> 名，究竟俱屬陪賓，原其初心，止爲一人而設。即此一人之身，自
> 始至終，離合悲歡，中具無限情由，無窮關目，究竟俱屬衍文，原
> 其初心，又止爲一事而設。此一人一事，即作傳奇之主腦也。……
> 後人作傳奇，但知爲一人而作，不知爲一事而作。盡此一人所行之
> 事，逐節鋪陳，有如散金碎玉，以作零出則可，謂之全本，則爲斷
> 線之珠，無梁之屋。〔註93〕

由上述論斷李漁的結構創作觀，可分爲幾點來論證：

（一）李漁認爲一個劇本一定有一個主腦。主腦即主要思想。在劇本中
主腦就是指最主要的人物、最主要的情節。

（二）「一人一事」的創作訴求。一劇中不管多少人物，只有一個人是重
要的，其他人都是陪襯的。「原其初心，止爲一人而設」表示創作者原先構思
的時候，只是爲了一個人而設，此一人物，即是戲劇行動者。「原其初心，又
止爲一事而設」則表示劇情中一個人有許多悲歡離合、有許多朋友、有許多
事件發生，但這些都是陪襯的，創作者在構思劇本時，只是爲一事而設計這
些人物與事件。也因此李漁才會批評有些戲劇「知爲一人而作，不知爲一事
而作」即「散金碎玉」；而能「原其初心，止爲一人而設」、「原其初心，又止
爲一事而設」，此編劇之「主腦」也，即有樑之屋。李漁對此提出兩個劇本（《琵
琶記》與《西廂記》），作此範例。

1. 傳奇最有名的劇本《琵琶記》：一部《琵琶記》，止爲蔡伯喈一人而設，

〔註92〕李漁：《閒情偶寄》，見《李漁全集》，卷11，頁4。
〔註93〕同上註，頁8～9。

又止為「重婚牛府」一事而設，其他的都是枝節，因此「重婚牛府」四個字是《琵琶記》之主腦。

2. 元雜劇最早的劇本《西廂記》：一部《西廂記》，止為張君瑞一人而設，又止為「白馬解圍」一事而設，才有悔婚、私會、拷紅、趕考……等情節。而「白馬解圍」是《西廂記》之主腦，沒有「白馬解圍」，則沒有其他事件。

過去研究李漁的「立主腦」者〔註94〕，有持理論與例證相悖論者、為其新解者、解套者，提出了關鍵情節、鈕扣情節、樞紐事件、不可或缺事件等等說法，來重新解釋李漁的劇本創作理論「立主腦」的理論與例證。所謂的「立主腦」，指的是不可缺少的戲劇行動事件。劇作家在創作劇本的過程中，必須要創作一個不可缺少的行動，才能進一步達成「一人一事」的結構要求，然《琵琶記》的「重婚牛府」與《西廂記》的「白馬解圍」成為全劇不可少的戲劇行動，這分明是指戲劇情節的結構外在形式，可稱為情節形式定義。

「結構第一」是透過創作表達一種想法之意，或說是構思。它並非戲劇故事，更非情節，不是具體化的結果呈現。李漁認為創作者見到的形象素材是他的構思基礎，有形象或情境的事件真實，而後創作出情節。那麼李漁在戲劇結構中，對於外在形式的要求為何呢？不妨以「新」這一概念來理解。

二、對戲劇結構形式的選材與要求

李漁對於戲劇結構「新」的追求，無論是創作者不斷創新寫作形式、或創新故事、或取義於傳說的再創理念，貫穿《閒情偶寄》全書，以及〈窺詞管見〉之中。

（一）李漁在「創作」中，追求「創新」下的題材「抉擇」是從生活真實中出發，追求創新的，如

1. 結構第一的「脫窠臼」款：人惟求舊，物惟求新。新也者，天下事物之美稱也。而文章一道，較之他物，尤加倍焉。戛戛乎陳言務去，

〔註94〕諸如吳戈〈如何理解李漁的「立主腦」？〉、〈李漁「立主腦」試解〉；吳瑞霞〈論《琵琶記》的敘事結構——李漁「立主腦」理論之透視〉；吳鄭〈也談李漁的「立主腦」說〉；姚品文〈李漁「立主腦」論辨析〉；洛地『立主腦』、『減頭緒』——戲曲創作中的兩種手法〉；祝肇年〈深義休說字面求——談李漁『立主腦』〉；陳多〈李漁《立主腦》譯釋〉；楊位浩〈關于李漁『立主腦』說的探討〉；寧俊紅、孟麗霞〈李漁「立主腦」說與古典戲曲理論觀念的變革〉；盧元譽〈小議李漁的「立主腦」〉；謝明〈「立主腦」的三定律——笠翁劇論今解〉；譚源材〈「立主腦」試析〉。

求新之謂也。〔註95〕

2. 結構第一的「戒荒唐」款：王道本乎人情，凡作傳奇，只當求於耳目之前，不當索諸聞見之外。〔註96〕

3. 格局第六：予謂文字之新奇，在中藏不在外貌，在精液不在渣滓……〔註97〕

4. 〈窺詞管見〉第五則：

文字莫不貴新，而詞爲尤甚。不新可以不作，意新爲上，語新次之，字句之新又次之。所謂意新者，非於尋常聞見之外，別有所聞所見，而後謂之新也。即在飲食居處之內，布帛菽粟之間，儘有事之極奇，情之極豔，詢諸耳目，則爲習見習聞，考諸詩詞，實爲罕聽罕睹，以此爲新，方是詞內之新，非齊諧志怪、南華志誕之所謂新也。〔註98〕

5. 〈窺詞管見〉第七則：琢句煉字，雖貴新奇，亦須新而妥，奇而確。妥與確，總不越一理字，欲望句之驚人，先求理之服眾。〔註99〕

　　由上述五項，可知李漁從生活的眞實尋求戲劇題材，創作劇本時力求創新，但不求荒唐違背生活眞實之事理，無論形式還是內容上的創新，都是從生活眞實中，發現奇人奇事，在平常事理中都見出新奇來。

　　（二）李漁在追求「創新」的創作中，以「減頭緒」、「密針線」作爲題材「處理」方式。李漁認爲創作時，應該

每編一折，必須前顧數折，後顧數折。顧前者，欲其照映，顧後者，便於埋伏。照映埋伏，不止照映一人、埋伏一事，凡是此劇中有名之人、關涉之事，與前此後此所說之話，節節俱要想到，寧使想到而不用，勿使有用而忽之。〔註100〕

劇本創作出的每件（戲劇行動）事件的安排有其必然關係，前後事件依照必然的關係，達到前後照應；前面的事件要能顯現出來，把後面的事埋伏下去，透過必然性，連接每件戲劇行動的安排，如果不能連接，這樣全篇破綻百出。所謂的必然，就是一件戲劇行動事件在發展上必需隨於另一件行動事件之前

〔註95〕李漁：《閒情偶寄》，見《李漁全集》，卷11，頁9。
〔註96〕同上註，頁14。
〔註97〕同上註，頁59。
〔註98〕李漁：《笠翁一家言詩詞集》，見《李漁全集》，卷1，頁509。
〔註99〕同上註，頁510。
〔註100〕李漁：《閒情偶寄》，見《李漁全集》，卷11，頁10～11。

或之後，在戲劇結構上使得情節得以統一，唯有如此人物與人物，情節與情節之間的（戲劇行動）事件連貫上，才有嚴密的聯繫關係。

李漁所說的「頭緒」就是關目情節，在傳奇「頭緒繁多」的討論中，云

> 頭緒繁多，傳奇之大病也。《荊》、《劉》、《拜》、《殺》（《荊釵記》、《劉知遠》、《拜月亭》、《殺狗記》）之得傳於後，止爲一線到底，並無旁見側出之情。三尺童子觀演此劇，皆能了了於心，便便於口，以其始終無二事，貫串只一人也。後來作者不講根源，單籌枝節，謂多一人可謂一人之事。事多則關目亦多，令觀場者如入山陰道中，人人應接不暇。……作傳奇者，能以「頭緒忌繁」四字，刻刻關心，則思路不分，文情專一，其爲詞也，如孤桐勁竹，直上無枝，雖難保其必傳，然已有《荊》、《劉》、《拜》、《殺》之勢矣。〔註101〕

「頭緒」就是關目情節的安排，意指戲劇行動事件安排，舉「荊、劉、拜、殺」四劇得以傳世於後，原因「止爲一線到底，並無旁見側出之情。」此一線即爲「一人一事」的戲劇行動統一，要求做到事件有頭有尾，並有其因果關係。李漁創作中，雙線發展的戲曲結構，時見於劇本創作之中，此處所討論的戲劇行動統一是主張主線明晰，反對旁枝別節影響主線，如果做到「頭緒忌繁」，就能確立創作戲劇行動或情節的統一性。李漁的戲劇結構是以一個人的行動統一作爲基礎，進行「一人一事」的創作，而非一個人的一生所發生的所有事件的統一，這一具體概念不僅提昇創作上結構形式的要求，也成爲李漁所追求的典範。

（三）李漁在追求「創新」的創作中，以「戒諷刺」、「戒荒唐」爲自律，其認爲戲劇創作的教化功能是非常重要的，在《閒情偶寄‧凡例七則》點明「教化」訴求──「期規正風俗」、「期警惕人心」。禮樂可以陶冶性情、教化人心，李漁認爲創作應當有一股正氣，其云

> 凡作傳世之文者，必先有可以傳世之心，而後鬼神效靈，予以生花之筆，撰爲倒峽之詞，使人人贊美，百世流芬。傳非文字之傳，一念之正氣使傳也。〔註102〕

李漁曾在〈曲部誓詞〉與《閒情偶寄》多次強調

> 加生旦以美名，原非市恩於有托；抹淨丑以花面，亦屬調笑于無心；

〔註101〕李漁：《閒情偶寄》，見《李漁全集》，卷11，頁12～13。
〔註102〕同上註，頁6。

凡以點綴詞場，使不岑寂而已。但慮七情以內，無境不生，六合之中，
何所不有。幻設一事，即有一事之偶同；喬命一名，即有一名之巧合。
焉知不以無基之樓閣，認爲有樣之葫蘆？是用瀝血鳴神，剖心告世，
倘有一毫所指，甘爲三世之喑，即漏顯誅，難逭陰罰。〔註103〕

可見，李漁希望通過戲劇創作，來實現生活中教化人心的目的，而風教觀念，
不止《閒情偶寄》的「戒諷刺」、「戒荒唐」兩款可以看到「勸善懲惡」〔註104〕
觀念，在《《香草亭傳奇》序》一文中，亦曾提出

從來遊戲神通，盡出文人之手，或寄情草木，或托興昆蟲，無口而
使之言，無知識、情欲而使之悲歡離合，總以極文情之變，而使我
胸中壘塊唾出殆盡而後已。然卜其可傳與否，則在三事，曰情，曰
文，曰有裨風教。情事不奇不傳；文詞不警拔不傳；情文俱道，無
益於勸懲，使觀者、聽者啞然一笑而遂已者，亦終不傳。〔註105〕

由此三處可見李漁的戲劇創作或評論作品，都在生活教育上有著積極的「風
教」目的。

三、論李漁對傳奇「格局」的劇本佈局常規

（一）規格形式的規範與說明

所謂「格局」是指傳奇結構中，爲人遵守的「體製」而言，其情節形式
段落，分爲以下術語：「家門」、「沖場」、「出腳色」、「小收煞」、「大收煞」五
款，分別進行規格形式的表述。李漁在創作關鍵處，提出體制規範：創作事
件開端處，藉「家門」、「沖場」、「出腳色」分別論述人物、故事背景；情節
高潮處以「小收煞」作一收束；結局處以「大收煞」做總結。

在「格局第六」中，李漁針對專用術語加以注釋說明。

1.「家門」

開場數語，謂之「家門」。……予謂詞曲中開場一折，即古文之冒頭，
時文之破題，務使開門見山，不當借帽覆頂。即將本傳中立言大意，

〔註103〕分見兩處，詞句稍有不同。見李漁：《笠翁一家言詩詞集》，見《李漁全集》，
　　　　卷1，頁130，及李漁：《閒情偶寄》，見《李漁全集》，卷11，頁7。

〔註104〕語出：凡作傳奇者，先要滌去此種肺腸，務存忠厚之心，勿爲殘毒之事。以
　　　　之報恩則可，以之報怨則不可；以之勸善懲惡則可，以之欺善作惡則不可。
　　　　見李漁：《閒情偶寄》，見《李漁全集》，卷11，頁6。

〔註105〕李漁：《笠翁一家言詩詞集》，見《李漁全集》，卷1，頁47。

> 包括成文，與後所說家門一詞相爲表裡。前是暗說，後是明說，暗
> 說似破題，明說似承題，如此立格，始爲有根有據之文。〔註106〕

2.「沖場」

> 開場第二折，謂之「沖場」。沖場者，人未上而我先上也。必用一悠
> 長引子。引子唱完，繼以詩詞及四六排語，謂之「定場白」，言其未
> 說之先，人不知所演何劇，耳目搖搖，得此數語，方知下落，始未
> 定而今方定也。〔註107〕

「家門」與「沖場」大多以寥寥數言，道盡一腔心事，且又蘊釀全部劇情，
力求蓋括無遺。

3.「出腳色」

> 本傳中有名腳色，不宜出之太遲。如生爲一家，旦爲一家，生之父
> 母隨生而出，旦之父母隨旦而出，以其一部之主，餘皆客也。雖不
> 定在一齣二齣，然不得出四五折之後。〔註108〕

「出腳色」是指演員所扮演的人物，如是主要人物（戲劇行動者）需先行上
場，以「家門」作爲引場後，導出生、旦出場都在第五齣之前完成，如下表
所示〔註109〕。

表3-1 《笠翁十種曲》創作事件開端處引首出腳色概況一覽表

劇　　名	分析項目			
	齣　目	齣　名	排場結構〔註110〕	分　析
憐香伴	第一齣	破題	開場	引場
	第二齣	婚始	粗細正場	引首
	第三齣	僦居	文細正場	引首

〔註106〕李漁：《閒情偶寄》，見《李漁全集》，卷11，頁60。

〔註107〕同上註，頁61。

〔註108〕同上註，頁62。

〔註109〕關於傳奇場面組合及名詞界定，可參考張敬《明清傳奇導論》中〈傳奇分場
的研究〉、游宗蓉學位論文〈元雜劇排場研究〉等書。

〔註110〕關於傳奇排場分法有張敬、許之衡、曾永義等人提出不同分類方法。張敬提
出傳奇分場，有依關目分量（大場、正場、短場、過場）、表演形式（文場、
武場、文武全場、鬧場、群戲）兩大類分法。許之衡分爲歡樂、悲哀、遊覽、
行動、訴情、過場短劇、急遽短劇、文靜短劇、武裝短劇九類。曾永義認爲
「排場結構」爲劇作家將故事情節，藉著角色的搬演，以具體方式表現出來，
其運用引場、主場、收場，分析作品。

劇　名	分析項目			
	齣　目	齣　名	排場結構〔註110〕	分　析
風箏誤	第一齣	顛末	開場	引場
	第二齣	賀歲	粗細正場	引首
	第三齣	閨鬨	粗細諧場	引首
意中緣	第一齣	大意	開場	引場
	第二齣	名逋	文靜引場	引首
	第三齣	毒餌	粗細正場	引首
	第四齣	寄扇	文靜過場	引首
玉搔頭	第一齣	拈要	開場	引場
	第二齣	呼嵩	文靜正場	引首
	第三齣	分任	群戲短場	引首
	第四齣	訊玉	文靜小正場	引首
	第五齣	奸圖	粗口過場	引首
奈何天	第一齣	崖畧	開場	引場
	第二齣	慮婚	粗細引場	引首
	第三齣	憂嫁	文靜短場	引首
	第五齣	隱妒	文靜大場	引首
	第七齣	媒欺	文靜過場	引首
蜃中樓	第一齣	幻因	開場	引場
	第二齣	耳卜	文細正場	引首
	第三齣	訓女	粗細正場	引首
比目魚	第一齣	發端	開場	引場
	第二齣	耳熟	文靜引場	引首鬧場
	第三齣	聯班	文靜小正場	引首
	第五齣	辨賊	文靜過場	引首
凰求鳳	第一齣	先聲	開場	引場
	第二齣	避色	文靜引場	引首
	第四齣	情餌	中細正場	引首
	第五齣	籌婚	文細過場	引首
	第七齣	先醋	過場	引首

劇　名	分析項目			
	齣　目	齣　名	排場結構〔註110〕	分　析
慎鸞交	第一齣	造端	開場	引場
	第二齣	送遠	中細正場	引首
	第三齣	論心	文靜正場	引首
	第四齣	品花	文靜短場	引首
巧團圓	第一齣	詞源	開場	引場
	第二齣	夢訊	文細引場	引首
	第三齣	議贅	文靜正場	引首
	第五齣	爭繼	粗細過場	引首

檢視李漁的創作，其創作事件開端處，藉「家門」、「沖場」、「出腳色」，十部劇作中有八部符合其「不得出四五折之後」理論，不合於其說者為：

3-1.《奈何天》第七齣〈媒欺〉。《奈何天》劇寫闕里侯三次娶妻（鄒、何、吳三女），「丑旦聯姻」之事，而第七齣〈媒欺〉是引出何女出場，係屬新增何女一人之戲劇行動事件。

3-2.《凰求鳳》亦是第七齣，標目為〈先醋〉。《凰求鳳》則寫三女爭一男，「佳人求才子」之事，第七齣〈先醋〉則是引出喬夢蘭出場，亦屬新增一人之事件引發。

4.「小收煞」

上半部之末齣，暫攝情形，略收鑼鼓，名為「小收煞」。宜緊忌寬，宜熱忌冷，宜作鄭五歇後〔註111〕，令人揣摩下文，不知此事如何結果。〔註112〕由於未能確其演出狀況，只能以上下卷的分卷方式（十部劇作皆屬上下卷平分之狀況），論證其是否有「暫攝情形」，見下表。

〔註111〕鄭五歇後法，為李漁所提出的一種情節結構技巧。鄭五為唐代詩人，據《新唐書》載：「綮本善詩，其語多俳諧，故使落調，世共號鄭五歇後體。」見歐陽修、宋祁：《新唐書·鄭綮傳》，頁5384～5385。

〔註112〕李漁：《閒情偶寄》，見《李漁全集》，卷11，頁63。

表3-2　《笠翁十種曲》上卷收束概況分析一覽表

劇　名	分析項目			
	齣　目	齣　名	排場結構	分　析
憐香伴	第十八齣	驚颶	文靜過場	過場
風箏誤	第十五齣	堅壘	南北武大場	過場
意中緣	第十五齣	入幕	鬧諧短場	短場
玉搔頭	第十五齣	逆氛	鬧過場	過場
奈何天	第十五齣	分擾	北口武場	武場
蜃中樓	第十五齣	授訣	神怪過場	過場
比目魚	第十六齣	神護	北神怪大場	大場
凰求鳳	第十五齣	姻詫	鬧諧文場	文場
愼鸞交	第十八齣	耳醋	鬧過場	過場
巧團圓	第三十四齣	譁嗣	群戲大場	大場

5.「大收煞」

全本收場，名爲「大收煞」。此折之難，在無包括之痕，而有團圓之趣。如一部之內，要緊腳色共有五人，其先東西南北各自分開，至此必須會合。……收場一出，即勾魂攝魄之具，使人看過數日，而猶覺聲音在耳、情形在目者，全虧此齣撒嬌，作「臨去秋波那一轉」也。〔註113〕

表3-3　《笠翁十種曲》終場收束概況分析一覽表

劇　名	分析項目			
	齣　目	齣　名	排場結構	分　析
憐香伴	第三十六齣	歡聚	熱鬧大場	大場
風箏誤	第三十齣	釋疑	群戲大場	大場
意中緣	第三十齣	會眞	文靜正場	正場
玉搔頭	第三十齣	媲美	群戲大場	大場
奈何天	第三十齣	鬧封	南北群戲大場	大場
蜃中樓	第三十齣	乘龍	群戲大場	大場

〔註113〕李漁：《閒情偶寄》，見《李漁全集》，卷11，頁63～64。

劇　名	分析項目			
	齣　目	齣　名	排場結構	分　析
比目魚	第三十二齣	駭聚	南北大場	大場
凰求鳳	第三十齣	讓封	群戲大場	大場
慎鸞交	第三十五齣	全終	群戲文場	大場
巧團圓	第三十四齣	譁嗣	群戲大場	大場

「小收煞」與「大收煞」各指上下半部的收束部份。其中「小收煞」的「鄭五歇後」是李漁所提出的一種寫作法，就「令人揣摩下文，不知此事如何結果。」的文義以及隨後的舉例：

> 如做把戲者，暗藏一物於盆盎衣袖之中，做定而令人射覆，此正做定之際，眾人射覆之時也。戲法無眞假，戲文無工拙，只是使人想不到、猜不著，便是好戲法、好戲文。猜破而後出之，則觀者索然，作者赧然，不如藏拙之爲妙矣。〔註114〕

「小收煞」是戲劇行動事件到此暫時作一收束，使得情節有懸而未決的延續性，即西方劇本創作法的「預示」〔註115〕，讓觀者（讀者及觀眾）有期待心理，而「大收煞」應有「團圓之趣」讓觀者有圓滿之意，甚而讓其有「繞樑三日餘音不絕」般的餘韻。觀其李漁十部劇作，與其戲劇「格局」理論，有相互照應之感，在戲劇創作及理論上並無相違之處，實屬相得益彰。

（二）「格局」的可變不可變，可移不可移

李漁於「格局第六」開篇便論及

> 傳奇格局，有一定而不可移者，有可仍可改，聽人自爲政者。開場用末，沖場用生；開場數語，包括通篇，沖場一出，蘊釀全部，此一定不可移者。開手宜靜不宜喧，終場忌冷不忌熱，生旦合爲夫婦，外與老旦非充父母即作翁姑，此常格也。然遇情事變更，勢難仍舊，不得不通融兌換而用之，諸如此類，皆其可仍可改，聽人爲政者也。近日傳奇，一味趨新，無論可變者變，即斷斷當仍者，亦如改竄，以示新奇。予謂文字之新奇，在中藏，不在外貌，在精液，不在渣

〔註114〕李漁：《閒情偶寄》，見《李漁全集》，卷11，頁63。
〔註115〕第十章〈要預示，不要預述〉中提到：預示一種十分吸引人的事態，卻不把它預述出來。見吳鈞燮、轟文杞譯：《劇作法》，頁149～158。

滓，猶之詩賦古文以及時藝，其中人才輩也，一人勝似一人，一作奇於一作，然止別其詞華，未聞異其資格。有以古風之局而爲近律者乎？有以時藝之體而作古文者乎？繩墨不改，斧斤自若，而工師之奇巧出焉。行文之道，亦若是焉。〔註116〕

從上推斷，李漁提出四點看法：

1. 格局可分「一定而不移者」與「可仍可改、聽人爲政者」兩類。
2. 演出時「開手宜靜不宜喧，終場忌冷不忌熱」的情境訴求。
3. 演出常套的腳色的配置分工。
4. 如果如能以創新的手法，在作品一定的格局規範，進行變化，便能有新奇之感。

　　李漁在傳奇「格局」的劇本佈局常規，提出了劇本的形式佈局規範，是在其劇本創作後的經驗歸結，在體制上提出基本要求，但又不至於成爲死套。

四、李漁對創作的實質媒介要求與掌握

　　中國古典戲劇中，無論是劇作家還是劇論家，他們都把戲曲語言作爲戲曲創作的核心要素。如沈、湯之爭〔註117〕，他們對於聲律和文辭二者的關係，所側重關注的雖有不同，但都重視二者在創作中的地位，把它們作爲評價劇本的重要指標〔註118〕。

　　李漁是如何對劇本創作的實質媒介進行要求與掌握？首先，對「實質媒介」作原始意義的解說；其次是探討分類後，各自項目的要求，以及李漁是如何掌握「實質媒介」進行創作。

　　在中國古典劇論中，聲律和文辭兩類，就是第一種呈現方式的差別，當它們透過文字表達便是詞采（賓白及科諢）與音律的書寫形式；當成爲演出形式搬上舞台，便形成語言類與動作類的表演產物，即第二種表演形式的差別。

〔註116〕李漁：《閒情偶寄》，見《李漁全集》，卷11，頁59。
〔註117〕所謂沈湯之爭，是由沈璟改易湯顯祖《牡丹亭》而引發的。對於湯顯祖所見的《牡丹亭》改本是「呂本」還是「沈本」，學術界有不同的看法。此取一般的說法，即呂玉繩把沈璟的改本《同夢記》交給湯顯祖，從而引起了沈湯之爭。語出湯顯祖《答淩初成》一文，見徐朔方箋校：《湯顯祖詩文集》，頁1345。
〔註118〕戲曲界對音律和文辭關係的認識，存在三種不同的群體：一、以朱有燉、李開先爲首的文辭和音律兼美派；二、以朱權、何良俊爲代表的重律輕文派；三、以重文輕律派者，如繭室主人和李贄。

（一）創作的實質媒介

戲劇創作不僅僅是平面文字作成的文學劇本，提供讀者閱讀，而它最終是要通過舞台的實踐，進行表演，才能成為劇場創作的戲劇。在《閒情偶寄》中包括劇本創作、演出創作、劇作家創作、導演創作、演員創作等項目，都是透過「實質媒介」來進行創作的。根據表現形式的不同，產生各種本質的不同媒介，如劇作家創作的成果，是透過劇本的實質呈現，透過文字的書寫，便形成劇本創作。而演出創作則包含了導演與演員兩個部份，導演透過詮釋劇本，經由演員透過自身搬演（劇本的演出），形成演出創作，實質媒介由「文字」轉換成「語言」與「動作」。下表將李漁《閒情偶寄》中，對於「實質媒介」作一區分。

表 3-4 《閒情偶寄》三部中「實質媒介」的分類及要求一覽表

分類 / 出處	語言類				動作類
	詞　采	音　律	賓　白	諢	科
詞曲部	貴顯淺； 重機趣； 戒浮泛； 忌填塞。	恪守詞韻； 凜遵曲譜； 魚模當分； 廉監宜避； 拗句難好； 合韻易重； 慎用上聲； 少填入韻； 別解務頭。	聲務鏗鏘； 語求肖似； 詞別繁簡； 字分南北； 文貴潔淨； 意取尖新； 少用方言； 時防漏亂。	戒淫褻； 忌俗惡； 重關係； 貴自然。	戒淫褻； 忌俗惡； 重關係； 貴自然。
演習部	無	授　曲 解明曲意； 調熟字音； 字忌模糊； 曲嚴分合； 鑼鼓忌雜； 吹合宜低。	教　白 高低抑揚； 緩急頓挫。	無	無
	脫　套				脫　套
	無	無	聲音惡習； 語言惡習；	科諢惡習	科諢惡習
聲容部	無				習技第四 文藝； 絲竹； 歌舞。

　　由上表可以知道「實質媒介」在劇本創作與演出創作下，會將文字書寫轉換為語言與動作兩大類。語言類的進一步細分，在李漁的戲劇理論中，則可以依詞采、音律、賓白、作為喜劇成分的「諢」等四類。動作類，則是由文字書寫的科介（含舞台指示）成為動作與物件擺設，因此衍生出第三類「實質媒介」——具體物質。

（二）語言分類、特點與要求

1. 語言分類與特點

　　在「實質媒介」的分類下，李漁在《閒情偶寄》一書中，於〈詞曲部〉與〈演習部〉分別討論對劇本文字與演出語言的特點。李漁在〈詞曲部〉提出「詞采第二」、「音律第三」、「賓白第四」、「科諢第五」四款，分別提出不同的要求。

　　1-1.「詞采第二」

　　貴顯淺；重機趣；戒浮泛；忌塡塞。

　　1-2.「音律第三」

　　恪守詞韻；稟遵曲譜；魚模當分；廉監宜避；拗句難好；合韻易重；愼用上聲；少塡入韻；別解務頭。

　　1-3.「賓白第四」

　　聲務鏗鏘；語求肖似；詞別繁簡；字分南北；文貴潔淨；意取尖新；少用方言；時防漏亂。

　　1-4.「科諢第五」

　　戒淫褻；忌俗惡；重關係；貴自然。

　　李漁在〈演習部〉提出「授曲第三」、「教白第四」、「脫套第五」三款，分別提出不同的要求。

　　1-5.「授曲第三」

　　解明曲意；調熟字音；字忌模糊；曲嚴分合；鑼鼓忌雜；吹合宜低。

　　1-6.「教白第四」

　　高低抑揚；緩急頓挫。

　　1-7.「脫套第五」

　　聲音惡習；語言惡習。

2. 李漁語言類的特殊要求

　　本段以「重機趣」與「別解務頭」作為主要論述觀點，其餘者不加贅述。

2-1. 提出「重機趣」之說，追求人性的真實

李漁認為

> 機趣二字，填詞家必不可少。機者，傳奇之精神，趣者，傳奇之風
> 致。……照此法填詞，則離合悲歡，嬉笑怒罵，無一語一字不帶機
> 趣而止（行）矣。
>
> 予又謂填詞種子，要在性中帶來，性中無此，做殺不佳。〔註119〕

上述的填詞家，即劇作家。劇作家將機趣視為傳奇（劇本）創作之精神風致，不如由劇本創作，延伸到演出的觀看，由劇作家的寫作推展到觀眾看其作品的演出。機，戲劇本身內在的精神，可視為人性剛開始，正要啟動出發的那一刻。趣，觀眾對外在表演的興趣，演員的表演，引起觀眾的興趣。用現代的語彙來說就是「機鋒趣味」。而「填詞種子要從性中帶來」，意指種子要從人性出發。做，表演行動，藉此展現風致。殺，角色表演的結束，即戲劇之結局。戲劇是生活的一種真實再現，並提出人性的真實，不是表面上生活中的人，而是人性上真實的人。試想一個人的喜怒哀樂，皆要從人性表現出來，若只是為了表演而表演，則「做殺不佳」，因此李漁追求人性的真實比呈現生活的真實更為重要。

2-2.「別解務頭」是為何意？

是「不要」解釋務頭，抑是用「別種方式」解釋務頭。

李漁於《閒情偶寄‧詞曲部‧音律第三》「別解務頭」則云：

> 填詞者必講「務頭」，然務頭二字，千古難明。《嘯餘譜》中載《務
> 頭》一卷，前後臚列，豈止萬言，究竟務頭二字，未經說明，不
> 知何物……予謂務頭二字，既然不得其解，只當以不解解之。曲
> 中有務頭，猶棋中有眼，有此則活，無此則死。進不可戰，退不
> 可守者，無眼之棋，死棋也；看不動情，唱不發調者，無務頭之
> 曲，死曲也。一曲有一曲之務頭，一句有一句之務頭。字不聲牙，
> 音不泛調，一曲中得此一句，即使全曲皆靈，一句中得此一二字，
> 即使全句皆健者，務頭也。由此推之，則不特曲有務頭，詩詞歌
> 賦以及舉子業，無一不有務頭矣。人亦照譜按格，發舒性靈，求
> 為一代之傳書而已矣，豈得為謎語欺人者所惑，而阻塞詞源，使
> 不得順流而下乎？〔註120〕

〔註119〕李漁：《閒情偶寄》，見《李漁全集》，卷11，頁20～21。
〔註120〕同上註，頁42～43。

李漁就《嘯餘譜》中的「務頭」加以批評，認為「務頭」如果不能解釋明白，就只好不去解釋。但他隨即又將「務頭」發展起來。言「務頭」者，明人王驥德於《曲律‧論務頭第九》便曾提到

> 務頭之說，《中原音韻》於北曲臚列甚詳，南曲則絕無人語及之者。……南、北一法。係是調中最緊要句字，凡曲遇揭起其音，而宛轉其調，如俗之所謂「做腔」處，每調或一句、或二三句，每句或一字、或二三字，即是務頭。〔註121〕

王驥德所言之「務頭」即調中最要緊之句子，其定義乃為「凡曲遇揭起其音，而宛轉其調」之「做腔處」，此即周氏所言聲調美聽處。且務頭位置不僅限於一句一字，有時甚至是二字或三字，概念更為廣泛。兩者相較下，清代的李漁較王驥德而言，給予「務頭」立下更為廣泛的註解，認為普遍顯現於文學作品。

　　李漁並未深究周德清《中原音韻》的論點，更未討論王驥德對〈論務頭〉的理解，便以「別解務頭」為題。「別解務頭」此論是一種解套的方式，也就是既然難以推論到原創「務頭」之人的真實意涵，不如自己另作它解，創作不應為技法規範所囿，所以便將「務頭」衍義出「由此推之，則不特曲有務頭，詩詞歌賦以及舉子業，無一不有務頭矣」〔註122〕。這是李漁對「務頭」一詞的衍義的變通。

（三）動作的特點與要求：科、習技

1. 填詞末技的「科諢」成為看戲之人參湯

　　中國戲曲中「科」字源頭，可溯及到「格範」〔註123〕一詞。「格範」語出《永樂大典戲文三種‧張協狀元》有「作教坊格範」一詞，意指有例可循的格式規範之義。而「格範」在音近訛變與音同訛變下，便產生「科範」、「科汎」、「科氾」等辭彙的衍生。發展到「院本」中，有「副淨教坊色劉所擅長的科汎」一例，則指出「科汎」是身段動作的法式，進一步又省作「科」，在元雜劇劇本中習見，不遑舉例。明清傳奇中，有分見為「科」、「介」、「科介」二字連用，如明徐渭《南詞敘錄》所云：

〔註121〕王驥德：《曲律》，見《中國古典戲曲論著集成》，冊五，頁114。

〔註122〕李漁：《閒情偶寄》，見《李漁全集》，卷11，頁43。

〔註123〕曾永義〈從格範、開呵、穿關到程式〉一文中提出「格範」因音近、音同訛變為「科汎（泛）」，又節省作「科」，並考證其出處與用法。該文收錄於《戲曲研究》第68輯，頁93～106。

科，相見、作揖、進拜、舞蹈、坐跪之類，身之所行皆謂之科。今
人不知，以諢爲科，非也。〔註124〕

但「科」若與「諢」並舉，就成爲詞組，如「科諢」或「插科打諢」，則單指
滑稽詼諧之動作。「科諢」即插科打諢的略稱，科指動作，諢指語言，是戲曲
中使觀眾發笑的喜劇手法。〔註125〕李漁言道

插科打諢，填詞之末技也，然欲雅俗同歡，智愚共賞，則當全在此
處留神。文字佳，情節佳，而科諢不佳，非特俗人怕看，即雅人韻
士，亦有瞌睡之時。作傳奇者，全要善驅睡魔，睡魔一至，則後乎
此者雖有《鈞天》之樂，《霓裳羽衣》之舞，皆付之不見不聞，如對
泥人作揖，土佛談經矣。予嘗以此告優人，謂戲文好處，全在下半
本。只消三兩個瞌睡，便隔斷一部神情，瞌睡醒時，上文下文已不
接續，即使抖起精神再看，只好斷章取義，作零齣觀。若是，則科
諢非科諢，乃看戲之人參湯也。養精益神，使人不倦，全在於此，
可作小道觀乎？〔註126〕

過去戲曲創作中，插科打諢被視爲小道末流。李漁將「科諢」變成劇本創作
及劇場演出的重要發揮項目，只因「科諢之設，止爲發笑。〔註127〕」還對「科
諢」還提出四項指示：戒淫褻、忌俗惡、重關係、貴自然。

1-1. 戒淫褻

演出時小心使用「淫褻」之語，提出「說一半令人自思」及「借他事喻
之」兩法。

1-2. 忌俗惡

科諢之妙，在於近俗，而所忌者，又在於太俗。不俗則類腐儒之談，
太俗即非文人之筆。〔註128〕

〔註124〕徐渭：《南詞敘錄》，見《中國古典戲曲論著集成》，冊三，頁246。
〔註125〕《集韻》：「諢，弄言。」，《說文》：「弄，玩也。」，所以「諢」即玩笑滑稽的
　　　　言語，把說出此種語言叫做「打諢」。齊森華等人主編的《中國曲學大辭典》
　　　　「科諢」條云：「諢指滑稽性的語言。科與諢連用，則指滑稽性動作。」，《戲
　　　　曲詞典》的「科諢」條云：「插科打諢的略稱。戲曲裡各種使觀眾發笑的穿插。
　　　　科多指動作，諢多指語言。」
〔註126〕李漁：《閒情偶寄》，見《李漁全集》，卷11，頁55。
〔註127〕同上註，頁56。
〔註128〕同上註，頁56～57。

1-3. 重關係

認爲演員扮演劇中角色，因爲人物的身份、地位、年齡、教養各異，所說之話就應有所不同。人物性格不一，其語言風格必定相迥，因此，提出「生旦有生旦之科諢，外末有外末之科諢，淨丑之科諢則其分內事也。〔註129〕」

1-4. 貴自然

科諢「妙在水到渠成，天機自露，我本無心說笑話，誰知笑話逼人來，斯爲科諢之妙境耳。〔註130〕」

2. 作為特殊舞台指示的「科介」

慣有的科介運用，如對於人物上下的指示，表達人物動作、表情以及舞臺效果的提示外，如《風箏誤》的獅象大戰、《玉搔頭》水陸兩棲作戰、《蜃中樓》水族交戰、《比目魚》山大王率虎熊犀象作亂、《愼鸞交》士兵扮鬼作戰……等等。下表舉列李漁在《笠翁十種曲》中，較爲特殊「科介」的使用情形。

表3-5 《笠翁十種曲》中特殊「科介」一覽表

劇　名	齣　目	內　文
憐香伴	神引	生扮釋迦佛，坐金蓮臺，五色雲車，外扮文殊，騎獅，末扮普賢，騎象，同上。
憐香伴	請封	扮龍出舞介。
憐香伴	請封	內放煙作蜃氣介。
憐香伴	請封	內扮人、馬、男、婦、各持寶玩上，一現即下。
憐香伴	出使	旦、小旦扮夷女，歌舞奉酒介。
風箏誤	習戰	（登壇介）傳諭人，象兩營，各自披堅執銳，聽候操演！（眾）稟問大王：還是先演象戰，先演人戰？（淨）先人，後象。（眾應，傳令介）（眾持軍器，各舞一回下）
風箏誤	習戰	（扮象上，舞一回下。）
風箏誤	習戰	分咐人，象合戰一回。（眾應，傳令介）（人、象同上，合戰畢，擺齊，聽令介）（淨）人有人威，象有象勇。好戰法，好戰法！
風箏誤	間疊	淨騎象，引眾上。
風箏誤	間疊	（副淨扮關聖，丑扮太歲，小生扮火德，隨末上）裝就奇形怪狀，且看妙算神機。

〔註129〕李漁：《閒情偶寄》，見《李漁全集》，卷11，頁57。
〔註130〕同上註，頁58。

劇　名	齣　目	內　文
奈何天	慮婚	丑扮財主，疤面、糟鼻、駝背、蹺足，帶小生上。
奈何天	錫祺	生、外、末扮三官大帝，副淨扮判官引神眾上。
奈何天	形變	淨扮變形者，帶斧鑿、推鞄等物上。
奈何天	夥醋	丑飄巾、艷服，做雅人態度上。
蜃中樓	訓女	外扮龍王，蒼髯、青袍，引水卒上。
蜃中樓	訓女	淨扮龍王，赤面虬髯，引水卒上。
蜃中樓	訓女	末扮龍王，白髯黃袍，引水卒上。
蜃中樓	結蜃	預結精工奇巧蜃樓一座，暗置戲房，勿使場上人見，俟場上唱曲放煙時，忽然抬出。全以神速為主，使觀者驚奇羨巧，莫知何來，廝有當於蜃樓之義，演者萬勿草草。
蜃中樓	結蜃	四人一扮魚、一扮蝦、一扮蟹、一扮鱉同上。
蜃中樓	結蜃	四人并立，一面唱，一面放煙作蜃氣介。
蜃中樓	結蜃	煙氣放盡，忽現蜃樓介。
蜃中樓	雙訂	公主，來此已是蜃樓了。你看雕欄婉轉，畫檻玲瓏，上下三層，高低百丈。人間的工匠，那裡起造得來？（旦、小旦）果然好一座樓台也。〔註131〕
蜃中樓	婚諾	副淨扮龍王，白髯綠袍，引水卒上。
蜃中樓	龍戰	內作霹靂聲，丑扮雷神舞上。
蜃中樓	龍戰	小旦扮電母，兩手持鏡舞上。
蜃中樓	龍戰	你們把蝦、魚、蟹、鱉，分作四隊，去與他對壘。殺得過就罷，殺不過，待我御駕親征。（眾應介，重唱「想來非別」二句下，內作雷聲介）（外上，與魚戰介）（生放箭，魚著箭欲走，末拿殺、取殼，獻介）稟大王：獻魚頭。（淨）記功候賞。（末上，與蟹戰介）（小生放箭，蟹著箭欲走，末拿殺、取殼，獻介）稟大王：獻蟹殼。（淨）記功候賞。（老旦上，與鱉戰介）（生放箭，鱉著箭欲走，老旦拿殺，取甲，獻介）稟大王：獻鱉甲。（淨）記功候賞。（雜與蝦戰介）（小生張弓，蝦看見欲走，雜扯住蝦鬚，蝦跳脫介）（雜持鬚獻介）稟大王：獻蝦鬚。（淨怒介）蝦放走了，要鬚何用？（雜）稟大王：那魚、蟹、鱉三樣，拿在手裡都是不會動的；這蝦是滑溜的東西，當不得他會跳，被他一跳，就跳脫了。（淨）分明是得錢賣放，推下去斬了。（雜磕頭介）求千歲饒過這一遭，待小的拿龍來贖罪。（淨）也罷，限你去擒龍，擒不得龍來，斬屍萬段。（雜謝下，副淨上）

〔註131〕由其說白，可以看出舞台上「蜃樓」的樣式與擺設。

劇　名	齣　目	內　文
蜃中樓	煮海	（預搭高臺二層：上層扮五色雲端遮住臺面，下層放鍋灶、扇、杓等物）（末上）一朵祥雲降海東……我且立在雲頭，看他的舉動，（立上層介）……
蜃中樓	運寶	預備龍宮諸色寶玩，齊列戲房，候臨時取上，務使璀璨陸離，令觀者奪目。
比目魚	寇發	副淨扮山大王，虎面奇形，引丑類上。
比目魚	寇發	扮虎、熊、犀、象次第上，舞介。
比目魚	偕亡	先搭戲台。
比目魚	神護	生、旦暗下，一人扮比目魚暗上，入隊同行介。
比目魚	回生	內鳴金鼓，蝦、螺、蟹、鱉各執旗幟，暗放比目魚入罾，旋舞一回即下。
比目魚	回生	內鳴金鼓，蝦、螺、蟹、鱉復執旗幟，引生、旦上，換去前魚，仍用蓑衣蓋好，旋舞一回即下。
比目魚	僞隱	丑扮假魚翁，左手持釣竿，右手提包裹，內放紗帽、圓領上。
愼鸞交	魔氛	眾扮男鬼，各執槍棍上場，環舞一回下。
巧團圓	夢訊	場上預設床帳。

3. 習技之因

　　源自劇本舞台指示成爲演員演出該劇必備之。（見下章，演員習技說明。）

　　《閒情偶寄》中標舉〈演習部〉，就是強調戲劇搬演的重要性。基於「登場」的理念，李漁勢必在劇本創作時，留心演出的問題。在其作品中，科介的安排，便關注舞台藝術從空台走向景物砌末陳設、腳色人物的面部化妝、服裝穿戴、唱唸做打，無一不精心設計。

　　總體而論，李漁在劇本創作中以不同的故事型態與創作技法來表現生活眞實，其透過「生活眞實」、「歷史眞實」獲取素材，創作劇本。李漁的十部作品各自擁有不同的戲劇眞實表現，並帶給讀者閱讀劇本的「創作眞實」感受。另一方面，藉由《閒情偶寄》、《《香草亭傳奇》序〉、〈曲部誓詞〉、〈窺詞管見〉等資料，可以了解李漁劇本創作的結構理論與形式。

第四章　導演創作：李漁導演技法的理論與實踐

　　本章擬以導演的工作：創作理念、構思、計畫、創作四個部份，逐一討論李漁在導演工作上的理論與實踐。透過李漁修改劇本之法，以及兩個劇本的修改實踐，作爲李漁執行導演實務的印證。

　　《閒情偶寄》中「塡詞之設，專爲登場」直接點出創作劇本是爲了演出的觀點，這說明李漁認爲劇本創作是爲舞台演出而設置的。所謂的「塡詞」就是劇本文學創作，而「登場」就是將文學劇本成爲舞台演出，變案頭之作爲場上之曲的舞台藝術創作。〈演習部〉論及排演劇目的選擇、修改劇本、唱曲唸白教學，以及擺脫舞台俗套陳習，是李漁對戲曲導演實踐方法與要求的依據。

第一節　導演創作理念

　　導演以文學劇本爲依據，以演員爲表演媒介，在舞台上進行藝術創作，劇本內容轉化爲活生生的演出形象，展現在觀眾面前。簡單的說，導演就是創造演出的人。導演的觀念隨著歷史的發展、時代的變遷、戲劇本身的變化、以及各導演的觀念、表現手段創作的運用，使得導演方法論不斷的改變，也唯有不斷的戲劇實踐，導演功能才被突顯。在西方字根「director」〔註 1〕（美）、

〔註 1〕director 一詞，出自海倫・契諾依：「當「director」一詞在十九世紀末眞正出現並得以確立，導演作爲百年前的理想終於打破了象徵化的個性透明地得以定型，並越來越捷足先登地佔據了許多世紀以來保留給劇作家和演員的霸權地位……」引自顧春芳：《戲劇交響──演劇藝術擷萃》，頁 245。

「régisseur」（德、俄）、「metteur en scène」（法）、「producer」（英），是從「指導員」、「樂隊指揮」等原意中轉借過來的，它獲得今日所認同的導演含義也只是近一百年的事。據考「導演」這個詞第一次出現是在德國的薩克斯‧梅寧根公爵（1826～1914），他領導的梅寧根劇團於1874年進入柏林。兩年後，在梅寧根劇團的記事本上出現了「導演」這個詞。當時「導演」的含義還只是維持劇院秩序、管束演員、處理罰金、兼寫劇本、檢查服裝道具、照看上下場等等，基本上只是舞臺監督的職位。在希臘時代，導演是一齣戲的寫作和演出屬於同一個創作過程，如古代希臘的艾斯奇勒斯（Aiskhylos，525-456BC）、索發克里斯（Sopoklea，496-406BC），他們不僅要完成文學劇本創作，更爲重要的是他們本身就是當時傑出的演劇專家。他們親自擔任戲劇演出的指導者或老師，指揮歌隊，統籌表演者的舞蹈，排練劇本指示的情節，並自行設計服裝、面具和舞台場景，最後上演整部劇作。〔註2〕中國戲曲演出史中，同樣可以發現導演活動的蹤跡。早在一千多年前，唐玄宗就曾在聽政之暇，教太常樂工子弟三百人，爲絲竹之戲。唐人陸羽被稱爲「伶正之師」〔註3〕。宋、金兩朝時期，雜劇有五個角色，其中「末泥」、「引戲」據王國維的考證認爲他們的職務是主張和吩咐，即分派演員上場職務的工作，同時也上台演出，並充當現場指揮演出。〔註4〕元陶宗儀《南村輟耕錄》記載「教坊色長魏、武、劉三人，鼎新編輯。魏長於念誦，武長於筋斗，劉長於科汎。」所謂「編輯」，顯然不是指編寫劇本，而是編排具體的演出，即導演。在過去戲曲的搬演，大體上由藝人，或由文人來兼行部分的導演藝術職能。到了元代，除了劇作家親自過問演出如關漢卿，還有相當於今的「集體導演」排練活動出現，分工負責，處理台詞、動作和場面調度。這些由演員兼任的導演通常只是以口傳身教的原始方式進行的，雖有豐富導演經驗，但未能歸結出來，成爲理論。

　　李漁寫過多種劇本、組建家班、重視演出效果，必然會對戲劇演出進行系統的研究與闡述，在〈曲部誓詞〉中曾自我揭露地說：

> 不肖硯田糊口，原非發憤而著書，筆蕊生心，匪托微言以諷世。不
> 過借三寸枯管，爲聖天子粉飾太平；揭一片婆心，效老道人木鐸里

〔註2〕杜定宇譯、海倫‧契諾伊：《西方名導演論導演與表演》，收錄《西方導演小史》，頁1～2。
〔註3〕陸羽：〈陸文學自傳〉，董浩等，《全唐文》，第五冊，頁4421。
〔註4〕王國維：《宋元戲曲考》，引自《王國維戲曲論文集》，頁54。

巷。既有悲歡離合，難辭謔浪詼諧，加生、旦以美名，既非市恩於有託，抹淨、丑以花面，亦屬調笑於無心。凡以點綴劇場，使不岑寂而已。……稍有一毫所指，甘爲三世之喑，即漏顯誅，難逃陰罰。〔註5〕

所謂的「木鐸里巷」正是表明在演出的背後，李漁有著一種極深的「勸世」之意，在眾多研究李漁導演的專文都忽略的這一點。〔註6〕

《閒情偶寄・演習部》以「選劇第一」、「變調第二」內分「別古今」、「劑冷熱」、「縮長爲短」、「變舊爲新」四款，就是李漁作爲導演選劇演出的意念與創作理論。隨文附上的《琵琶記・尋夫》、《明珠記・煎茶》改編本，可視爲導演本（演出本）之憑證。

第二節　導演構思：選劇第一

劇本的選擇對導演來說，是第一個面臨的考驗。李漁論及演出首重「選劇」提到：

吾論演習之工而首重選劇者，誠恐劇本不佳，則主人之心血，歌者之精神，皆施於無用之地。使觀者口雖讚歎，心實咨嗟，何如擇術務精，使人心口皆羨之爲得也。〔註7〕

一個劇本適不適合演出，是由導演決定的，如果選定的演出劇本難以呈現，演員的表演則無價值。因此，選擇合適的演出劇本這項工作是導演首要工作。「選劇第一」中，指出「別古今」、「劑冷熱」兩款。

〔註5〕李漁：《笠翁一家言文集》，見《李漁全集》，卷11，頁130。

〔註6〕姑不論研究李漁專書涉及導演理論的部份，在關於李漁導演的單篇文章有，高宇〈李笠翁關於戲曲導演的學說〉、〈古典戲曲導演的方法論——淺談李漁的《演習部》及其他〉、〈戲劇傳統的編劇學與導演方法論——喜讀《李笠翁曲話》注釋本〉、〈論李笠翁的導演改本——淺談《演習部》及其它之二〉；杜書瀛〈李漁論戲劇導演〉；朱穎輝〈如何評價明代劇作、劇論與舞臺實踐的關系——對《李漁論戲劇導演》一文的商榷〉；蕭榮〈略論李漁的導演理論〉；傅秋敏〈論「選劇第一」——李漁與斯坦尼導演學比較研究之一〉；范琦、任曉瑩：〈第一部導演學和「怪才」李漁文〉；鄭素華〈試析李漁的戲曲導演理論〉；駱兵〈「仍其體質，變其丰姿」——略論李漁導演擇劇的可仍與可改觀〉；潘丹芬〈我們都是市民導演——馮小剛與李漁比較論〉。上述文章中，多從李漁「選劇第一」談起，往往忽略他對演出的「風教推衍」觀念。

〔註7〕李漁：《閒情偶寄》，見《李漁全集》，卷11，頁67。

「別古今」呈現與西方導演不同的功能與職責，云

> 選劇授歌童，當自古本始。古本既熟，然後間以新詞，切勿先今而
> 後古。何也？優師教曲，每加工於舊，而草草於新。以舊本人人皆
> 習，稍有謬誤，即形出短長；新本偶爾一見，即有破綻，觀者聽者
> 未必盡曉，其拙盡有可藏。且古本相傳至今，歷過幾許名師，傳有
> 衣缽，未當而必歸於當，已精而益求其精，猶時文中「大學之道」、
> 「學而時習之」諸篇，名作如林，非敢草草動筆者也。新劇則如巧搭
> 新題，偶有微長，則動主司之目矣。故開手學戲，必宗古本。〔註8〕

李漁口中的「優師」實際上涵蓋了兩大職能，一是戲曲導演，一是演員老師。
其「優師」一詞涵蓋「導演」的職務，在選擇劇本，要有其獨特的眼光。「別
古今」款涉及演出劇目繼承與創新的問題，「開手學戲，必宗古本」的選劇說
法是值得現代學習戲曲表演之人借鑑的。學習經典劇目，再求創新；先打好
基礎，再求發展，這是一個戲曲表演教育家的教育理念。同時作為一個戲曲
導演，如果沒有基礎的藝術能力，一味追求自我獨特性，表面的創意，難以
成就其創作理念。

「劑冷熱」是把握戲劇演出的重要論點，李漁認為當時之人對於戲劇演
出只在「熱鬧」二字提出看法：

> 今人之所尚，時優之所習，皆在熱鬧二字；冷靜之詞，文雅之曲，
> 皆其深惡而痛絕者也。然戲文太冷，詞曲太雅，原足令人生倦，此
> 作者自取厭棄，非人有心置之也。〔註9〕

因此，有些研究者便只強調「劑冷熱」的觀念，殊不知李漁更重視合乎人情
下的戲劇演出，其云

> 予謂傳奇無冷熱，只怕不合人情。如其離合悲歡，皆為人情所必至，
> 能使人哭，能使人笑，能使人怒髮衝冠，能使人驚魂欲絕，即使鼓
> 板不動，場上寂然，而觀者叫絕之聲，反能震天動地。〔註10〕

選擇劇本，要注意劇本的真實性，要合乎人情，而非迎合時尚。再者，如果
導演能夠將一些「外貌似冷而中藏極熱」或「文章極雅而情事近俗者」稍加
修改，注意劇本演出的舞臺效果，選擇一些能給觀眾感受的演出劇目，這樣

〔註8〕李漁：《閒情偶寄》，見《李漁全集》，卷11，頁67～68。
〔註9〕同上註，頁69。
〔註10〕同上註，頁69。

導演才具有其實質的存在價值。所謂的「劑冷熱」則是導演在戲劇創作時，要使節奏疏落有致，熱場時，要使場面維持熱絡，不致冷清；而冷場時，則使劇情步調稍作舒緩，並與熱場相對比，形成情節之冷熱場相調劑。自古以來傳奇排場莫過於文武靜鬧間離，悲歡離合錯雜，而李漁深明此法，並深入析論，主張傳奇結構並無冷熱之別，而在合乎人情與否。觀眾是否隨其劇中悲歡離合而泣笑，人心是否能透過劇本感動，縱然場上悄然沉寂，觀眾亦能深受感動而讚不絕口、拍案叫好。

第三節　導演計畫：修改劇本之法

　　李漁認為選好劇本，並非全盤照搬，將修改劇本，稱為「變調」即所謂的「變古調為新調也」〔註11〕。當劇作家在創作中，一些不夠完善或細節描寫，在演出排練中，導演為了演出的形式或具體呈現舞台演出形象，便要適當修改劇本。劇作家隨時求新求變，登場演出也是一樣，這與談及李漁編劇時創新觀點一致。李漁認為

> 才人所撰詩賦古文，與佳人所制錦繡花樣，無不隨時更變。變則新，不變則腐；變則活，不變則板。至於傳奇一道，尤是新人耳目之事，與玩花賞月同一致也。……吾每觀舊劇，一則以喜，一則以懼。喜則喜其音節不乖，耳中免生芒刺；懼則懼其情事太熟，眼角如懸贅疣。學書學畫者，貴在仿佛大都，而細微曲折之間，正不妨增減出入，若止為依樣葫蘆，則是以紙印紙，雖云一線不差，少天然生動之趣矣。因創二法，以告世之執鄆斤者。〔註12〕

如果導演只會依樣畫葫蘆，以紙印紙，在執行演出工作時，沒有創作熱情，僅將文學轉化為舞台藝術形象，便無創意。如果導演具備新的思想境界，便能創造出不同往日的演出。因此，李漁提供兩種修改劇本以供劇場演出的方法，即「縮長為短」、「變舊為新」兩款。

一、縮長為短

　　明清傳奇有時長達數十折，如果要全本演完「非達旦不能告闋」。但一個晚上的演出時間是有限的，如果劇本太長，必受刪減或腰斬演出。鑒於

〔註11〕李漁：《閒情偶寄》，見《李漁全集》，卷11，頁69。
〔註12〕同上註，頁69～70。

此，李漁提出「與其長而不終，無寧短而有尾」的演出觀點。「縮長爲短」是李漁依據演出時間提出的兩種修改方法。演出時間是指觀眾觀看一齣戲從開場到結束所需的時間。李漁的導演之法奇特處在「作傳奇付優人，必先示以可長可短之法」，是依實際演出時間靈活地把長戲變短，但情節仍需保持完整。

（一）增刪法

情節刪減法，一語帶過的增益法。依據觀眾的精神狀況，來提供演出，李漁認爲

> 取其情節可省之數折，另作暗號記之，遇清閒無事之人，則增入全演，否則拔而去之。此法是人皆知，在梨園亦樂於爲此。但不知減省之中，又有增益之法，使所省數折，雖去若存，而無斷文截角之患者，則在秉筆之人略加之意而已。法於所刪之下折，另增數語，點出中間一段情節，如云昨日某人來說某話，我如何答應之類是也；或於所刪之前一折，預爲吸起，如云我明日當差某人去幹某事之類是也。如此，則數語可當一折，觀者雖未及看，實與看過無異，此一法也。〔註13〕

當演出必須去掉情節可省的數齣，導演必須在前後齣中增加數語予以交代劇情。演員在演出時，經由這樣的增補與交代，也得以知道劇情走向。而所省數齣，雖去猶存，這樣既可節省時間，前後情節得以連貫，並不影響觀眾理解，不妨礙看戲、聽曲的樂趣。

（二）重寫法

原戲重新編寫，成爲一本新劇。其云

> 予謂全本太長，零出太短，酌乎二者之間，當仿《元人百種》之意，而稍稍擴充之，另編十折一本，或十二折一本之新劇，以備應付忙人之用。或即將古書舊戲，用長房妙手，縮而成之。但能沙汰得宜，一可當百，則寸金丈鐵，貴賤攸分，識者重其簡貴，未必不棄長取短，另開一種風氣，亦未可知也。〔註14〕

對於那些「全本太長，零齣太短」的明清傳奇，進行擴充或縮編，也就是重寫法。作法就是將原戲重新編寫，成爲一本十至十二齣左右的新劇。李漁認

〔註13〕 李漁：《閒情偶寄》，見《李漁全集》，卷11，頁71。
〔註14〕 同上註，頁71。

為此法更為可取，不僅解決演出的需要，也改變傳奇創作冗雜的弊病。

上述兩種方法，均出自「變調第二・縮長為短」款，導演因應具體演出狀況，針對演出當時觀眾的反應進行靈活應變之道。

二、變舊成新：提出一個觀點、兩個修改技法

（一）「仍其體質，變其豐姿」維持原創觀點

不經改編的舊劇直接搬上舞台就像「觀者如聽蒙童背書」，導演如何處理舊劇演出的問題？李漁認為「仍其體質，變其豐姿」，即保留它的內在本質，僅僅改變外表的豐姿。所謂的體質，就是曲文與大段關目；豐姿為科諢與細微說白。在不改變基本情節結構以及曲文的前提下，把一些對話或枝微末節的地方做修改，保留原作者的心血，以慰作者之心。李漁如何實踐修改舊劇，在「變舊成新」提到

> 予嘗痛改《南西廂》，如《遊殿》、《問齋》、《逾牆》、《驚夢》等科諢，
> 及《玉簪・偷詞》、《幽閨・旅婚》諸賓白，付伶工搬演，以試舊新，
> 業經詞人謬賞，不以點竄為非矣。〔註15〕

上述劇目看來，李漁曾對《南西廂》、《玉簪記》、《幽閨記》進行過舊劇修改的工作，加上「變舊成新」款後所附的《琵琶記・尋夫》、《明珠記・煎茶》的改本依據，確實具備改編前人劇目的實踐性，但是否實踐於劇場演出，目前並無實據〔註16〕。如果將《琵琶記・尋夫》、《明珠記・煎茶》作為演出本或導演本來看，或可從中明白李漁作為一個導演是如何處理改編本。

李漁在維持原創精神（劇作家的構思意念）以及劇本的本質內涵，改編的方法有二，說明如下：

（二）修改技法

陳言之務去法。在「變舊成新」款云

> 科諢與細微說白不可不變者，凡人作事，貴于見景生情，世道遷移，
> 人心非舊，當日有當日之情態，今日有今日之情態，傳奇妙在入情，

〔註15〕李漁：《閒情偶寄》，見《李漁全集》，卷11，頁73。

〔註16〕過去的一些文人筆記及今人研究論文中，並無真實依據提出，李漁家班演出時的演出狀況或搬演情形，相關李漁家班演出形態，請參見本論文第五章。

> 即使作者至今未死，亦當與世遷移，自囀其舌，必不爲膠柱鼓瑟之
> 談，以拂聽者之耳。況古人脫稿之初，便覺其新，一經傳播，演過
> 數番，即覺聽熟之言難於複聽，即在當年，亦未必不自厭其繁，而
> 思陳言之務去也。〔註17〕

李漁認爲「科諢」與「說白」需加進許多新時代的元素，以「杜時人之口」給觀眾耳目一新的語彙，符合觀眾審美的時尚與「今日之情態」的時代變遷觀念。同時指出改編的大忌，云

> 我能易以新詞，透入世情三昧，雖觀舊劇，如閱新篇，豈非作者
> 功臣？……但須點鐵成金，勿令畫虎類狗。又須擇其可增者增，
> 當改者改，萬勿故作知音，強爲解事，令觀者當場噴飯，而群罪
> 作俑之人，則湖上笠翁不任咎也。此言潤澤枯槁，變易陳腐之事。
>
> 〔註18〕

其改編中要注意「畫虎類狗」、「強爲解事」的曲解與錯誤衍生，千萬不要有點金成鐵的憾事發生。

（三）修改技法

拾遺補缺之法。李漁認爲過去的傳奇，多有缺漏之處，因此需要靠後人修補，其云

> 舊本傳奇，每多缺略不全之事，刺謬難解之情。非前人故爲破綻，
> 留話柄以貽後人，若唐詩所謂「欲得周郎顧，時時誤拂弦」，乃一時
> 照管不到，致生漏孔，所謂「至人千慮，必有一失」。此等空隙，全
> 靠後人泥補，不得聽其缺陷，而使千古無全文也。〔註19〕

而修改劇本者，就是將前人的破綻，照看一遍，其以「女媧氏煉石補天，天尚可補，況其他乎？」藉此鼓勵改編者大膽修改的企圖。

第四節　導演創作：演出改本（導演本）的劇場實踐

李漁將自己非常推崇的古本（《琵琶記・尋夫》、《明珠記・煎茶》）進行修改，並在劇本「照管不到，致生漏孔」之處，進行修補之道。

〔註17〕 李漁：《閒情偶寄》，見《李漁全集》，卷11，頁73。
〔註18〕 同上註，頁73。
〔註19〕 同上註，頁73～74。

一、《琵琶記・尋夫》的修改實踐

　　李漁提及南戲《琵琶記》時，認爲高明情節結構線索不密且照映埋伏不周，出現「背理妨倫」的評論[註20]，並直指李日華《南西廂記》是「詞曲中音律之壞，壞于《南西廂》[註21]」缺點爲「詞曲情文不浹，以其就北本增刪，割彼湊此，自難帖合，雖有才力無所施也[註22]」。李漁鑒於《南西廂記》存在諸多不足，打算創作一部全新的南曲《西廂記》，但又想在《琵琶記》中趙五娘以琵琶做行頭尋夫上路的既有情節上，將南曲演唱的《琵琶記》改編成北曲演唱的《北琵琶》，以便充分發揮趙五娘用琵琶彈唱北曲的音樂優勢，達到「使觀者聽者涕泗橫流」的境界。

　　李漁修改《琵琶記・尋夫》劇本的起因，並非蔡伯喈中狀元家人不知一事，而是指「趙五娘千里尋夫，隻身無伴，未審果能全節與否，其誰證之？諸如此類，皆背理妨倫之甚者[註23]」一事。他認爲

> 趙五娘于歸兩月，即別蔡邕，是一桃天新婦。算至公姑已死，別墓尋夫之日，不及數年，是猶然一冶容誨淫之少婦也。身背琵琶，獨行千里，即能自保無他，能免當時物議乎？張大公重諾輕財，資其困乏，仁人也，義士也。試問衣食名節，二者孰重？衣食不繼則周之，名節所關則聽之，義士仁人，曾若是乎？[註24]

藉「添出一人送趙五娘入京」一事，提出修改之法，云

> 若欲於本傳之傳，劈空添出一人，送趙五娘入京，與之隨身作伴，妥則妥矣，猶覺傷筋動骨，太涉更張。不想本傳內現有一人，盡可用之而不用，竟似張大公止圖卸肩，不顧趙五娘之去後者。其人爲難？著送錢米助喪之小二是也。《剪髮》白云：「你先回去，我少頃就著小二送來。」則是大公非無僕從之人，何以吝而不使？予爲略增數語，補此缺略，附刻於後，以政同心。此一事也。[註25]

李漁修改《琵琶記・尋夫》中，讓小二陪伴趙五娘進京尋夫一事。而後，楊

[註20] 原文：「若以針線論，元曲之最疏者，莫過於《琵琶》。無論大關節目背謬甚多。李漁：《閒情偶寄》，見《李漁全集》，卷11，頁11。

[註21] 同上註，頁26。

[註22] 同上註，頁27。

[註23] 同上註，頁11。

[註24] 同上註，頁74。

[註25] 同上註。

恩壽《續詞余叢話》〔註26〕與梁廷柟《曲話》〔註27〕評價兩極，前者指李漁改編本取得很好的搬演效果，且改編的理由充分有理，後者則持反對意見。李漁對前人創作的改編上，特別強調趙五娘的忠孝觀念，就是怕日後出現「全節與否」的言論，才與小二一同上路，何至於在路途上發生感情瓜葛。〔註28〕以下比對《琵琶記・尋夫》原本與李漁改本，再行說明之。

表4-1 《琵琶記・尋夫》原本與改本比較一覽表

第二十九齣　乞丐尋夫	《琵琶記・尋夫》改本	比　較
【胡搗練】〔旦上〕辭別去。到荒坵。只愁出路煞生受。畫取真容聊藉手。逢人將此免哀求。	【胡搗練】〔旦上〕辭別去，到荒丘，只愁出路煞生受。畫取真容聊藉手，逢人將此勉哀求。	同
鬼神之道。雖則難明。感應之理。未嘗不信。 奴家昨日獨自在山築墳。 正睡間。 忽夢一神人。自稱當山土地。帶領陰兵。與奴家助力。 卻又囑付教奴家改換衣裝。逕往長安尋取丈夫。 待覺來。果然墳臺並已完備。 這的分明是神通護持。正是寧可信其有。不可信其無。 今二親既已葬了。 只得改換衣裝。扮作道姑。 將琵琶做行頭。沿街上彈幾個行孝的曲兒。抄化將去。 只是一件。 我幾年間和公婆廝守。如何捨得一旦撇了他。	鬼神之道，雖則難明；感應之理，未嘗不信。 奴家昨日，在山上築墳， 偶然力乏，假寐片時。 忽然夢見當山土地，帶領著無數陰兵，前來助力。 又親口囑付，著奴家改換衣裝，往京尋取夫婿。 乃至醒來，那墳臺果然築就。 可見真有神明，不是空空一夢。 <u>只得依了夢中之言</u>，改換做道姑打扮。 又編下一套淒涼北調，到途路之間，逢人彈唱，抄化些資糧糊口，也是一條生計。 只是一件： 我自做媳婦以來，終日與公姑廝守，如今雖死，還有墳塋可拜；一旦撇他而去，真個是舉目淒然。	台詞同中求異

<hr>

〔註26〕楊恩壽：「余向以笠翁此論最為得體。後見笠翁改正此出，其詞筆直欲突過東嘉。茲將原本、改本並科白備錄于左，知音者芳心自同，當不謂笠翁妄論古人，余亦謬為附和也」。楊恩壽：《續詞餘叢話》，引自《中國古典戲曲論著集成》，冊九，頁309。

〔註27〕梁廷柟：「笠翁以《琵琶》五娘千里尋夫，隻身無伴，因作一折補之，添出一人為伴侶，不知男女千里同途，此中更形曖昧。」梁廷柟：《曲話》，引自《中國古典戲曲論著集成》，冊八，頁268。

〔註28〕駱兵〈李漁對前人創作的戲曲改編初探〉一文對此提出相似之看法。見《藝術百家》，2004年，第2期，頁35～39。

第二十九齣　乞丐尋夫	《琵琶記‧尋夫》改本	比　較
奴家自幼薄曉得些丹青。何似想像畫取公婆眞容。背著一路去也似相親傍的一般。	喜得奴家略曉丹青，只得借紙筆傳神，權當個丁蘭刻木，背在肩上行走，只當還與二親相傍一般。	
但遇小祥忌辰。展開與他燒些香紙。莫些酒飯。也是奴家一點孝心。	遇著小祥忌日，也好展開祭奠，不枉做媳婦的一點孝心。	
不免就此畫描眞容則個。〔描畫介〕	有理！有理！顏料紙張，俱已備下，只是憑空摹擬，恐怕不肖神情，且待我想像起來。	
【三仙橋】一從他每死後。要相逢不能彀。除非夢裏暫時略聚首。 苦要描描不就。 暗想像。教我未描先淚流。描不出他苦心頭。	【三仙橋】一從他每死後，要相逢不能勾。除非夢裏，暫時略聚首。如今該下筆了。〔欲畫又止介〕苦要描，描不就。暗想象，教我未描先淚流。〔畫介〕描不出他苦心頭，	增加科介動作指示與一句賓白
描不出他饑症候。	描不出他饑症候。〔又想介〕	
描不出他望孩兒的睜睜兩眸。	描不出他望孩兒的睜睜兩眸。〔又畫介〕	
只畫得他發飀飀。和那衣衫散垢。	只畫得他發飀飀，和那衣衫散垢。	
	畫完了，待我細看一看。〔看介〕呀！象倒極象，只是畫得太苦了些，全沒些歡容笑口。呀！公婆，公婆，非是媳婦故意如此。	
休休。若畫做好容顏。須不是趙五娘的姑舅。	休休，若畫做好容顏，須不是趙五娘的姑舅。	
【前腔】我待要畫他個龐兒帶厚。他可又饑荒消瘦。我待要畫他個龐兒展舒。他自來長恁面皺。若畫出來眞是醜。那更我心憂。也做不出他歡容笑口。不是我不會畫著那好的。我從嫁來他家。只見他兩月稍優游。其餘都是愁。那兩月稍優游。我又忘了。這三四年間。我只記他形衰貌朽。這眞容呵。便做他孩兒收。也認不得是當初父母。休休。縱認不得是蔡伯喈當初爹娘。須認得是趙五娘近日來的姑舅。眞容旣已描就了。就在這裏燒些香紙。莫些酒飯。拜別了公婆出去。〔拜辭介〕	待我懸掛起來，燒些紙錢，莫些酒飯，然後帶出門去便了。〔掛介〕噯！我那公公婆婆呵！媳婦只爲往京尋取丈夫，撇你不下，故此圖畫儀容，以便隨身供養。你須是有靈有事，時刻在暗裡扶持。待媳婦早見你的孩兒，痛哭一場，說完了心事，然後趕到陰司，與你二人做伴便了。啊呀，我那公公呀！〔哭介〕	刪唱改爲賓白
【前腔】公公婆婆。	【前腔】	唱同夾白有異
非是奴尋夫遠遊。只怕我公婆絕後。奴見夫便回。此行安敢久。苦。路途中奴怎走。望公婆相保佑。	非是奴尋夫遠遊，只怕我公婆絕後。奴見夫便回，此行安敢久。路途中，奴怎走？望公婆，相保佑！	

第二十九齣　乞丐尋夫	《琵琶記・尋夫》改本	比　較
我出外州。天那。他兀自沒人看守。如何來相保佑。這墳呵。	拜完了，如今收拾起身。論起理來，該先別墳塋，然後去別張大公才是。只爲要托他照管墳塋，須是先別了他，然後同至墳前，把公婆的骸骨，交付與他便了。〔鎖門行介〕	
只怕奴去後。冷清清有誰來祭掃。縱使遇春秋。一陌紙錢怎有。休休。生是受凍餒的公婆。死做個絕祭祀的姑舅。	只怕奴去後，冷清清，有誰來祭掃？縱使遇春秋，一陌紙錢怎有？休休，你生是受凍餒的公婆，死做個絕祭祀的姑舅！	
奴家既辭了墳墓。只得背了眞容。便索去辭張太公。呀。如何恰好張太公來也。	來此已是，大公在家麼？〔丑上〕收拾草鞋行遠路，安排包裹送嬌娘。呀！五娘子來了。老員外有請！	詞異事件改變
〔末上〕袁柳寒蟬不可聞。金風敗葉正紛紛。長安古道休回首。西出陽關無故人。	〔末上〕袁柳寒蟬不可聞，金風敗葉正紛紛；長安古道休回首，西出陽關無故人。	同
	呀！五娘子，我正要過來送你，你卻來了。	增
〔旦〕奴家適間拜辭了墳塋。正要到宅上來告別。	〔旦〕因有遠行，特來拜別。大公請端從，受奴家幾拜。	詞異義同
〔末〕呀。五娘子。你幾時去。〔旦〕太公。奴家今日就行了。〔末〕你背的是甚麼畫。〔旦〕是奴公婆的眞容。待將路上去藉手乞告些盤纏。早晚與他燒香化紙。〔末〕是誰畫的。〔旦〕是奴家將就描摹的。〔末〕五娘子。你孝心所感。一定逼眞。借我看一看。咳。畫得像。畫得像。〔作悲介〕老員外。老安人。〔鷓鴣天〕死別多應夢裏逢。謾勞孝婦寫遺蹤。可憐不得圖家慶。辜負丹青泣畫工。衣破損。鬢蓬鬆。千愁萬恨在眉峯。只怕蔡郎不識年來面。趙女空描別後容。五娘子。我聽得你要遠行。將幾貫錢與你路上少助些盤纏。〔旦〕多多定害公公了。奴家又有不識進退之懇。奴家去後。公婆墳塋。早晚望太公可憐見。看這兩個老的在日之面。與奴家看管則個。〔末〕這個不妨。你但放心前去。老夫少不得如此。〔拜辭介〕【憶多嬌】〔旦〕公公。他魂渺渺。我沒倚託。程途萬里。教我懷夜鏊。此去孤墳望公公看著。〔合〕舉目蕭索。滿眼盈盈淚落。	〔末〕來到就是了，不勞拜罷。〔旦拜，末同拜介〕〔旦〕高厚恩難報，臨岐淚滿巾。〔末〕從今無別事，拭目待歸人。〔末起，旦不起介〕〔末〕五娘子請起。呀！五娘子，你爲何跪在地下不肯起來？〔旦〕奴家有兩件大事奉求，要大公親口許下，方敢起來。〔末〕孝婦所求，一定是綱常倫理之事，老夫一力擔當，快些請起！〔旦起介〕〔末〕叫小二看椅子過來，與五娘子坐了講話。〔旦〕告坐了。〔末〕五娘子，你方才說的，是那兩件事？〔旦〕第一件，是怕奴家去後，公婆的墳塋沒人照管，求大公不時看顧。每逢令節，代燒一陌紙錢。〔末〕這是我分內之事，自然照管，何須你囑付。第二件呢？〔旦〕第二件，因奴家是個少年女子，遠出尋夫，沒人作伴，路上怕有嫌疑，求公公大發婆心，把小二借與奴家作伴，到京之日，即便遣人送還。這一件事，關係奴家的名節，斷求慨允。〔末〕五娘子，這件事情，比照管墳塋還大，莫說待你拜求，方才肯許，不是個仗義之人；就是聽你講到此處，方才思念起來，把小二	賓白全異新增事件

第二十九齣 乞丐尋夫	《琵琶記・尋夫》改本	比 較
	送你，也就不成個張廣才了。我昨日思想，不但你隻身行走，路上嫌疑；就是到了京中，與你丈夫相見，他問你在途路之中如何宿歇，你把甚麼言語答應他？萬一男子漢的心腸多疑少信，將你埋葬公婆的大事且不提起，反把形跡二字與你講論起來，如何了得！這也還是小事。他三載不歸，未必不在京中別有所娶。我想那房家小，看見前妻走到，還要無中生有，別尋說話，離間你的夫妻，何況是遠遠尋夫，沒人作伴？若把幾句惡言加你，豈不是有口難分？還有一說：你丈夫臨行之日，把家中事情拜託於我，我若容你獨自尋夫，有礙他終身名節，日後把甚麼顏面見他？就是死到九泉，也難與你公婆相會。這個主意，我先定下多時了，已曾分付小二，著他伴你同行，不勞分付，放心前去便了。 〔旦起拜介〕這等多謝公公！奴家告別了。 〔末〕且慢些，再請坐下。我且問你：你既要尋夫，那路上的盤費，已曾備下了麼？ 〔旦〕並不曾有。 〔末〕既然沒有，如何去得？ 〔旦指背上琵琶介〕 這就是奴家的盤費。不瞞公公說，已曾編下一套淒涼北調，譜入絲弦，一路彈唱而行，討些錢米度日。 〔丑〕這等說來，竟是叫化了。這樣主意，我做不慣。不要總承，快尋別個去罷！ 〔末〕我自有主意，不消多嘴！五娘子，你前日剪髮葬親，往街坊貨賣，倒不曾問得你糶了幾貫錢財，可勾用麼？ 〔旦〕並無人買，全虧大公周濟。 〔末〕卻又來！頭髮可以作髢，尚且賣不出錢財，何況是空空彈唱？萬一沒人與錢，你還是去的好？轉來的好？流落在他鄉，不來不去的好？那些長途資斧，我也曾與備下，不勞費心。也罷，你既費精神，編成一套詞曲，不可不使老朽聞之。你就唱來，待我與你發個利市。 〔旦〕這等待奴家獻醜。若有不到之處，求大公改正一二。 〔末〕你且唱來。 〔旦理弦彈唱，末不住掩淚，丑不住哭介〕	
	【北越調鬥鵪鶉】靜理冰弦，凝神息喘，待訴衷腸，將眉略展。怕的是聽者悉聽，聞聲去遠。雖不比杞梁妻，善哭天，也去那哭倒長城的孟薑不遠。 【紫花兒序】俺不是好雲遊，閒離閨	新增十四支曲子

第二十九齣　乞丐尋夫	《琵琶記·尋夫》改本	比　較
	閭，也不是背人倫，強抱琵琶，都則爲遠尋夫，苦歷山川。說甚麼金蓮窄小，道路迤邐，鞋穿，便做到骨葬溝渠首向天，保得過面無慚腆。好追隨，地下姑嫜，得全名，死也無冤。	
	【天淨沙】當初始配良緣，備饗飧，尚有餘錢。只爲兒夫去遠，遇荒罹變，爲妻庸，禍及椿萱。	
	【金蕉葉】他望賑濟，心穿眼穿；俺遭搶奪，糧懸命懸。若不是遇高鄰，分糧助饘，怎能勾慰親心，將灰復燃？	
	【小桃紅】可憐他遊絲一縷命空牽，要續愁無線。俺也曾自饜糧備親膳，要救餘年，又誰料攀轅臥轍翻成勸？因來灶邊，窺奴私咽，一聲兒哭倒便歸泉。	
	【調笑令】可憐，葬無錢！虧的是一位恩人，意做了兩次天。他助喪非強由情願。實指望吉回凶轉，因災致祥無他變，又誰知，後運同前！	
	【禿廝兒】俺雖是厚面皮，無羞不腆，怎忍得累高鄰，鬻產輸田？只得把香雲剪下自賣錢，到街坊，哭聲喧，誰憐？	
	【聖藥王】俺待要圖卸肩，赴九泉，怎忍得親骸朽露飽飛鳶？欲待把命苟延，較後先，算來無幸可徼天，哭倒在街前。	
	【麻郎兒】感義士施恩不倦，二天外，又複加天。則爲這好仗義的高鄰忒煞賢，越顯得受恩的淺深無辨。	
	【么篇】徒跣，把羅裙自撚，裹黃泥，去築墳圈。感山靈，神通畫顯，又指去路，勸人赴遠。	
	【絡絲娘】因此上顧不的鞋弓襪穿，講不起抛頭露面。手撥琵琶，原非自遣，要訴出哀腸一片。	
	【東原樂】暫把喪衣覆，喬將道服穿。爲缺資財，致使得身容變。休怪俺孝婦啼痕學杜鵑，只爲多愁怨，漬染得	

第二十九齣　乞丐尋夫	《琵琶記·尋夫》改本	比　　較
	縷麻如茜。 【拙魯速】可憐俺日不停，夜不眠，饑不餐，冷不燃。當日呵，辨不出桃花人面，分不開藕瓣金蓮；到如今藕絲花片，落在誰邊？自對菱花，錯認椿萱，止爲憂煎。才信道「家寬出少年」。 【尾】千愁萬緒提難遍，只好縮條中一線。聽不出眼淚的休解囊，但有酸鼻的仁人，請將鈔袋兒展。	
	〔末〕做也做得好，彈也彈得好，唱也唱得好，可稱三絕。〔出銀介〕這一封銀子，就當潤喉潤筆之資，你請收下。 〔旦謝介〕 〔末〕小二過來。他方才彈唱的時節，我便爲他聲音悽楚，情節可憐，故此掉淚。你知道些甚麼，也號號咷咷，哭個不了？ 〔丑〕不知甚麼原故，聽到其間，就不知不覺哭將起來，連我也不明白。 〔末〕這等我且問你：方才送他的銀子，萬一途中不勾，依舊要叫化起來，你還是情願不情願？ 〔丑〕情願！情願！ 〔末〕爲甚麼以前不情願，如今忽然情願起來？ 〔丑想介〕正是，爲甚麼原故，忽然改變起來？連我也不明白。 〔末〕好，這叫做：孝心所感，鐵人流淚；高僧說法，頑石點頭。五娘子，你一片孝心，就從今日效驗起了，此去定然遂意。我且問你：你公婆的墳塋，曾去拜別了麼？ 〔旦〕還不曾去。要屈太公同行，好對著公婆當面拜託。 〔末〕一發見得到！就請同行。叫小二，與五娘子背了琵琶。 〔丑〕自然。莫說琵琶，就是要帶馬桶，我也情願挑著走了。 〔末〕五娘子，我還有幾句藥石之言，要分付你，和你一面行走，一面講罷。 〔旦〕既有法言，便求賜教。 〔行介〕	新增事件丑的插科打諢
	【鬥黑蟆】〔末〕伊夫婿，多應是貴官顯爵。伊家去，須當審個好惡。只怕你這般喬打扮，他怎知覺？一貴一貧，怕他將錯就錯。〔合〕孤墳寂寞，	曲子前後異動

第二十九齣　乞丐尋夫	《琵琶記・尋夫》改本	比　　較
	路途滋味惡。兩處堪悲，萬愁怎摸！	
	〔末〕已到墳前了。蔡大哥！蔡大嫂！你這個孝順媳婦，待你二人，可謂生事以禮，死葬以禮，祭之以禮，無一事不全的了！如今遠出尋夫，特來拜別，將墳墓交托於我。從今以後，我就當你媳婦，逢時化紙，遇節燒錢，你不消應得。只是保佑他一路平安，早與丈夫相會。他一生行孝的事情，只有你夫妻兩口，與我張廣才三人知道。你夫妻死了，止剩得我一個在此，萬一不能勾見他，這孝婦一片苦心，誰人替他表白？趁我張廣才未死，速速保佑他回來。待我見他一面，把你媳婦的好處，細細對他講一遍，我張廣才這個老頭兒，就死也瞑目了。唉，我那老友呵！〔旦〕我那公婆呵！〔同放聲大哭、丑亦哭介〕〔末〕五娘子！	新增對白
【前腔】〔末〕五娘子。我承委託。當領略。這孤墳我自看守。決不爽約。但願你途中身安樂。〔合前〕	【憶多嬌】我承委託當領諾。這孤墳，我自看守，決不爽約。但願你途中身安樂。	曲子相同
【鬮黑麻】〔旦〕奴深謝公公。便相允諾。從來的深恩怎敢忘卻。只怕途路遠。體怯弱。病染災纏。衰力倦腳。〔合〕孤墳寂寞。路途滋味惡。兩處堪悲。萬愁怎摸。		刪除唱段
【前腔】〔末〕伊夫婿多應是貴官顯爵。伊家去須當審個好惡。五娘子。只怕你這般喬打扮。他怎知覺。一貴一貧。怕他將錯就錯。		曲子前後異動
〔合前旦〕公公。奴家拜別去也。〔末〕五娘子且慢著。老夫還有幾句言語囑付你。〔旦〕望公公指教。〔末〕五娘子。你少長閨門。豈識路途。當初蔡郎未別時節。你青春正媚。你如今又遭這飢荒貧苦。貌怯身單。正是桃花歲歲皆相似。人面年年自不同。蔡郎臨別之後。可不道來。〔旦〕公公。他道甚的。〔末〕他道是若有寸進。即便回來。如今年荒親死。一竟不回。你知他心腹事如何。正是畫虎畫皮難畫骨。知人知面不知心。唉。蔡郎元是讀書人。一舉成名天下聞。久留不知因個甚。年荒親死不回門。五娘子。你去京城須仔細。逢人下氣問虛真。若見蔡郎譖說	〔合〕舉目蕭索，滿眼盈盈淚落。〔旦〕公婆，你媳婦如今去了！大公，奴家去了！〔末〕五娘子，你途間保重，早去早回！小二，你好生伏侍五娘子，不要叫他費心。〔丑〕曉得！	刪改對白

第二十九齣 乞丐尋夫	《琵琶記・尋夫》改本	比　較
千般苦。只把琵琶語句訴元因。未可便說他妻子。未可便說喪雙親。未可便說裙包士。未可便說翦香雲。若得蔡郎思故舊。可憐張老一親鄰。我今年已七十歲。比你公公少一旬。你去時猶有張老來相送。你回時不知張老死和存。我送你去呵。正是流淚眼觀流淚眼。斷腸人送斷腸人。 〔哭介旦〕謝得公公訓誨。奴家銘心鏤骨。不敢有忘。如今只得告別去也。 〔末〕五娘子。早去早回。		
爲尋夫壻別孤墳。 只怕兒夫不認眞。 惟有感恩幷積恨。 萬年千載不成塵。	〔旦〕爲尋夫婿別孤墳， 〔末〕只怕兒夫不認眞。 〔合〕流淚眼觀流淚眼，斷腸人送斷腸人。 〔旦掩淚同丑先下〕 〔末目送，作哽咽不能出聲介〕噯，我、我、我明日死了，那有這等一個孝順媳婦！可憐！可憐！〔掩淚下〕	將下場詩改爲對白

　　由上表可知，透過「舞台指示：科介」展現舞台空間的劇場實踐，在改本中，關於舞臺空間的處理，分爲三個段落說明：

　　（一）原劇：旦上，唱【胡搗練】接唱三支【三仙橋】，呈現在家描容，準備去辭墓。李漁改本爲趙五娘「描容別家」的行動事件：唱【胡搗練】，唱兩支【三仙橋】及增加唸白，最後以趙五娘的〔鎖門行介〕及賓白言道「來此已是，大公在家麼？」完成整個戲劇行動事件。

　　（二）原劇是兩人相遇於墳前，進而辭墓。李漁改本將地點改爲趙五娘前去張家，除託求看管墳墓外，增加借奴作伴上京一事。李漁增加彈唱琵琶，增寫一套北曲（包括【北越調鬥鵪鶉】起的十四支曲子），完成其想以北曲渲染《琵琶記》的主題，在南戲中唱套北曲，除劇本結構上的新增曲文外，在舞台實踐上，實屬創新的嘗試。其中李漁增加小二的插科打諢，一句「孝心所感，鐵人流淚；高僧說法，頑石點頭。」展現小二人物的性格改變。

　　（三）原劇中以兩支【鬥黑麻】、兩支【憶多嬌】作爲辭墓的行動事件安排，李漁認爲四支曲詞，詞意多有重複，刪去兩支曲子，並挪動先後次序，保留原劇第二、第四支曲子，並將第四支提到前面。其中賓白與動作科介的增加，是值得注意的。李漁改本中，由趙五娘離開張家要去辭墓，而張廣才言道「五娘子，我還有幾句藥石之言，要分付你，和你一面行走，一面講罷。」三人「行介」前往蔡公蔡婆墳前。舞臺空間的轉換，交代的相當清楚。進而

李漁增加了四個科介：「同放聲大哭、丑亦哭介」、「旦掩淚同丑先下」、「末目
送，作哽咽不能出聲介」、「掩淚下」去展現別墓辭行的情境，更添傷感。

通過李漁保留舊劇作的主要情節結構、曲文賓白、科諢和音律等的基礎
上，進行拾遺補缺法，依據舊劇作的特殊情況，進行針對性的改編，如改本
中，充分展現導演處理舞台空間的舞台指示。

二、《明珠記・煎茶》的修改實踐

先就《明珠記・煎茶》原本與李漁改本比對後，再行說明之。

表 4-2 《明珠記・煎茶》原本與改本比較一覽表

第二十五齣　煎茶	《明珠記・煎茶》改本	比　較
	第一折 〔卜算子〕〔生冠帶上〕未遇費長房，已縮相思地。咫尺有佳音，可惜人難寄。 下官王仙客，叨授富平縣尹。又為長樂驛缺了驛官，上司命我帶管三月。近日朝廷差幾員內官，帶領三十名宮女，去備皇陵打掃之用，今日申牌時分，已到驛中。我想宮女三十名，焉知無雙小姐不在其內？要托人探個消息，百計不能。喜得裏面要取人伏侍，我把塞鴻扮做煎茶童子，送進去承值，萬一遇見小姐，也好傳個信兒。塞鴻那裡？	新增王先客自報家門
〔丑上〕藍橋今夜好風光。天上羣仙降下方。只恐雲英難見面。裴航空自搗玄霜。 小人塞鴻。跟隨官人在驛中。 今夜內臣在此。不免伺候則個。	〔丑上〕藍橋今夜好風光，天上群仙降下方。只恐雲英難見面，裴航空自搗玄霜。 塞鴻伺候。	詞義雷同但情境改變，意義亦改變
	〔生〕今日送你進去煎茶，專為打探無雙小姐的消息，你須要用心體訪。 〔丑〕小人理會得。 〔生〕隨著我來。 〔行介〕你若見了小姐呵，	
〔生上〕為托青童傳信息。深探月窟見姮娥。塞鴻。有一件事。你和商量。 〔丑〕官人有甚麼事。 〔生〕今夜宮女在此。我只怕無雙小姐也在其內。你與我探個消息。 〔丑〕官人又來了。掖庭內有三十六宮。七十二院。三千粉黛。八百嬌娥。更沒得差。直差小姐到來。你休癡心。 〔生〕你省得甚麼。凡事不可意料。大海浮萍。	【玉交枝】道我因他憔悴，雖則是斷機緣，心兒未灰，癡情還想成婚配。便今世，不共鴛幃，私心願將來世期，倒不如將生換死求連理。〔合〕料伊行，冰心未移，料伊行，柔腸更癡。 說話之間，已至館驛前了。 〔丑〕管門的公公在麼？	詞曲完全不同 事件安排也有所改變

第二十五齣　煎茶	《明珠記‧煎茶》改本	比　較
也有相逢之日。倘或我與小姐姻緣未斷。正差了來。也未可知。你與我粧做煎茶童子。在後堂深處等候。暗地瞧小姐在內。我要見他一面。這顆明珠。是小姐與俺的。你把與他爲信。只等回報。〔丑〕恁的官人請出去。小人自有分曉。〔生〕眼望旌旗捷。耳聽好消息。〔下丑〕我官人是個失心風的。天下那有這等事。也罷。我除下帽子。梳個髻兒。撞入中堂去。看他如何。〔淨上〕兒家門戶重重閉。春色緣何得入來。你是何人。撞入中堂。有何緣故。〔丑〕小人是茶童。〔淨〕呸。怕沒有婦人。要你男子漢入去。〔丑〕你不知驛中常年是俺賣茶。並沒有婦人。〔淨〕你驛丞的老婆在那裡。〔丑〕沒有老婆。〔淨笑介〕你便是他的老婆了。放你入去。不要則聲。老公公法度嚴緊。在他門下過。怎敢不低頭。〔下丑〕好了。吃我漏了進來。只在此間煎茶等候。〔煎茶介〕	〔淨上〕走馬近來辭帝闕。奉差前去掃皇陵。甚麼人？到此何干？〔生〕帶管驛事富平縣尹，送煎茶人役伺候。〔淨〕著他進來。〔丑進見介〕〔淨看怒介〕這是個男子，你爲甚麼送他進來呢？〔生〕是個幼年童子。〔淨〕看他這個模樣，也不是個幼年童子了。好不不通道理的縣官！就是上司官員，帶著家眷從此經過，也沒有取男子服事之理，何況是皇宮內院的嬪妃，肯容男子見面？叫孩子們，快打出去，著他換婦人進來。這樣不通道理，還叫他做官！〔罵下〕〔生〕這怎麼處？〔前腔〕精神徒費。不收留，翻加峻威，道是男兒怎入裙釵隊。歎賓鴻，有翼難飛！〔丑〕老爺，你偌大一位縣官，怕著遣婦人不動？撥幾個民間婦女進去就是了，愁他怎的！〔生〕塞鴻，你那裡知道。民間婦人盡有，只是我做官的人，怎好把心事托他。幽情怎教民婦知，說來徒使旁人議。〔合前〕且自回衙，少時再作道理。正是：不如意事常八九，可與人言無二三。	
	第二折〔破陣子〕〔小旦上〕故主恩情難背，思之夜夜魂飛。奴家采蘋，自從拋離故主，寄養侯門，王將軍待若親生，王解元納爲側室，唱隨之禮不缺，伉儷之情頗諧，只是思憶舊恩，放心不下。聞得朝廷撥出宮女三十名，去備皇陵打掃，如今現在驛中。萬一小姐也在數內，我和他咫尺之間，不能見面，令人何以爲情。仔細想來，好淒慘人也！〔淚介〕〔黃鶯兒〕從小便相依。棄中途，履禍危，經年沒個音書寄。到如今呵，又不是他東我西，山遙路迷。宮門一入深無底，止不過隔層幃。身兒不近，怎免淚珠垂。〔生上〕枉作千般計，空回九轉腸；姻緣生割斷，最狠是穹蒼。〔見介〕	新增人物與事件安排

第二十五齣　煎茶	《明珠記・煎茶》改本	比　較
	〔小旦〕相公回來了。你著塞鴻去探消息，端的何如？爲甚麼面帶愁容，不言不語？	
	〔生〕不要説起！那守門的太監，不收男子，只要婦人。婦人盡有，都是民間之女，怎好托他代傳心事，豈不悶殺我也！	
	〔前腔〕無計可施爲，眼巴巴看落暉。只今宵一過，便無機會。娘子，我便爲此煩惱。你爲何也帶愁容？看你無端皺眉，無因淚垂，莫不是愁他奪取中宮位？那裡知道這婚姻事呵！絕端倪。便圖來世，那好事也難期。	
	〔小旦〕奴家不爲別事，中因小姐在咫尺之間，不能見面，故主之情，難於割捨，所以在此傷心。	
	〔生〕原來如此，這也是人之常情。	
	〔小旦〕相公，你要傳消遞息，既苦無人；我要見面談心，又愁無計。我如今有個兩全之法，和你商量。	
	〔生〕甚麼兩全之法？快些講來。	
	〔小旦〕他要取婦人承值，何不把奴家送去？只説民間之婦。若還見了小姐，婦人與婦人講話，沒有甚麼嫌疑，豈不比塞鴻更強十倍？	
	〔生〕如此甚妙！只是把個官人娘子扮作民間之婦，未免屈了你些。	
	〔小旦〕我原以侍妾起家，何屈之有。	
	〔生〕這等分付門上，喚一乘小轎進來，傍晚出去，黎明進來便了。羨卿多智更多情，一計能收兩淚零。	
	〔小旦〕雞犬尚能懷故主，爲人豈可負生成。	
	第三折（此折改白不改曲。曲照原本，不更一字。）〔註29〕	
【長相思】〔旦上〕念奴嬌。歸國遙。爲憶王孫心轉焦。楚江秋色饒。月兒高。燭影遙。爲憶秦娥夢轉迢。漢宮春信消。	【長相思】〔旦上〕念奴嬌，歸國遙，爲憶王孫心轉焦，楚江秋色饒。月兒高，燭影搖，爲憶秦娥夢轉迢。苦呵！漢宮春信消。	曲同，增襯字
街鼓蓁蓁動戌樓。倚床無寐數更籌。可憐今夜中庭月。一樣清光兩地愁。奴家在這驛中，看看天氣晚來。	街鼓冬冬動戌樓，倚床無寐數更籌；可憐今夜中庭月，一樣清光兩地愁。奴家自到驛內，看看天色晚來。	同

〔註29〕此語爲李漁的修改創作的自我表述，符合其「變舊爲新」中「仍其體質，變其豐姿」的理念。

第二十五齣　煎茶	《明珠記・煎茶》改本	比　較
呀。譙樓上已是二鼓了。 獨眠孤館。展轉淒惶。 怎生睡得去。 欲待與姊姊們閒話。 一個個都自去睡了。 不免剔起殘燈。到中堂去閒步一番。以消長夜。你看。	〔內打二鼓介〕 呀，譙樓上面，已打二鼓了。 獨眠孤館，輾轉淒其， 待與姊妹們閒活消遣，怎奈他們心上無事， 一個個都去睡了。 教奴家獨守殘燈，怎生睡得去！	增加說明賓白，稍做改變
【二郎神】良宵香。爲愁多睡來還覺。手攬寒衾風料峭。 徘徊燈側。下階閒步無聊。只見慘淡中庭新月小。畫屏間，餘香猶裊。漏聲高。正三更。驛庭人靜寥寥。	【二郎神】良宵香，爲愁多，睡來還覺。手攬寒衾風料峭。也罷，待我剔起殘燈，到階除下閒步一回，以消長夜。 徘徊燈側，下階閒步無卿。只見慘澹中庭新月小。畫屏間，餘香猶嫩。漏聲高，正三更，驛庭人靜寥寥。	曲同，增襯字
這是中堂。外面是前堂了。待我揭起簾兒看。	那簾兒外面，就是煎茶之所，不免去就著茶爐，飲一杯若茗則個。正是：有水難澆心火熱，無風可解淚冰寒。 〔暫下〕 〔小旦持扇上〕已入重圍裏，還愁見面遲：故人相對處，打點淚痕拋。奴家自進驛來，辦眼偷瞧，不見我家小姐。 〔內作長歎介〕 〔小旦〕呀，如今夜深人靜，爲何有沉吟歎息之聲？不免揭起簾兒，覷他一眼。	新增事件
【前腔】偷瞧。朱簾輕揭。金鈴聲小。 那一爐宿火。兩個銅瓶。敢是煎茶之所。 一縷茶烟香繚繞。 〔丑〕簾兒下有個內家來也。 〔旦驚退介〕呀。元來有人在外邊。〔進看介〕是個煎茶童子。那人我好面善呵。 青衣執爨。分明舊識丰標。悄語低聲問分曉。 塞鴻。塞鴻。 〔丑〕呀。簾內莫非無雙小姐麼。 〔旦〕你不是塞鴻麼。 〔丑〕小人正是。 〔旦〕天呵。果然是萍水相遭。	【前腔】偷瞧，把朱簾輕揭，金鈴聲小。 呀！那階除之下，緩步行來的，好似我家小姐。欲待喚他，又恐不是。我且只當不知，坐在這裡煎茶，看他出來，有何話說。 〔旦上〕看， 一縷茶烟香繚繞。 呀！那個煎茶女子，好生面善。 青衣執爨，分明舊識風標。悄語低聲問分曉。 那煎茶女子，快取茶來！ 〔小旦〕娘娘請坐，待我取來。 〔送茶，各看，背驚介〕 〔旦〕呀！分明是采蘋的模樣，他爲何在這裡？	曲同，賓白稍做改變

第二十五齣　煎茶	《明珠記·煎茶》改本	比　較
〔丑〕小姐果然在此。 〔旦〕塞鴻。你怎的也在這裏。 〔丑〕覆小姐。俺官人見做驛官。著小人假做茶童打探。不想果得相遇。	〔小旦〕竟是我家小姐！待他喚我，我才好認他。 〔旦〕那女子走近前來！你莫非就是采蘋麼？ 〔小旦〕小姐在上，妾身就是。 〔跪介〕〔旦抱哭介〕 〔合〕天那！何幸得萍水相遭！〔旦〕你爲何來在這裏？ 〔小旦〕說起話長。今夜之來，是采蘋一點孝心，費盡機謀，特地來尋故主。請問小姐，老夫人好麼？ 〔旦〕還喜得康健。采蘋，你曉得王官人的消息麼？	
〔旦〕郎年少。自分離。孤身何處飄颻。	郎年少，自分離，孤身何處飄颻？	
〔丑〕告小姐。一言難盡。官人自分散後。<u>賊平到京。</u>	〔小旦〕他自分散之後，<u>賊平到京。</u>	
逢著小人。正要同來拜見。不想遭這場橫禍。	正要來圖婚配，不想我家遭此橫禍，他就落魄天涯。	
如今官人得金吾將軍擡舉。與他奏討得官。	近得金吾將軍題請得官，	
見做富平縣尹。權知此驛。	現在<u>富平縣尹，權知此驛。</u>	
【囀林鶯】〔旦〕<u>難</u>中薄祿權倚靠。知他未遂雲霄。	【囀林鶯】<u>他宦</u>中薄祿權倚靠，知他未遂雲霄。	曲同，賓白稍做改變
採蘋如今在那裡。	〔旦〕這等說來，他也就在此處了。既然如此，你的近況何如？隨著誰人？作何勾當？	
〔丑〕採蘋在王將軍家做義女。官人具禮去贖他爲妾。見今和官人一處。	〔小旦〕采蘋自別夫人小姐，蒙金吾將軍收爲義女，就嫁與王官人，目今現在一起。 〔旦〕哦，你和他現在一起麼？ 〔小旦〕是。	
〔旦〕他到強似我。	〔旦作醋容介〕這等講來，我倒不如你了！	
鴛鴦已占枝頭早。孤鸞拘鎖。何日得歸巢。	鴛鴦已占枝頭早，孤鸞拘鎖，何日得歸巢？	
	〔小旦〕小姐不要多心。奴家雖嫁王郎，議定權爲側室，盧卻正夫人的座位，還待著小姐哩！	
檀郎安否。怕相思瘦損潘安貌。	〔旦〕這等才是。我且問你，檀郎安否？怕相思瘦損潘安貌。	
〔丑〕官人雖是折磨。卻也志氣不衰。容顏如舊。	〔小旦〕他雖受折磨，卻還志氣不衰，容顏如舊。	
〔旦〕志氣好。千般折挫。風月未全消。	志氣好，千般折挫，風月未全消。	
〔丑〕官人有明珠一顆。著我送還。說是小姐與他爲表記的。 〔旦〕明珠何在。 〔丑〕在此。 〔與珠介〕	他一片苦情，恐怕小姐不知，現付明珠一顆，是小姐贈與他的，他時時藏在身旁，不敢遺失。 〔付珠介〕	賓白稍做改變

第二十五齣 煎茶	《明珠記·煎茶》改本	比　較
【前腔】〔旦〕雙珠依舊成對好。我兩人還是蓬飄。 塞鴻。我今夜要見官人。你喚得來麼。 〔丑〕這個使不得。敕使老公公在外。軍士們鐵桶也似守把。官人怎的來得。	【前腔】〔旦〕雙珠依舊成對好，我兩人還是蓬飄。 采蘋，我今夜要約他一會，你可喚得進來麼？ 〔小旦〕這個使不得。老公公在外監守，又有軍士巡更，那裏喚得進來！ 〔旦〕莫非是你…… 〔小旦〕是我怎麼樣？哦，采蘋知道了，莫非疑我吃醋麼？若有此心，天不覆，地不載！小姐，利害所關，他委實進來不得。 〔旦淚介〕	曲同，賓白稍做改變
〔旦〕眼前欲見何由到。驛亭咫尺。翻做楚天遙。楚天猶小。著不得一腔煩惱。 〔丑〕小姐有甚說話。說與我傳與官人。 〔旦歎介〕枉心焦。芳情自解。怎說與伊曹。	嗳！眼前欲見無由到，驛庭咫尺，翻做楚天遙。 〔小旦〕楚天猶小，著不得一腔煩惱。 小姐有何心事，只消對采蘋說知，待采蘋轉對他說，也與見面一般。 〔旦〕枉心焦，我芳情自解，怎說與伊曹！	
〔丑〕小姐修一封書。備細寫下。小人遞與官人看。 〔旦〕也說得是。我房裡去修書。 〔丑〕小姐快些。霎時便要天明也。〔旦〕理會得。	待我修書一封，與你帶去便了。 〔小旦〕說得有理，快寫起來，一霎時天就明瞭。 〔旦寫介〕	事件改變
【啄木公子】舒殘繭。展兔毫。蚊腳蠅頭隨意掃。只怕我萬恨千愁。假饒會面難消。寫向鸞箋怎得了。我那滿腔哀怨呵。縱有丹青別樣巧。畢竟衷腸事怎描。只落得淚痕交。	【啄木公子】舒殘繭，展兔毫，蚊腳蠅頭隨意掃。只怕我有萬恨千愁，假饒會面難消。我有滿腔愁怨，寫向鸞箋怎得了？縱有（總有）丹青別樣巧，畢竟衷腸事怎描？只落得淚痕交。	曲文做部份前後更動
【前腔】書裁就。燈再挑。錦袋重封花押巧。 〔將書出與丑介〕 塞鴻。書已寫完了。 〔丑〕有甚言語。 〔旦〕傳示他好自支持。休爲我長皺眉梢。 〔丑〕別有甚說話。 〔旦〕爲說漢宮人未老。怨粉愁香憔悴倒。寂寞園陵歲月遙。雲雨隔藍橋。	【前腔】書才寫，燈再挑，錦袋重封花押巧。 書寫完了， 采蘋，你與我傳示他好自支持，休爲我長皺眉梢。 〔小旦〕小姐，你與他的姻緣，畢竟如何？可有出宮相會的日子？ 〔旦〕爲說漢宮人未老，怨粉愁香憔悴倒；寂寞園陵歲月遙，雲雨隔藍橋。	曲詞稍有不同，賓白略作改變

第二十五齣　煎茶	《明珠記・煎茶》改本	比　較
〔丑〕告小姐。小人一時思量不到。外面老公公分付門子。一個個出入。都要搜檢。小人把這封書出去。被他們搜出。卻不利害。其實拿去不得。 〔旦〕呀。我也不想到此。也罷。我把這封書藏在錦褥子底下。待我去後。教官人取來看。 〔旦藏書介〕	明珠封在書中，叫他依舊收好。 〔小旦〕天色已明，采蘋出去了。小姐，你千萬保重！若有便信，替我致意老夫人。 〔各哭介〕 〔小旦〕小姐保重，采蘋去了。 〔掩淚下〕 〔旦〕呀，采蘋，你竟去了！ 〔頓足哭介〕	詞異情境改變
【哭相思尾】從此兩下分離音信杳。無由再見情人了。	【哭相思尾】從此兩下分離音信杳，無由再見親人了。	同
〔旦倒介丑驚走下淨丑上〕 自不整衣毛。何須夜夜嘷。咱們勞倦。正要睡哩。不知隔房劉娘子。一夜啾啾唧唧。哭哭啼啼。做甚麼。老身方才吃他驚覺了。不免去瞧一瞧。 〔丑〕呀。怎麼倒在地上。不好了。祖武符。孝順爹。草頭天。七顛八。上天入。十死九。菜重茶。周發殷。手精眼。南去北。 〔淨〕老妮子說甚麼。 〔丑〕劉娘子倒地。生薑湯快來。 〔淨〕好也。人要死哩。你兀自打歇後語哩。有這等慢心腸的。待我叫。 〔丑〕你叫。 〔淨〕列位好姐姐。可憐劉潑帽。今朝懶畫眉。忽地玉山頹。渾如醉公子。口吐滿江紅。面皮豆葉黃。請過七娘子。將些江兒水。打碎生薑芽。都來玉胞肚。大家醉扶歸。扶去羅帳裡坐。 〔丑〕好少話兒。 〔小旦貼上〕野花不種年年有。煩惱無根日日生。做甚麼囉哩。 〔丑〕恰才來看劉娘子。不知因甚蹶倒在地。 〔小旦〕這是受了辛苦。中惡倒了。 〔貼〕快把水來噴他幾口。姐姐甦醒。	〔末上〕自不整衣毛，何須夜夜號。咱家一路辛苦，正要睡覺，不知那個官人啾啾唧唧，一夜哭到天明，不免到裡面去看來。呀！爲何哭倒在地下？ 〔看介〕原來是劉宮人。劉宮人起來！ 〔摸介〕呀，不好了！渾身冰冷，只有心口還熱。列位宮人快來！ 〔四宮女上〕並無奇禍至，何事疾聲呼？呀！這是劉家姐姐，爲何倒在地下？ 〔末〕列位宮人看好，待我去取姜湯上來。〔下〕 〔宮女〕劉家姐姐，快些蘇醒！ 〔末取姜湯上〕姜湯在此，快灌下去。 〔灌醒介〕 〔宮女〕劉家姐姐，你爲甚麼事情，哭得這般狼狽？	文辭情境全然不同
【黃鶯兒】〔旦〕連日受劬勞。怯風霜。心膽搖。昨宵不睡捱到曉。〔小旦〕小姐爲何不睡。 〔旦〕思家路遙。思親壽高。因此上驀然愁絕懵騰倒。〔合〕謝多嬌。相將救取。免死向荒郊。	【黃鶯兒】〔旦〕只爲連日受劬勞，怯風霜，心膽遙，昨宵不睡挨到曉。〔末〕爲甚麼不睡呢？ 〔旦〕思家路遙，思親壽高，因此驀然愁絕昏沉倒。謝多嬌，相將救取，免死向荒郊。	曲文同、演唱方式改變
	〔末〕好不小心！萬一有些差池，都是咱家的干係哩！	新增賓白

第二十五齣　煎茶	《明珠記·煎茶》改本	比　較
【前腔】〔小旦貼〕人是水中泡。受皇恩。福怎消。何須苦憶家鄉好。慈幃乍拋。相逢不遙。寬心莫把閒愁惱。〔淨丑〕曙光高。馬嘶人起。梳洗上星軺。	【前腔】〔眾〕人世水中泡。受皇恩，福怎消，須苦憶家鄉好。慈幃暫拋，相逢不遙，寬心莫把閒愁惱。〔內〕麵湯熱了，請列位宮人梳妝上轎。〔合〕曙光高，馬嘶人起，梳洗上星軺。	曲同、新增內講賓白
請列位娘子早梳粧。要趕路程。 愁劇翻成病。 寬心免作災。 這番救得醒。 下次擡棺材。	〔宮女〕 姊妹人人笑語闇， 娘行何事獨憂煎？ 〔旦〕 只因命帶淒怕煞， 心上無愁也淚漣。	下場詩改變

〈煎茶〉原為陸采的《明珠記》第二十五齣，李漁改本在前面加了兩場。第一折王仙客，因長樂驛缺了驛官，代管三月。今日申牌時分，到驛中，準備去皇陵打掃。於是王仙客派隨從塞鴻假扮煎茶童子進入後堂查訪失散的妻子劉無雙。塞鴻在進入中堂時被老公公阻攔。第二折，李漁新增采蘋一角，並清楚描述采蘋為何裝扮成一個民間婦女入後堂煎茶服侍宮女，並透過【破陣子】、兩支【黃鶯兒】等曲文，刻畫采蘋對丈夫體貼的人物性格。第三折，李漁在修改本的第三折言道：「此折改白不改曲。曲照原本，不更一字。」李漁在改編本中，改劇情為塞鴻被老公公阻攔之後將塞鴻換成其妾，采蘋順利地進到後堂。李漁為何要改變賓白，原因是著重人物的身份，其說話的言詞當然有所差異。改塞鴻為采蘋，在人物形象的塑造、人物間感情與心理以及故事情節的發展皆有所不同，透過修改采蘋與無雙的對話，透過細微的賓白差異，便巧妙的揭示人物間的纖細心理與細膩情感。再者，李漁改編的《明珠記·煎茶》裡，無雙自己提出修寫書信一封送與丈夫，由被動改為主動。修改〈煎茶〉劇本的起因於

> 《明珠記》之《煎茶》，所用為傳消遞息之人者，塞鴻是也。塞鴻一男子，何以得事嬪妃？使宮禁之內，可用男子煎茶，又得密談私語，則此事可為，何事不可為乎？〔註30〕

李漁認為陸采在這一細節的處理上存在著嚴重的破綻，於是在改編本中進行修改，將塞鴻換成王仙客的妾采蘋，使其合乎情理的進到後堂。後人吳梅給

〔註30〕李漁：《閒情偶寄》，見《李漁全集》，卷11，頁74。

予李漁兩個高度評價認為

> 《煎茶》折，李笠翁曾有改本。略謂塞鴻男子，給事嬪妃，不可爲
> 訓。因改使采蘋入驛，令主婢相會，得知仙客消息，情理更屬周到。
>
> 〔註31〕

針對李漁「此折改白不改曲。曲照原本，不更一字」之說，評價其「通折改
易賓白，不易原詞一字，尤爲得體〔註32〕」。

作爲演出的修改本，李漁在情節安排及舞臺空間處理，變化更爲巧妙。
第一折地點由王仙客的書房，轉至館驛前門。第二折爲王仙客寓所中的一間
內室。第三折才是驛館中，無雙及其他宮女的住處。從情節的分場與舞台調
度來看，李漁處理〈煎茶〉更爲之繁瑣與細膩。在處理動作科介上，也可從
上表的劇本分析中，看出李漁細緻精密的人物形象（演員表演）規劃，通過
設計一連貫的賓白對話以及舞台動作設計，充分表現劇中人物的形象塑造及
人物關係，而這些應歸功於補充說白、曲子間的夾白、以及動作指示，來成
就修改本的實踐價值。

最後，補充說明李漁於此兩折（《琵琶記・尋夫》、《明珠記・煎茶》）結
束事件的畫龍點睛之妙。《琵琶記・尋夫》寫道

> 〔旦〕爲尋夫婿別孤墳，〔末〕只怕兒夫不認眞。〔合〕流淚眼觀流淚眼，
> 斷腸人送斷腸人。〔旦掩淚同丑先下〕〔末目送，作哽咽不能出聲介〕噯，我、
> 我、我明日死了，那有這等一個孝順媳婦！可憐！可憐！〔掩淚下〕〔註33〕

又《明珠記・煎茶》題詩

> 〔宮女〕姊妹人人笑語闌，娘行何事獨憂煎？
>
> 〔旦〕只因命帶淒怕煞，心上無愁也淚漣。〔註34〕

兩折的結尾，借《閒情偶寄・詞曲部・格局第六・大收煞》款的說法

> 收場一齣，即勾魂攝魄之具，使人看過數日，而猶覺聲音在耳，情
> 形在目者，全虧此齣撒嬌，作「臨去秋波那一轉」也。〔註35〕

在劇場演出的概念，其單演一齣（折）的折子戲，仍需具有收煞之念。李漁
修改二本的結束事件爲完整收束，是極爲恰當的改法。

〔註31〕吳梅：〈《明珠記》跋〉，蔡毅編，《中國古典戲曲序跋彙編》，冊二，頁 1194。
〔註32〕同上註，頁 1195。
〔註33〕李漁：《閒情偶寄》，見《李漁全集》，卷 11，頁 82。
〔註34〕同上註，頁 90。
〔註35〕同上註，頁 64。

第五節　導演身兼優師之職

上節透過《琵琶記・尋夫》、《明珠記・煎茶》演出改本（導演本）進行李漁導演創作，包含修改劇本及劇場實踐的探討。本節討論導演在劇場創作過程中，身兼優師的職務。

導演在選定及處理好上演的劇本後，接著就要具體組織演員演出。首先是爲劇中人物挑選合適的扮演者，如果說挑選好的劇目是演出成功的基礎，那麼，挑選好的演員，則是演出成功的關鍵。李漁在「選劇第一」便提到：

> 詞曲佳而搬演不得其人，歌童好而教率不得其法，皆是暴殄天物，
>
> 此等罪過，與裂繒毀璧等也。〔註36〕

導演應對舞台演出負責，在挑選演員上，要能預見演出形象，能銳敏地理解每一個人物形象，從而準確地引導演員鮮明而有表現力地展現人物形象。演員是角色形象的扮演者，同時也是創造者，而導演則是其幕後的推手。導演從最初的分派角色，到排演，其導演創作乃是加深演員對劇本的理解，推動他們創造劇中人物形象，引導演員依據劇本台詞和動作科汎，主動地完成角色的創作任務。「搬演不得其人」一句，可見挑選演員的重要性。再者，演員好但「教率不得其法」的過失，亦使得延請諳熟戲曲表演的劇作家或藝博識廣的演員來排戲，也是極爲重要的。爲此李漁曾雇請一位「金閶老優」來教授喬復生戲曲〔註37〕，李漁當然也曾教導過喬復生、王再來〔註38〕。

「授曲第三」、「教白第四」中，強調曲辭與賓白對於演出的重要性，以及演員如何學習之法。從「授」、「教」的概念，來談導演如何教導演員學習曲白。李漁認爲家班主人事多，必得聘請他人來教演員，云

> 教歌習舞之家，主人必多冗事，且恐未必知音，勢必委諸門客，詢之
> 優師。門客豈盡周郎，大半以優師之耳目爲耳目。而優師之中，淹通
> 文墨者少，每見才人所作，輒思避之，以鑿枘不相入也。故延優師者，
> 必擇文理稍通之人，使閱新詞，方能定其美惡。又必藉文人墨客參酌
> 其間，兩議僉同，方可授之使習。此爲主人多冗，不諳音樂者而言。
> 若系風雅主盟，詞壇領袖，則獨斷有餘，何必知而故詢。〔註39〕

〔註36〕李漁：《閒情偶寄》，見《李漁全集》，卷11，頁66。
〔註37〕詳見〈喬復生、王再來二姬合傳〉一文，見《李漁全集》，卷1，頁96～97。
〔註38〕同上註，頁98。
〔註39〕同上註，頁68。

> 欲唱好曲者，必先求明師講明曲義。師或不解，不妨轉詢文人，得其義而後唱。〔註40〕

> 故曲師不可不擇。教者通文識字，則學者之受益，東君之省力，非止一端。苟得其人，必破優伶之格以待之，不則鶴困雞群，與儕眾無異，孰肯抑而就之乎？然于此中索全人，頗不易得。〔註41〕

由上述三處得知，李漁認為優師（曲師），應該具備一定的文學修養，能夠通曉文理、解釋曲子的涵義。當然有文人墨客的參與，更能讓演員通曉曲文之義。如果優師的文學修養不足或指點錯誤，就無法替演員講解曲義，那麼演出便出現問題。李漁認為既要通曉文理，又要懂戲曲的，對於選劇本、改劇本、挑演員都要能夠勝任，又要能為演員之師的方為一個高明的導演。為此李漁自謙言道：「予雖不敏，亦曲中之老奴，歌中之點婢也。〔註42〕」，亦有自誇之詞，提到「此等孔竅，天下人不知，予獨知之。天下人即能知之，不能言之，而予復能言之，請揭出以示歌者。〔註43〕」，甚而自詡生平絕技，云

> 予嘗謂人曰：生平有兩絕技，自不能用，而人亦不能用之，殊可惜也。人問：絕技維何？予曰：一則辨審音樂，一則置造園亭。性嗜填詞，每多撰著，海內共見之矣。設處得為之地，自選優伶，使歌自撰之詞曲，口授而躬試之，無論新裁之曲，可使迥異時腔，即舊日傳奇，一概刪其腐習而益以新格，為往時作者別開生面，此一技也。〔註44〕

由此可知，李漁身為導演，深知優師之道。除能創寫劇本，又精通戲曲搬演之法，並培養出優秀的演員。過去研究者多認為李漁的導演理論，雖然不像西方導演學那麼完善，但仍具有導演的雛形。其實李漁提出「優師」一詞，實際上涵蓋戲曲導演及演員老師的職責。

生活是一切創作的基礎，李漁從其生活經驗，形成自身獨特的導演理論，從選擇劇本，注意劇本的真實性，要符合人情，提出「傳奇無冷熱，只怕不合人情」的認知。在「授曲第三」、「教白第四」的傳授概念，優師（實為導演之職）對演員進行肢體的訓練，要求身體與形體達到演出的舞台表演，以

〔註40〕李漁：《閒情偶寄》，見《李漁全集》，卷11，頁92。
〔註41〕同上註，頁98。
〔註42〕同上註，頁91。
〔註43〕同上註，頁99。
〔註44〕同上註，頁156。

及內心表現也要符合情感邏輯，這些都是從生活而來。演員透過優師對於外在表現的要求，如語言、動作、表情，以及自覺的做出判斷，完成導演所處理的舞台演出本，呈現表演。導演是一種戲劇創作傳播、策劃組織的工作，如何由文字成爲演出，這一過程就是導演創作的確立。

第五章 演出系統：李漁家班演員培訓及劇場演出探討

本章的目的有二：一、探討李漁家班的演員是如何接受訓練及養成過程，並試圖與其理論做對照；二、對其觀者概念、觀眾眞實及劇場演出的種種劇場創作進行研究。

第一節 李漁家班的研究

討論李漁如何培訓演員之前，我們先回顧其家班的界定與定位。李漁的家班演出紀錄，最早一個文獻紀錄並非出現於自身留世作品中，而是出現在順治17年（1660年）吳梅村（1609～1671）游杭，有詩《贈武林李笠翁》，提及

　　家近西陵住薜蘿，十郎才調歲蹉跎。

　　江湖笑傲誇齊贅，雲雨荒唐憶楚娥。

　　海外九州書志怪，坐中三迭舞回波。

　　前身合是玄眞子，一笠滄浪自放歌。〔註1〕

其中「坐中三迭舞回波」一句，與本文所提的李漁家班演出紀錄是有關聯的，在李漁往返杭州、金陵期間，約莫順治7年（1650年）至順治18年（1661年），此時其已置辦家樂自娛，且作他娛的性質。而正式成立家班，則是根據《喬復生王再來二姬合傳》的記載〔註2〕，提及李漁遊歷甘肅，在蘭州時，蘭州主人贈王姬等人。在喬姬的倡議下，諸人分腳色，喬爲旦，王爲生，成立

〔註 1〕吳偉業：《吳梅村全集》，卷 16，頁 454。

〔註 2〕李漁：《笠翁一家言文集》，見《李漁全集》，卷 1，頁 95～101。

家班，當時爲康熙 6 年（1667 年）〔註3〕。李漁與喬王二姬一起生活不過六、七年光景（與喬姬生活 1666～1672，與王姬生活 1667～1674），李漁家班歷經喬王二姬先後夭亡〔註4〕。直到康熙 16 年（1677 年），李漁遷回杭州前，其家班一直隨他四處遊歷，並在各地演出。而李漁對於家班演員的表演理論、系統體系概念，主要寫於《閒情偶寄》一書，也散見在其詩詞文集之中，如《笠翁一家言詩詞集》，及〈喬復生王再來二姬合傳〉。在李漁的交友中，好友談及李漁家班演出有下：

一、康熙八年（1669 年），方文受李漁之邀入芥子園觀劇，題詩誌賀，詩云

> 我友孫公渡江來，特地扣門門始開。爲言老興須鼓舞，不應枯寂同
> 寒灰。因問園亭誰氏好？城南李生富詞藻。其家小園有幽趣，累石
> 爲山種香草。兩三秦女善吳音，又善吹簫與弄琴。曼聲細曲腸堪斷。
> 急管繁弦亦賞心。〔註5〕

二、康熙十一年（1672 年），李漁即赴荊南之前，好友堵天柱、熊荀叔、熊元獻、李仁熟四人至李漁家中觀賞小鬟演劇，而熊元獻贈詩四絕，倚韻和之。李漁有詩七絕〈堵天柱、熊荀叔、熊元獻、李仁熟四君子攜酒過寓，觀小鬟演劇。元獻贈詩四絕，倚韻和之〉。〔註6〕

三、李漁在其詞集裡，記載與尤侗觀賞家姬演劇，此次所觀賞的新劇乃李漁改編《明珠記・煎茶》一齣。尤侗《悔庵年譜》曾記載李漁攜女樂至蘇搬演，云

> 金陵李笠翁漁至蘇，攜女樂一部，聲色雙麗，招予寓齋顧曲相樂也，
> 予與余淡心懷賦詩贈之，以當纏頭。〔註7〕

關於李漁家班及演員的研究：1985 年，謝柏良〈李漁與二姬〉一文中，論及李漁與喬王二姬關係爲「李漁不朽，兩姬不朽」〔註8〕。最後一筆資料，

〔註3〕 時年李漁已 57 歲，從文獻記載上，可以說李漁家班正式成立的很晚。
〔註4〕 據〈喬復生王再來二姬合傳〉以及李漁相關詩詞記載，康熙 11 年（1672 年）李漁攜家班自金陵出發遊楚，秋冬之際，喬姬夭亡；康熙 12 年（1673 年）冬，王姬夭亡。
〔註5〕 〈三月三日邀孫魯山侍郎飲李笠翁園即事作歌〉，見方文：《嵞山集》續集卷二，頁 112。
〔註6〕 李漁：《笠翁一家言詩詞集》，見《李漁全集》，卷 1，頁 331～332。
〔註7〕 尤侗：《悔庵年譜》，頁 122。
〔註8〕 謝柏良：〈李漁與二姬〉，《當代戲劇》，1985 年，第 8 期，頁 63～64。

為 2009 年，詹皓宇〈書寫才女——李漁〈喬復生王再來二姬合傳〉評析〉
〔註 9〕。這期間的相關論文有：1990 年，胡天成尚未完成專著《李漁戲曲藝術論》前，發表〈李漁演劇活動摭談〉一文〔註 10〕，對李漁家庭戲班的組成、家庭戲班的規模、五次的流動演出的路線、家班演出的形式、演出索取的報酬、家班演出的藝術特色，都有相關介紹與佐證論述。1992 年，沈惠如〈李漁家伶演劇研究〉〔註 11〕，則以家伶的演劇作為論述，展開討論。2000 年，黃果泉〈李漁家庭戲班綜論〉一文，以考究李漁家班活動時間、自娛非營利性質、家班諸姬與李漁關係進行論述〔註 12〕。2002 年，劉慶碩士論文〈論李漁家班的演劇之路〉〔註 13〕，以經濟學概念探討李漁營生方式。其經濟學觀點，僅以張忠民《前近代中國社會的商人資本與社會在生產》一書，作為依據。關於李漁家班開支與收入，沒有相關佐證資料〔註 14〕；全文闕出八個專題，關於討論家班組建原因、演出活動、家班的訓練，並無新佐證材料與新點論述。2004 年，畢嵐碩士論文〈論市場語境下戲劇的生存〉〔註 15〕部分章節中，以市場語境、社會主義市場經濟形式，去回顧李漁家班慘澹經營的發展。2004 年，許莉莉碩士論文〈試論李漁戲曲理論和創作實踐的錯位關係〉〔註 16〕指出李漁戲曲理論和劇本創作實踐的矛盾關係。其中涉及李漁家班是否對其作品創作及戲曲理論造成影響相關討論，對前人討論歸結出原因為：李漁思想觀念上並未意識到戲曲是與詩一樣的真正藝術；另一方面，崑曲重心從案頭走向場上的時代趨勢，使他專注於「登場」而忽視了戲曲的思想內容，對於家班演員的培訓及演員表演理論並無深究。

　　李漁的戲曲研究論述在過去的一百年裡，產生不少專著和論文，但往往

〔註 9〕 詹皓宇：〈書寫才女——李漁〈喬復生王再來二姬合傳〉評析〉，《東方人文學誌》，第 8 卷第 4 期，2009 年 12 月，頁 173～190。

〔註 10〕 胡天成：〈李漁演劇活動摭談〉，《藝術百家》，1990 年，第 4 期，頁 53～59、頁 75。

〔註 11〕 沈惠如：〈李漁家伶演劇研究〉，《德育學報》，第 8 期，1992 年 10 月，頁 119～128。

〔註 12〕 黃果泉：〈李漁家庭戲班綜論〉，《南開學報》，2000 年，第 2 期，頁 24～29、頁 36。

〔註 13〕 劉慶：〈論李漁家班的演劇之路〉，上海戲劇學院，碩士論文，2002 年。

〔註 14〕 同上註，頁 170。

〔註 15〕 畢嵐：〈論市場語境下戲劇的生存〉，武漢大學，碩士論文，2004 年。

〔註 16〕 許莉莉：〈試論李漁戲曲理論和創作實踐的錯位關係〉，蘇州大學，碩士論文，2004 年。

僅針對其編劇、導演及戲曲理論作爲主體討論對象。關於李漁家班的研究，可以視爲一本專著來進行研讀的，並從中探討李漁家班與其戲曲理論及創作進行，大概就屬朱秋娟的碩士論文，題名爲〈李漁家班與李漁戲曲創作、戲曲理論間的互動〉〔註17〕。該文針對李漁家班是否曾經影響李漁戲曲創作及戲曲理論進行探討，在第一章中，從李漁留存的詩、文、詞、小說、戲曲及李漁友人詩文集的相關資料進行收集整理，以年表形式對李漁家班作若干的考述外〔註18〕，並將李漁家班是否職業性的爲達官貴人演出以及妾兼優現象進行表述，歸結李漁家班部分地實踐了李漁的戲曲美學追求。在第二章考辨李漁爲家班創作的劇本〔註19〕，云

> 李漁爲家班女樂改編的折子戲以《琵琶・尋夫》、《明珠・煎茶》出名，康熙十年爲尤侗、余懷演出的即是此兩折，因附於《閒情偶寄・演習部》「變舊爲新」條之後得以流傳。其餘折子戲改編本僅存其名，記於「變舊爲新」條中，包括《南西廂》的《遊殿》、《問齋》、《逾牆》、《驚夢》及《玉簪記・偷詞》、《幽閨記・旅婚》諸齣。它們都經家班演出，「變舊爲新」，諸折付伶工搬演，以試舊新，業經詞人謬賞，不以點竄爲非矣。〔註20〕

如同《閒情偶寄・詞曲部・變舊爲新》所說的，改編前人傳奇〔註21〕，主要是折子戲的改寫。而朱秋娟進而認爲這就是李漁改編折子戲的原則、方法，體現李漁戲曲美學的追求。最後，在第三章考辨李漁家班與《閒情偶寄》的成書過程〔註22〕，朱秋娟認爲《閒情偶寄》中的〈演習部〉、〈聲容部〉創作

〔註17〕 朱秋娟：〈李漁家班與李漁戲曲創作、戲曲理論間的互動〉，揚州大學，碩士論文，2006 年。

〔註18〕 該章節（論文第一章）於 2008 年發表在《南京理工大學學報（社會科學版）》上，該章發表時僅呈現李漁家班系年。朱秋娟：〈李漁家班系年〉，《南京理工大學學報（社會科學版）》，2008 年，第 4 期，頁 28～33。

〔註19〕 該章節（論文第二章）於 2008 年發表在《古典文學知識》上，題名爲〈李漁與他的家班女樂〉。朱秋娟：〈李漁與他的家班女樂〉，《古典文學知識》，2008 年，第 1 期，頁 101～105。

〔註20〕 朱秋娟：〈李漁與他的家班女樂〉，頁 103。

〔註21〕 計有《琵琶記・尋夫》；《明珠記・煎茶》；《南西廂》，如〈遊殿〉、〈問齋〉、〈逾牆〉、〈驚夢〉；《玉簪記・偷詞》；《幽閨記・旅婚》八折。

〔註22〕 該章節（論文第三章）以縮短內文方式，發表在《藝術百家》上，朱秋娟：〈李漁家班與《閒情偶寄》的戲曲理論〉，《藝術百家》，2008 年，第 1 期，頁 145～148。

於家班的鼎盛期，李漁家班的演出實踐是其戲曲理論的基礎之一，以「別古今」、「變舊爲新」、「女優培養理論」，以及討論李漁對燈光照明的重視，繼而討論李漁極爲重視的舞台美術，爲何缺席在戲曲理論中的原因。

　　在閱讀原典（李漁著作）與後人的研究中，莫過於對「李漁家班是否影響李漁的戲曲理論形成」的議題討論：以陸萼庭（1925～2003）《崑劇演出史稿》爲首的觀點——家班的實踐活動是戲曲理論的基礎，書云：

　　　　李漁的女戲理論是從實踐中產生的。他曾自詡生平有兩大絕技，其一就是深諳舞臺藝術。〔註23〕

陸萼庭認爲李漁「深諳舞臺藝術」，其原文出自《閒情偶寄・居室部》中，李漁自詡「一則辨審音樂，一則置造園亭。」〔註24〕這是陸萼庭對李漁辨審音樂才能說法的擴大解釋，進而認爲訓練女樂，在其所指涉的「取材」、「正音」、「習態」就是成爲李漁女樂（笠翁戲班、李家戲班、家庭戲班）的主要論據。〔註25〕對此，胡忌、劉致中《崑劇發展史》更指稱李漁對培訓演員有一套有效辦法，其云

　　　　李漁有一個長年作職業性演出的家班女樂，這就促使他要做培訓演員的工作。他用他那套方法來培訓女伎。在《喬復生、王再來二姬合傳》中，具體而生動地說明了他培養女演員的經驗。〔註26〕

上述所說的方法，所指應爲《閒情偶寄》中〈詞曲部〉、〈演習部〉、〈聲容部〉三個部分。

　　關於李漁家班與《閒情偶寄》成書的年代考證，便形成另一議題的產生——李漁是否用其戲曲創作理論來指導家班。李漁家班據〈喬復生王再來二姬合傳〉說法爲康熙6年（1667年）成立。黃果泉認爲《閒情偶寄》中〈詞曲部〉、〈演習部〉涉及李漁遊跡，斷定最遲不超過康熙7年（1668年）之說〔註27〕，此時李漁家班組建不久，李漁以《閒情偶寄》來指導其家班之說，似乎過於強硬。《閒情偶寄》中，戲劇戲曲理論由〈詞曲部〉、〈演習部〉、〈聲

〔註23〕《崑劇演出史稿》一書首次發行於1980年；於2002年，台灣國家出版社出版繁體修訂版；以及2006年，上海教育出版社重新出版（簡體字）。比對三版本，關於「李漁的女戲理論是從實踐中產生的」此論據，並無任何修訂狀況。陸萼庭：《崑劇演出史稿》（修訂本），頁242。
〔註24〕李漁：《閒情偶寄》，見《李漁全集》，卷11，頁156。
〔註25〕陸萼庭：《崑劇演出史稿》（修訂本），頁240～245。
〔註26〕胡忌、劉致中：《崑劇發展史》，頁327。
〔註27〕黃果全：〈李漁家庭戲班綜論〉，《南開學報》，2000年，第2期，頁24～29、36。

容部〉三個部分所組成。朱秋娟認為〈詞曲部〉創作時間最早,始於康熙 6 年(1667 年)前後,康熙 7 年(1668 年)仍在寫作當中,而《聲容部》完成於康熙 10 年(1671 年),〈演習部〉完成於〈聲容部〉前不久,然而〈聲容部〉卻完成於康熙 10 年(1671 年)端午前後,在〈聲容部〉完成之時,《閒情偶寄》一書大致完成〔註 28〕。

對此,援引吳梅村游杭,有詩《贈武林李笠翁》(1660 年),可知當時李漁當時可能已置辦家樂自娛且作他娛演出。然而,從《閒情偶寄》的成書出版後,相關的序是可以旁證李漁家班演員的演出活動,成為李漁家班是否為李漁戲曲理論的基礎之一。

尤侗(1618~1704)在《閒情偶寄》的序言,稱該書「入公子行以當場,現美人身而説法。」並提及李漁「薄遊吳市,集名優數軰,度其梨園法曲,紅弦翠袖,燭影參差,望者疑為神仙中人。」說明尤侗認為李漁家班的實踐經驗,使得李漁《閒情偶寄》具有「不徒托諸空言,遂已演為本事」之理據。〔註 29〕但由於尤侗作序並未如余懷一樣,寫上作序日期〔註 30〕,使得此序出現寫作上難以斷代的瑕疵。雖說,在《閒情偶寄》中〈演習部〉與〈聲容部〉可以發現與家班女樂戲曲活動的地方,但需與其詩文(《喬復生王再來二姬合傳》、《斷腸詩》)相互印證,才能證明家班的演出實踐,是影響李漁戲曲理論創作〔註 31〕。

在一些家班的專書研究中,對李漁成立家班(家樂)亦有一些不同看法與詮釋。張發穎視李漁所養家班為打抽豐謀生之營利行為〔註 32〕。劉水雲以

〔註 28〕 朱秋娟:〈李漁家班與李漁戲曲創作、戲曲理論間的互動〉,揚州大學,碩士論文,2006 年,頁 3~12。

〔註 29〕 尤侗在《閒情偶寄》的序言,惟翼聖堂刻本所刻,題名為《十種曲》,斷代年限為清康熙至乾隆年間。原文詳見李漁:《閒情偶寄》,《李漁全集》(修訂本),卷 11,尤其頁 2。

〔註 30〕 余懷在《閒情偶寄》序言後,載有「時康熙辛亥立秋日健鄰弟余懷無懷氏傳」字樣。但該序文並無闡述李漁戲曲創作及家班的事蹟。

〔註 31〕 本處所指稱的比較很多,暫作註引證一二:《斷腸詩序》提及喬姬「洗除優人積習,有功詞學,殆非淺鮮。」與《聲容部・習技》中,主張「學技必先學文」可相互印證。再者,《喬復生王再來二姬合傳》記載喬姬學習吳音一事,而《聲容部・習技》中「正音」部分,對秦地方言如何正音有詳細的論述。由此可知,《閒情偶寄・聲容部》撰寫時,喬姬已然進入李漁的寫作事例當中。

〔註 32〕 《中國戲班史》一書,1991 年由瀋陽出版社出版,其論述與 2003 年增訂本相同。張發穎:《中國戲班史》(增訂本),頁 186。

明清家樂的主體建構，對李漁進行相關論述，散見於全書〔註33〕。楊惠玲《戲曲班社研究：明清家班》一書，關於李漁家班的討論，引用文獻不出李漁的著作論述〔註34〕。而李漁何時開始從歌舞娛樂的家樂模式，走向家班搬演劇目，或許得有更充分的文物文獻出土，方能窺視一二。

　　李漁家班對演員的要求與其戲劇理論必有關聯性。關於李漁戲曲編劇、導演、演員培訓等方面的理論成就，應歸結於他對戲曲藝術的深刻理解及長期「顧曲」的經驗積累，而非短時間領導家班，一夕可成的。至於《閒情偶寄》的演員素質與培訓理論是否為李漁對家班的規範，我們應放寬來看待，從〈演習部〉與〈聲容部〉來看，確實呈現一套演員表演學論述。在明末清初之際，李漁已然發展出成熟的演員訓練及養成方法，且具有理論與實務上的相互印證。其認為「填詞之設，專為登場。〔註35〕」重視場上之作，為此「手則握筆，口卻登場，全以身代梨園，複以神魂四繞，考其關目，試其聲音，好則直書，否則擱筆，此其所以觀聽咸宜也。〔註36〕」冀能設身處地，以口代優人，以耳當聽者，實踐自己的戲曲舞臺表演追求。因此，《閒情偶寄》中對戲曲舞臺搬演的理論建構，形成李漁的導演觀、演員觀、（劇場）舞台技術觀，可視為李漁的劇場理念。

　　李漁對家班演員的訓練，〈演習部〉中有「別古今」、「解明曲意」、「調熟字音」、「字忌模糊」、「高低抑揚」、「緩急頓挫」、「衣冠惡習」、「聲音惡習」、「語言惡習」，〈聲容部〉中有「態度」、「修容第二」（三款全）、「習技第四」（三款全），合計十六款。

第二節　演員天資與內涵要求

　　本節主要是討論李漁對演員天資與內涵的要求。

一、挑選演員先談姿質，再論訓練

　　李漁認為在進行演員訓練前，先對演員進行挑選。這種選材（演員素質

〔註33〕劉水雲：《明清家樂研究》，頁308～309、318、380、416、433、454、459、461、470～471、491～492、505、577～579、670。
〔註34〕楊惠玲：《戲曲班社研究：明清家班》，頁85～87、180、216、240、、326～332。
〔註35〕李漁：《閒情偶寄》，見《李漁全集》，卷11，頁66。
〔註36〕同上註，頁48。

要求）理念最早可以溯及到元代。元人胡祗遹（1227～1295）〈黃氏詩卷序〉
提出對演員的要求，云

> 女樂之百伎，爲唱說焉。一、姿質濃粹，光彩動人；二、舉止閑雅，
> 無塵俗態；三、心思聰慧，洞達事物之情狀；四、語言辨利，字句
> 眞明；五、歌喉清和圓轉，累累然如貫珠；六、分付顧盼，使人解
> 悟；七、一唱一說，輕重疾徐，中節合度，雖記誦閑熟，非如老僧
> 之誦經；八、發明古人喜怒哀樂、憂悲愉佚、言行功業，使觀聽者
> 如在目前，諦聽忘倦，惟恐不得聞；九、溫故知新，關鍵字藻，時
> 出新奇，使人不能測度爲之限量。九美既具，當獨步同流。〔註37〕

上述是胡祗遹對演員九美的看法。文章逐條陳述著演員內在氣質、外在形態、
念白、唱曲、表演的舞台演出要求。李漁在〈演習部〉前言云

> 選腳色、正音韻等事，載於《歌舞》項下。男優女樂，事理相同，
> 欲習聲樂者，兩類互觀，使無缺略。〔註38〕

於〈聲容部〉末講述「歌舞」條前，云

> 《演習部》中已載者，一語不贅。彼系泛論優伶，此則單言女樂。
> 然教習聲樂者，不論男女，二冊皆當細閱。〔註39〕

而歷來學者討論〈聲容部〉時，往往論及演員修養時，會同時論述李漁教養姬
妾的方法，並針對婦人的美容、學習技藝與否等相關議題，提出討論〔註40〕，
於此不多引論與介紹。

　　李漁對演員的選材問題，也就他所謂女子之「態」，格外重視。在〈聲容
部〉中，將「選姿第一」爲首論，不是沒有根源的。對「婦人嫵媚」，講肌膚、

〔註37〕 胡祗遹：〈黃氏詩卷序〉，《紫山大全集二十六卷》，見卷八，收入《四庫全書
　　　　珍本四集》冊 292，頁 13～14。
〔註38〕 李漁：《閒情偶寄》，見《李漁全集》，卷 11，頁 66。
〔註39〕 同上註，頁 149。
〔註40〕 相關議題可參見張春樹、駱雪倫《明清時代之社會經濟巨變與新文化——李
　　　　漁時代的社會與文化及其現代性》一書，尤其頁 59。該書出版於 1992 年，原
　　　　書爲 *Crisis and Transformation in Seventeenth-Century China Society, Culture,
　　　　and Modernity in Li Yü′s World*。（美）張春樹、駱雪倫著、王湘雲譯：《明
　　　　清時代之社會經濟巨變與新文化——李漁時代的社會與文化及其現代性》，
　　　　（上海：上海古籍出版社，2008 年）。杜書瀛《李漁美學思想研究》第三章〈李
　　　　漁的儀容學〉，及其相關單篇論文；杜書瀛：《李漁美學思想研究》，（北京：
　　　　中國社會科學出版社，1998 年）。計文蔚：〈李漁論妝飾打扮〉，《藝術百家》，
　　　　1988 年，第 2 期，頁 107～108。

眉眼、手足、態度。其中，對「態」的高度重視，直至佩服天工造物之感。還對「媚態之在人身，猶火之有焰，燈之有光，珠貝金銀之有寶色，是無形之美，非有形之物也〔註41〕」的尤物論點。接著，還討論「修容」的必要性。綜觀「修容第二」三款，李漁認為修容必須恰當合度，即「止當如此，不可太過，不可不及〔註42〕」；再者，講求「自然」，合於人情事理，非造作扭捏。同時，「修容」也講究修飾，所謂揚長避短、揚美抑丑。

二、演員以天然之性配腳色

　　李漁認為演員培養之前，亦須注意「教之有方，導之有術，因材而施，無拂其天然之性而已矣。〔註43〕」所謂的「因材而施」便是「取材」，此為導演如何挑選演員的方法，同時也是演員渾然天成的本質。其認為演員是如何利用自身條件，分配腳色的呢？他在〈聲容部・習技第四・歌舞〉中提出

　　　　喉音清越而氣長者，正生、小生之料也；喉音嬌婉而氣足者，正旦、

　　　　貼旦之料也，稍次則充老旦；喉音清亮而稍帶質樸者，外、末之料

　　　　也；喉音悲壯而略近嘽緩者，大淨之料也。至於丑與副淨，則不論

　　　　喉音，只取性情之活潑，口齒之便捷而已。〔註44〕

可見李漁對演員分配腳色家門（行當）是以演員自身條件「喉音」以及「性情」進行分科的，以便在進行外部訓練時，演員天性生成，技藝事半功倍。對此亦提到一些分配腳色家門的難處，如「男優之不易得者二旦，女優之不易得者淨、丑。」、「不善配腳色者，每以下選充之」等問題。論及舞臺演出時，如果沒有根據演員的特性，用人不當，如：梅香之面貌勝於小姐，奴僕之詞曲過於官人，將出現「觀者聽者倍加憐惜，必不以其所處之位卑，而遂卑其才與貌也。」這是導演挑選演員，分派腳色，須加留意之處。〔註45〕

三、學技必先學文方能解讀曲情

　　李漁認為「學技必先學文〔註46〕」，即透過文化修養來提高演員素質、表演的基礎。演員透過對文藝知識不斷地學習和鑽研，再透過戲曲表演的外部

〔註41〕李漁：《閒情偶寄》，見《李漁全集》，卷11，頁115。
〔註42〕同上註，頁118。
〔註43〕同上註，頁150。
〔註44〕同上註，頁151。
〔註45〕同上註。
〔註46〕同上註，頁143。

肢體訓練，塑造出人物（角色）的外部形象。演員唯有更深刻地理解演出作品中的內涵，才能提高表演的藝術價值，這種方法的提出可從喬姬事例中獲得證實。在〈斷腸詩二十首哭亡姬喬氏序〉中提到：「浣除優人積習，有功詞學，殆非淺鮮。〔註47〕」以及「姬未讀書而解歌詠，所謂天籟自鳴。嘗作五七言絕句，不能終篇，必倩予續，此夭折之徵也。〔註48〕」除此之外，《閒情偶寄‧聲容部》中，也提及：「女子之善歌者，若通文義，皆可教作詩餘。蓋長短句法，日日見於詞曲之中，入者既多，出者自易，較作詩之功爲尤捷也。〔註49〕」再者，當時的中國社會，要求「女子無才便是德」，而李漁與此觀念背道而馳，主張女性應該學習才藝，言道

> 使姬妾滿堂，皆是蠢然一物，我欲言而彼默，我思靜而彼喧，所答非所問，所應非所求，是何異於狐狸入穴，舍宣淫而外，一無事事者乎？故習技之道，不可不與修容、治服並講也。〔註50〕

這顯然是出於對自己生活感受的考慮，要求女子學習才藝看作美化自己的一個要點，如果女性能夠學習才藝，提高自身的素質，這樣上述的尷尬情境便不復存在了。由此可知，李漁認爲通過文藝的培養能增加女性的內在美。而喬姬既是其妾，亦是其家班演員，便形成李漁對家班演員的文化修養訴求的實證。

李漁當時看到學曲的人，開始是背讀劇本，之後是學習唱曲，認爲唱完了就沒事。演員對於理解曲情戲理，完全沒有認知。爲此提出

> 唱曲宜有曲情，曲情者，曲中之情節也。解明情節，知其意之所在，則唱出口時，儼然此種神情，問者是問，答者是答，悲者黯然魂消而不致反有喜色，歡者怡然自得而不見稍有瘁容，且其聲音齒頰之間，各種俱有分別，此所謂曲情是也。〔註51〕

李漁針對當時優人唱曲不求理解曲情文義，以至「口唱而心不唱，口中有曲，而面上無曲〔註52〕」的演唱方式，極爲不滿。作爲一個演員，必須要唱出劇作家之意，唱出劇本文詞之情，並把這種文理意涵，通過曲情，設身處地的演出角色（詮釋人物），傳遞給觀眾，才能使演唱達到「登峰造極之技」的境界。

〔註47〕李漁：《笠翁一家言文集》，見《李漁全集》，卷1，頁204。
〔註48〕同上註，頁205。
〔註49〕李漁：《閒情偶寄》，見《李漁全集》，卷11，頁145。
〔註50〕同上註，頁142。
〔註51〕同上註，頁91。
〔註52〕同上註，頁91。

在中國古典戲劇理論的發展過程下，有關演唱的技巧經過不斷討論與修正，李漁在長期的創作實踐中，提出演員須「唱曲宜有曲情」的觀點。至於如何培訓演員唱出「曲情」呢？其認爲

> 欲唱好曲者，必先求明師講明曲義。師或不解，不妨轉詢文人，得其義而後唱。唱時以精神貫串其中，務求酷肖。若是則同一唱也，同一曲也，其轉腔換字之間，別有一種聲口，舉目回頭之際，另是一副神情，較之時優，自然迥別。變死音爲活曲，化歌者爲文人，只在「能解」二字，解之時義大矣哉！〔註53〕

也就是說演員唱曲前，不急於演練曲子，應該先請教文人、明師講解所唱之曲的意義，了解曲子的意涵，清楚理解曲情後，演唱時才能情理貫通。而實例亦出在李漁與喬姬的互動上，在《喬復生王再來二姬合傳》提到

> 予于自撰新詞外，復取當時舊曲，化陳爲新，俾使場上規模，瞿然一變。初改之對，微授以意，不數言而輒了；朝脫稿，暮登場，其舞態歌容，能使當日神情，活現氍毹之上。〔註54〕

「微授以意」可見李漁與喬姬之默契。而喬姬更是完美的演員，正因爲她才智文慧，才對於場上搬演有「當日神情，活現氍毹」的演出。如果說舞台上的呈現，就是一種思維的方式，那麼喬姬在這種認知「曲情」的過程，通過身體外在的舞態歌容，創造了舞台演出的古人形象眞實，使李漁修改舊劇《明珠記‧煎茶》及《琵琶記‧尋夫》諸劇，能以重現昔日之光彩。雖說一個演員扮演古人，永遠不可能得其眞，但喬姬掌握演唱「曲情」的技巧，適應舞臺演出的需要，才能呈現演出的創作眞實。

第三節　演員訓練及其理論化

本節歸納李漁如何對演員進行訓練，並討論其理論的建構。分學戲訓練、語言訓練、肢體訓練等三大項，進行論述。

一、學戲訓練：宗古本、選新劇、止惡習

首先，講述演員學習劇目應先「宗古本」。進而分項討論，演員演唱的訓練要求、演員外在表演呈現時（演唱說白）的訴求，以及告誡演員上台演出

〔註53〕李漁：《閒情偶寄》，見《李漁全集》，卷11，頁92。
〔註54〕李漁：《笠翁一家言文集》，見《李漁全集》，卷1，頁98。

的一些惡習。中國戲曲表演是一種創作。而這創作的真實源自於生活真實、歷史真實，以及劇本的創作真實，透過演員的表演，提供了演出的舞台（劇場）表演真實。李漁編寫劇本、執導家班，對於演員學戲的訓練，先「宗古本」、後「選新劇」，那演員要先學哪些劇目呢？李漁明白指出

> 開手學戲，必宗古本。而古本又必從《琵琶》、《荊釵》、《幽閨》、《尋親》等曲唱起，蓋腔板之正，未有正於此者。此曲善唱，則以後所唱之曲，腔板皆不謬矣。〔註55〕

認爲演員應從高明（1305～1359）《琵琶記》、《荊釵記》〔註56〕、施惠（1295～1297）《幽閨記》，以及《尋親記》〔註57〕四個劇本中，學習曲子。把這些曲子學好，以後腔板便不會出現問題。上述四個劇本曲調、賓白，皆屬本色派之作，文辭質樸自然，語無外假，且故事感人之深。對於演員學習而言，學習舊劇，觀者人人熟悉，稍有差錯，聽者皆知，是可以訓練演員表演的好教材。尊崇古本之外，李漁對於演員學習新劇也是有一定見解的，不然不會要求演員「舊曲既熟，必須間以新詞。〔註58〕」，至於如何挑選新劇，則屬家班主人之事。

　　演員在學習的過程中，對於戲場的俗套，往往會出現「一人作之，千萬人效之，以致一定不移，守爲成格」。爲此，「脫套第五」闡述衣冠、聲音、語言、科諢等四種惡習。在「衣冠惡習」討論戲裡穿戴的不合情宜之處；「聲音惡習」說明花面（淨；丑）濫用鄉語，不知變通的例子，並提出改善之道爲「花面聲音，亦如生旦外末，悉作官音，止以話頭惹笑，不必故作方言。即作方言，亦隨地轉。」；「語言惡習」表述戲場慣用詞（口頭語）濫用之情形；「科諢惡習」指插科打諢的陋習。此四種惡習，李漁認爲應該極力掃除，這是告誡教戲之人，也是告誡演員。〔註59〕

〔註55〕 李漁：《閒情偶寄》，見《李漁全集》，卷11，頁68。

〔註56〕 《荊釵記》一劇作者，一說是元人柯丹邱所著，王國維卻考定作者爲明太祖第十七子朱權。徐渭《南詞敘錄》載有，《王十朋荊釵記》有兩個版本，一本是宋元間無名氏，另一是明初李景雲作。

〔註57〕 《尋親記》作者不可考。最早見於徐渭《南詞敘錄》將其列爲「宋元舊篇」，名曰《教子尋親》。現存都是明人的改編本，即富春堂本和汲古閣本兩種。

〔註58〕 李漁：《閒情偶寄》，見《李漁全集》，卷11，頁68。

〔註59〕 同上註，尤其頁102～107。

二、語言訓練：正口音、習咬字、度唱曲

李漁曾在廣東買下了一個姿色平平的少女充作家伶，對此事提出「正音」的要求，云

> 已得備員者一人矣，姿貌技能，一無足錄，獨取其舌本易掉，進門不數日，即解作吳音。〔註60〕

李漁選擇演員的標準極爲重視語言能力與語言訓練。其如何具體談論演員挑選的呢？

> 選女樂者，必自吳門是也。然尤物之生，未嘗擇地，燕姬趙女，越婦秦娥，見於載籍者，不一而足。「惟楚有才，惟晉用之。」此言晉人善用，非日惟楚爲能生材也。予游遍域中，覺四方聲音，凡在二八上下之年者，無不可改，惟八閩、江右二省，新安、武林二郡，較他處惟稍難耳。〔註61〕

由此可見，選擇演員的前提是「惟楚有才，惟晉用之」，但也強調「四方聲音，無不可改」，關鍵在於其自詡「塡過數十種新詞，悉付優人，聽其歌演，……粗者自然拂耳，精者自能娛神，是其中菽麥亦稍辨矣。〔註62〕」因此在〈聲容部・習技第四〉中，曾指出秦地方言的鄉音修正方法。演員要如何正音，這就要歸功於喬姬。在〈喬復生王再來二姬合傳〉中，提到

> 予笑曰：「難矣哉！未習詞曲，先正語言，汝方言不改，其何能曲？」
> 對曰：「是不難，請以半月爲期，盡改前音而合主人之口，如其不然，請計字行罰。」予大悦。隨行婢僕皆南人，眾音嘈嘈，我方病若楚唯，彼則恃爲齊人之傳，果如期而盡改，儼然一吳儂矣。〔註63〕

《閒情偶寄》歌舞款中，第二項「正音」有正音改字的例證。〔註64〕演員在語言訓練中，需要在「授曲第三」底下，完成四項要求：（一）調熟字音；（二）字忌模糊；（三）高低抑揚；（四）緩急頓挫。

（一）調熟字音，爲調節平仄，區別陰陽。因此，在教曲之前，必須審查字音。要讓學曲之人，分辨字有頭、尾，以及餘音，每個字都必須清楚明白。而演員演唱的基礎認知是「字頭、字尾及餘音，皆爲慢曲而設，一字一

〔註60〕 李漁：《笠翁一家言文集》，見《李漁全集》，卷1，頁187。
〔註61〕 李漁：《閒情偶寄》，見《李漁全集》，卷11，頁152。
〔註62〕 同上註，頁91。
〔註63〕 李漁：《笠翁一家言文集》，見《李漁全集》，卷1，頁96。
〔註64〕 李漁：《閒情偶寄》，見《李漁全集》，卷11，頁151～153。

板或一字數板者，皆不可無。其快板曲，止有正音，不及頭尾。〔註65〕」而演唱的最高境界，則是「字頭、字尾及餘音，皆須隱而不現，使聽者聞之，但有其音，並無其字，始稱善用頭尾者；一有字跡，則沾泥帶水，有不如無矣。〔註66〕」

（二）字忌模糊，就是要求演員咬字清晰，同時要求選材者（家班主人）如果不能擇其優劣，便是過失。而且認爲先練口齒再習唱，即所謂的「開口學曲之初，先能淨其齒頰，使出口之際，字字分明，然後使工腔板。〔註67〕」

而（三）高低抑揚，以及（四）緩急頓挫，則是演員唱唸時的更高一層次要求。詞曲在高低抑揚、緩急頓挫的道理是相同的，李漁要求演員須清楚知道

> 白有高低抑揚，何者當高而揚？何者當低而抑？曰：若唱曲然。曲文之中，有正字，有襯字。每遇正字，必聲高而氣長，若遇襯字，則聲低氣短而疾忙帶過，此分別主客之法也。說白之中，亦有正字，亦有襯字，其理同，則其法亦同。一段有一段之主客，一句有一句之主客，主高而揚，客低而抑，此至當不易之理，即最簡極便之法也。凡人說話，其理亦然。〔註68〕

正是要求演員區分正字、襯字，主客之別，而用的技巧便是演員能清楚的把字分出「高、低、抑、揚」來。而演員又要如何把字念出「緩、急、頓、挫」來呢？李漁用的一種俏妙的譬喻來形容，其云

> 婦人之態，不可明言，賓白中之緩急頓挫，亦不可明言，是二事一致。輕盈嫋娜，婦人身上之態也；緩急頓挫，優人口中之態也。予欲使優人之口，變爲美人之身，故爲講究至此。欲爲戲場尤物者，請從事予言，不則仍其故步。〔註69〕

傳統戲曲教戲師傅在教導演員時，其實是口傳心授的，劇本上所的記號，則只是一種輔助，李漁所謂的「此中微渺，但可意會，不可言傳；但能口授，不能以筆舌喻者。〔註70〕」如何把台詞思想、曲情詮釋，並以富有意象、情感的傳達出來，就得靠演員自身的內部修養。

〔註65〕李漁：《閒情偶寄》，見《李漁全集》，卷11，頁93。
〔註66〕同上註，頁94。
〔註67〕同上註。
〔註68〕同上註，頁99。
〔註69〕同上註，頁150。
〔註70〕同上註，頁101。

　　就現今的崑曲表演藝術來看，念白要求「字音字清」，即分清漢字讀音的四聲、陰陽、尖團、清濁、四呼、五音、歸韻、收音。而字音清晰、行腔圓潤，要在演員用氣的方法之上。所謂的用氣還包括吐字行腔中的換氣、偷氣，長腔的托音、短腔的底氣處理……等技巧運用。在唱曲上，崑曲唱腔的特點爲「依字行腔」，如平聲字的掇腔、疊腔，入聲字的斷腔，須運用自如，不可混淆。長腔須圓潤流轉，短腔要簡徑找絕。最後，還要追求以聲傳情，聲情並茂〔註71〕。清初的李漁對其家班演員就有如此之要求，可見唱念在中國戲曲表演理論上，是何等的重要！使得四百年來，戲曲的表演理論一脈相承。

三、肢體訓練：習技藝、學器樂、練歌舞

　　李漁認爲「昔人教女子以歌舞，非教歌舞，習聲容也。〔註72〕」說明過去人們學習歌舞，不只單純學習歌舞，還得學習聲音與姿態。因此，在「習技第四」中，討論了舞台上「習態」的論點。

> 閨中之態，全出自然；場上之態，不得不由勉強，雖由勉強，卻又類乎自然，此演習之功之不可少也。生有生態，旦有旦態，外末有外末之態，淨丑有淨丑之態，此理人人皆曉；又與男優相同，可置弗論，但論女優之態而已。男優妝旦，勢必加以扭捏，不扭捏不足以肖婦人；女優妝旦，妙在自然，切忌造作，一經造作，又類男優矣。〔註73〕

對於腳色家門以及男優、女優學習表演分別論述，李漁認爲戲台演出上的態，乃是透過演員扮演而來。在舞台上，演員要表達眞實，詮釋導演所要詮釋的眞實，演繹出劇本（文字）創作的眞實，最後形成戲台（劇場演出）上的眞實。而舞台上的演員，透過個人的肢體，去實踐戲裡角色的思想與行動，這就是舞台（劇場）的呈現。當然，演員的成長，需在生活中找到依據，產生生活行動上的邏輯；而演員訓練肢體，則是產生身體與形體上的邏輯，最後深化在內心情感的邏輯上，創造出屬於戲台（劇場）上的舞台眞實。

　　李漁在演員基本訓練中，論及唱、念技能。唱：是要注重發聲技巧、練聲、注重吸氣，吐字和腔板的訓練，做到字正腔圓，聲情並茂，才能更深入

〔註71〕崑曲唱念相關技法素來爲藝人們所重視。相關要點請參見《振飛曲譜》一書，其中俞振飛的〈習曲要解〉、〈念白要領〉是非常切合實用的經驗總結。

〔註72〕李漁：《閒情偶寄》，見《李漁全集》，卷11，頁153。

〔註73〕同上註。

去表現曲文的內涵，讓聽者產生共鳴。念：是演員的語言體現。台詞念得清晰、流暢，感情準確到位，對塑造角色形象至關重要。而中國戲曲中，對於演員來說，肢體是最基本的創作材料。肢體訓練，是對演員進行規範的基本功訓練。再者，認爲「技藝以翰墨爲上，絲竹次之，歌舞又次之〔註74〕」，也就是說學習技藝必須通曉文理，這屬於演員內部修養；而學習「器樂〔註75〕」以及「歌舞」，則是演員外在訓練，加值演員才藝，所謂「技不壓身」，正是這個道理。關於女子習技，李漁談到讀書學字、學習詩詞流派、作詩繪畫、音樂歌舞等，雖然有時涉及男歡女愛性欲之事，不過他的論述說明了親身實踐的經驗，其獨到之處亦在此。

第四節　對「觀者」的觀念與觀衆眞實

　　過去以「觀衆學」作爲研究法，對李漁的觀衆理論進行論述者〔註76〕，皆認爲其觀衆思維觀念發端於「塡詞之設，專爲登場」的劇場創作，從而去探討其觀衆審美觀念是去「迎合觀衆」，或是透過劇場演出，執行教化觀念。而本節處理李漁對「觀者」的概念，並論其觀衆眞實的確立。

一、李漁對「觀者」的觀念

　　從《閒情偶寄》中，摘錄具有「觀看意識」此一概念，如下表所示：

〔註74〕 李漁：《閒情偶寄》，見《李漁全集》，卷11，頁142。
〔註75〕 在練習器樂中，李漁認爲弦樂器，有琴、琵琶、三弦、提琴四樣，而管樂器，適合閨閣女子的只有洞簫，笛子只能偶一爲之，而笙、管只能與其他樂器合奏。同上註，頁147～149。
〔註76〕 單篇期刊計17篇：王建設〈李漁戲劇觀衆學簡論〉、伏滌修〈論李漁「一夫不笑是吾憂」的商業化戲曲創作宗旨的積極意義〉、吳振國《李漁的觀衆審美心理思想研究》、吳瑞霞〈觀衆接受意識與戲曲結構形式──李漁戲曲結構理論透視〉、呂雙燕〈「塡詞之設　專爲登場」──李漁劇作論中的觀衆心理學〉、周建清〈論李漁的觀衆本位觀〉、唐德勝〈李漁劇論的觀衆立場及其貢獻〉、張曉軍〈觀衆是李漁戲曲理論的出發點和歸宿點〉、張穎〈以觀衆爲戲曲創作之本──簡論李漁「觀聽咸宜」的戲曲創作觀〉、郭光宇〈中國古代戲曲理論的一次重大突破──李漁觀衆學初探〉、陳國華〈李漁的戲曲理論與創作中的觀衆學初探〉、程華平〈試論李漁對劇作家與觀衆關係的闡述〉、塗怡萱〈李漁戲曲理論中的觀衆意識〉、鄒紅〈觀衆在李漁戲劇理論中的位置〉、閻玲〈觀、聽咸宜──談李漁以觀衆爲本位的戲劇理論體系〉、駱兵〈論李漁觀衆本位的戲曲接受觀〉、謝挺〈論觀衆接受──關於李漁的「觀衆學」〉。學位論文兩部爲潘丹芬：〈試論李漁的觀衆理論〉及高源：〈李漁的整體戲劇觀念及其理論研究〉。

表5-1　《閒情偶寄》具「觀看意識」者之統計表

項　目	內　文
立主腦	以作零齣則可，謂之全本，則為斷線之珠，無梁之屋；作者茫然無緒，觀者寂然無聲，無怪乎有識梨園望之而卻走也！
脫窠臼	若此等情節業已見之戲場，則千人共見，萬人共見，絕無奇矣，焉用傳之？
減頭緒	事多則關目亦多，令觀場者如入山陰道中，人人應接不暇。
戒荒唐	因愚夫愚婦識字知書者少，勸使為善，誠使勿惡，其道無由，故設此種文詞，借優人說法與大眾齊聽，謂善者如此收場，不善者如此結果，使人知所趨避；是藥人壽世之方，救苦弭災之具也！
審虛實	傳至於今，則其人其事，觀者爛熟於胸中，欺之不得，罔之不能，所以必求可據，是謂實則實到底也。
貴顯淺	若云作此原有深心，則恐索解人不易得矣。索解人既不易得，又何必奏之歌筵，俾雅人俗子同聞而共見乎？
重機趣	因作者逐句湊成，遂使觀場者逐段記憶，稍不留心，則看到第二曲，不記頭一曲是何等情形，看到第二折，不知第三折要作何勾當。
忌填塞	總而言之，傳奇不比文章，文章做與讀書人看，故不怪其深，戲文做與讀書人與不讀書人同看，又與不讀書之婦人小兒同看，故貴淺不貴深。使文章之設，亦為與讀書人、不讀書人及婦人小兒同看，則古來聖賢所作之經傳，亦只淺而不深，如今世之為小說矣。
音律第三	無論所改之《西廂》，所續之《水滸》，未必可繼後塵，即使高出前人數倍，吾知舉世之人不約而同，皆以「續貂、蛇足」四字，為新作之定評矣。
	世人喜觀此劇，非故嗜痂，因此劇之外別無善本，欲睹崔引舊事，合此無由。
拗句難好	南曲中此類極多，其難有十倍於此者，若逐個牌名援引，則不勝其繁，而觀者厭矣。
拗句難好	海內觀者，肯曰此句為音律所限，自難求工，姑為體貼人情之善念而恕之乎？
聲務鏗鏘	能以作四六平仄之法，用於賓白之中，則字字鏗鏘，人人樂聽，有「金聲擲地」之評矣。
詞別繁簡	且作新與演舊有別。《琵琶》、《西廂》、《荊》、《劉》、《拜》、《殺》等曲，家弦戶誦已久，童叟男婦皆能備悉情由，即使一句賓白不道，止唱曲文，觀者亦能默會，是其賓白繁減可不問也。至於新演一劇，其間情事，觀者茫然；詞曲一道，止能傳聲，不能傳情，欲觀者悉其顛末，洞其幽微，單靠賓白一著。

項 目	內 文
意取尖新	同一話也，以尖新出之，則令人眉揚目展，有如聞所未聞；以老實出之，則令人意懶心灰，有如聽所不必聽。白有尖新之文，文有尖新之句，句有尖新之字，則列之案頭，不觀則已，觀則欲罷不能；奏之場上，不聽則已，聽則求歸不得。
少用方言	凡作傳奇，不宜頻用方言，令人不解。近日填詞家，見花面登場，悉作姑蘇口吻，遂以此爲成律，每作淨醜之白，即用方言，不知此等聲音，止能通于吳越，過此以往，則聽者茫然。
科諢第五	插科打諢，填詞之末技也，然欲雅俗同歡，智愚共賞，則當全在此處留神。文字佳，情節佳，而科諢不佳，非特俗人怕看，即雅人韻士，亦有瞌睡之時。
	若是，則科諢非科諢，乃看戲之人參湯也。養精益神，使人不倦，全在於此，可作小道觀乎？
戒淫褻	觀文中花面插科，動及淫邪之事，有房中道不出口之話，公然道之戲場者。無論雅人塞耳，正士低頭，惟恐惡聲之汙聽，且防男女同觀，共聞褻語，未必不開窺竊之門，鄭聲宜放，正爲此也。
貴自然	吾看深《南西廂》，見法聰口中所說科諢，迁奇誕妄，不知何入生來，眞令人欲逃欲嘔，而觀者聽者絕無厭倦之色，豈文章一道，俗則爭取，雅則共棄乎？
沖場	言其未說之先，人不知所演何劇，耳目搖搖，得此數語，方知下落，始未定而今方定也。
出腳色	太遲則先有他腳色上場，觀者反認爲主，及見後來人，勢必反認爲客矣。
	善觀場者，止於前數出所記，記其人姓名：十齣以後，皆是枝外生枝，節中長節，如遇行路之人，非止不問姓字，並形體面目皆可不必認矣。
小收煞	猜破而後出之，則觀者索然，作者報然，不如藏拙之爲妙矣。
大收煞	收場一出，即勾魂攝魄之具，使人看過數日，而猶覺聲音在耳、情形在目者，全虧此齣撒嬌，作「臨去秋波那一轉」也。
選劇第一	方今貴戚通侯，惡談雜技，單重聲音，可謂雅人深致，崇尚得宜者矣。
	尤可怪者：最有識見之客，亦作矮人觀場，人言此本最佳，而輒隨聲附和，見單即點，不問情理之有無，以致牛鬼蛇神塞滿氍毹之上。
	觀者求精，則演者不敢浪習，黃絹色絲之曲，外孫齏臼之詞，不求而自至矣。
別古今	蓋演古戲，如唱清曲，只可悅知音數人之耳，不能娛滿座賓朋之目。
劑冷熱	今人之所尚，時優之所習，皆在熱鬧二字。
變調第二	吾每觀舊劇，一則以喜，一則以懼。

項　目	內　文
縮長爲短	抵暮登場，則主客心安，無妨時失事之慮，古人秉燭夜遊，正爲此也。
	予嘗謂好戲若逢貴客，必受腰斬之刑。
	嘗見貴介命題，止索雜單，不用全本，皆爲可行即行，不受戲文牽制計也。
變舊爲新	且時人是古非今，改之徒來訕笑，仍其大體，既慰作者之心，且杜時人之口。
調熟字音	婉譬曲喻，以至於此，總出一片苦心。審樂諸公，定須憐我。
字忌模糊	聽曲之人，慢講精粗，先問有字無字。
	常有唱完一曲，聽者止聞其聲，辨不出一字者，令人悶殺。
鑼鼓忌雜	如說白未了之際，曲調初起之時，橫敲亂打，蓋卻聲音，使聽白者少聽數句，以致前後情事不連，審音者未聞起調，不知以後所唱何曲。
吹合宜低	邇來戲房吹合之聲，皆高於場上之曲，反以絲竹爲主，而曲聲和之，是座客非爲聽歌而來，乃聽鼓樂而至矣。
脫套第五	若人人如是，事事皆然，則彼未演出而我先知之，憂者不覺其可憂，苦者不覺其爲苦，即能令人發笑，亦笑其雷同他劇，不出範圍，非有新奇莫測之可喜也。
聲音惡習	即作方言，亦隨地轉。如在杭州，即學杭人之話，在徽州，即學徽人之話，使婦人小兒皆能識辨。識者多，則笑者眾矣。
器玩部・燈燭	蓋場上多立一人，多生一人之障蔽。使以一人剪燈，一人抽索，了此及彼，數數往來，則座客止見人行，無複洗耳聽歌之暇矣。

　　上表四十三條材料來看，大抵可將觀眾分爲四類。

　　（一）以知識水準，也就是受教育的概念，分爲讀書人、不讀書人、不讀書之婦人小兒。李漁認爲戲劇創作要達到「戲文做與讀書人與不讀書人同看，又與不讀書之婦人小兒同看，故貴淺不貴深。」的劇本通俗易懂的要求，對於「科諢」的創作之道也是要達到「雅俗同歡，智愚共賞」的地步，在語言的要求上「使婦人小兒皆能識辨。」正因爲「識者多，則笑者眾矣。」的娛人要求，以期演出效果，是所有觀眾都能喜聞樂見的。

　　（二）根據觀眾的空閒忙碌狀況，來作爲演出的搬演。語出「變調第二」的「縮長爲短」款：

　　　　抵暮登場，則主客心安，無妨時失事之慮，古人秉燭夜遊，正爲此
　　　　也。然戲之好者必長，又不宜草草完事，勢必闡揚志趣，摹擬神情，
　　　　非達旦不能告闋。然求其可以達旦之人，十中不得一二，非迫於來

朝之有事，即限於此際之欲眠，往往半部即行，使佳話截然而止。

予嘗謂好戲若逢貴客，必受腰斬之刑。雖屬謔言，然實事也。〔註77〕

李漁根據其「達旦之人」、「來朝有事」兩類人，分出清閒無事之人與忙碌之人，借此根據，使得導演需要採用不同的舞台演出本，交付優人以作戲場，關於導演創作的方式，請參見上章第三節（導演計畫：修改劇本之法），茲不叨述。

（三）根據觀眾的鑒賞水平，分為「知音」與「觀場矮人」。李漁認為「貴戚通侯」未必是「知音」之人，「有識見之客，亦作矮人觀場」之舉動，為此提出教育觀眾之法，以提升演出的品質，其云

> 吾謂《春秋》之法，責備賢者，當今瓦缶雷鳴，金石絕響，非歌者投胎之誤，優師指路之迷，皆顧曲周郎之過也。使要津之上，得一二主持風雅之人，凡見此等無情之劇，或棄而不點，或演不終篇而斥之使罷，上有憎者，下必有甚焉者矣。觀者求精，則演者不敢浪習，黃絹色絲之曲，外孫齏臼之詞，不求而自至矣。吾論演習之工而首重選劇者，誠恐劇本不佳，則主人之心血，歌者之精神，皆施於無用之地。使觀者口雖讚歎，心實咨嗟，何如擇術務精，使人心口皆羨之為得也。〔註78〕

其中「要津之上」與「主持風雅之人」兩類就是「知音」者，其觀賞的要求提高，則戲劇演出的質也會高。揭示「知音」是由教養好的觀眾認定演出的好壞優劣，從演出劇本呈現舞台真實，去觀看表演者表演的創新作品呈現，而非經由劇作家的敘述呈現方式，讓戲劇的呈現是透過演員的身體行動才能使觀眾了解。而「知音」的觀眾決定演出的優劣。

（四）就欣賞的感官方式，分為觀者、聽者、聽曲之人、聽白者、審音者、人人樂聽、觀場者。以及其他：如人、男女、滿座賓朋、諸公、座客……等代稱詞。〔註79〕

〔註77〕李漁：《閒情偶寄》，見《李漁全集》，卷11，頁71。

〔註78〕同上註，頁66～67。

〔註79〕趙山林認為「中國戲曲的觀眾是一個由不同階層成員組成的極其廣泛的群體。王室成員、封建官吏、文人雅士、農夫田女、市井細民、販夫定卒，不論地位高低，也不論文化程度，只要他們觀賞戲曲，便都包括在觀眾的範圍之內。從本質上說，中國戲曲來自民間，是從人民生活的土壤裏孕育、生長起來的。與此相聯繫，中國戲曲觀眾也就具備了民間性的特點。民間觀眾，主要是農民、市民，也包括中小地主和下層知識份子。他們構成中國戲曲觀眾的主體。」語見趙山林：《中國戲曲觀眾學》，頁2。

　　《閒情偶寄》中，並沒有專章探討觀眾，提及類似「觀眾」的說法散見全書。李漁有沒有觀眾理論的成立？如何證實呢？

　　潘丹芬、高源兩位所持的看法相似〔註80〕，認為《閒情偶寄》談編劇理論設有〈詞曲部〉，談導演、演員的演出創作，就寫〈演習部〉與〈聲容部〉兩部來論證劇場搬演實務，而觀眾理論就是《閒情偶寄》的一書的寫作之目的。李漁寫作《閒情偶寄》的目的，就是現身說法，將自己的創作經驗總結出來傳給後人，所以可視為戲曲創作批評的理論書籍。假設讀者閱讀此書（《閒情偶寄》）後，在劇場觀賞時，成為一個優秀的觀賞者，等到演出結束後，又是一名懂得評論戲劇之道的批評者，完成了整個劇場系統的內外交流觀念。「劇場內外交流」一詞源於德國「劇場藝術學」的提出，不過我們毋須依據西方的學說來見證李漁的觀眾學成立，以下先就李漁對「觀眾真實的訴求」的概念加以釐清。

二、觀眾真實的訴求

　　觀眾是劇場最後一個元素，沒有觀眾就沒有劇場〔註81〕，且劇場的創作演出，要引起觀眾的興趣。在戲劇中，劇本透過舞台的表演呈現，才算是真正的戲劇活動，而觀眾的特質就是他們來自一群人的集團，因為觀看演出的一致傾向，變成為特殊集合的群眾，這也是《閒情偶寄》一直沒有正面說明白的。

　　觀眾透過觀看演出產生了想像的真實，而這想像真實來自劇場演出的幻覺真實。也因此李漁提出「觀場之事，宜晦不宜明。〔註82〕」的劇場演出前提，在前二節提及「演員真實」的建立，其優劣決定標準則是演員於身體行動表演，也就是演員製造舞台幻覺真實能不能符合觀眾想像真實。在此同時，其認為觀眾不必太拘泥於真（歷史真實），如他在〈曲部誓詞〉特別強調「余生平所著傳奇，皆屬寓言，其事絕無所指。恐觀者不諒，謬謂寓譏刺其中，故作此詞以自誓。〔註83〕」因為有些觀眾認為觀看《琵琶記》後，便會產生

〔註80〕潘丹芬、高源兩位皆採「李漁觀眾理論是觀眾論與創作論的合流。」以及「觀眾論是創作論的基礎，創作論是觀眾論的目的。」等觀點，請自行參見潘丹芬：〈試論李漁的觀眾理論〉，湖南師範大學，碩士論文，2007年。高源：〈李漁的整體戲劇觀念及其理論研究〉，山東大學，博士論文，2008年。

〔註81〕布羅凱特（Oscar G. Brockett）說：「劇場只有演員面對觀眾表演的時刻才真正存在。」胡耀恆譯、奧斯卡·布羅凱特著：《世界戲劇藝術欣賞》（*History of the Theatre*），頁25。

〔註82〕李漁：《閒情偶寄》，見《李漁全集》，卷11，頁70。

〔註83〕李漁：《笠翁一家言文集》，見《李漁全集》，卷1，頁130。

「琵琶王四」的謬見，語出

> 《琵琶》一書，爲譏王四而設。因其不孝於親，故加以入贅豪門，致親餓死之事。何以知之？因琵琶二字，有四王字冒於其上，則其寓意可知也。〔註84〕

觀眾這種拘泥的看法是錯誤。因爲「琵琶」是作者高則誠作爲道具虛設的，並非是因「琵琶」上有四個王，就是「爲譏王四而設」的。再者，如劇中的蔡伯喈並非歷史上那個眞正的有名有姓的蔡伯喈，劇作中的創作眞實，非歷史眞實，二人僅僅是有同名之巧合，絕對是完全兩樣的兩個人。爲此李漁特別強調「幻設一事，即有一事之偶同；喬命一名，即有一名之巧合。〔註85〕」劇作家透過劇本所創作出來的一切人物、情節都並不一定是歷史上曾經眞實發生過的，因此，觀眾必須明白戲劇藝術眞實來源於生活，但劇本中所創作出來的戲劇眞實並不等於生活眞實，也不等於歷史眞實。李漁在生活眞實或歷史眞實中，尋找素材，進行戲劇想像的創作，但認爲觀眾必須有「審辯虛實」的能力，其言道

> 凡閱傳奇而必考其事從何來、人居何地者，皆說夢之癡人，可以不答者也。然作者秉筆，又不宜盡作是觀。若紀目前之事，無所考究，則非特事蹟可以幻生，並其人之姓名亦可以憑空捏造，是謂虛則虛到底也。若用往事爲題，以一古人出名，則滿場腳色皆用古人，捏一姓名不得；其人所行之事，又必本於載籍，班班可考，創一事實不得。非用古人姓字爲難，使與滿場腳色同時共事之爲難也；非查古人事實爲難，使與本等情由貫串合一之爲難也。予即謂傳奇無實，大半寓言，何以又雲姓名事實必須有本？要知古人塡古事易，今人塡古事難。古人塡古事，猶之今人塡今事，非其不慮不考，無可考也。傳至於今，則其人其事，觀者爛熟於胸中，欺之不得，罔之不能，所以必求可據，是謂實則實到底也。若用一二古人作主，因無陪客，幻設姓名以代之，則虛不似虛，實不成實，詞家之醜態也，切忌犯之。〔註86〕

無論是劇本創作的閱讀者，抑或演出創作時的觀看者，這兩種觀者必須認清

〔註84〕 李漁：《閒情偶寄》，見《李漁全集》，卷11，頁6。
〔註85〕 李漁：《笠翁一家言文集》，見《李漁全集》，卷1，頁130。
〔註86〕 李漁：《閒情偶寄》，見《李漁全集》，卷11，頁16。

劇作是虛構的戲劇創作眞實，不用太拘泥於劇情給予的訊息，或對其現實眞實度的考究。後人郭沫若藉此提出「失事求似」的史劇創作原則，云

> 歷史的研究是力求其眞實而不怕傷乎零碎，愈零碎才愈逼近眞實。
>
> 史劇的創作是注重在構成而務求其完整，愈完整才愈算得是構成。
>
> 史學家是凸面鏡，匯集無數的光線，凝結起來，製造一個實的焦點。
>
> 史劇家是凹面鏡，匯集無數的光線，擴展出去，製造一個虛的焦點。
>
> 古人的心理，史書多缺而不傳，在這史學家擱筆的地方，便須得史劇家來發展。〔註87〕

歷史研究是實事求是，史劇創作是失事求似。史劇注重構成與完整，創造歷史的「虛」的焦點，發展古人的心理和歷史的精神，史劇表現的是歷史精神的眞實。不拘泥於歷史的具體眞實，而追求歷史精神的眞實。在他看來，寫歷史劇並非「爲歷史而歷史」，而主要是向現實發言，抒發作者對現實世界的感受與激情。

三、李漁對觀衆提供的教化娛樂

　　過去研究李漁透過戲劇創作對「觀衆」的作用，大抵不出兩種作用，一爲教化作用，一個是娛樂作用，或是直接合稱爲「寓教育於娛樂」的觀點來進行表述。都是將觀衆做爲一個接受的對象角度來看待。觀衆是如何被「教化」，或去「娛樂」的呢？

　　首先，沒有人會無意步入劇場，進行觀看，觀衆往往帶有各種期待或目的，有意識的進行觀賞，而此刻的觀衆心理是在接受心理準備期待觀看的。不管什麼樣式的戲劇演出，都是有其觀賞娛樂性因素的存在，當然也有說教意味濃厚的作品。人們的心理有一種求新求異的本能，在這種情況下，李漁認爲戲劇題材力求創新，雖說素材是由現實生活而來，但其變化求新，追求創新的奇人奇事是創作不二法門。

　　其次，好奇心，追求對原始性的刺激。然而激情並非煽情，追求的是「尖新」，其認爲

> 纖巧二字，行文之大忌也，處處皆然，而獨不戒於傳奇一種。傳奇
> 之爲道也，愈纖愈密，愈巧愈精。詞人忌在老實，老實二字，即纖

〔註87〕郭沫若：〈歷史・史劇・現實〉，《戲劇月報》，1943年第四期。收入郭沫若著、人民文學編輯部編：《郭沫若全集》，冊19，頁296。

> 巧之仇家敵國也。然纖巧二字，爲文人鄙賤已久，言之似不中聽，
> 易以尖新二字，則似變瑕成瑜。其實尖新即是纖巧，猶之暮四朝三，
> 未嘗稍異。同一話也，以尖新出之，則令人眉揚目展，有如聞所未
> 聞；以老實出之，則令人意懶心灰，有如聽所不必聽。白有尖新之
> 文，文有尖新之句，句有尖新之字，則列之案頭，不觀則已，觀則
> 欲罷不能；奏之場上，不聽則已，聽則求歸不得。尤物足以移人，
> 尖新二字，即文中之尤物也。〔註88〕

觀眾是喜新厭舊的，觀眾看膩了重複的形式，便會換一個形式來看，所以「脫
窠臼」款中提到「人惟求舊，物惟求新。新也者，天下事物之美稱也。而文
章一道，較之他物，尤加倍焉。戛戛乎陳言務去，求新之謂也。〔註89〕」於
「格局第六」提出「予謂文字之新奇，在中藏不在外貌〔註90〕」。便是如此道
理。然而觀眾也具備平凡性，因爲平凡，所以保守，喜歡原始思想，接受原
始情感，形成寓教娛樂的接受心理。所以李漁在追求「創新」的同時，以「戒
諷刺」、「戒荒唐」自律，其云

> 昔人以代木鐸，因愚夫愚婦識字知書者少，勸使爲善，誡使勿惡，
> 其道無由，故設此種文詞，借優人說法，與大眾齊聽。謂善由如此
> 收場，不善者如此結果，使人知所趨避，是藥人壽世之方，救苦弭
> 災之具出。……
>
> 凡作傳奇者，先要滌去此種肺腸，務存忠厚之心，勿爲殘毒之事。
> 以之報恩則可，以之報怨則不可；以之勸善懲惡則可，以之欺善作
> 惡則不可。〔註91〕

可見李漁認爲戲劇創作的教化功能是非常重要的，如果能夠在觀眾寓教娛樂
的接受心理下的情況下，達到「於嬉笑灰諧之處，包含絕大文章；使忠孝節
義之心，得此愈顯。〔註92〕」

　　綜上觀點，觀眾的好奇心與平凡性是觀眾的真實心態，由於心理的壓抑
需要得到宣洩，一切的好奇心、喜新厭舊、激情隨之而來，這時需要的欣賞
娛樂，可見李漁在作品中求新、求奇、求娛樂、求激情的風流者。

〔註88〕李漁：《閒情偶寄》，見《李漁全集》，卷11，頁52。
〔註89〕同上註，頁9。
〔註90〕同上註，頁59。
〔註91〕同上註，頁5～6。
〔註92〕同上註，頁57。

求新者可看：《奈何天》填詞本意待如何？只爲風流劇太多。欲往名山逃口業，<u>先抛頑石砥情波</u>。閨中不作違心夢，世上誰操反目戈？<u>從此紅顏知薄命，鶯鶯合嫁鄭恆哥</u>。〔註93〕；

求奇者可看：《憐香伴》傳奇十部九相思，道是情痴尙未痴。獨有此<u>奇人</u>未傳，特翻情局愧塡詞。〔註94〕、《蜃中樓》二事雖難辨假眞，文章鑿鑿有原因。蜃樓非是憑空造，<u>僅做移樑換柱人</u>。〔註95〕、《巧團圓》亂世天公好弄奇，倏離倏合把人移。昨朝北戶才空阮，今日西家又失施。富產不叫兒去薀，嫁妝偏用賊來催。雖然未必皆稱快，卻有三分俠氣隨！〔註96〕；

求娛樂者可看：《風箏誤》<u>傳奇原爲消愁設</u>，費盡杖頭歌一闋。何事將錢買哭聲，反令變喜成悲咽？惟我塡詞不賣愁，一夫不笑是吾憂。舉世盡稱彌樂佛，度人禿筆始堪投。〔註97〕；求激情風流可看：《意中緣》<u>戲場配合</u>不由天，別有風流掌院。〔註98〕、《玉搔頭》情痴痴到武宗遊，男子癲狂已盡頭；舉世<u>欲翻</u>情字案，須從乖處覓風流。〔註99〕。

亦有透過戲劇的教化功能，達到教誨觀眾的作品，如《比目魚》邇來節義頗荒唐，盡把宣淫罪戲場。<u>思借戲場維節義</u>，繫鈴人授解鈴方。〔註100〕、《凰求鳳》倩誰潛挽世風偷，旋作新詞付小優。欲扮宋儒談理學，先妝晉客演風流。由邪引入周行路，借筏權爲浪蕩舟。莫到詞人無小補，也將弱管<u>助皇猷</u>。〔註101〕、《愼鸞交》讀盡人間兩樣書，風流道學久殊途。風流未必稱端士，道學誰能不腐儒。<u>兼二有</u>，戒雙無，合<u>當串作演連珠</u>。細觀此曲無他善，一字批評妙在都。〔註102〕

第五節　演出場所與演出時間的要求

劇場，是人與人進行戲劇交流的空間，以舞台爲中心的戲劇發生場域，

〔註93〕李漁：《笠翁傳奇十種・下》，見《李漁全集》，卷2，頁102。
〔註94〕李漁：《笠翁傳奇十種・上》，見《李漁全集》，卷2，頁110。
〔註95〕同上註，頁313。
〔註96〕李漁：《笠翁傳奇十種・下》，見《李漁全集》，卷2，頁415。
〔註97〕李漁：《笠翁傳奇十種・上》，見《李漁全集》，卷2，頁203。
〔註98〕同上註，頁321。
〔註99〕李漁：《笠翁傳奇十種・下》，見《李漁全集》，卷2，頁313。
〔註100〕同上註，頁211。
〔註101〕李漁：《笠翁傳奇十種・上》，見《李漁全集》，卷2，頁521。
〔註102〕李漁：《笠翁傳奇十種・下》，見《李漁全集》，卷2，頁528。

它的核心是「觀」與「演」關係的建立。以劇場系統的演出概念，包括了劇本、導演、排練、演員、演出、觀眾、評論等元素的集合，凡是和一個特定的戲劇演出有關的人、情、事、物都包括在內。李漁提出「塡詞之設，專爲登場」，即創作的重心爲「登場」的舞台表演實踐，即視演出眞實爲劇本創作的實踐。

一、演出場所與演出時間

李漁認爲安排一個合理的搬演時間在演出上是極爲重要，而演出時間適合安排在晚上，而不適合在白天。原因是

> 觀場之事，宜晦不宜明。其說有二：優孟衣冠，原非實事，妙在隱隱躍躍之間。若於日間搬弄，則太覺分明，演者難施幻巧，十分音容，止作得五分觀聽，以耳目聲音散而不聚故也。且人無論富貴貧賤，日間盡有當行之事，閒之未免妨工。抵暮登場，則主客心安，無妨時失事之慮，古人秉燭夜遊，正爲此也。〔註103〕

是從演出的實際效果，以及觀眾時間安排來看演出效果。

首先，提出看戲時間適合發生在晚上。劇場幻覺的形成，就是演員演戲，雖非眞事，但妙就妙在「隱隱約約」中，製造出舞台幻覺的戲劇眞實。其二，觀眾的時間觀念：白天，人無論富貴貧賤都有自己該做的事情，不應耽誤工作；只有到了晚上，人們閒暇後才有心思看戲。李漁合兩者，認爲如果白天演出，劇場效果太過明亮，演員表演難以施展「幻巧」之術，就是「舞台幻覺的戲劇眞實」，再加上白天看戲，觀眾的注意力不容易集中，故難以取得良好的演出效果，如果演出發生在晚上，效果可能就不大一樣。以上是李漁對劇場及演出時間的初步認知。

李漁對演出製造「戲劇幻覺」的要求，還可以從實際作品中，找到佐證。戲劇創作如何製造演出場上的環境氛圍？又如何製造舞台上的演出幻覺眞實？以《蜃中樓》的舞台指示來看，一，在〈結蜃〉中指示中寫到

> 預結精工奇巧蜃樓一座，暗置戲房，勿使場上人見，俟場上唱曲放煙時，忽然抬出。全以神速爲主，使觀者驚奇羨巧，莫知何來，廒有當於蜃樓之義，演者萬勿草草。〔註104〕

〔註103〕李漁：《閒情偶寄》，見《李漁全集》，卷11，頁70～71。
〔註104〕李漁：《笠翁傳奇十種・上》，見《李漁全集》，卷2，頁222。

其中，「戲房」指的是舞台後部為演員裝扮、休息之所。「勿使場上人見」就是要觀看演出的人（觀眾）不知道預先設計好的舞台設計，當演出到關鍵處，以「神速」讓觀眾不知「蜃樓」從何而來，產生驚奇讚嘆之感。在〈煮海〉一齣，舞台指示描述「預搭高臺二層：上層扮五色雲端遮住臺面，下層放鍋灶、扇、杓等物。〔註105〕」其中，以「五色雲端遮住臺面」的舞台指示，也是要製造演出場上的環境氛圍，企圖製造「天上」與「人間」的雙重空間意象。對於演出道具的，更是煞費苦心的經營，如〈運寶〉一齣，舞台提示寫著「預備龍宮諸色寶玩，齊列戲房，候臨時取上，務使璀璨陸離，令觀者奪目。〔註106〕」。

從《閒情偶寄》中「衣冠惡習」款，可以看到李漁對演出服裝道具的苦心經營，每齣戲中的角色穿什麼衣服都是有規定的。其認為君子和小人都可以穿青衫和藍衫，但淨、丑則不能穿藍衫。原因只在「夫青衿，乾廷之名器也。以賢愚而論，則為聖人之徒者始得衣之；以貴賤而論，則備縉紳之選者始得衣之。」而在演出的戲服中，女性角色服裝「貴在輕柔」使其達到「易以輕軟之衣，使得隨身環繞，似不容已。」之效果。〔註107〕關於服裝上的紋飾的規範，其云

> 至於衣上所繡之物，止宜兩種，勿及其他。上體鳳鳥，下體雲霞，
> 此為定制。蓋「霓裳羽衣」四字，業有成憲，非若點綴他衣，可以
> 渾施色相者也。予非能創新，但能復古。〔註108〕

李漁認為服裝上不可亂用圖案。方巾、飄巾、紗帽巾、軟翅紗帽等男子頭飾，穿戴亦有其依據。戲服作為演員演出時的輔助工具，具有特殊的意義，特定的服飾有助於表達特定的劇情。

二、演出照明的方法提出

李漁認為演出場地演出時的照明「宜晦不宜明」但如果「歌台色相，稍近模糊」就妨礙觀眾的觀賞。其針對演出照明的講究與要求，提出「剪燈蕊」之法，並提供兩種方法，第一種是他實踐過的方法，云

> 長三四尺之燭剪是已。以鐵為之，務為極細，粗則重而難舉；然舉

〔註105〕李漁：《笠翁傳奇十種・上》，見《李漁全集》，卷2，頁304。

〔註106〕同上註，頁308。

〔註107〕李漁：《閒情偶寄》，見《李漁全集》，卷11，頁103。

〔註108〕同上註，頁103～104。

之有法，說在後幅。有此長剪，則人不必升，燈升不必降，舉手即是，與剔卑燈無異矣。〔註109〕

另外一種沒有試過的「暗線懸燈」方法，

> 暗提線索，用傀儡登場之法是已。法于梁上暗作長縫一條，通於屋後，納掛燈之繩索於中，而以小小輪盤仰承其下，然後懸燈。燈之內柱外幕，分而爲二，外幕系定于梁間，不使上下，內柱之索上跨輪盤。欲剪燈煤，則放內柱之索，使之卑以就人，剪畢複上，自投外幕之中，是外幕高懸不移，儼然以靜待動。同一燈也，而有勞逸之分，勞所當勞，逸所當逸，較之內外俱下，而且有礙手礙腳之繁者，先踞一籌之勝矣。其不明抽以索，而必暗投梁縫之中，且貫通於屋後者，其故何居？欲埋伏抽索之人於屋後，使不露形，但見輪盤一轉，其燈自下，剪畢複上，總無抽拽之形，若有神物廁于梁間者。〔註110〕

這種暗提線索的木偶演戲方法，是爲了避免影響演出的進行提出的。因此，李漁也將操作方法，提供讀者參考。

（一）燈索標號，以利操作

> 每燈一盞，用索一條，以蠟磨光，欲其不澀。梁間一縫，可容數索，但須預編字型大小，系以小牌，使抽者便於識認。剪燈者將及某號，即預放某索以待之，此號方升，彼號即降，觀其術者，如入山陰道中，明知是人非鬼，亦須詫異驚神，鼓掌而觀，又是一番樂事。〔註111〕

（二）繩索於屋中構設之法（梁上鑿縫是不可能的，且此法於造屋之前，與造屋之後，方法有所不同。所以提出了兩種構設之法）

1. 如置此法於造屋之先，則于梁成之後，另鑲薄板二條，空洞其中而蒙蔽其下，然後升梁於柱，以俟燈索，此一法也。

2. 已成之屋，亦如此法，但先置繩索於中，而後周遭以板。〔註112〕

（三）製作長剪的方法與操作（工欲善其事，必先利其器，剪燈蕊的長剪）

〔註109〕李漁：《閒情偶寄》，見《李漁全集》，卷11，頁226。

〔註110〕同上註。

〔註111〕同上註，頁226～227。

〔註112〕同上註，頁227。

1. 制長剪之法，禮屋之高卑以為長短，短者三尺，長者四五尺，直
   其身而曲其上，如烏喙然，總以細巧堅勁為主。

2. 法以右手持剪，左手托之，所托之處，高右手尺許。剪體雖重，
   不過一二斤，只手孤擎則不足，雙手效力則有餘；擎而剪之者一
   手，按之使不動搖者又有一手，其勢雖高，如何應乎？

3. 長剪雖佳，予終惡其體重，倘能以堅木為身，止於近燈煤處用鐵，
   則盡美而又盡善矣。思而未制，存其說以俟解人。〔註113〕

綜上總結，對演出照明的講究與要求，旨在讓觀眾透過觀看而產生想像的真
實，不被外物所干擾。由劇作家創作而成的劇本創作真實，如何成為演員表
演所產生的舞台幻覺真實，非僅是單純的演劇概念，李漁深明此道理，在舞
台上演出時，不想舞台幻覺真實被外力破壞，故對演出場地、演出時間、觀
看照明提出劇場概念的建議與改善之法。

　　《閒情偶寄》各卷所談，不僅彼此連綴，而且每一項議題，又與其他各
卷論及的場上搬演聯繫，互為關聯。李漁對劇場實踐精神具有理論與實務之
道，把劇本創作之外的有關排演、表演、戲曲音樂等演出藝術，稱為「登場
之道」，進行開創性、系統化的理論歸結。

〔註113〕李漁：《閒情偶寄》，見《李漁全集》，卷11，頁227。

第六章　李漁戲曲學：劇本與劇場

　　本章以「李漁戲曲學」的整體概念，全面探討李漁創作與理論實踐。首先架構出李漁對於戲劇（戲曲）創作理論的一張圖譜，從劇本與劇場兩個創作系統，提出劇本的創作真實、劇場的創作真實（導演創作、演員創作、觀者、評論家）等論述。

第一節　全方位的戲劇人——李漁

　　在討論「李漁戲曲學」，必須先對「戲劇」、「戲曲」、「戲劇學」、「戲曲學」、「戲劇戲曲學」等概念加以釐清，否則界定不明產生眾說紛紜的現象。

一、中西方不同語境下的「戲劇」與「戲曲」源頭與概念

　　荷馬時代並無 drama（戲劇）一詞，由西方戲劇源頭來看，可由亞理斯多德對創作的分類，見出 drama 一詞的根源：

> δράμα 是英文 drama 的源頭字根，與 action 是截然不同的術語，已經通行譯為：戲劇。迄廣被應用，但並未表現出它的表演原義。由於西方學者自 Butcher 至 Kassel 等權威，其餘不論矣，無一不將 δρᾶν 視為 πραττεῖν 的同義字，也就是說將這二組做為同一組的概念來處理。〔註1〕

> δράματα，係 δρᾶν 系列，譯為：表演行動事件。它是英文 drama 的字源，今通譯為戲劇，但已失原義。〔註2〕

〔註 1〕王士儀：《亞理斯多德《創作學》譯疏》，頁 43。
〔註 2〕同上註，頁 46。

西方「戲劇」一詞的源頭，由希臘時代，到英文的 drama 有著一番衍義的過程，往往又會與 Theatre（劇場）、Performace（表演）等名詞混用，進而擴大其解釋。「戲劇」一詞正式成爲中國戲劇術語，係直接來自英文的影響，而非希臘文原義，而「戲劇」一詞，在中國史上，首見唐代，有兩個文獻，其一：

杜牧〈西江懷古〉詩

> 上吞巴漢控瀟湘，怒似連山浮鏡光。
>
> 魏帝縫囊眞戲劇，符堅投箠更荒唐。
>
> 千秋釣艇（一作舸）歌明月，萬里沙鷗弄夕陽。
>
> 范蠡清塵何寂寞，好風唯屬往來商。〔註3〕

二爲《太平廣記》記載的杜光庭《仙傳拾遺》

> 張定者，廣陵人也。……與父母往連水省親，至縣，有音樂戲劇，眾皆觀之，定獨不往。父母曰：「此戲甚盛，親表皆去，汝何獨不看耶？」對曰：「恐尊長要看，兒不得去。」父母欲往，定曰：「此又青州大設，亦可看也。」即提一水瓶，可受二斗以來，空中無物，置於庭中。禹步遶三二匝，乃傾於庭院內。見人無數，皆長六七寸，官僚將吏，士女看人，喧闐滿庭。即見無比設廳戲場，局筵隊仗，音樂百戲，樓閣車棚，無不精審。如此宴設一日，父母與看之。至夕，復側瓶於庭，人物車馬，千群萬隊，邐迤俱入瓶內，父母取瓶視之，亦復無一物。〔註4〕

從上述的第兩條資料，可見戲劇一詞，具有表演的義涵。然而「戲曲」一詞，可溯源到宋末元初人劉壎的《水雲村稿》，其中〈詞人吳用章傳〉言及：「至咸淳，永嘉戲曲出，潑少年化之，而後淫哇盛、正音歇。〔註5〕」隨後《青樓集》〔註6〕、《南村輟耕錄》〔註7〕書中，皆出現「戲曲」一詞。季國平、胡明

〔註3〕唐・杜牧〈西江懷古〉見《全唐詩》卷五二二杜牧三，頁5964。

〔註4〕引《太平廣記》卷七十四〈張定〉條云，頁464～465。

〔註5〕劉壎：《水雲村稿十五卷》，見卷四。收入《四庫全書珍本四集》，冊289，頁5。

〔註6〕在龍樓景、丹墀秀傳中提及「戲曲」一詞，云「皆金門高之女也，具有姿色，專工南戲。龍則梁塵暗簌，丹則驪珠婉轉。後有芙蓉秀者，婺州人，戲曲、小令不在二美之下，且能雜劇，尤爲出類拔萃云。」。

〔註7〕原文見卷二十五「院本名目」條，云「唐有傳奇，宋有戲曲、唱諢、詞說，金有院本、雜劇、諸宮調。」又卷二十七「雜劇曲目」條，云「稗官廢而傳奇作，傳奇作而戲曲繼。金季國初，樂府猶宋詞之流，傳奇猶宋戲曲之變，世傳謂之雜劇。」

偉的考證，將劉壎、夏庭芝、陶宗儀所說的戲曲，都認定爲南戲〔註8〕。然李漁提及「戲曲」一詞，並未爲其下定義。直到王國維《宋元戲曲史》才將「戲劇」、「戲曲」一詞做出定義。

王國維對戲劇所下的定義：

> 後代之戲劇，必合言語、動作、歌唱，以演一故事，而後戲劇之意義始全。故眞戲劇必與戲曲相表裡。〔註9〕

眞戲劇的概念與起源：

> 唐代僅有歌舞劇及滑稽劇，至宋金二代，而始有純粹演故事之劇；故雖謂眞正之戲劇起於宋代，無不可也。〔註10〕

戲曲的定義：

> 戲曲者，謂以歌舞演故事也。〔註11〕

葉長海認爲「王國維筆下的戲劇是一個表演藝術概念，而戲曲則是一個文學概念，這是兩個並列的概念。〔註12〕」直至今人，對於「戲劇」、「戲曲」的概念也有廣義、狹義之分，其定義及使用元素更是眾說紛紜。以下提供幾個說法：

（一）西方語境下「戲劇」的定義

1. 布蘭德・馬修斯（Brander Matthews）的「戲劇」定義（1903）

> 因爲戲劇是意圖由演員在劇場中當著觀眾的面前表演的，一個戲劇家創作時，總是把演員、演出場地和觀眾記在心裡。

> As a drama is intended to be performed by actors, in a theatre, and before an audience, the dramatist, as he composes, must always bear in mind the players, the playhouse, and the playgoers. 〔註13〕

2. 漢彌爾頓（Clayton Hamilton）的「戲劇」定義（1939）

> 一部戲劇，是設計由演員在舞台上，當著觀眾表演的一個故事。

〔註8〕參見季國平〈戲曲札記二則〉與胡明偉《中國早期戲劇觀念研究》，頁 13。
〔註9〕王國維：《宋元戲曲史》，《王國維戲曲論文集》，頁 43。
〔註10〕同上註，頁 80。
〔註11〕同上註，頁 233。
〔註12〕葉長海：《曲律與曲學》，頁 183。
〔註13〕原文出處 Brander Matthews, *The Development of the Drama*, New York：Scribner's, 1903. 中文出處引自姚一葦：《戲劇原理》，頁 20、211。

A play is story devised to be presented by actors on a stage before an audience. 〔註14〕

（二）中國文學語境下「戲劇」的定義

1. 歐陽予倩〈怎樣才是戲劇〉（1957）提出「戲劇必須具備的六個條件」：

    （1）要有一個人以上的人物，要有完整的故事，有矛盾衝突，能說明人與人的關係。

    （2）用人來表演——通過貫串的動作和語言（包括朗誦歌唱對話）。

    （3）在一定的地方、一定的時間內演給觀眾看。

    （4）戲劇是根據以上三項條件在舞台上表演的集體藝術。

    （5）戲劇是綜合藝術（戲劇藝術剛一形成就是帶綜合性的，由簡單趨於複雜）。

    （6）戲劇是可以保留下來反覆演出的。〔註15〕

在文中，他認爲「中國戲劇產生的年代是比較晚出的，到宋朝的雜劇和南戲，戲劇才有比較完整的形式。〔註16〕」

2. 《中國大百科全書·戲劇卷》（1989）的「戲劇」條，譚霈生云

    在現代中國，「戲劇」一詞有兩種涵義：狹義專指以古希臘悲劇和喜劇爲開端，在歐洲各國發展起來繼而在世界廣泛流行的舞台演出形式，英文爲 drama，中國又稱之爲「話劇」；廣義還包括東方一些國家、民族的傳統舞台演出形式，諸如中國的戲曲、日本的歌舞伎、印度的古典戲劇、朝鮮的唱劇等等。〔註17〕

3. 張燕瑾《中國戲曲史論集》（1995）認為

    什麼是戲劇，簡言之，戲劇是演員以代言體表演故事。……戲劇包括很多種類，如話劇、歌劇、舞劇等。戲曲只是戲劇的一種，它是演員以故事當事人的身分，通過唱念做打進行表演，融會了文學、

〔註14〕原文出處 Clayton Hamilton, *The Theroy of the Theatre, and Other Principles of Dramatic Criticism.* New York：Holt, 1939, p.3. 中文出處引自姚一葦：《戲劇原理》，頁 15、211。

〔註15〕歐陽予倩：〈怎樣才是戲劇〉，頁 197～199。

〔註16〕同上註，頁 198。

〔註17〕中國大百科全書總編輯委員會《戲劇》編輯委員會：《中國大百科全書·戲劇卷》，頁 3。

美術、音樂、舞蹈等多種藝術因素的綜合藝術，是這些藝術因素的有機統一和綜合運用。……但全劇必須有念有唱，有唱無白即成「歌劇」，有白無唱則爲話劇，只舞而無一句念唱的我們稱之爲舞劇。因此，戲曲雖然包括了諸多藝術因素，但衡量其是否形成的核心要素，卻只有兩個，即：故事和代言體。〔註18〕

（三）中國文學語境下「戲曲」的定義

1. 《中國大百科全書·戲曲曲藝卷》（1983）的「戲曲」條，張庚云

   中國的傳統戲劇有一個獨特的稱謂：「戲曲」。歷史上首先使用戲曲這個名詞的是元代的陶宗儀，他在《南村輟耕錄·院本名目》中寫道：「唐有傳奇，宋有戲曲、唱諢、詞說，金有院本、雜劇、諸宮調。」但這裡所說的戲曲是專指元雜劇產生以前的宋雜劇。從近代王國維開始，才把「戲曲」用來作爲包括宋元南戲、元明雜劇、明清傳奇，以至近世的京劇和所有地方戲在內的中國傳統戲劇文化的通稱。〔註19〕

2. 《中國曲學大辭典》（1997）對「戲曲」的解釋爲

   戲曲有兩種意義。其一是文學概念，指的是戲中之曲，這是一種韻文樣式，又稱「劇曲」。後人亦用來專指中國傳統戲劇劇本，這是一種綜合運用曲詞、念白和科介等表現手法展開故事情節和塑造人物形象的文學體裁。其二是藝術概念，指的是中國的傳統戲劇，這是一種包含文學、音樂、舞蹈、美術、雜技等各種因素而以歌舞爲主要表現手段的總體性的演出藝術。這兩種意義有內在的聯繫，這種聯繫在概念的發展變化歷史中形成。〔註20〕

（四）中國文學語境下「戲劇」、「戲曲」的定義

1. 楊世祥《中國戲曲簡史》（1989）云

   不論是原始的、簡單的戲劇，或是成熟的、複雜的戲劇，其基本特徵都可以概括爲：由演員裝扮人物，在一定場合當眾作故事表演，通過塑造舞台藝術形象來表達思想感情、感染觀眾。……戲曲的涵

〔註18〕張燕瑾：《中國戲曲史論集》，頁3～4。
〔註19〕中國大百科全書總編輯委員會《戲曲·曲藝》編輯委員會：《中國大百科全書·戲曲曲藝卷》，頁1。
〔註20〕齊森華、陳多、葉長海主編：《中國曲學大辭典》，頁3。

義，除了具備戲劇基本特徵之外，還在於它是演員綜合歌唱、動作、
念白、舞蹈（即通常所說的唱、做、念、舞或打）等各種藝術手段
以扮演人物和故事的一種歌舞劇型的戲劇藝術。〔註21〕

2. 曾永義在《詩歌與戲曲》〔註22〕、《論說戲曲》〔註23〕、《戲曲源流新
論》〔註24〕等書中，對「戲劇」、「戲曲」、「大戲」、「小戲」的多重辯
證，其云

中國古典戲劇是在搬演故事，以詩歌爲本質，密切融合音樂和舞蹈，
加上雜技，而以講唱文學的敘述方式，通過俳優妝扮，運用代言體，
在狹隘的劇場上所表現出來的綜合文學和藝術。可見「綜合文學和
藝術」的「大戲」是由故事、詩歌、音樂、舞蹈、雜技、講唱文學
敘述方式、俳優妝扮、代言體、狹隘劇場等九個因素構成的。如果
將「小戲」看作「戲曲」的雛型，那麼「大戲」就是戲曲藝術完成
的形式。〔註25〕

整體觀之，對於「戲劇」、「戲曲」的定義與使用元素，眾說紛紜，但他們有
一個共通的特徵，即「演出意識」的成立，也就是無論「戲劇」抑或「戲曲」
它們必須通過演出的形式才能成立。正如李漁在《閒情偶寄》兩處提及「戲
曲」一詞的概念，「音律第三」云：

此戲曲不能盡佳，有爲數折可取而罣帶全篇，一曲可取而罣帶全折，
使瓦缶與金石齊鳴者，職是故也。〔註26〕

再者，「習技第四」中「絲竹」款提及

近日教習家，其於聲音之道，能不大謬于宮商者，首推弦索，時典
次之，戲曲又次之。予向有場內無文，場上無曲之說，非過論也。

〔註27〕

上述兩點，李漁是在音樂的概念上看待「戲曲」；然「戲劇」一詞，李漁從未
提及（在《閒情偶寄》及《笠翁十種曲》中），往往多以「劇」一字帶過。但

〔註21〕 楊世祥：《中國戲曲簡史》，頁1～2。
〔註22〕 〈中國古典戲劇的形成〉一文，見曾永義《詩歌與戲曲》一書。
〔註23〕 〈論説「戲曲劇種」〉一文，見曾永義：《論説戲曲》一書。
〔註24〕 〈也談戲曲的淵源、形成與發展〉一文，見曾永義《戲曲源流新論》一書。
〔註25〕 此段引文以〈中國古典戲劇的形成〉一文所下的定義較爲完整，故摘錄之，
　　　　全文見曾永義：《詩歌與戲曲》，頁79～113。
〔註26〕 李漁：《閒情偶寄》，見《李漁全集》，卷11，頁17。
〔註27〕 同上註，頁148。

不能就此即認定李漁無「戲劇」的概念，只是用的詞彙不同，而非無「戲劇」的「演出意識」概念。

二、「戲劇學」、「戲曲學」、「戲劇戲曲學」的研究

從學科的建立、學理研究概念，「戲劇」及「戲曲」走向體系化的研究，產生「戲劇學」、「戲曲學」兩個學門的成立、分化，近年來中國大陸又將其合流為「戲劇戲曲學」。

（一）從西方到中國的「戲劇學」成立與研究範疇

在施旭生《戲劇藝術原理》一書中，提出西方現代戲劇學的建立，云

> 作為一種現代學科形態的戲劇學最初興起於 19 世紀末 20 世紀初。德國學者羅伯特・普羅爾斯（Robert Proelless）在〈關於戲劇學的問答〉（1899 年）一文中首次提出「戲劇學」的概念。德國學者邁克斯・赫爾曼（Max Hermann）1902 年發表《劇場藝術論》，在他的指導下，並於同一年成立了戲劇史學會，隨後他又主編戲劇史研究叢書 40 種，並撰寫其中的一卷《德國中世紀・文藝復興時期戲劇史研究》（1914 年）。在這部著作中，他明確地把作為劇場藝術的戲劇從戲劇文學中獨立出來，認為戲劇史不是文學史，而是舞台藝術史。雨果・廷格（Hugo Dinger）在《作為科學的戲劇學》（1904 年）一書中主要用美學的方法闡述戲劇學體系，主張建立一種相對獨立的、自律的戲劇學；卡爾・哈蓋曼（Carl Hagemann）的《舞台導演論》（1916 年）及《近代舞台藝術》（1912 年）則側重於從導演來研究作為綜合藝術的戲劇；稍後的尤利烏思・巴布（Julius Bab）在他的《戲劇社會學》（1931 年）一書中援用民俗學、文化人類學的成果，把戲劇作為一種社會文化現象從整體上加以研究。
> 〔註28〕

隨後歐美各國紛紛成立戲劇學的研究與教學，而戲劇學由劇本研究走向劇場研究，施旭生認為

> 在其前學科階段更多的是以劇本為出發點的「戲劇學」（Dramaturgic），那麼，現代戲劇學則主要屬於一種以劇場和舞台為出發點的「戲劇學」（Theaterwissenschaft，按即劇場學）；前者從詩學、美學、藝術

〔註28〕施旭生：《戲劇藝術原理》，頁 172～173。

學的角度來構造學科體系而被稱爲「自上而下」的戲劇學，後者則是從具體的劇本創作、表導演等實踐經驗出發來探討戲劇藝術的一般原理的，因而被稱爲「自下而上」的戲劇學。這兩者的分別，也就帶來了戲劇學的學科對象、研究方法等方面的差異，以至於從關注劇本到強調導演和劇場，從經驗描述到學術思辨，從作爲詩學的一部分到成爲一個相對獨立的學科，戲劇學至今到西方各國仍處於不斷的建構當中。〔註29〕

葉長海《中國戲劇學史稿》緒論提出

戲劇學是一門新興的學科，它的獨立是從 20 世紀初開始的。戲劇學以戲劇爲研究對象。戲劇的核心則由三個因素所構成，那便是演員、劇本（或劇作者）和觀眾；導演、舞台監督等制度的建立，主要就是爲了調整這三者之間的關係。因而，戲劇學的研究對象首先是演員、劇本和觀眾三位一體的戲劇。在這個戲劇核心的周圍，還包容著許多因素，如舞台美術、劇場建築、劇場管理和演劇評論等。這一切構成了戲劇的另一因素——劇場，有人把劇場看作是戲劇的第四個要素。在這些要素之外，戲劇爲了自身的生存，還同政治、經濟、宗教、科學、教育、娛樂等各種文化體系發生聯繫。在研究戲劇時，亦要注意對這些有關部門的觀察和研究，尤其要注意研究戲劇與這些部門之間的關係。因而，在戲劇研究的發展過程中，歷史的形成了狹義的和廣義的兩種戲劇學。如果把研究對象嚴格限制於戲劇藝術本身（包括劇本和劇場演出），可以稱之爲狹義的戲劇學。廣義的戲劇學則大體可以包括戲劇社會學、戲劇哲學、戲劇心理學、戲劇技法學、戲劇形態學、劇場管理學、戲劇文獻學、戲劇教育學及戲劇史學等許多門類，可以把戲劇本身及與戲劇有關的一切問題都納入研究範圍。〔註30〕

葉長海《曲學與戲劇學》一書，以西方戲劇學由戲劇文學的研究主體轉向至戲劇劇場的面向提出看法。其云

由於戲劇研究的視野不斷變化，因而歷史的形成以劇本藝術爲基本出發點的「戲劇學」（德文字源 Dramaturgie）和以劇場藝術爲基本

〔註29〕施旭生：《戲劇藝術原理》，頁 174。
〔註30〕葉長海：《中國戲劇學史稿》，頁 1。

出發點的「戲劇學」（德文字源 Theaterwissenschaft）。越來越多的戲
劇學家選擇了後者。〔註31〕

綜上而論，「戲劇學」是以「戲劇」作爲研究對象的學科門類，而戲劇本身又
是融合其他六大藝術（文學、音樂、舞蹈、繪畫、雕塑、建築）的藝術，是
透過演員在特定的地點（劇場），在觀眾面前直接表演的表演藝術。因此，「戲
劇學」除過去的文學性外，更兼具劇場性。文學性來自於劇本創作，也就是
劇作家的戲劇文學，而劇場性則包括導演、演員、劇場與觀眾等要素，將兩
者進行整體研究，這是屬於狹義的戲劇學研究範疇。而廣義的戲劇學，則是
將研究範疇拓展到戲劇自身以及發展的歷史、時代、社會現狀、與未來發展
趨勢的一切議題，甚至是跨學科的研究，如戲劇哲學、戲劇美學、戲劇社會
學、戲劇心理學、戲劇人類學……等。

（二）「戲曲學」的成立與研究範疇

「戲曲學」作爲一個獨立的學科，以中國戲曲研究爲對象，是在 20 世紀
逐步發展起來的。在《中國戲曲學概論》一書中明確指出

> 戲曲學可以分爲廣義和狹義兩個概念範疇。
>
> 廣義戲曲學是指凡是與戲曲有關係的學問，包括戲曲史、戲曲理論
> 等所有學問。可以把它分爲幾類，有戲曲史類的《中國戲曲通史》
> 和各種專史如《戲曲表演史》、《戲曲音樂史》等，有戲曲理論中的
> 基礎理論如《中國戲曲通論》、《戲曲學概論》等，應用理論如《戲
> 曲導演技法》、《戲曲角色創造》等和技術理論如《戲曲把子功》、《京
> 胡演奏技法》等，還有戲曲美學以及交叉學科如戲曲經濟學、戲曲
> 民俗學、戲曲心理學及戲曲影視學等和邊緣學科如戲曲演員嗓音訓
> 練與聲帶保健等。
>
> 狹義戲曲學是指對戲曲文化及戲曲藝術本體進行整體綜合研究的學
> 科。戲曲藝術本體就是指戲曲的核心主體部分，即編劇、導演、表
> 演、音樂和舞美等。〔註32〕

在此定義下，中國大陸的「戲曲學」研究，在 20 世紀 80 年代正式進入學科
分類的大學教學。在西方「戲劇學」的影響下，20 世紀初，王國維對《曲錄》

〔註31〕葉長海：《曲學與戲劇學》，頁 10。
〔註32〕朱文相：《中國戲曲學概論》，頁 2。

（1908 年）的整理；1909 年，發表〈戲曲考原〉一文；《優語錄》、《唐宋大曲考》、《錄鬼簿校注》，以及《宋元戲曲考》（後更名爲《宋元戲曲史》）的著作，便將中國戲劇（戲曲）帶入學術研究領域。20 年代，大學才開始設置戲曲課程，如吳梅（1884～1939）先後在北京大學、中山大學、中央大學、金陵大學開設戲曲理論課，其弟子盧前（盧冀野，1905～1951）也在大學講授戲曲課程。到了 50 年代，中國大陸在高等戲劇教育的學制上進行「戲劇學」、「戲曲學」的分科建立〔註33〕。周華斌云

> 半個世紀以來，在大學和研究機構裡，戲劇、戲曲的研究人員分屬兩個領域：一個是文科領域，即「中國古代文學」（古代戲曲）和「中國現當代文學」（近現代話劇）；一個是藝術學領域，即「戲劇戲曲學」。
>
> 戲劇歸屬於文科是傳統「國學」、「曲學」之慣例。在文科領域裡，相關課程和研究主要遵循王國維和吳梅等前輩的路子，重在提高文學修養，側重於戲劇的文本研究和文學性研究。文科專業不培養編導和演藝人員，因此與舞台演出關聯不大。實際上，正如前文所述，戲劇與文學的區別，是 20 世紀初西方戲劇學者們討論和解決過的問題。嚴格意義上的戲劇學，理應歸屬於藝術學科，重在對戲劇本體和藝術形態的研究──其中包括文本、劇本。

從上述的論點來看，從「戲劇學」衍生的「戲曲學」似乎成了定論。其實不然，到了 90 年代（1997），中國大陸教育部門正式提出「戲劇戲曲學」的學位專業授予，由此開始出現爭議文章或討論（如沈達人、廖奔的文章），直到 2004 年 8 月 29 日，由上海戲劇學院戲劇戲曲學研究中心主辦的「戲劇戲曲學發展戰略研討會」集中地討論與辨證。

（三）「戲劇戲曲學」的成立與研究範疇

根據中國大陸國務院學位委員會學科評議組 1997 年頒佈的《授予博士、碩士學位和培養研究生的學科、專業目錄》〔註34〕中，將第五類文學底下分

〔註33〕高等戲劇教育的建立，見周華斌：《中國戲劇史論考》，頁 3。

〔註34〕《授予博士、碩士學位和培養研究生的學科、專業目錄》在 1990 年 10 月由中國大陸國務院學位委員會和國家教育委員會聯合下頒布，其修訂的主要原則是：科學、規範、拓寬；修訂的目標是：逐步規範和理順一級學科，拓寬和調整二級學科。本論文引用的 1997 年版，就是在此基礎上修訂的，全文請參見 http://www.moe.edu.cn/edoas/website18/46/info12846.htm

成 4 個一級學科，29 種學科、專業，而「戲劇戲曲學」則隸屬於「藝術學」
下的二級學科。然「戲劇戲曲學」的學科範疇，可由《授予博士碩士學位和
培養研究生的學科專業簡介》一書查得〔註35〕。

　　從「戲曲學」的設立，到「戲劇戲曲學」的發展，都是環繞在「中國戲
劇」一詞的概念去闡述與發展的，如沈達人、廖奔、周湘魯、王依民、陳多、
賀壽昌、丁揚忠、鄭傳寅、周企旭、余言、苗懷明等人的研究〔註 36〕。周華
斌在「戲劇戲曲學書系」總序云

> 「戲劇學」統稱「戲劇戲曲學」——「戲劇」與「戲曲」並稱，顯
> 然考慮到了話劇（西方式現當代戲劇形態）與戲曲（傳統的民族化
> 戲劇形態）並存發展的客觀情況。實際上，話劇、戲曲以及歌劇、
> 舞劇、木偶劇、皮影戲等均屬於戲劇範疇，雖然形態上有較大差異，
> 卻遵循同樣的戲劇規律。〔註37〕

董建在呂效平《戲曲本質論》序言談到戲劇是一個大概念，戲曲是一個小概
念，兩者並不能並列〔註 38〕；陳多認爲「戲曲學」是被「戲劇學」所涵蓋的
戲曲〔註39〕；廖奔亦認爲：「戲劇戲曲學」學科的概念是不規範的，其中「戲
劇」包括「戲曲」，大概念與小概念並列了〔註40〕；周企旭認爲「戲曲學」源
自「戲劇學」，認爲

> 「戲曲學」作爲一個相對獨立的學科，源自 20 世紀初德國興起的「戲
> 劇學」。從分類學視角看學科分類及其種屬關係，「戲曲學」應歸屬
> 於「戲劇學」的一個分支學科或子學科。當前國內使用的「戲劇戲
> 曲學」一語，實際上包含著「戲劇學」和「戲曲學」兩個既有聯繫

〔註35〕 該書由國務院學位委員會辦公室和教育部研究生工作辦公室編，由高等教育
　　　　出版社 1999 年 4 月出版。

〔註36〕 資料來源計有，沈達人〈20 世紀戲曲學斷想〉；廖奔〈20 世紀中國戲劇學的
　　　　建構〉，《文藝研究》；周湘魯、王依民〈首屆戲劇戲曲學學科建設研討會在廈
　　　　門大學召開〉；陳多〈由看不懂「戲劇戲曲學」說起〉；賀壽昌〈戲劇戲曲學
　　　　發展戰略構想〉；丁揚忠〈戲劇戲曲學學科建設之我見〉；廖奔〈縱觀戲劇戲
　　　　曲學學科發展〉；鄭傳寅：〈西學、國學與 20 世紀的戲曲學〉；周企旭〈戲曲
　　　　學視野的「劇種」與「聲腔」〉；余言：〈從「戲劇戲曲學」說起〉；苗懷明：〈吳
　　　　梅進北大與戲曲研究學科的建立〉。

〔註37〕 周華斌：《中國戲劇史論考》，頁 4。

〔註38〕 董建序言，見呂效平：《戲曲本質論》，序。

〔註39〕 陳多：〈由看不懂「戲劇戲曲學」說起〉，《戲劇藝術》，2004 年，第 4 期，頁 13。

〔註40〕 廖奔：〈縱觀戲劇戲曲學學科發展〉，《戲曲藝術》，2005 年，第 4 期，頁 35。

又有區別的概念。即「戲劇學」涵蓋「戲曲學」,「戲曲學」從屬於「戲劇學」,兩個概念即物件範圍大小不同的兩級學科。〔註41〕

綜上論述,「戲劇」、「戲曲」一詞由於定義與界定上各自擁有狹義與廣義的界定,在加上「戲劇」又有西方與中國的實質內涵差距,才導致「戲劇學」、「戲曲學」在種屬之間產生上下的關係,就廣泛的「戲劇」涵義,當然包括「戲曲」,但如果將「戲劇」的狹義界定,便不涵蓋「戲曲」的本質。換言之,就西方語境的「戲劇」並不涵蓋「中國戲劇」、「戲曲」的創作本質,如果一味將西方語境界定下的「戲劇」、「戲劇學」認定就涵蓋了「中國戲劇」、「戲曲」,這一學門的建立是不夠周全的。在中國戲劇的自身發展過程,借鏡西方的學科分類,更需要加以釐清中西語境下的「戲劇」、「戲劇學」本質,而非以「戲劇戲曲學」一詞,便認為與西方的「戲劇學」接軌。

「戲劇戲曲學」的提出是有效的將中國的戲劇與戲曲發展概念整體涵蓋,並非是「戲劇學」+「戲曲學」=「戲劇戲曲學」的概念,而是從本質上進行釐清。根源於下:

1. 「戲劇」、「戲劇學」是由西方語境而成,中國的戲劇文化介入後,必定擴大其實質涵義,而非單單意指以「話劇」為研究對象的「戲劇」研究以及「戲劇學」門類發展。我們使用西方「戲劇」、「戲劇學」其實它並非全球（全人類）戲劇共用的概念,五大洲的戲劇樣式與演出形態並非其定義上就涵蓋全面。所以產生符合中國的「戲劇」、「戲劇學」名詞、定義的界說,非西方語境下的定義與種屬文類劃分是格外重要的。

2. 「戲曲」、「戲曲學」是由中國戲劇自身發展的元素而成,其實質涵義,與西方的「戲劇」概念本屬不同,無需削足適履的附和,更不是依附在西方語境「戲劇」、「戲劇學」下的「屬」產物。就像 Opera〔註42〕一詞是否真能涵蓋「戲曲」一詞,那我們在跟西方介紹戲曲時,是譯為「Chinese drama」、「Chinese opera」、抑或是譯為「Chinese drama and opera」恰當,或者是新創詞彙,成立「戲曲」的專用外文。

〔註41〕周企旭:〈戲曲學視野的「劇種」與「聲腔」〉,《當代戲劇》,2007 年,第 5 期,頁 14。

〔註42〕Opera,中譯為歌劇,簡單來說演出是完全以歌唱和音樂來交代和表達劇情的表演藝術,換言之就是主唱不說的戲劇活動。

3. 提出合於自身發展與研究條件的學門，雖說「戲劇戲曲學」是複合名詞，但它也強調了中國戲劇的發展，從古代的戲劇、戲曲發展趨勢，到 19 世紀後葉與西方戲劇接軌，所吸收融合的新戲劇、戲曲發展模式，形成新的研究對象物與研究方法。

「戲劇戲曲學」是將中國從古迄今的表演藝術活動皆納入對象研究的一門學科，由古代、先秦以降、秦漢隋唐宋元明清歷代的戲劇戲曲表演活動、著作、史料、理論，乃是於到清末民國以來的學者（如王國維、吳梅、任中敏、孫楷第、錢南揚、趙景深、盧前、王季思、張庚……等），涵蓋史、理論、作品等多元的研究。因此，「戲劇戲曲學」作爲一個相對獨立的「藝術」分支學科和研究的角度是必須的。基於以上對於「戲劇」、「戲曲」的了解，和對於前賢在「中國戲劇戲曲」上的研究成果，以及對於「戲劇戲曲學」研究目前尚存在的根本問題，「戲劇戲曲學」實有進一步界定和研究的必要性。筆者以爲戲劇戲曲學是全人類舞台表演的研究。屬藝術學的一個分支。以表演藝術創作規律爲研究對象，其媒介物有劇作者、導演、演出者、觀者（閱讀者及觀眾）、評論者，透過文學創作、劇場創作、史料文獻、理論等產物，作爲研究課題。按照傳統的分類法，戲劇戲曲學分爲三個部分，即戲劇戲曲理論、戲劇戲曲史及戲劇戲曲評論。將研究對象嚴格限制於本身，稱爲狹義的戲劇戲曲學。進一步與藝術學的其他分支以及其他學科進行現象及傳播的聯繫，則視爲廣義的戲劇戲曲學。其突破傳統分類法的框架，出現一些新的分科，如戲劇戲曲人類學、戲劇戲曲社會學、戲劇戲曲心理學……等，這些新分支的出現，表明戲劇戲曲學與其他學科相結合的發展趨向，在運用各學科的訊息論、方法論、系統論上擴大研究領域。

三、李漁戲曲學的整體架構理念

本節旨在討論「李漁戲曲學」的整體架構規劃，基於對「戲劇學」、「戲曲學」、「戲劇戲曲學」的衍化，以及自身對「戲劇戲曲學」方法論的提出，無論是在戲劇戲曲理論、戲劇戲曲史及戲劇戲曲評論上，李漁都被視爲劇本與劇場體系的集大成者，如葉長海《中國戲劇學史稿》一書，專闢一章討論李漁的戲劇學系統化，其結語指稱《閒情偶寄》

> 這部著作，不僅在創作論和創作法方面提出了許多十分寶貴的新見解，而且在導演工作和戲劇教學工作方面，初步創立了系統性的理論。在李漁筆下的戲劇學，已包含了創作論、導演論、演員論、觀

眾論、舞台效果論及教學論等諸方面，其方面之寬度及理論的精密，足以說明，《閒情偶寄》的戲曲論部分事實上已構成一部頗具規模並初見體系化的戲劇學著作。〔註43〕

葉朗亦認為

李漁的《閒情偶寄》，是第一次系統地從「戲」的角度來研究戲劇。他不僅重視研究詞采和音律，而且更重視研究人物、故事、結構以及舞臺表演的各種問題，並且根據實踐經驗做出了理論的論述。這樣，他的理論，就不再屬於詩學的範圍，而是真正進入了戲劇美學的範圍。〔註44〕

藉此畫出一張圖譜來討論李漁劇本創作與劇場創作的體系化概念。

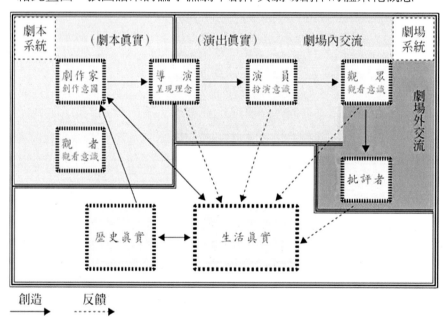

圖 6-1　李漁的創作真實圖譜

上圖為構設李漁戲劇戲曲創作真實圖譜，圖內分為三個場域（現實生活場域、劇本系統、劇場系統）；五個對象物（劇作者、導演、演員、觀者、評論者）；二種現實真實（生活真實、歷史真實）；二種創作真實（劇本真實、演出真實）、劇場內外交流等概念，透過場域、對象物、創作呈現物及其真實等層面一一析論李漁的創作體系。以下先就名詞概念加以釐清：

〔註43〕葉長海：《中國戲劇學史稿》，頁 424～425。
〔註44〕葉朗：《中國美學史大綱》，頁 412。

1. 場域

「場域」一詞，源於 champs，該詞是布迪厄（Pierre Bourdieu，1930～2002）在社會學的一個重要概念〔註45〕。所謂的「文學場」即 the Fiield of literary production，又被譯爲「文學生產場」、「文學場域」，其意指爲

> 對文學現象的解讀必須語境化、歷史化，即必須置於社會歷史的場域
> 空間之中……從文學場角度思考文學，意味著從一個空間結構、關係
> 結構中考察文學意義的生產，這是一種原創性的解讀路徑。〔註46〕

本處所指的「文學場」則是爲了區分眞實與創作的界定。正如布迪厄認爲場域不是一個實體存在，而是在個人、或群體間想像上的領域概念。

1-1. 現實生活場域

即指眞實的生活，眞實存在的社會場域。在這場域中，生活眞實與伴隨而來的歷史眞實，是作爲劇本系統的創作素材來源。

1-2. 劇本系統

意指在劇作家創作文本後，進入文字印刷的文學場域，即劇本的實體物件，此處包含導演修改後的演出本。此一系統的成立乃是透過讀者閱讀的關注。（與西方 dramaturgy, manuscript system 的概念相當）

1-3. 劇場系統

簡單的說是演出的場域，實際上透過舞台的呈現，將劇本、導演、演員、觀眾等整體運作，實際創作發生在劇場內，形成劇場內交流與劇場外交流的戲劇藝術發展流程。（與西方 theatre science, theater system 的概念相同）

2. 對象物

本處所指爲實際擔任戲劇藝術工作職務的人。

2-1. 劇作者

即編劇、劇作家（playwright, script writer, screen writer），專指從事戲劇文學寫作的作家，就是通過文字創作出劇本的作者。

〔註45〕布迪厄認爲「文學場是一個力量場，也是一個鬥爭場。這些鬥爭是屬了改變或保持已確立的力量關係：每一個行動者都把他從以前的鬥爭中獲取的力量（資本），交托給那些策略，而這些策略的運作方向取決於行動者在權力鬥爭中所佔的地位，取決於他所擁有的特殊資本。」見包亞明譯：《文化資本與社會煉金術——布爾迪厄訪談錄》，頁83。

〔註46〕趙一凡等主編：《西方文論關鍵字》，頁579。

2-2. 導演（director, direct）

在戲劇演出中，組織整合全部創作元素的負責人。其工作完整過程包括：劇本的閱讀與修改——把文學劇本創作變為舞臺形象思維；演員的選擇與合作——排練、教學、實際演出；舞台演出的空間、佈景、服裝、化妝、燈光等劇場設計概念，通過演出創作，集中和統一創作意圖，表達自己思想的人。

2-3. 演員（actor, performer）

把文學劇本的角色人物創造，運用形體、語言、心理來塑造人物形象，經由扮演意識完成舞台人物形象的表演者。

2-4. 觀者

即劇本的閱讀者（reader, reading public）〔註47〕、觀看演出的觀眾（audience, viewer, spectator），兩者都具備觀看意識的欣賞者。

2-5. 評論者

原指對於人物或事理加以批評議論的人，此處所言的評論者是針對「戲劇戲曲」的劇本閱讀、演出欣賞後，進行專業或非專業的評論，具有發表意見、批評、議論的概念。

3. 真實

日常真實生活的事實，以及創作中成為表現事件的真實。

3-1. 生活真實

是現實生活中存在的人、事、時、地、物，透過社會場域產生關係。對於戲劇文學創作（劇本創作）而言，生活真實是創作的源泉，是生活的提煉。

3-2. 歷史真實

是指經過時間的流逝，使得生活真實變為歷史而「求真求實」的史學治史原則，即真實地記載歷史的經驗和過去的事實，成為檔案〔註48〕。

3-3. 創作真實（poetic truth）

即創作者透過創作進行對生活真實、歷史真實的改造，如同一種創作真實作為他種真實的解構，或者將日常生活的事實（真實）成為創作真實。

〔註47〕閱讀者具有一定閱讀能力的人，也是出版物的消費者。
〔註48〕「檔案」一詞：1. 檔案具有行政稽憑及法律信證之重要功能，亦為提供歷史真實紀錄的第一手資料，見薛理桂《檔案學導論》；2. 檔案是指社會組織或個人在以往的社會實踐活動中直接形成的具有清晰、確定的原始紀錄作用的固化資訊，詳見馮惠玲、張輯哲《檔案學概論》。

3-4. 劇本真實

劇作者創作劇本的創作真實。

3-5. 演出真實

導演創作演出的導演創作真實，並透過演員進行演出所製造出的舞台幻覺真實。

3-6. 觀眾真實

觀眾對演出創作的想像真實。

3-7. 評論真實

評論者對創作提出自我詮釋的批評真實。

4. 劇場交流

即發生在劇場這一場域下，所產生的各種交流形式。

4-1. 劇場內交流

意指在劇場這一場域內，即時發生的各種交流狀態，如導演與演員間的交流、演員們之間的演出交流、演員與觀眾的劇場交流，三者皆是處在劇場內部的創作下發生，即真實情境下的劇場場域交流。

4-2. 劇場外交流

意指離開劇場後，觀眾對演出的回顧、評論。觀眾對劇場演出這一（虛構）場域產生言談交流，以及通過文字進行戲劇評論，被保留下來。

由上分述的觀點，劇作（劇本）是使用平面的文字（文學符號）系統；而演出創作，是運用三度空間視聽符號，成為劇場系統。劇作是本身即存在的物件，但演出則是在特定的時空下產生，是一種發生過程的藝術。李漁戲劇戲曲創作真實圖譜，是建立在劇本系統與劇場系統的「戲劇創作真實」場域下完成的，以下分兩節專門討論其戲劇理論對這兩大系統的創作實踐。

第二節　劇本系統的創作與理論生成

本節以李漁的劇本創作為主體，透過劇作者、導演、及觀者（閱讀者、觀眾）三者間，來討論劇本系統下的創作真實。

一、劇本的創作真實

「劇本創作」在李漁以及過去文人的認知，都稱為「填詞」、「填詞制曲」、

「傳奇」、「院本」、「戲文」、「雜劇」……等。《閒情偶寄》中，「劇本」一詞提及三次，首見〈詞曲部〉的「脫窠臼」款云「古人呼<u>劇本</u>爲「傳奇」者，因其事甚奇特，未經人見而傳之，是以得名，可見非奇不傳。〔註49〕」劇本稱爲「傳奇」是因爲劇中的故事奇特，沒有人見過，如果將其傳播天下，因此得名，這就是傳奇，所以創作的人必得「務解傳奇」之道。再者，「戒荒唐」款云「吾謂<u>劇本</u>非他，即三代以後之《韶》、《濩》也。〔註50〕」李漁認爲夏商周三代的正統音樂（《韶》、《濩》）就是劇本，將三代廟堂演奏的儀式祭典音樂，視爲劇本創作型態，在今人著作中國戲劇戲曲史中，並無提及此論點。第三次出現於「選劇第一」條，云「吾論演習之工而首重選劇者，誠恐<u>劇本</u>不佳，則主人之心血，歌者之精神，皆施於無用之地。〔註51〕」在〈演習部〉中，選擇演出劇本的概念下，提出「劇本」一詞，正可說明劇本系統的兩種不同呈現方式，有作爲閱讀使用的文學劇本，也有成爲演出使用的演出本，成爲演出的搬演依據。當它透過文字留世，便回歸到劇本系統下的產物。

　　過去文人對於戲劇戲曲（劇本）創作，認爲是小道末流，李漁卻認爲技藝不論大小，精通就好的概念，來讚揚高則誠、王實甫、湯顯祖等人，並將這「塡詞一道，文人之末技」提升成爲「塡詞非末技，乃與史傳詩文同源而異派者也。」〔註52〕李漁對此提出同源不同流的文體概念，跟現今作文學評論的人，所談的「文類（1iterary genrc）」一詞有著同樣的概念，其云

> 歷朝文字之盛，其名各有所歸，「漢史」、「唐詩」、「宋文」、「元曲」，
> 此世人口頭語也。《漢書》、《史記》，千古不磨，尚矣。唐則詩人濟
> 濟，宋有文士蹌蹌，宜其鼎足文壇，爲三代後之三代也。元有天下，
> 非特政刑禮樂一無可宗，即語言文學之末，圖書翰墨之微，亦少概
> 見。使非崇尚詞曲，得《琵琶》、《西廂》以及《元人百種》諸書傳
> 于後代，則當日之元，亦與五代、金、遼同其泯滅，焉能附三朝驥尾，
> 而掛學士文人之齒頰哉？此帝王國事，以塡詞而得名者也。〔註53〕

在歷代文學中，有著各朝文類意識的強調，形成它的歷史資源文學理論，李漁肯定塡詞（即戲劇戲曲劇本創作）的地位，可與唐詩宋詞等同觀之。

〔註49〕李漁：《閒情偶寄》，見《李漁全集》，卷11，頁9。
〔註50〕同上註，頁13。
〔註51〕同上註，頁67。
〔註52〕同上註，頁1～2。
〔註53〕同上註，頁2。

　　李漁爲何著作〈詞曲部〉、〈演習部〉、〈聲容部〉三部，其緣由有三：一、劇本創作之法的規則難以掌握，只能意會，不可言傳；二、劇本創作之法規律變幻莫測，難有其定律；三、創作者藏私心理作祟。所以，要將自己對戲劇（戲曲）創作認知公諸於世。〔註54〕

　　在未論及李漁如何完成「劇本系統的創作眞實」，應先對兩種劇本形式、型態的創作概念有所認知，一是作爲閱讀之用的劇本，另一爲演出用的演出本。關於其創作技法，請見本論文第三章，此處所說的劇本系統，便是將兩者涵蓋在其中，而此一系統的場域成立，是透過觀者的參與，形成「閱讀之用的劇本」與「演出用的演出本」兩類。

1. 閱讀之用的劇本

　　1-1. 劇作者→劇作，即創作過程，產生劇本創作眞實。

　　1-2. 讀者→劇作，即接受過程，產生讀者閱讀眞實。

　　1-3. 劇作者→劇作→讀者，即完整的文學創作眞實歷程。

　　1-4. 劇作者如何進行劇作創作，乃是透過書寫的文學場域，依靠著生活眞實、歷史眞實的素材進行戲劇眞實的創造。

2. 演出用的演出本

　　2-1. 導演作爲一個讀者產生閱讀眞實：導演→劇作，即接受過程。

　　2-2. 劇作→導演→演出本，即演出本創作眞實歷程。

　　2-3. 劇作者→劇作→導演→演出本，即完整的修改本創作眞實歷程。

　　2-4. 導演如何進行劇作修改創作，乃是透過書寫的文學場域，依靠著生活眞實、歷史眞實的素材進行戲劇眞實的創造。然而與劇作者不同的是，導演得將修改後的演出本，付諸舞台演出。

　　李漁對戲劇創作認知，將上述兩者巧妙熔爲一爐，其言道

　　　　每成一劇，才落毫端，即爲坊人攫去，下半猶未脫稿，上半業已災梨，非止災梨，彼伶工之捷足者，又復災其肺腸，災其唇舌，遂使一成不改，終爲痼疾難醫。〔註55〕

可知李漁的劇本，往往創作一畢，就被人拿去舞台進行搬演，在〈喬復生王再來二姬合傳〉一文也提到

　　　　是日，有二三知己，攜樽相過，命伶工奏予所撰新詞，名《凰求鳳》。

〔註54〕李漁：《閒情偶寄》，見《李漁全集》，卷11，頁2～3。

〔註55〕同上註，頁52。

此詞脫稿未數月，不知何以浪傳，遂至三千里外也。〔註56〕

兩條材料可以佐證李漁的作品，毋須經過他說明演出之法，其作品就能「登場」。原因來自其對創作「設身處地」的要求，云

> 若能設身處地，伐隱攻微，彼泉下之人，自能效靈於我，授以生花之筆，假以蘊繡之腸，制爲雜劇，使人但賞極新極豔之詞，而意忘其爲極腐極陳之事者。〔註57〕

這是劇作者對於創作素材的眞實呈現以及要求。再者，他認爲

> 塡詞一家，則惟恐其蓄而不言，言之不盡。是則是矣，須知暢所欲言亦非易事。言者，心之聲也，欲代此一人立言，先宜代此一人立心，若非夢往神遊，何謂設身處地？無論立心端正者，我當設身處地，代生端正之想；即遇立心邪辟者，我亦當舍經從權，暫爲邪辟之思。務使心曲隱微，隨口唾出，說一人，肖一人，勿使雷同，弗使浮泛……〔註58〕

創作劇本人物時要求人物形象眞實，其透過對「語求肖似」的要求，要爲一人立言，便要立心的說法。

> 因作者只顧揮毫，並未設身處地，既以口代優人，復以耳當聽者，心口相維，詢其好說不好說，中聽不中聽，此其所以判然之故也。

> 笠翁手則握筆，口卻登場，全以身代梨園，復以神魂四繞，考其關目，試其聲音，好則直書，否則擱筆，此其所以觀聽咸宜也。〔註59〕

李漁認爲劇本創作，劇作者應當代替演員唱，又代替觀眾聽，也就是劇本創作最終能夠成爲演出的訴求。演員「設身處地」的詮釋劇中人物，力求「妝龍像龍，妝虎像虎，妝此一物，而使人笑其不似，是求榮得辱，反不若設身處地，酷肖神情，使人讚美之爲愈矣〔註60〕」。

綜上論述，李漁合劇本創作與搬演之法於一爐的編劇意念，始終貫穿「塡詞之設，專爲登場」的訴求。換言之，其劇本的創作，實際上是爲劇場系統提供素材。

〔註56〕 李漁：《笠翁一家言文集》，見《李漁全集》，卷1，頁95。
〔註57〕 李漁：《閒情偶寄》，見《李漁全集》，卷11，頁14～15。
〔註58〕 同上註，頁47。
〔註59〕 同上註，頁48。
〔註60〕 同上註，頁154。

二、劇作家的劇本與導演的演出本創作法則

本節探討李漁對劇本創作的創作法則。

（一）《笠翁十種曲》的創作法則

從《笠翁十種曲》中，以取材模式及創作歷程來回顧其創作法則。

1. 首先就創作的取材模式來看

有從歷史素材去進行劇本創作（戲劇真實）下的歷史真實《意中緣》、《玉搔頭》二部劇作；有從小說取材完成劇本創作的戲劇真實，《奈何天》、《比目魚》、《凰求鳳》、《蜃中樓》、《巧團圓》五部劇作；自己創新題材的創作《憐香伴》、《風箏誤》、《慎鸞交》三部。

2. 從各自主題以及創作歷程來看

《憐香伴》的「奇人情局」、《風箏誤》的「誤會離奇」、《意中緣》與《玉搔頭》的「真人虛事」、《奈何天》的「丑旦聯姻」、《蜃中樓》的「營造幻覺」、《比目魚》的「貞夫烈婦」、《凰求鳳》的「謂道學、行風流」、《慎鸞交》的「風流道學」、《巧團圓》的「奇遇巧合」主題創作，可以看出李漁劇作的意圖由風流趣事走向風流道學合一的衛道思想，但又不失其本性追求新奇風趣的創作中心思想。

（二）《閒情偶寄》的創作法解構

在李漁創作劇本、選擇劇本、修改劇本的過程中，劇作者到導演創作的劇本系統中，分四點來進行《閒情偶寄》的創作法解構，為 1. 劇本形式格局的訴求、2. 劇本創作的意圖要求、3. 劇本創作的技法創造、4. 劇本創作的實質要求，從〈詞曲部〉六章（三十七款）及〈演習部〉五章（十六款）來看〔註61〕，各自強調分列如下：

1. 劇本形式格局的訴求

立主腦、密針線、減頭緒、格局第六（五款）。李漁重視結構，以人的身體結構、建造房屋之法則來論及劇本的創作要有其骨架，認為編劇要具備縫衣減緒之能，使得關目情節能夠處處關照的題材處理法則。最後，透過格局一章，來討論劇本創作必備格式的實質要求。

〔註61〕 在〈演習部〉五章（十六款），實質討論劇本創作法，只有「選劇第一」及「變調第二」；再者，〈聲容部〉四章的十三款中，並無涉及劇本創作技法的實質討論，故先略而不談。

2. 劇本創作的意圖要求

戒諷刺、脫窠臼、戒荒唐、審虛實、選劇第一（二款：別古今、劑冷熱）。創作者的意圖，大致可區分爲兩類，一爲對劇本戒諷刺、戒荒唐的風教思維，但在程度上又各有偏重。其中「戒諷刺」要求創作能使觀者爲善勿惡；而「戒荒唐」則要求創作能說人情物理。另一則爲求新的創作意圖（脫窠臼、審虛實、別古今、劑冷熱），是李漁對劇作者及導演的選材要求。

3. 劇本創作的技法創造

在「小收煞」款所提的「鄭五歇後」法、變調第二所提的「縮長爲短」法及「變舊爲新」法，三者都是李漁提出劇本創作技法之道。「鄭五歇後」法力求讓觀者（讀者及觀眾）有期待心理的懸疑手法；「縮長爲短」法又分爲兩種創作技巧，增刪法與重寫法，是因應演出的時間長短所做的劇本創作概念；而「變舊爲新」與「縮長爲短」的重寫法，有重複相似之處，但維持原創的精神，是其對導演修改劇本的基本要求。在創作技法上，李漁身兼劇作家與導演的雙重身份，從事劇本的創作工作，以「仍其體質，變其豐姿」的概念，依舊不脫其求新奇的創作理念。

4. 劇本創作的實質要求

詞采第二（四款）、音律第三（九款）、賓白第四（八款）、科諢第五（四款）。以上四款是李漁對各創作呈現物提出不同的要求與規範。

三、戲劇理論與劇本創作的戲劇眞實觀

李漁在戲劇理論與劇本創作兩者間，追求的是「人情」的生活眞實，其多次提及「人情」，在〈詞曲部〉論及創作，云

> 王道本乎人情，凡作傳奇，只當求於耳目之前，不當索諸聞見之外。無論詞曲，古今文字皆然。凡說人情物理者，千古相傳；凡涉荒唐怪異者，當日即朽。……
>
> 世間奇事無多，常事爲多，物理易盡，人情難盡。有一日之君臣父子，即有一日之忠孝節義。性之所發，愈出愈奇，盡有前人未作之事，留之以待後人，後人猛發之心，較之勝於先輩者。〔註62〕
>
> 予謂傳奇無冷熱，只怕不合人情。〔註63〕

〔註62〕李漁：《閒情偶寄》，見《李漁全集》，卷11，頁13～14。
〔註63〕同上註，頁69。

上述三處，皆論及劇本創作要符合人情義理。在〈聲容部〉中，以「人情」表達「人性」中的人情世故以及本性。下列四項，備供參考。

論「選姿」

　　古之大賢擇言而發，其所以不拂<u>人情</u>，而數爲是論者，以性所原有，不能強之使無耳。……

　　王道本乎<u>人情</u>，焉用此矯清矯儉者爲哉？〔註64〕

論「修容」

　　予爲修容立說，實具此段婆心，凡爲西子者，自當曲體<u>人情</u>，萬毋遽發嬌嗔，罪其唐突。〔註65〕

論「首飾」

　　予豈不能爲高世之論哉？慮其無裨<u>人情</u>耳。〔註66〕

論「衣衫」

　　其遞變至此也，並非有意而然，不過<u>人情</u>好勝，一家濃似一家，一日深於一日，不知不覺，遂趨到盡頭處耳。〔註67〕

李漁追求「人情」的生活眞實，在創作中，便出現背離的地方，但往往更突顯其創作戲劇眞實的一種離奇、刻意求新的創作觀念。

　　在戲劇理論中要求「一人一事」的創作素求，但劇作中往往一夫多妻的事件安排，或多組事件的設計，造成理論與創作的背離差異性，但在追求大團圓概念下的大收煞，又回歸到「一人一事」的創作主線結局之上。如《憐相伴》中兩個女子相憐愛的故事也是由他自己生活中來的〔註68〕，故事中兩個女子堅決要同嫁於一男子，以「不分大小」同嫁一郎，達到一夫二妻的團圓概念；《風箏誤》中一連串的「誤會」造成，離奇的情節，最終也要適得其所的完成才子配佳人的大團圓；《意中緣》根據杭州楊雲友的眞實事蹟加工而成，她曾傾慕董其昌的字畫，並善於臨摹之，最後嫁給董其昌作妾的團圓收煞；《玉搔頭》皇帝朱厚照抱得美人歸的一夫多妻結局；《奈何天》爲了最後

〔註64〕 李漁：《閒情偶寄》，見《李漁全集》，卷11，頁108。
〔註65〕 同上註，頁108。
〔註66〕 同上註，頁131。
〔註67〕 同上註，頁134。
〔註68〕 虞巍序中寫有「見其妻妾和嘈」之憑據，再者，李漁曾作〈賢內吟十首之四〉序云：「乙酉小春，納姬曹氏，人皆竊聽季常之吼，予亦將求武帝之羹。詎知內子之憐姬，甚於老奴之愛妾。」見李漁《笠翁一家言詩詞集》，見《李漁全集》，卷1，頁320。

的團圓，借助神力的變形，讓三個夫人情願與闕不全夫妻圓滿；《蜃中樓》的「營造幻覺」違背生活眞實的創作觀，藉由故事的悲歡離合，呈現戲劇創作眞實；《比目魚》本在第十五齣〈諧亡〉結束自然以悲劇結束，爲求團圓，通過神力的幫助扭轉過來使他們復活結婚；《凰求鳳》三個女子爲了爭奪一個男子分作兩派，爲求團圓，運用迷信的計策，瞬間化敵爲友的一夫多妻美滿結局；《愼鸞交》藉雙生雙旦的組合，以及對比式的情節安排，來完成「風流道學」的創作觀；李漁留世的最後一部作品《巧團圓》則是透過一連串的巧遇、巧合來成就闔家團圓的大團圓收煞。李漁要求佈局上要大團圓的結局，以致在「密針線」的情節安排中，力求全盤照應，達到其「凡是此劇中有名之人、關涉之事，與前此後此所說之話，節節俱要想到，寧使想到而不用，勿使有用而忽之。〔註69〕」的訴求。再者，李漁對「肖眞」、「自然」的見解，更是致力完成追求「人情」的生活眞實。

總結來說，李漁的劇本系統，透過劇作家、導演對於戲劇創作眞實的訴求，將生活眞實、歷史眞實，依據「人情事理」進行審辨虛實的創作理念。並在力求「肖眞」的人物塑造、事件安排、音律、語言……等規範下，達到劇本創作戲劇眞實的要求。由此，其劇本創作的建構，應包含：

（一）劇作家運用生活眞實、歷史眞實作爲創作的素材。其創作意圖乃欲完成劇本眞實。

（二）導演透過修改本來呈現導演理念，完成劇本系統中的劇本眞實。

（三）透過觀者的觀看意識成立，才能建構劇本系統這一場域的形成。而觀者如何去評價劇本的優劣則是依據自身的生活眞實與歷史眞實。

（四）在劇本系統中「劇本眞實」，完成於以上三者的獨自成立，又相互依存的關係之中。在此一場域下，便形成了三種對象物的眞實（劇作家的戲劇眞實、導演的戲劇眞實、觀者的戲劇眞實），以及實質物件——劇本的戲劇眞實。

第三節　劇場系統的創作與理論生成

戲劇（戲曲）由文學的範疇走向劇場，即被視爲表演，而觀眾的存在是必要，因此有人稱觀眾爲第四創造者，更甚者認爲沒有觀眾，也就沒有劇場。

〔註69〕李漁：《閒情偶寄》，見《李漁全集》，卷11，頁10。

〔註70〕在圖譜（圖 6-1 李漁的創作眞實圖譜）的右邊，則是劇場系統的建構，透過導演、演員、觀眾三者所產生劇場內交流──演出眞實，以及評論者產生的劇場外交流──評論者對演出所提出詮釋眞實。

一、劇場的創作眞實

　　李漁是如何表達對劇場的概念呢？當時他把劇場，稱之爲「戲場」，其對劇場演出的概念，如下：

表6-1　李漁劇作及其理論中出現「戲場」一詞一覽表

出　處	原　文
《風箏誤》第十五齣〈堅壘〉	戲場不比戰場眞，耳目何防暫一新。自古奇兵難再試，慮將險法誤他人。
《風箏誤》第二十二齣〈運籌〉	制獅拒象莫稱奇，宗愨當年已用之。欲向戲場娛耳目，何防暫效古人爲。
《風箏誤》第二十六齣〈拒奸〉	（丑）怎麼，奶娘和這些丫鬟都到那裡去了？妹子，你坐坐，待我去看來。（出介）無心伴笑談，有意相迴避。立在戲台邊，看做《西廂記》。
《蜃中樓》第一齣〈幻因〉	【臨江山】（末上）蜃氣人人知是幻，獨言身世爲眞。不知也是蜃乾坤。終朝營海市，一旦付波臣。只有戲場消不去，古人面目常存。請開片刻幻中身。莫談塵世事，且看蜃樓姻。
《意中緣》第一齣〈大意〉	【西江月】（末上）才子緣慳鳳世，佳人飲恨重泉。黃衫豪客代稱冤，笑俠吟髭奮拊。追取月中簿改，重將足上絲牽。戲場配合不由天，別有風流掌院。
《奈何天》第九齣〈誤相〉	（丑）莫笑世間花貌醜，戲場裡面不能無。
《比目魚》第十齣〈改生〉	（副淨）樣樣都依了，何在這一件，索性隨你就是。從來淨腳由生改，今日生由淨腳升。欲借戲場風仕局，莫將資格限才能。
《閒情偶寄》脫窠臼	若此等情節業已見之戲場，則千人共見，萬人共見，絕無奇矣，爲用傳之？
《閒情偶寄》減頭緒	殊不知戲場腳色，止此數人，便換千百個姓名，也只此數人裝扮，止在上場之勤不勤，不在姓名之換不換。

〔註70〕梅耶赫德（Vsevolod Meyerhold）稱劇作家、演員、導演和觀眾爲四個劇場創造者。馬丁‧艾斯林（Martin Esslin）於〈戲劇剖析〉一文，則進一部認爲作者和演員只不過是劇場過程的一半，另一半是觀眾和他們的反應。見童道明主編：《戲劇美學》，頁 270。

出　處	原　文
《閒情偶寄》戒淫褻	觀文中花面插科，動及淫邪之事，有房中道不出口之話，公然道之<u>戲場</u>者。
《閒情偶寄》貴自然	此二事，可謂絕妙之詼諧，<u>戲場</u>有此，豈非絕妙之科諢？
《閒情偶寄》變舊成新	若天假笠翁以年，授以黃金一斗，使得自買歌童，自編詞曲，口授而身導之，則<u>戲場</u>關目，日日更新，氍上詼諧，時時變相。
《閒情偶寄》曲嚴分合	<u>戲場</u>之曲，雖屬一人而可以同唱者，惟行路出師等劇，不問詞理異同，皆可使眾聲合一。場面似鬧，曲聲亦宜鬧，靜之則相反矣。
《閒情偶寄》鑼鼓忌雜	<u>戲場</u>鑼鼓，筋節所關，當敲不敲，不當敲百敲，與宜重而輕，宜輕反重者，均足令戲文減價。
《閒情偶寄》鑼鼓忌雜	予觀場每見此等，故為揭出。又有一出戲文將了，止餘數句賓白未完，而此未完之數句，又系關鍵所在，乃<u>戲房</u>鑼鼓早已催促收場，使說與不說同者，殊可痛恨。
《閒情偶寄》緩急頓挫	欲為<u>戲場</u>尤物者，請從事予言，不則仍其故步。
《閒情偶寄》脫套第五	<u>戲場</u>惡套，情事多端，不能枚紀。
《閒情偶寄》衣冠惡習	此<u>戲場</u>惡習所當首革者也。
《閒情偶寄》語言惡習	<u>戲場</u>慣用者，又有「且住」二字。
《閒情偶寄》文藝	近日教習家，其於聲音之道，能不大謬于宮商者，首推弦索，時典次之，戲曲又次之。予向有場內無文，<u>場上無曲</u>之說，非過論也。

　　由上表所列「戲場」（含具有戲場概念的「戲台」、「戲房」詞彙）的概念，李漁的劇場觀念具有演出意識，即劇場建構在一個根本前提之上——演出的確定性。簡單來說，劇作→導演→演員→演出，便形成劇場演出，可以畫出一張劇場內交流的譜系，如下所示

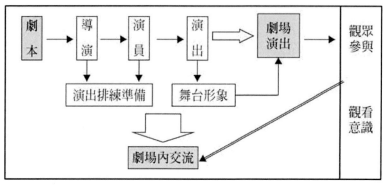

圖 6-2　劇場內交流過程圖

其各自的整體概念，如下

（一）劇作→導演→演出本：演出的修改本是導演的呈現理念，其成爲導演創作歷程的戲劇眞實，簡稱爲導演眞實。

（二）演出本→演員→演出：前爲演員接受過程，後爲演員呈現過程，即完整的劇場演出，呈現創作舞台上的戲劇眞實。此項產生了演員眞實以及演出眞實。

（三）觀眾觀看演出：即劇場的觀看意識形成，感生了觀眾眞實。

（四）演出眞實，是劇場系統這一場域中最重要的，它將透過導演、演員、觀眾三者，完成劇場的演出眞實。

（五）觀眾→批評者：評論戲劇的詮釋眞實，因此產生劇場外交流，即批評眞實。

以上五種眞實（導演、演員、演出、觀眾、批評者），其創作戲劇眞實的原始素材都來自於生活眞實與歷史眞實。

劇場系統的建構，就是將發生於劇場的一切事情系統化處理。這一場域的形成媒介實體爲：導演、演員、觀眾、評論者的參與。活動過程：首先有劇本提供演出的文字指示。導演執行演出的操作：導演創作時，從排演到演出所執行的導演工作，在舞臺上通過演員，形成導演眞實。演員通過排練，藉由形體、語言、心理來創造演出。進行演出時，演員所製造出的舞台幻覺眞實，形成演員眞實。觀眾的參與，觀看意識的存在，觀眾對創作的想像眞實，形成觀眾眞實。評論者對創作提出自我詮釋的批評眞實（評論眞實）。通過上述，完成整體劇場的演出眞實創作歷程，形成整個劇場系統的成立。

透過上述所提及的眞實生活場域、劇本系統方能完成「李漁的創作眞實圖譜」。（參見圖6-1）李漁對於劇場的戲劇眞實概念，首先有「填詞之設，專爲登場〔註71〕」的宣示，進而抒發己志

　　若天假笠翁以年，授以黃金一斗，使得自買歌童，自編詞曲，口授

　　而身導之，則戲場關目，日日更新，氍上詼諧，時時變相。〔註72〕

其認爲唯有透過劇場實踐，方能讓其劇作得以成形。然劇本創作如僅以文字形式流傳，那是戲劇文學，即本文所提出的劇本系統的創作眞實。而李漁躬親劇場，從劇本創作（含演出本的修改）、導演排練、教導演員的優師理念、

〔註71〕李漁：《閒情偶寄》，見《李漁全集》，卷11，頁66。
〔註72〕同上註，頁75。

對演員的要求、演出的品質、觀眾的素質要求……等，在中國戲劇戲曲史上是前無古人的，再者通過其創作的經歷，寫作《閒情偶寄》一書，集戲劇戲曲創作法與評論於一身，被後人視爲戲劇（戲曲）創作理論開先河之專著。

二、導演、演員、演出的創作眞實

過去研究李漁者（如：高宇、杜書瀛、朱穎輝、蕭榮、范琦、任曉瑩、鄭素華、駱兵、潘丹芬等）認爲李漁的導演理論，雖然不像現在導演學那麼完善，但也稱得上具雛形的戲曲導演學。李漁從其生活經驗，形成自身獨特的導演理論，進而發展出完整的創作觀點。李漁如何建立導演觀呢？爲此先將演習、聲容兩部條目，加以區別，詮釋對照爲西方戲劇（劇場）的導演、演員、舞臺技術的概念：

表 6-2　李漁《閒情偶寄》與西方戲劇（劇場）理論系統比較參照表

《閒情偶寄》			西方戲劇（劇場）理論系統 [註73]
演習部五章	選劇第一（二款）	選劇第一	導
		別古今；	導、演
		劑冷熱。	導
	變調第二（二款）	變調第二	導
		縮長爲短；	導、技、編
		變舊爲新。	導、編
	授曲第三（六款）	授曲第三	導、演
		解明曲意；	導、演
		調熟字音；	編、演、導
		字忌模糊；	導、演
		曲嚴分合；	導
		鑼鼓忌雜；	導
		吹合宜低。	導
	教白第四（二款）	教白第四	導
		高低抑揚；	導、演
		緩急頓挫。	導、演

〔註73〕本表所謂編、導、演、技，全名爲編（編劇、劇本創作）；導（導演、導演技法）；演（演員、表演）；技（舞臺技術、舞臺美術）。

《閒情偶寄》			西方戲劇（劇場）理論系統〔註73〕
	脫套第五（四款）	脫套第五	導、編
		衣冠惡習；	導、演
		聲音惡習；	導、編、演
		語言惡習；	導、演
		科諢惡習。	導、演
聲容部四章	選姿第一（四款）	選姿第一	導
		肌膚；	導
		眉眼；	導
		手足；	導
		態度。	導、演
	修容第二（三款）	修容第二	導
		盥櫛；	演、導
		薰陶；	演
		點染。	演
	治服第三（三款）	治服第三	導
		首飾；	導
		衣衫；	導
		鞋襪。	導
	習技第四（三款）	習技第四	演
		文藝；	演
		絲竹；	演
		歌舞。	演

　　由上表的區分，可以做出以下整理：

（一）導演

1. 處理劇本

1-1. 選擇劇本

1-2. 修改劇本

2. 優師之道

2-1. 挑選演員

從肌膚〔註74〕、眉眼〔註75〕、手足〔註76〕、態度〔註77〕，挑選演員。

2-2. 分派腳色

據演員的聲音和性格進行腳色（家門行當）安排。〔註78〕

2-3. 演員培訓

整體觀之，李漁選擇劇本，注意劇本的真實性，要符合人情，提出「傳奇無冷熱，只怕不合人情」的認知，生活真實是一切創作真實的基礎，其認為導演是對劇本真實研讀後，所產生的導演詮釋演出真實。而如何呈現李漁的導演觀呢？

李漁提出「選劇第一」、「變調第二」的概念，將過去經驗歸納，推出一套可行的創作方法，而這套方法，有不可避免的規則，不可改變的原則，即生活真實。在導演的概念下，進行解釋劇本、確定演出劇本的現實意義，透過教導演員，以及演員的表演總體設想出劇場系統中「演出真實」的確立。劇本的真實是透過文字來表達，而劇場的真實則是透過舞台上，演員要表達的真實，而這種劇場導演觀，則是導演所要詮釋出來的戲劇真實。

（二）演員

1. 天資條件

2. 穿著裝扮

3. 技能培訓

中國戲曲演員將唱念視為表演中極其重要的手段，在戲曲唱念中，深刻體現於人物及故事情節的變化，演唱時，要將情、腔、字緊密結合，達到以

〔註74〕肌膚：皮膚白者最佳，因甚難得，所以退而求其次，膚黑但細而嫩者因受色易，退色亦易。見李漁：《閒情偶寄》，《李漁全集》，卷11，頁110。

〔註75〕眉眼：相眉眼，旨在「察心之邪正」，同上註，頁111。

〔註76〕手足：纖纖玉指的人極少，挑選演員，只須在「或嫩或柔，或尖或細之中，取其一得，即可寬恕其他矣。」，同上註，頁113。

〔註77〕態度：相態一事，難以言出真意，只有他心能知之，不過強調媚態的重要性是肯定，同上註，頁115～117。

〔註78〕原文出自「歌舞」款：喉音清越而氣長者，正生、小生之料也；喉音嬌婉而氣足者，正旦、貼旦之料也，稍次則充老旦；喉音清亮而稍帶質樸者，外末之料也；喉音悲壯而略近嘍殺者，大淨之料也。至於醜與副淨，則不論喉音，只取性情之活潑，口齒之便捷而已。同上註，頁151。

聲傳情、以情動人。演員必須學習咬字吐字、氣息控制、行腔韻味，必須在外部技巧上刻苦學習，才能完成對所扮演人物角色有眞切深刻的體悟，使觀眾聽其聲，知其意。

綜觀李漁相關著作，以及李漁家班的相關記載，其對演員的表演技藝訓練方法與實踐精神，具有理論與實務結合的訓練方法，從其將劇本創作之外的有關排演、表演、戲曲音樂等演出藝術，稱爲「登場之道」，進行開創性的探討。《閒情偶寄》各卷所談，不僅彼此連綴、首尾關聯，如在《聲容部‧習技第四》中，從配腳色、正音、習態等方面，總結演員從訓練到演出的過程。在中國戲曲理論中，把「內外結合」、「神形兼備」視爲表演藝術的極致融合，便是在強調演員內在修養與外在表現技巧融合爲一。

（三）演出真實

《閒情偶寄》中提到創作人物要能

> 言者，心之聲也，欲代此一人立言，先宜代此一人立心，若非夢往神遊，何謂設身處地？無論立心端正者，我當設身處地，代生端正之想；即遇立心邪辟者，我亦當舍經從權，暫爲邪辟之思。務使心曲隱微，隨口唾出，說一人，肖一人，勿使雷同，弗使浮泛。〔註79〕

因此，演出便出現「演劇之人美，而所演之劇難稱盡美；崇雅之念眞，而所崇之雅未必果眞〔註80〕」的情況。所以，李漁要求演員在場上搬演力求眞實的表現。首先，李漁要求演員要「習態」、追求「妝龍像龍，妝虎像虎」，何謂演員習場上之態呢？其言道「閨中之態，全出自然。場上之態，不得不由勉強，雖由勉強，卻又類乎<u>自然</u>，此演習之功之不可少也。」是要演員須從生活眞實的自然之態學習，進而達到「生有生態，旦有旦態，外末有外末之態，淨丑有淨丑之態」的要求。〔註81〕

再者，李漁提到男優扮演女角以扭捏之舉動扮婦人之態，女優裝旦行，則必須以「自然」呈現，如有造作之舉，便跟男優裝旦無異。爲此提出「於演劇之際，只作家內想，勿作場上觀，始能免於矜持造作之病」〔註82〕的演員詮釋劇中人物觀念。其亦在《連城璧》中提及

〔註79〕李漁：《閒情偶寄》，《李漁全集》，卷11，頁47。
〔註80〕同上註，頁66。
〔註81〕同上註，頁153。
〔註82〕同上註，頁153～154。

> 戲文當做戲文做，隨你搬演得好，究竟生自生，而旦自旦，兩下的
> 精神聯絡不來。所以苦者不見其苦，樂者不見其樂。他當戲文做，
> 人也當戲文看也。若把戲文當了實事做，那做旦的精神註定在做生
> 的身上，做生的命脈繫定在做旦的手裡，竟使兩個身子合爲一人，
> 痛癢無不相關。所以苦者眞覺其苦，樂者眞覺其樂。他當實事做，
> 人也當實事看也。〔註83〕

在實際生活中，李漁對於王姬天生是「生角」的認知，云

> 聲容較之復生，雖避一舍，然不宜婦而宜男，立女伴中似無足取，易
> 妝換服，即令人改觀，與美少年無異。予愛其風致，即不登場，亦使
> 角巾相對，執塵尾而伴清談，不知者目爲歌姬，實予之韻友也。〔註84〕

事實上，舞臺上的角色扮演、塑造人物的外貌和個性與演員本身的條件是分
不開的。演員本身的氣質一定會加到角色身上，在李漁的描述下，生活中的
王姬外型與美少男相同，常令其著男裝相伴。在演出眞實的條件下，李漁認
爲演員的條件，包含一、內在條件：氣質、文學修養、態度；二、外形條件：
容貌、體型；三、其他才藝：寫作、舞蹈、唱歌、樂器等。透過這些選材與
訓練過程，演員方能創作出舞台上人物形象，令觀眾深受感動，並信以爲眞。

三、演員演出、觀衆觀看及評論的戲劇眞實

在劇場中，演員演出的舞台創作，將觀眾的想像以及批評者的詮釋，形
成劇場當下發生的戲劇。《閒情偶寄》中云

> 予嘗痛改《南西廂》，如《遊殿》、《問齋》、《逾牆》、《驚夢》等科諢，
> 及《玉簪・偷詞》、《幽閨・旅婚》諸賓白，付伶工搬演，以試舊新，
> 業經詞人謬賞，不以點竄爲非矣。〔註85〕

以及李漁在〈喬復生王再來二姬合傳〉中曾提及

> 予於自撰新詞之外，復取當時舊曲，化陳爲新，俾場上規模，瞿然
> 一變，初改之時，微授以意，不數言而輒了。朝脫稿，暮登場，其
> 舞態歌容，能使當日神情活現。氍毹之上，如《明珠・煎茶》、《琵
> 琶・剪髮》諸劇，人皆謂曠代奇觀。〔註86〕

〔註83〕李漁：《連城璧》，《李漁全集》，卷8，頁260。
〔註84〕李漁：《笠翁一家言文集》，《李漁全集》，卷1，頁98。
〔註85〕李漁：《閒情偶寄》，《李漁全集》，卷11，頁73。
〔註86〕李漁：《笠翁一家言文集》，《李漁全集》，卷1，頁98。

可見喬王二姬的演出，被當時的觀眾讚譽有加。李漁亦認為「觀眾求精，則演者不敢浪習〔註87〕」所以對觀眾也是有所期待與要求的。本文第五章提出李漁教育觀眾之法，是為了提升演出的品質，希冀觀眾中能有「知音」者（「要津之上」與「主持風雅之人」），由教養好的觀眾觀看演出劇本，透過演員呈現戲劇真實，進而評定演出的好壞優劣。

藝術活動都需要觀眾的參與，但大部分的藝術觀眾都是單獨的個人，如小說、劇本的（閱）讀者，繪畫、雕塑的欣賞者，而演出的藝術不同於上者，如戲劇、音樂、舞蹈，都需要在特定的時（時間）空（場所）下，聚集一群觀（聽）眾，集體經驗一場表演〔註88〕。觀眾可以說是由各個單獨體所組成的群體，在劇場內的觀眾具有「觀者意識」，當走出劇場，成為評論者時，便由劇場內交流形式，轉換成劇場外交流。

在此討論最後一個真實概念，即評論者的詮釋真實。李漁在寫作《閒情偶寄》一書，便是要將自己的生活心得分享給讀者，並提出評論各項創作（詞曲、演習、聲容）或生活（居室、器玩、飲饌、種植、頤養）優劣之道。從所提的「李漁戲劇戲曲學」來看，李漁對於批評者的評論真實（詮釋真實），每每散見書中各處。

《閒情偶寄》一書中，對「觀者」具有「觀看意識」及「評論意識」的問題探討，透過對觀眾看完《琵琶記》後產生「為譏王四」而設的撻伐；對《驚夢》、《尋夢》、《玩真》的曲文評價；對南北《西廂》的文辭情境討論；荊劉拜殺四大南戲的推崇；金聖歎評「五才子書」、「六才子書」；對《幽閨記》的對白批判……等等，李漁都是站在一個評論家的角度去教導讀者如何賞析戲曲。如他評「金聖歎評《西廂》一事」，云

> 聖歎之評《西廂》，可謂晰毛辨髮，窮幽極微，無復有遺議於其間矣。然以予論文，聖歎所評，乃文人把玩之《西廂》，非優人搬弄之《西廂》也。文字之三昧，聖歎已得之；優人搬弄之三昧，聖歎猶有待焉。〔註89〕

便是對金聖歎評價《西廂記》一事，提出自我的觀點。他認為金聖歎評論的是作為文字閱讀的《西廂記》，而非劇場演出的《西廂記》，這就是展現批評者評

〔註87〕李漁：《閒情偶寄》，《李漁全集》，卷11，頁67。
〔註88〕胡耀恆譯：《世界戲劇藝術欣賞》，頁35。
〔註89〕李漁：《閒情偶寄》，《李漁全集》，卷11，頁65。

論的詮釋眞實，透過李漁個人的詮釋，使得讀《閒情偶寄》的人（讀者），可以清楚明白金聖歎是對《西廂記》戲劇文學的點評，而非對《西廂記》演出的評論。那李漁作爲一個著書者，又是怎樣展現他作爲一個評論者的詮釋心理呢？

可從《閒情偶寄》選出十則來討論李漁如何呈現其自身心理，在「結構第一」中，認爲做文章之道，是天下人共有的，並不能私藏，也因此李漁將他生平所知的，都想傾囊相授，其云

> 持此爲心，遂不覺以生平底裡，和盤托出，並前人已傳之書，亦爲
> 取長棄短，別出瑕瑜，<u>使人知所從違，而不爲誦讀所誤</u>。〔註90〕

再者，李漁在討論創作「密針線」款中，認爲要將此法公諸世人，云「予非敢於仇古，既爲詞曲立言，必使人知取法……〔註91〕」；在討論音律的篇章，自謙「管窺蛙見〔註92〕」以及「詞奴〔註93〕」；在討論賓白寫作時，則表示自己無私心，願意「以探驪覓珠之苦，入萬丈深潭者，既久而後得之，<u>以告同心</u>。雖示無私，然未免可惜。〔註94〕」，只期望能有後來居上者〔註95〕；在講授「授曲」之道時，也是以自謙之態，表明「予雖不敏，亦曲中之老奴，歌中之點婢也。<u>請述所知，以備裁擇</u>。〔註96〕」之心；但在講授「教白」之道時，便一改常態，自誇對賓白的高低抑揚深明其箇中道理，云「此等孔竅，天下人不知，予獨知之。天下人即能知之，不能言之，而予復能言之，<u>請揭出以示歌者</u>。〔註97〕」；在講述〈聲容部〉中「態度」款中，也是自詡爲「榜樣〔註98〕」；於「衣衫」款則又改以自謙之詞，云

> <u>倘遇同心</u>，謂芻蕘之言，不甚訾謬，交相勸諭，勿效前犟，則予爲
> 是言也，亦猶雞鳴犬吠之聲，不爲無補于盛治耳。〔註99〕

〔註90〕 李漁：《閒情偶寄》，見《李漁全集》，卷11，頁3。
〔註91〕 同上註，頁12。
〔註92〕 原文：只以管窺蛙見之識，謬語同心；盧赤幟於詞壇，<u>以待將來</u>。同上註，
頁26。
〔註93〕 原文：予作是編，其於詞學之精微，則萬不得一，如此等粗淺之論，則可謂
知無不言，言無不盡者矣。後來作者，當錫予一字，命曰「詞奴」，以其爲千
古詞人，嘗效紀綱奔走之力也。同上註，頁39。
〔註94〕 同上註，頁46。
〔註95〕 原文：予則烏能當此，但爲糠秕之導，<u>以俟後來居上之人</u>。同上註，頁50。
〔註96〕 同上註，頁91。
〔註97〕 同上註，頁99。
〔註98〕 原文：予曰：不得已而爲言，止有直書所見，聊爲榜樣而已。同上註，頁116。
〔註99〕 同上註，頁135。

由上述十點分佈的位置觀之，李漁往往撰述到各款尾端，會加以自身的評論觀點，有自謙、有自讚、有聊表無私之心等心態，如果我們把《閒情偶寄》（以討論戲劇戲曲理論的三部作爲論述對象）看做一部理論書籍，是成立的。正如李漁在書前「四期三戒」所說的

> 有怪此書立法未備者，謂既有心作古，當使物物盡有成規……八事
> 之中，事事立法者止有六種，至《飲饌》、《種植》二部之所言者，
> 不盡是法，多以評論間之，寧以支離二字立論，不敢以之立法者，
> 恐誤天下之人也。然自謂立論之長，猶勝於立法。請質之海內名公，
> 果能免於支離之誚否？〔註100〕

其中的「立法」與「立論」，皆是對所觀之事物，進行批評者的評論與詮釋。在劇場系統中，李漁關心的是觀眾觀看演出創作後如何將觀眾所想，變成批評者的詮釋。

〔註100〕李漁：《閒情偶寄》，見《李漁全集》，卷11，凡例頁4。

結　論

　　本文「李漁戲曲作品及理論研究」，論析李漁劇本創作與戲曲理論，嘗試由戲劇文本創作進入劇場創作的關聯性。以下針對各章作總結。

一、本文綜述

　　第一章敘述本文題目選定的動機與目的，並略論前人研究李漁相關議題上的意義與研究價值。說明本文研究對象之理由、研究方法，與研究的議題規劃。

　　整理前人論述中，關於李漁著作及相關研究的中外資料，其研究範疇由生平考察、作品分析、理論探討，走向文藝學、戲劇美學、思想學、社會學⋯⋯等議題。文末將李漁相關研究資料附錄於後，提供未來研究者參閱。在台灣地區的李漁文獻研究，過去未有完整的述評，本文試圖做較完整的資料蒐集與論述。分「李漁全集的出版與研究專著」、「台灣博碩士論文」、「單篇論文發表情況」三類討論。在原典（《閒情偶寄》及《笠翁傳奇十種》）古籍上，就所見的版本形式做介紹與整理。

　　第二章〈《笠翁傳奇十種》齣目研究〉透過幾種版本在樣式上的形式差距外，並討論其齣目名稱的差異。

　　在前賢所整理的李漁劇作存世版本〔註1〕外，以《笠翁傳奇十種》合集出版的世德堂藏板刻本、翼聖堂藏板刻本兩種外，本文所列的廣聖堂藏板刻本

〔註 1〕計有清翼聖堂刊本、清大文堂刊本、清康熙中葉世德堂刊本、清經本堂刊袖珍本、金陵積德唐重刊本、聚秀堂藏版，道光七年新鐫、點石齋畫報本，光緒石印、大知堂偶刊袖珍本、經術堂偶刊、芥子園刻本、經術堂、宏道堂等12種刻本。

（清道光十九年），亦值得參考。筆者就親見《笠翁傳奇十種》的三個版本與浙江古籍出版社排印本，進行比對，發現在「齣目名稱」上相異之處，計有51 處外，在《巧團圓》與《愼鸞交》兩劇的齣數及齣名上亦有所差別，並將錯誤之處指出。由於寫作過程中，尚有許多版本未能親見比較，希望未來能有機會收集到其他相關劇作，做更完整的考述分析，以見全貌。

第三章〈劇本創作：李漁創作技法研究〉一章，以文本分析《笠翁傳奇十種》與《閒情偶寄》後，就「劇本創作眞實」探討李漁劇作及編劇理論之間的關係，並討論其劇本結構的形式要求。

透過對《笠翁傳奇十種》的分析，提出各劇作在戲劇眞實上處理的不同。藉由十部劇本創作——以奇人情局而創的《憐香伴》；多次誤會離奇情節的《風箏誤》；以眞人虛事創寫的《意中緣》與《玉搔頭》；從自創小說改編的劇本創作《奈何天》、《比目魚》、《鳳求鳳》、《巧團圓》；以營造幻覺改寫的《蜃中樓》；以風流道學爲意念創寫的《愼鸞交》——來討論《閒情偶寄·詞曲部》的戲劇理論。並根據李漁對劇本結構提出的理論與要求，進行四點歸納：論「結構第一」下的「立主腦」說；對戲劇結構形式的選材與要求；論李漁對傳奇「格局」的劇本佈局常規；李漁對創作的實質媒介要求與掌握，從李漁創作劇本的「戲劇眞實」觀念進行總結。

第四章〈導演創作：李漁導演技法的理論與實踐〉論及李漁導演的創作技法及實踐。

《閒情偶寄》中「塡詞之設，專爲登場」點出創作劇本是爲了演出的觀點。「導演」一職就是將戲劇創作，由劇本系統（Manuscript system）過渡到劇場系統（Theater system）的這一流程。導演選擇搬演劇目、進行排練，通過演員的表演來完成劇場演出。透過李漁對修改劇本的方法提出：增刪法（情節刪減法，一語帶過的增益法）、重寫法、陳言之務去法、拾遺補缺之法。以及對《琵琶記·尋夫》、《明珠記·煎茶》演出修改本進行研究，發現作爲演出的修改本，李漁在情節安排及舞臺空間處理，變化更爲巧妙。在《閒情偶寄》中，雖無提及「導演」一詞，就有關導演理論的陳述，其「優師」一詞，實際上便涵蓋戲曲導演及演員老師的職責。

第五章〈演出創作：李漁家班演員培訓及劇場演出探討〉針對演員培訓、演出、觀者、劇場等概念進行討論，並歸結李漁演出創作所形成的劇場系統（演出意識與觀看意識）建立。

　　李漁對家班演員的訓練，大致可區分爲兩大類：一是演員天資與內涵的要求；二爲演員訓練，包含學戲、語言、肢體等項目。李漁對演員訓練之道及理論內涵，觀照在其家班的培訓與要求，可說是親身實踐的成果。李漁的觀眾理論，出自《閒情偶寄》一書對「觀者」的論述，其提出教育觀眾之法，藉以提升演出品質的觀念，更是將觀眾的觀看意識納入劇場演出之中。李漁對劇場的實質要求，是成就劇場眞實最爲重要的論據，因爲劇場是呈現劇本創作的劇場演出眞實、導演的舞台創作眞實、演員的舞台演出眞實、觀眾的想像眞實的場域。

　　第六章〈李漁戲劇戲曲學：劇本與劇場〉，以《閒情偶寄》有關劇本創作法與劇場演出的理論進行系統建構。

　　李漁戲劇戲曲學整體觀念，包含劇作家、作品、導演、演員、觀眾、演出、戲劇批評等七項。在劇本（文學）系統，涉及劇作家、作品、讀者三方面的關係；在劇場（演出）系統，則擴及導演、演員、觀眾三者的出現與創作、欣賞（觀看意識）。本文爲詮釋七者的本質及其彼此關係的場域建立，將其關係構成一圖譜，並據此圖說明李漁在劇本（文學）系統與劇場（演出）系統下，如何完成創作。在兩個場域的建立下，各自形成不同的眞實概念。

二、未來論題開展

　　本文針對李漁的劇作及理論，探討其是否成爲體系的相關議題探討，期間發現一些新議題的開拓，是值得未來進行開創的。

　　（一）李漁研究資料彙編的建立：如何有效將相關李漁的研究資料進行資料庫的建立，提供三種建議，如下：

　　1. 以目錄學的方式登錄所有相關研究李漁的資料，如《李漁全集》中附錄的〈李漁作品的版本及禁毀資料〉、《戲曲理論文章索引（1949～1981）》等書的條列方式，依此法本書將資料附錄於後，提供參閱。

　　2. 以繫年方式出版所有相關研究李漁的資料，可借鑑《近代上海戲曲繫年初編》一書，以繫年記述的編排方式，進行排序。

　　3. 以書目提要方式，進行作者生平、書目錄提供、珍貴資料典藏處所舉要、及簡單評論的方式，進行資料蒐集出版，可參考《中國文學專史書目提要》一書的編寫方式。

　　（二）劇作版本間的差異與校注本的出版：在本文第二章〈《笠翁傳奇十

種》齣目研究〉中，考證四種《笠翁傳奇十種》版本，其劇本內容與眉批、圖版的有無，多達千餘處，不過都是散金碎玉的比較，無法進行專文撰寫，唯有進行《笠翁傳奇十種》校注，方能完整呈現不同版本、及眉批點評的實質差異。或在不同的評點本上，進行平行比較，其評語的風格與特色以及戲劇觀點，可作爲評點李漁劇作的延伸議題開展。

（三）科際整合下的跨學科、跨文化研究：李漁劇本創作及理論體系自成一家，可作爲中西平行比較、影響比較的對象。

1. 李漁劇作當時的演出資料並不多見，可擴展爲《笠翁傳奇十種》場上演變研究，對李漁劇作流傳和變異，結合舞台搬演與影視改編進行評述，必有豐碩之研究成果。

2. 影響比較：李漁《閒情偶寄》的戲劇理論，常被後世學者（如吳梅、范鈞宏、陳亞先）轉用、延伸，可作爲影響理論史的研究。如豐慧碩論以陳多所註釋的《李笠翁曲話》一書，進行〈《李笠翁曲話》修辭思想初探〉撰寫、李菁碩論〈翻譯行爲的操縱性研究——李漁《夏宜樓》英譯比較〉、羅曉碩論〈美國漢學界的李漁研究〉；亦有對李漁創作思想進行溯源的考證，如張稔穰碩論〈李漁對凌濛初的繼承與發展〉。

3. 中西比較：這一研究方法，已有喬文碩論〈李漁與莎士比亞喜劇中喜劇性語言比較研究〉；黃勇軍碩論〈李漁短篇小說與薄迦丘《十日談》敘事比較研究〉。

以上三項是對未來進行李漁的劇作及理論可再深化的新議題。這些議題的產生，轉向從事戲劇戲曲學跨學科（演出史、影響比較、平行比較）或對主體研究產物進行整理與評議。

三、李漁創作與理論的中國戲劇史地位

自古以來提出戲劇理論和戲劇創作者絡繹不絕，何以李漁能享有盛名？李漁在中國戲劇史的地位，莫過於是他能用戲劇創作實踐其理論。李漁提出一套戲劇理論系統，記載於他的專著《閒情偶寄》中，亦有劇本創作實踐，即《笠翁傳奇十種》。無論是劇本或理論，皆具有一項顯明的特色，即「標新與求奇」。李漁的戲劇理論雖然對前人有所總結與繼承，卻能在前人的基礎上翻出新意，也讓他的《閒情偶寄》更勝以往前人的理論架構與思想內涵。

　　細觀李漁《笠翁傳奇十種》劇作，題材有來自歷史古事、自創小說，或創新之作。李漁認為「有奇事，方有奇文」，將此一理念發揚於創作之中，屢創新意，突破陳規與真人實事的局限，也力求突破自己原創的小說創作，進行劇本創作，這都是自我創作的再挑戰。在李漁劇作中多以喜劇為主，著意追求趣味的思想可以想見。在人物、情節安排上，「一人一事」不僅是為創作而設的一種原則，亦是從舞台搬演的觀眾看戲角度著想。在劇本第一齣往往就能以一曲向觀眾清楚交待整個劇情大意，先給重點提示，並製造懸念，讓觀者迫不及待想知道劇情的發展。李漁常用「誤會」和「巧合」製造懸念，在情節安排上更有冷熱調劑的提出。在人物塑造中，女性人物有別於以往傳統的形象，在《笠翁傳奇十種》的女性多勇於創造自己的未來。李漁亦提升丑腳在戲劇中的重要性，如《奈何天》的闕里侯，就是將丑腳提升為劇中的主角，一反傳統傳奇以生旦為主的典型。劇本的詞采淺顯與機趣是一大特色，李漁認為戲文貴淺不貴深，因為戲是要演給下里巴人看，陽春白雪的曲詞，應該一概抹去。利用插科打諢製造笑果是傳統戲劇中常用的手法，並非李漁所獨有，但追求科諢的自然妙境，其「點到為止」、「借他事喻之」的手法，這便是李漁追求機趣所創劇作的特點，形成重視娛樂功能的戲劇觀。平心而論，李漁雖然能突破傳統戲劇的窠臼，但仍跳脫不出「才子佳人」的情節模式，有時甚至落入自己過份「標新與求奇」的窠臼之中。

　　《閒情偶寄》不僅是中國戲曲理論中最有系統的一本，這些理論既非因襲陳說，也不是面壁虛寫，而是從他自己的創作實踐、演出實踐中總結出來的，具有獨創與原創性質。過去傳統戲曲理論中，對導演、演員、劇場實踐與理論的建立，並無專門論述，李漁針對導演的創作技法、演出修改本的實踐、家班演員培訓，以及劇場演出進行論述。再者，李漁從劇場演出的觀者「觀看意識」概念，提出教育觀眾之法，將觀者（讀者與觀眾）到評論者這一理念散見於全書。本文認為李漁的創作體系，涵蓋劇本系統與劇場系統，其中劇作者創作的劇本、導演創作、演員創作、觀者（讀者與觀眾）、評論者這五者間對於戲劇創作真實的層面，是有其全面性、體系化的成立，實屬開創中國戲曲史上的第一人。

　　關於李漁的研究迄今已過四百年，除了紙上研究的生平評傳外，在 2000年 4 月由北京人藝排演的話劇《風月無邊》；浙江電視劇製作中心六集電視連續劇《藝苑情長李笠翁》；亦有電視劇《風流戲王》，對李漁個人進行闡發。

在 2010 年的一些活動中，如崑劇《意中緣》、京劇《李漁與三姬》的創作演出。本文對於李漁提出創作真實的詮釋方法論，借鏡李漁「標新求奇」的創作視野，提出劇本及劇場的系統化概念，雖面臨主體性建構的適切性與完善度，仍希冀對李漁創作與理論進行新的詮釋。

附錄一　李漁生平及創作紀年簡表〔註1〕

一、李漁生卒年

生年：明萬曆三十九年辛亥八月初七

卒年：清康熙十九年庚申正月十三日

二、李漁紀年簡表（著作以戲曲創作爲主，其於輔之。）

西元紀年	中國曆年	歲數	作品（重大事蹟）	處所
1611	明萬曆三十九年辛亥	1	李漁八月初七生	在江蘇如皋
1625	明熹宗天啓五年乙丑	15	作品〈續刻梧桐詩〉〔註2〕	居如皋
1627	天啓七年丁卯	17	七律〈丁卯元日試筆〉	居如皋
1629	崇禎二年己巳	19	父病逝，作〈回煞辯〉。	
1630	崇禎三年庚午	20	李漁及妻先後罹病（瘟疫流行），五律〈內子病〉詩。	
1639	崇禎十二年己卯	29	應鄉試落榜。七律〈榜後束同時下第者〉	赴省城杭州應鄉試
1640	崇禎十三年庚辰	30	〈鳳凰臺上憶吹簫、元日〉一詞	在金華，蘭溪

〔註 1〕 由於李漁資料涉及廣泛，事件繁多，本年表僅將其生平中，部分重要創作、居住處所、遊歷，以及家班成員重大事蹟，進行整理列表。

〔註 2〕 〈閒情偶寄，種植部・竹目第三・梧桐〉：「予垂髫種此，即於樹上刻詩以紀年。每歲一節，即刻一詩，惜爲兵燹所壞，不克有終。猶記十五歲刻桐詩云云。」

西元紀年	中國曆年	歲數	作品（重大事蹟）	處所
1641	崇禎十四年辛巳	31	〈歸故鄉賦〉； 五古〈交友箴〉、〈問病答〉； 七古〈活虎行〉； 七絕〈渡錢塘〉、〈廣陵肆中書所見〉； 五律〈廣陵歸值家慈誕日〉； 七律〈贈俠少年〉、〈送阿咸晉侯司鋒安吉〉、〈伊山別業成寄同社〉五首	在金華，蘭溪
1642	崇禎十五年壬午	32	李漁再應鄉試，中途聞警折返。 母親逝世。 五律〈應試中途聞警歸〉、〈夜夢先慈責予荒廢舉業，醒書自懲〉、〈壬午除夕〉； 七律〈清明日掃先慈墓〉等	在金華，蘭溪
1643	崇禎十六年癸未	33	〈朱梅溪先生小像題詠序〉	在金華，蘭溪
1644	崇禎十七年 清順治元年甲申	34	五古〈甲申紀亂〉	居金華
1645	清世祖順治二年乙酉	35	七古：〈避兵行〉； 七絕：〈納姬三首〉、〈賢內吟十首〉； 五律：〈乙酉除夕〉； 七律〈婺城亂後感懷〉、〈亂後無家暫入許司馬幕〉	李漁原避兵山中，亂後入許橄彩幕下 納妾曹氏
1646	順治三年丙戌	36	五古〈胡上舍以金贈我，報之以言〉； 七古〈婺城行弔胡仲衍中翰〉； 五律〈挽季海濤先生〉、〈丙戌除夜〉； 七律〈避兵歸值清明日〉、〈弔書四首〉、〈焚故友骸骨〉	
1647	順治四年丁亥	37	七絕：〈剃頭二首〉〔註3〕； 五律〈山居雜詠〉、〈丁亥守歲〉等	在蘭溪
1648	順治五年戊子	38	七律〈伊山別業成寄同社五首〉	在蘭溪 伊山別業建成

〔註3〕乾隆年間禁毀《笠翁一家言》之主因。

西元 紀年	中國曆年	歲數	作品（重大事蹟）	處所
1649	順治六年己丑	39	七絕〈自常山抵開化道中即事六首〉； 五律〈菊枕〉、〈送吳與迪葬親〉； 五絕〈伊園雜詠〉、〈伊園十便〉、〈伊園十二宜〉； 詞〈憶王孫〉等。	居蘭溪
1650	順治七年庚寅	40	〈賣山券〉一文	居杭州
1651	順治八年辛卯	41	《憐香伴》傳奇問世〔註4〕	在杭州
1652	順治九年壬辰	42	《風箏誤》傳奇問世〔註5〕	居杭州
1653	順治十年癸巳	43	《意中緣》傳奇問世〔註6〕	居杭州
1654	順治十一年甲午	44	作〈與識衛澹足直指〉	
1655	順治十二年乙未	45	《玉搔頭》傳奇問世〔註7〕	居杭州
1656	順治十三年丙申	46	小說《無聲戲》一集問世	居杭州
1657	順治十四年丁酉	47	《奈何天》傳奇〔註8〕； 小說《無聲戲》二集問世	住江寧
1658	順治十五年戊戌	48	《無聲戲合集》問世； 《十二樓》（《覺世名言》）問世	往來杭寧
1659	順治十六年己亥	49	七古〈七夕飲李笠鴻齋頭〉、七律〈訪李笠鴻〉； 纂輯《古今史略》告成； 《李氏五種》（《憐香伴》、《風箏誤》、	在江蘇、杭州

〔註4〕《憐香伴》寫出時間可能是順治五年戊子（1648年），李漁的朋友虞巍爲《憐香伴》作序，原文可見馬漢茂（Helmut Martin）編：《李漁全集》，冊7，頁2807～2810，尤其頁2809。

〔註5〕見虞巍《風箏誤・序》，馬漢茂編：《李漁全集》，冊7，頁3031～3034。

〔註6〕見黃媛介《意中緣・序》，馬漢茂編：《李漁全集》，冊8，頁3223～3226。

〔註7〕黃鶴山農作序題於戊戌仲春（1658年）。見黃鶴山農《玉搔頭・序》，馬漢茂編：《李漁全集》，冊10，頁4359～4362，尤其頁4362。

〔註8〕見胡介《奈何天・序》，馬漢茂編：《李漁全集》，冊9，頁3905～3908。

〔註9〕詳見《明清時代之社會經濟巨變與新文化——李漁時代的社會與文化及其現代性》一書，尤其頁51註3。該書出版於1992年，原書爲 *Crisis and Transformation in Seventeenth-Century China Society, Culture, and Modernity in Li Yü's World*。2008年由上海古籍出版社出版中譯本，王湘雲譯，（美）張春樹、駱雪倫著：《明清時代之社會經濟巨變與新文化——李漁時代的社會與文化及其現代性》一書。

〔註10〕孫治《蜃中樓・序》，馬漢茂編：《李漁全集》，冊8，頁3447～3450。

西元紀年	中國曆年	歲數	作品（重大事蹟）	處所
			《意中緣》、《玉搔頭》、《奈何天》五種傳奇），笠翁第一部傳奇集問世。〔註9〕	
			《蜃中樓》傳奇。〔註10〕	
1660	順治十七年庚子	50	纂輯《尺牘初徵》告成，後又纂輯《古今尺牘大全》八卷； 作品： 七律〈五十初度答客賀〉、〈梅村〉； 五律〈膠水道中〉； 詞〈鶯啼序・吳梅村太使園內看花各詠一種分得十姐妹〉、〈滿庭芳・十餘詞吳梅村太史席上作〉。	在杭州
1661	順治十八年辛丑	51	《比目魚》傳奇問世〔註11〕	居杭州
1662	康熙元年壬寅	52	七古〈薄命歌〉； 七律〈壬寅舉第三子複舉第四子〉	由杭州移家江寧
1663	清聖祖康熙二年癸卯	53	纂輯《資治新書》初集告成，編輯《求生錄》並作序。 作七律〈癸卯元日〉； 作詞〈天仙子・賀王北山掌科納姬廣陵〉	居江寧
1664	康熙三年甲辰	54	《笠翁論古》問世； 五古〈讀史志憤〉，敘〈論古〉一書之緣起。	居江寧
1665	康熙四年乙巳	55	《凰求鳳》傳奇〔註12〕 《笠翁增訂論古》四卷問世； 作五律〈廣陵歸日示諸兒女〉； 七古〈鎮江舟中看雪歌〉	居江寧

〔註11〕 王端淑《比目魚・序》，馬漢茂編：《李漁全集》，冊10，頁4127～4129。

〔註12〕 杜濬《凰求鳳序》一文並未標載李漁創作該劇時間，但與李漁《喬復生王再來二姬合傳》記載「前所觀《凰求鳳》劇……」文，可知該劇作於1666年之前。詳見李漁《喬復生王再來二姬合傳》，馬漢茂編：《李漁全集》，冊1，頁260～276，尤其頁262；杜濬《凰求鳳・序》，馬漢茂編：《李漁全集》，冊8，頁3447～3450。

西元 紀年	中國曆年	歲數	作品（重大事蹟）	處所
1666	康熙五年丙午	56	五律〈都門報國寺海棠〉； 詞〈帝台春。本題〉； 五古〈懷阿倩沈因伯暨吾女淑昭〉。 納喬姬	居江寧 遠遊燕、秦
1667	康熙六年丁未	57	〈聞老友陸麗京棄家逃禪二首〉；為朱 石鍾昆仲作〈古今笑史序〉、〈智囊 序〉； 五律〈秦遊家報〉、〈登華嶽四首〉； 七絕〈潼關阻雨〉、〈涼州〉； 《慎鸞交》傳奇〔註13〕 納王姬	游秦 歲末，至徐州
1668	康熙七年戊申	58	《巧團圓》傳奇〔註14〕 作七古〈前過十八灘行〉； 七律〈度庾嶺二首〉； 五律〈宿南雄蕭寺〉； 七律〈英山道上〉。 家班家姬試演新劇	春，由徐州返 家。夏，遊粵 東西。
1669	康熙八年己酉	59	為潘永因〈宋稗類鈔〉作序； 七古〈後過十八灘行〉； 作五律〈粵歸寄內〉	四月，遊粵歸， 抵江寧。初夏， 芥子園落成。
1670	康熙九年庚戌	60	攜《一家言》稿入閩謀刻資。 七律〈六秩自壽四首〉； 作對聯兩副，「仙霞嶺開帝廟」、「五 顯嶺廟」； 七律〈重過婺城別金孟英老友〉	遊閩
1671	康熙十年辛亥	61	纂輯〈四六初徵〉問世； 立秋，余懷為《閒情偶寄》作序； 冬，《閒情偶寄》成書。	春，蒲松齡邀 赴寶應演戲為 孫蕙祝壽
1672	康熙十一年壬子	62	喬姬病故。 五律〈楚遊別芥子園〉；	在江寧，遊楚。

〔註13〕該序郭傳芳提出「前後八種傳奇」之說，可佐證《慎鸞交》為李漁第九部出
　　　版的劇作。郭傳芳《慎鸞交・序》，馬漢茂編：《李漁全集》，冊11，頁4791
　　　～4794。
〔註14〕檇道人《巧團圓・序》，馬漢茂編：《李漁全集》，冊11，頁4577～4580。

西元紀年	中國曆年	歲數	作品（重大事蹟）	處所
			七律〈夏寒不雨，爲楚人憂〉；七律〈斷腸詩二十首哭亡姬喬氏〉、〈重過江州悼亡姬呈江念鞠太守〉。《閒情偶寄》印刻傳世	
1673	康熙十二年癸丑	63	七古〈贈許茗車〉、〈贈施匪莪司城〉、〈大宗伯龔芝麓先生輓歌〉、七律〈後斷腸詩〉十首、〈南歸道上生兒自賀〉等。王姬病故	游燕
1674	康熙十三年甲寅	64	〈春及堂詩跋〉、〈笠翁詩韻序〉；五律〈寫懷〉四首等。	遊杭州
1675	康熙十四年丁卯	65	〈張詩宜像贊〉；七律〈謁禹廟〉；七絕〈嚴陵紀事〉八首等。	遊浙江紹興等地。
1676	康熙十五年丙辰	66	〈上都門故人述舊狀書〉	在江寧，準備移居杭州。
1677	康熙十六年丁巳	67	〈耐病解〉、〈不登高賦〉、〈夢飲黃鶴樓記〉等	在杭州，居層園。
1678	康熙十七年戊午	68	爲徐冶公《香草亭》傳奇作序寫評；作《笠翁別集》弁言；作〈耐歌詞自序〉（〈笠翁餘集序〉）	居杭州。春「層園」草成
1679	康熙十八年己未	69	序《千古奇聞》	居杭州
1680	康熙十九年庚申	70	於正月十三日病逝杭州，葬於杭州方家峪外蓮花峰，九曜山之南。	

三、改編前人傳奇

《琵琶記·尋夫》、《明珠記·煎茶》存於《閒情偶寄》一書；《南西廂》，如〈遊殿〉、〈問齋〉、〈逾牆〉、〈驚夢〉、〈玉簪記·偷詞〉、〈幽閨記·旅婚〉，六齣現已失傳。

附錄二　研究李漁書目資料彙編
（1925～2009）

最終更新日期：2010 年 7 月 30 日

※　說明：

＊　作者：《書名》，出版地：出版社，出版年。

＊　依出版年排序

一、中文專書

1. 李漁，曹聚仁校訂：《閒情偶寄》，上海：上海梁溪圖書館，1925 年。
2. 李漁，洪爲法選注：《李漁文選》，上海：北新書局，1937 年。
3. 李漁：《笠翁劇論》，上海：上海中華書局，1940 年。
4. 敦睦堂：《龍門李氏宗譜》，浙江：蘭溪李氏宗譜八卷，1940 年。
5. 李漁：《無聲戲》，台北：古亭書屋，1969 年。
6. 李漁：《無聲戲》，台北：進學書局，1969 年。
7. 馬漢茂 Martin, Helmut 輯：《李漁全集》，全十五冊，台北：成文出版社，1970 年。
8. 黃麗貞：《李漁研究》，台北：純文學，1974 年。
9. 李漁：《閒情偶寄》，台北：台北廣文書局，1977 年。
10. 黃麗貞：《李漁》，台北：河洛圖書出版社，1978 年。
11. 李漁：《十二樓》，台北：廣文書局，1980 年。
12. 李漁，徐壽凱注釋：《李笠翁曲話注釋》，合肥：安徽人民出版社，1981 年。
13. 李漁，陳多注釋：《李笠翁曲話》，湖南：人民出版社，1981 年。
14. 朱傳譽主編：《李漁傳紀資料》，全六冊，台北：天一出版社，1981～1985 年。

15. 李漁：《閒情偶寄》，《中國古典戲曲論著集成》，第 7 冊北京：中國戲劇出版社，1982 年。

16. 杜書瀛：《論李漁的戲劇美學》，北京：中國社會科學出版社，1982 年。

17. 黃天驥、歐陽光選注：《李笠翁喜劇選》，長沙：嶽麓書社，1984 年。

18. 李漁，單錦珩校點：《閒情偶寄》，杭州：浙江古籍出版社，1985 年。

19. 蕭榮：《李漁評傳》，杭州：浙江文藝出版社，1985 年。

20. 李漁：《十二樓》，北京：人民文學出版社，1986 年。

21. 上海師大圖書館：《李漁傳記資料》，上海：上海師大圖書館，1986～1994 年。

22. 單錦珩：《李漁傳》，成都：四川文藝出版社，1986 年。

23. 李漁：《笠翁一家言文集》，杭州：浙江古籍出版社，1987 年。

24. 李漁：《笠翁一家言詩詞集》，杭州：浙江古籍出版社，1987 年。

25. 李漁：《笠翁傳奇十種》，杭州：浙江古籍出版社，1987 年。

26. 李漁：《閒情偶寄》，杭州：浙江古籍出版社，1987 年。

27. 李漁：《十二樓》，杭州：浙江古籍出版社，1987 年。

28. 李漁：《笠翁一家言文集》，杭州：浙江古籍出版社，1987 年。

29. 李漁：《笠翁一家言詩詞集》，杭州：浙江古籍出版社，1987 年。

30. 李漁：《笠翁傳奇十種》，杭州：浙江古籍出版社，1987 年。

31. 李漁：《閒情偶寄》，杭州：浙江古籍出版社，1987 年。

32. 李漁：《資治新書》，杭州：浙江古籍出版社，1987 年。

33. 蕭榮：《李漁評傳》，杭州：浙江古籍出版社，1987 年。

34. 李漁，李德原譯注：《李笠翁曲話譯注》，天津：天津古籍出版社，1988 年。

35. 李漁：《連城璧》，杭州：浙江古籍出版社，1988 年。

36. 李漁：《無聲戲》，北京：人民文學出版社，1989 年。

37. 崔子恩：《李漁小說論稿》，北京：中國社會科學出版社，1989 年。

38. 李漁：《連城璧小說》，上海：上海古籍出版社，1990 年。

39. 李漁：《無聲戲小說》，杭州：浙江古籍出版社，1990 年。

40. 浙江古籍出版社編：《李漁全集》，全二十冊，杭州：浙江古籍出版社，1990 年。

41. 趙文卿、趙肖羽編：《李漁研究麒麟集》，北京：文化藝術出版社，1990 年。

42. 李漁，單錦珩校點：《李漁全集》，杭州：浙江古籍出版社，1991 年。

43. 李漁，單錦珩校點：《閒情偶寄》，杭州：浙江古籍出版社，1991 年。

44. 李漁：《覺世名言十二樓》，杭州：浙江古籍出版社，1991 年。

45. 鄧綏甯等：《李漁傳記資料》，全六冊，台北：天一，1991 年。

46. 李漁：《十二樓》，上海：上海古籍出版社，1992 年。

47. 李漁：《閒情偶寄》台北：長安出版社，1992 年。

48. 李漁，王翼奇點校：《笠翁一家言文集》，杭州：浙江古籍出版社，1992年。

49. 李漁，佐榮、陳慶惠等點校：《笠翁閱定傳奇八種》，杭州：浙江古籍出版社，1992 年。

50. 李漁，佐榮、陳慶惠點校：《笠翁傳奇十種》，杭州：浙江古籍出版社，1992 年。

51. 李漁，杜維沫點校：《十二樓》，杭州：浙江古籍出版社，1992 年。

52. 李漁，馬樟根點校：《合錦回文傳》，杭州：浙江古籍出版社，1992 年。

53. 李漁，張道勤、陳慶惠點校：《資治新書》，杭州：浙江古籍出版社，1992年。

54. 李漁，單錦珩撰：《李漁年譜 李漁交游考 李漁研究資料選輯》，杭州：浙江古籍出版社，1992 年。

55. 李漁，單錦珩撰：《現代學者論文精選 李漁研究論著索引》，杭州：浙江古籍出版社，1992 年。

56. 李漁，單錦珩點校：《千古奇聞》，杭州：浙江古籍出版社，1992 年。

57. 李漁，單錦珩點校：《閒情偶寄》，杭州：浙江古籍出版社，1992 年。

58. 李漁，舒馳、張克夫點校：《古今史略》，杭州：浙江古籍出版社，1992年。

59. 李漁，黃霖等點校：《新刻繡像批評金瓶梅》，杭州：浙江古籍出版社，1992 年。

60. 李漁，戰壘點校：《笠翁一家言詩詞文集》，杭州：浙江古籍出版社，1992年。

61. 李漁，戰壘點校：《評鑑傳奇二種 韻書三種》，杭州：浙江古籍出版社，1992 年。

62. 李漁，蕭欣橋等點校：《李笠翁批閱三國志》，杭州：浙江古籍出版社，1992 年。

63. 李漁，蕭欣橋點校：《無聲戲 連城璧》，杭州：浙江古籍出版社，1992年。

64. 沈新林：《李漁與無聲戲》，瀋陽：遼寧教育出版社，2000 年（1992 年第一版）。

65. 浙江古籍出版社編：《李漁全集》，全十二冊，杭州：浙江古籍出版社，1992 年。

66. 胡天成：《李漁戲曲藝術論》，重慶：西南師範大學出版社，1993 年。

67. 俞爲民：《李漁《閒情偶寄》曲論研究》，南京：江蘇教育出版社，1994 年。

68. 李漁：《十二樓》，台北：三民書局，1995 年。

69. 李漁：《十二樓》，台北：建宏出版社，1995 年。

70. 李漁：《連城璧》，上海：上海古籍出版社，1995 年。

71. 李漁：《連城璧》，台北：建宏出版社，1995 年。

72. 李漁：《無聲戲》，台北：雙笛國際出版，1995 年。

73. 陳再明：《湖上異人李笠翁》，台北：漢欣文化事業公司，1995 年。

74. 黃麗貞：《李漁研究》，台北：國家出版社，1995 年。

75. 顏天佑：《閒情偶寄：藝術生活的結晶》，台北：時報文化，1995 年。

76. 李漁，李忠實譯注：《閒情偶寄》，天津：天津古籍出版社，1996 年。

77. 吳瓊：《湖上笠翁──清代奇聞李漁》，崑明：雲南人民出版，1996 年。

78. 黃強：《李漁研究》，杭州：浙江古籍出版社，1996 年。

79. 沈新林：《李漁評傳》，江蘇：蘇州大學出版社，1997 年。

80. 張曉軍：《李漁創作論稿：藝術的商業化與商業化的藝術》，北京：文化藝術出版社，1997 年。

81. 杜書瀛：《李漁美學思想研究》，北京：中國社會科學出版社，1998 年。

82. 沈新林：《李漁評傳》，江蘇：南京師範大學出版社，1998 年。

83. 俞爲民：《李漁評傳》，江蘇：南京大學出版社，1998 年 2000 年再版。

84. 浙江古籍出版社編：《李漁全集修訂本》，全 12 冊，杭州：浙江古籍出版社，1998 年再版（1992 年第一版）。

85. 李漁：《十二樓》，北京：人民文學出版社，1999 年。

86. 李漁：《無聲戲》，北京：人民文學出版社，1999 年。

87. 王國維、李漁著，孟澤校點：《人間詞話 笠翁曲話》，長沙：嶽麓書社，1999 年。

88. 郭英德：《李漁》，瀋陽：春風文藝出版社，1999 年。

89. 李漁：《無聲戲、覺世十二樓》，北京：中國戲劇出版社，2000 年。

90. 李漁，民輝譯：《閒情偶寄》，長沙：嶽麓書社，2000 年。

91. 李漁，江巨榮、盧壽榮校注：《閒情偶寄》，上海：上海古籍出版社，2000 年。

92. 李漁，艾舒仁編次、舟云飛校點：《李漁隨筆全集》，成都：巴蜀書社，2002 年。

93. 李漁：《閒情偶寄》，臺北：明文書局，2002 年。

94. 徐保衛：《李漁傳》，天津：百花文藝出版社，2002 年。

95. 李漁，王連海注釋：《閒清偶寄圖說》，全二冊，濟南：山東畫報出版社，2003 年。

96. 李漁：《肉蒲團秘本》，台北：國家出版社，2004 年。

97. 胡元翎：《李漁小說戲曲研究》，北京：中華書局，2004 年。

98. 黃果全：《雅俗之間──李漁的文化人格與文學思想研究》，北京：中國社會科學出版社，2004 年。

99. 董每戡：《《笠翁曲話》拔萃論釋》，廣州：廣東高等教育出版社，2004 年。

100. 趙文卿、李彩標編：《李漁研究》，北京：中國文聯出版社，2000 年。

101. 駱兵：《李漁的通俗文學理論與創作研究》，北京：經濟管理出版社，2004 年。

102. 萬晴川：《風流道學：李漁傳》，杭州：浙江人民出版社，2005 年。

103. 萱子編：《李漁說閒》，濟南：山東畫報出版社，2006 年。

104. （美）張春樹、駱雪倫著，王湘雲譯：《明清時代之社會經濟巨變與新文化──李漁時代的社會與文化及其現代性》，上海：上海古籍出版社，2008 年。

105. 李漁，王學奇等校注：《笠翁傳奇十種校注》，天津：天津古籍出版社，2009 年。

二、外文書籍

1. Chun-shu Chang（張春樹）、Shelley Hsueh-lun Chang，（雪萊，漢名駱雪倫）*Crisis and Transformation in Seventeenth-Century China：Society, Culture, and Modernity in Li Yü's World*，University of Mivhigan，1992 年。

2. Eric P. Henry（韓南），*Chinese Amusement ：The Lively Plays of Li Yu*《中國人的娛樂：李漁的充滿生氣的演出》，Mass. : Harvard University Press，1980 年。

3. Hanan Patrick, *The Invention of Li Yu*《李漁的創作》，Cambridge, Mass. : Harvard University Press.，1988 年。

4. Man, Sai-cheon（文世昌），*A Study of Li Yu on Drama*《李漁戲劇理論的研究》，Hong Kong：University of Hong Kong Libraries, 1970。

5. Martin, Helmut（馬漢茂），*LI YLI-WENG ÜBER DAS THEATER*（《李笠翁及其著作》），1966 年。（海德堡大學中國文化博士學位論文）

6. Matsuda Shizue（馬措達），*Li Yu:His Life and Moral Philosophy as Reflected in His Fiction*《李漁生平及其小說中所反映的道德哲學》，Thesis（Ph.D.）--Columbia University, 1978. Ann Arbor, Mich. : University Microfilms International,1985。

7. Mao Nathan K.（茅國權）、Liu Ts'un-yan（柳存仁），*Li Yü*《李漁》，Boston : Twayne Publishers, 1970。

附錄三　中文單篇論文資料彙編
（1960.1.1.～2009.12.30.）

資料更新最終時間：2010 年 7 月 30 日

※ 說明：

* 作者：〈篇名〉，《期刊名》，卷期，出版年月，頁數。

* 依姓名筆劃排序

1. （日）伊藤漱平，胡天民譯：〈李漁小說的版本及其流傳——以《無聲戲》為中心〉，《明清小說研究》，總第 6 期，1987 年。

2. （日）岡晴夫，王涵譯：〈游戲文藝——其理解之難〉，浙江《藝術研究》，第 11 輯，1989 年。（岡晴夫：《遊戲文藝——其理解之難》，《中國——社會與文化》第 2 號，1987 年 6 月，第 246～252 頁。）

3. （日）岡晴夫，仰文淵譯：〈李漁的戲曲及其評價〉，《復旦學報（社會科學版）》，1986 年，第 6 期，頁 51～59。（岡晴夫：《關於李漁評價的考察》，《藝術研究》第 54 號，1989 年 3 月，第 103～133 頁。中譯載《藝術研究》第 11 輯，浙江省藝術研究所 1989 年，第 338～358 頁。）

4. （日）岡晴夫，胡志昂譯：〈關於李漁評價的考察〉，浙江《藝術研究》，第 11 輯，1989 年。（岡晴夫：《關於李漁評價的考察》，《藝術研究》第 54 號，1989 年 3 月，第 103～133 頁。）

5. （日）岡晴夫：〈李漁的戲曲及其評價〉，《中國古代、近代文學研究》，第 1 期，1987 年。（岡晴夫：《李漁的戲曲及其評價》，《藝文研究》第 43 號，1982 年 12 月，第 57～73 頁。中譯載《戲曲研究》第 17 輯，文化藝術出版社 1985 年；《復旦大學學報》（社會科學版）1986 年第 6 期，第 51～59 頁；《李漁全集》第 20 卷，浙江古籍出版社 1991 年，第 252～272 頁。）

6. （日）岡晴夫：〈李漁的戲曲與歌舞伎〉，《文藝研究》，1987 年，第 4 期，頁 66～69。（岡晴夫：《李笠翁的戲曲與歌舞伎》，《演劇學》第 31 號，1990 年 1 月，第 96～105 頁。中譯載《地方戲藝術》總第 51 期，河南省戲劇研究所 1992 年，第 3～8 頁。）

7. （日）岡晴夫：《戲作者氣質——李笠翁與日本》，《藝海》第 1 號，湖南省藝術研究所 1993 年，第 40～41 頁。（岡晴夫：《戲作者氣質——李笠翁與日本》，《新日本文學大系》第 80 卷，月報 33。岩波書店 1992 年 2 月，第 1～4 頁。）

8. （日）岡晴夫：〈明清戲曲界中的李漁之特異性〉，《中國古代、近代文學研究》，第 3 期，1998 年。

9. （美）埃裡克・亨利，徐惠風譯：〈李漁：站在中西喜劇的交叉點上〉，《戲劇藝術》，1989 年，第 3 期，頁 115～122。

10. （德）馬漢茂：〈李笠翁與《無聲戲》〉，《大陸雜志》，第 38 卷第 2 期，1969 年。

11. Evseeff, David D.：〈明末清初的「男色」風氣與笠翁之文學作品〉，《中國文學研究》，第 19 期，2004 年 12 月，頁 133～158。

12. 一丁：〈李笠翁的《無聲戲》〉，《新民報晚刊》，1956 年。

13. 丁放：〈試析李漁的戲曲語言理論〉，《安徽新戲》，第 3 期，1995 年。

14. 卜文紅：〈從《風箏誤》看李漁的戲劇觀〉，《伊犁教育學院學報》，2002 年，第 2 期，頁 18～19、頁 23。

15. 于平：〈徐渭、李贄、湯顯祖、李漁樂舞思想述略〉，《北京舞蹈學院學報》，1992 年，第 2 期，頁 10～19。

16. 于在春：〈李漁《脫窠白今譯》〉，《江蘇戲曲》，第 9 期，1980 年。

17. 大雅藝文雜誌編輯部：〈閒情偶寄圖說〉，《大雅藝文雜誌》，第 33 期，2004 年 6 月，頁 74。

18. 尹恭弘：〈評《論李漁的戲劇美學》〉，《文學評論》，1985 年，第 5 期，頁 99、頁 138～141。

19. 勾豔軍：〈曲亭馬琴讀本序跋與李漁戲曲小說論〉，《日本學論壇》，2006 年，第 2 期，頁 32～38。

20. 孔瑞明：〈試論李漁的喜劇藝術〉，《晉中師範高等專科學校學報》，2003 年，第 3 期，頁 226～227。

21. 孔憲易：〈關於李漁的《無聲戲》殘本〉，《文史》，第 9 期，1980 年。

22. 孔憲易：〈關於李漁的殘本《無聲戲》簡介〉，《山西人民出版社編藝文志第一輯》，第一期，1983 年。

23. 方晚：〈對李漁戲劇理論和創作的再認識〉，《東方藝術》，2008 年，第 S1 期，頁 16～19。

24. 方晴、陳新鳳：〈略論李漁戲曲思想的核心〉,《江西財經大學學報》,2009年,第1期,頁113～117。

25. 方然：〈李漁小説的藝術特質及其文化成因〉,《蘇州大學學報》,1997年,第1期,頁76～78、頁85。

26. 方葉：〈李漁文化人格論〉,《中南民族學院學報（哲學社會科學版）》,1999年,第4期,頁87～89。

27. 毛攀雲：〈論李漁戲曲創作的理論自覺〉,《重慶科技學院學報（社會科學版）》,2008年,第10期,頁156～157。

28. 王丹萍：〈論李漁小説的戲劇化特色〉,《今日南國（理論創新版）》,2008年,第6期,頁98～100。

29. 王文暉：〈李漁小説詞語選釋〉,《古漢語研究》,2000年,第3期,頁78～79。

30. 王月潔：〈中國傳統美學思想對中國設計的主要影響——論明代李漁「宜簡不宜繁,宜自然不宜雕斲」〉,《内蒙古師範大學學報（哲學社會科學版）》,2008年,第S3期,頁42～43。

31. 王功龍、劉東：〈李漁的居室美學思想〉,《美與時代》,2005年,第3期,頁17～20。

32. 王正兵：〈《姑妄言》與李漁小説〉,《寧波大學學報（人文科學版）》,2008年,第1期,頁25～29。

33. 王正兵：〈李漁小説通俗論〉,《文史雜誌》,2002年,第5期,頁48～50。

34. 王正兵：〈李漁小説創新論〉,《社會科學輯刊》,2003年,第2期,頁174～177。

35. 王正兵：〈李漁小説藝術成因論〉,《商丘師範學院學報》,2004年,第1期,頁58～59。

36. 王正兵：〈淺析李漁小説的喜劇特點〉,《鹽城師範學院學報（人文社會科學版）》,2002年,第2期,頁20～23。

37. 王正兵：〈試論李漁小説的敘事特徵〉,《鹽城師範學院學報（人文社會科學版）》,2003年,第2期,頁36～38。

38. 王永寬：〈一生多半在車船——李漁的戲曲生涯〉,《古典文學知識》,第6期,1987年。

39. 王汝梅：〈「李漁評改《金瓶梅》」考辨——兼談崇禎本系統的某些版本特徵〉,《吉林大學社會科學學報》,1992年,第5期,頁83～88。

40. 王汝梅：〈李漁的「無聲戲」創作及其小説理論〉,《文學評論》,1982年,第2期,頁129～134。

41. 王汝梅：〈李漁研究史上的里程碑——評介《李漁全集》〉,《社會科學輯刊》,1992年,第4期,頁160。

42. 王岑：〈笠翁曲中對于文人之揶揄〉，《藝文雜志》，第 2 卷第 3 期，1944 年。

43. 王良惠：〈李漁的創新之論〉，《中國古代、近代文學研究》，第 6 期，1984 年。

44. 王良惠：〈李漁的創新之論〉，《松遼學刊（社會科學版）》，第 1 期，1984 年。

45. 王佳磊：〈李漁戲曲結構論〉，《雲南藝術學院學報》，2006 年，第 2 期，頁 92～96。

46. 王宗玖：〈李漁戲曲表演美學簡論〉，《河北師院學報》，第 4 期，1987 年。

47. 王宗玖：〈李漁戲曲美學三題〉，《文科教學》，第 1 期，1985 年。

48. 王昕：〈論李漁的藝術人生〉，《文史哲》，1994 年，第 3 期，頁 67～71。

49. 王昕：〈論李漁擬話本的個性特色〉，《福州大學學報（哲學社會科學版）》，2000 年，第 2 期，頁 100～104、頁 132。

50. 王金鳳：〈試析道具在李漁短篇小說中的功能〉，《青海師範大學民族師範學院學報》，2008 年，第 2 期，頁 17～20。

51. 王建科：〈李漁的科諢理論及其小說戲曲的科諢藝術〉，《東方人文學誌》，第 1 卷第 4 期，2002 年 12 月，頁 123～147。

52. 王建科：〈李漁的科諢理論及其在戲曲史上的地位〉，《陝西師範大學繼續教育學報》，2003 年，第 1 期，頁 56～60。

53. 王建科：〈試論李漁小說中的科諢藝術〉，《青海師範大學學報（哲學社會科學版）》，2003 年，第 1 期，67～71 頁。

54. 王建科：〈試論李漁戲曲《風箏誤》中的科諢藝術〉，《三峽大學學報（人文社會科學版）》，2003 年，第 2 期，頁 64～67。

55. 王建設：〈李漁戲劇觀眾學簡論〉，《社會科學論壇》，1996 年，第 6 期，頁 57～60。

56. 王秋貴：〈笠翁教優——李漁藝術教育主張淺識〉，《戲曲藝術》，1984 年，第 1 期，頁 80～84。

57. 王紅梅、鄧婕：〈淺析李漁曲論中的「重機趣」〉，《焦作教育學院學報》，2001 年，第 2 期，頁 18～19、頁 38。

58. 王紅梅：〈李漁的商人意識〉，《濮陽教育學院學報》，2001 年，第 2 期，頁 24～25、頁 36。

59. 王紅梅：〈李漁的婦女觀〉，《首都師範大學學報（社會科學版）》，2000 年，第 6 期，頁 47～49。

60. 王家綏：〈《風箏誤》〉，《北平晨報劇刊》，第 285 期，1936 年。

61. 王家範、馮傑：〈論李漁的園林建築美學思想〉，《中國園林》，1992 年，第 4 期，頁 32～36。

62. 王茜：〈李漁論戲曲情節的真實性與新奇性〉，《戲曲藝術》，2001 年，第 2 期，頁 39～41。

63. 王敏：〈論李漁擬話本小說「無聲戲」的美學風格〉，《蘭州學刊》，2007 年，第 1 期，頁 156～157、頁 169。

64. 王敏：〈論李漁擬話本小說的個性化特徵〉，《齊魯學刊》，2005 年，第 6 期，頁 92～94。

65. 王清平、丁修振：〈《風箏誤》與《牆頭記》比較談〉，《蒲松齡研究》，2007 年，第 3 期，頁 106～115。

66. 王傑：〈清初詞曲理論專家李漁〉，《浙江月刊》，第 2 卷第 1 期，1969 年 10 月，頁 24～25。

67. 王萍：〈論李漁設計及其中的商業因素〉，《藝術百家》，2007 年，第 S1 期，頁 7～9、頁 12。

68. 王意如：〈生活美的審視和構建——論李漁《閒情偶寄》中的審美理論〉，《西藏民族學院學報（社會科學版）》，1997 年，第 3 期，頁 51～55。

69. 王愛平：〈從王驥德到李漁：中國傳統戲劇理論的一條主線〉，《華僑大學學報（哲學社會科學版）》，2003 年，第 4 期，頁 95～102。

70. 王潤華：〈從李漁的望遠鏡到老舍的近視眼鏡〉，《中國現代文學研究叢刊》，1993 年，第 3 期，頁 198～209。

71. 王磊：〈論李漁戲劇結構理論〉，《大理學院學報》，2008 年，第 9 期，頁 56～60。

72. 王曉春：〈李漁小說喜劇化的內在精神研究〉，《學習與探索》，2003 年，第 2 期，頁 112～114。

73. 王曉春：〈論戲劇對李漁小說敘事形態的影響〉，《學術交流》，2003 年，第 10 期，頁 155～158。

74. 王璦玲：〈明末清初才子佳人劇之言情內涵及其所引生之審美構思〉，《中國文哲研究集刊》，第 18 期，2001 年 3 月，頁 139～188。

75. 王璦玲：〈晚明清初戲曲審美意識中情理觀之轉化及其意義〉，《中國文哲研究集刊》，第 19 期，2001 年 9 月，頁。183～250

76. 王麗娜：〈《十二樓》在國外〉，《明清小說論叢》，第 4 期，1986 年。

77. 王鐿容：〈傳「奇」乎？傳「教」乎？——（清）李漁編輯《千古奇聞》的編選視域初探〉，《中極學刊》，第 7 期，2008 年 6 月，頁 237～265。

78. 王豔玲：〈論李漁的「團圓之趣」〉，《長治學院學報》，2006 年，第 4 期，頁 23～25。

79. 王晗：〈論李漁戲劇舞臺藝術理論的美學追求〉，《長江師範學院學報》，2008 年，第 2 期，頁 31～35。

80. 丘燮友：〈讀《李漁研究》〉，《國語日報書和人》，1974 年。（台灣）

81. 付善明：〈《閒情偶寄》與《金瓶梅》中的女性美〉，《寧夏師範學院學報》，2009 年，第 4 期，頁 25～28。

82. 冉東平：〈李漁與亞理斯多德戲劇結構理論的比較──評楊絳的《李漁論戲劇結構》〉，《戲劇文學》2008，年，第 4 期，頁 63～66。

83. 包建強：〈李漁《曲論》的新探討〉，《中國古代小說戲劇研究叢刊》，2004 年，第 00 期，頁 261～272。

84. 司敬雪：〈李漁的婦女觀〉，《大舞臺》，2003 年，第 5 期，頁 39～41。

85. 史文娟：〈一卷代山，一勺代水──談李漁與《閒情偶寄‧居室部》〉，《華中建築》，2008 年，第 10 期，頁 205～210。

86. 田俊武、朱茜：〈呼喚自由愛情的兩個聲音──《羅密歐與茱麗葉》和《比目魚》比較論〉，《名作欣賞》，2007 年，第 20 期，頁 118～121。

87. 申屠奇：〈李漁的故居和墳墓〉，《羊城晚報》，1962 年。

88. 白屋：〈李笠翁談戲〉，《新民報晚刊》，1956 年。

89. 白浪：〈戲曲理論家──李笠翁〉，《安徽戲劇》，第 5 期，1959 年。

90. 白華：〈嫁與不嫁的抉擇──《憐香伴》與《封三娘》的比較研究〉，《東南大學學報（哲學社會科學版）》，2007 年，第 S2 期，頁 198～200。

91. 石卉：〈冷熱小議〉，《古代文學理論研究叢刊》，第 2 輯，1980 年。

92. 石菁：〈新而妥，奇而確〉，《古代文學理論研究叢刊》，第 5 輯，1981 年。

93. 伍光輝：〈李漁《十二樓》中情與理的調和與疏離〉，《遼寧行政學院學報》，2007 年，第 5 期，頁 238～239。

94. 伍聯群：〈覺世稗官筆下的俚巷雜碎事──李漁及其擬話本小說略論〉，《川東學刊》，1997 年，第 1 期，頁 83～85、頁 119。

95. 伏漫戈：〈論李漁《十二樓》的文人化特徵〉，《唐都學刊》，2002 年，第 2 期，頁 89～91。

96. 伏滌修：〈李漁商業化戲曲創作追求成因探論〉，《江南大學學報（人文社會科學版）》，2003 年，第 5 期，頁 63～67、頁 76。

97. 伏滌修：〈論李漁「一夫不笑是吾憂」的商業化戲曲創作宗旨的積極意義〉，《藝術百家》，2001 年，第 3 期，頁 18～23。

98. 伏滌修：〈論李漁與李玉的職業戲曲作家與專門戲曲作家之別〉，《戲曲藝術》，2004 年，第 3 期，頁 50～55。

99. 伏滌修：〈論李漁戲曲傳奇性的實現〉，《戲曲藝術》，2002 年，第 1 期，頁 22～27。

100. 仲鳳娟：〈詩意的棲居地——試論《閒情偶寄》之生存之道〉，《今日南國（理論創新版）》，2009 年，第 10 期，頁 154～155。

101. 任心慧：〈「勞殺筆耕終活我」——從李漁對「本業治生」之異化看其經濟人格〉，《宜賓學院學報》，2002 年，第 1 期，頁 55～56。

102. 任江維：〈「尖新奇巧」——李漁小説特點分析〉，《安徽文學（下半月）》，2009 年，第 9 期，頁 18。

103. 任江維：〈李漁小説思想内容分析〉，《民營科技》，2009 年，第 6 期，頁 54。

104. 任江維：〈李漁小説創作中的戲劇因素〉，《大眾文藝（理論）》，2009 年，第 10 期，頁 125。

105. 任紀齡：〈為登場而設的曲文詞采（讀李漁〈曲話・詞采〉箚記）〉，《中國古代、近代文學研究》，第 7 期，1986 年。

106. 全景長：〈淺談李漁關於戲劇語言的理論——閱讀《閒情偶寄》箚記〉，《南都學壇》，1987 年，第 2 期，頁 36～39。

107. 安凌：〈淺談胡適對李漁戲曲的評價〉，《新疆大學學報（哲學人文社會科學版）》，2008 年，第 2 期，頁 123～126。

108. 式微：〈優人三昧〉，《古代文學理論研究叢刊》，第 5 輯，1981 年。

109. 曲金燕：〈「只羨鴛鴦不羨仙」——論冒襄、李漁的言情傳奇小説〉，《江蘇社會科學》，2006 年，第 S2 期，頁 73～75。

110. 朱文相：〈李漁的戲曲理論〉，《電大文科園地》，第 7 期，1985 年。

111. 朱東潤：〈李漁戲劇論綜述〉，《武漢大學文哲季刊》，第 3 卷第 4 號，1934 年。

112. 朱亮潔：〈李漁的園林生活及隱逸思維〉，《中國文學研究》，第 22 期，2006 年 6 月，頁 93～132。

113. 朱秋娟：〈李漁家班系年〉，《南京理工大學學報（社會科學版）》，2008 年，第 4 期，頁 28～33。

114. 朱秋娟：〈李漁家班與《閒情偶寄》的戲曲理論〉，《藝術百家》，2008 年，第 1 期，頁 145～148。

115. 朱秋娟：〈李漁與他的家班女樂〉，《古典文學知識》，2008 年，第 1 期，頁 101～105。

116. 朱恒夫：〈明末清初優伶的世界——從戲曲材料學的角度看李漁小説《曲終死節》〉，《古典文學知識》，2001 年，第 3 期，頁 57～62。

117. 朱偉明：〈李漁與孔尚任戲劇理論之比較〉，《文科學報文摘》，第 5 期，1990 年。

118. 朱偉明：〈兩種不同的理論品格及其意義——李漁與孔尚任戲劇理論之比較〉，《湖北大學學報（哲學社會科學版）》，1990 年，第 2 期，頁 37～41。

119. 朱湘：〈批評家李笠翁〉，《語絲》，第 19 期，1925 年。

120. 朱湘：〈笠翁十種曲〉，《小說月報》，第 17 卷號外，1927 年。

121. 朱菁：〈淺探清代戲劇家李漁的語言藝術〉，《雙語學習》，2007 年，第 8
期，頁 144。

122. 朱瑜章：〈似此才稱汗漫遊——李漁《涼州》賞析〉，《名作欣賞》，2007
年，第 13 期，頁 50～52。

123. 朱萬曙：〈再讀李漁——評黃強的〈李漁研究〉〉，《安徽新戲》，第 1 期，
1997 年。

124. 朱萬曙：〈論李漁的戲劇理論體系〉，《藝術百家》，1991 年，第 1 期，頁
37～45。

125. 朱達藝：〈試析李漁『一人一事』戲劇觀〉，《戲文》，第 5 期，1987 年。

126. 朱雷：〈有關李漁「便面窗」的分析——借助於媒介的思想看空間的轉
換〉，《華中建築》，2006 年，第 10 期，頁 162～163。

127. 朱維之：〈浪漫主義的戲劇（有論李漁一段）〉，《中國文藝思潮文稿》，南
開大學出版社，第 4 期，1988 年。

128. 朱穎輝：〈如何評價明代劇作、劇論與舞臺實踐的關系——對《李漁論戲
劇導演》一文的商榷〉，《文藝研究》，第 2 期，1981 年。

129. 朱穎輝：〈如何評價明代劇作、劇論與舞臺實踐的關係——對《李漁論戲
劇導演》一文的商榷〉，《文藝研究》，1981 年，第 2 期，頁 125～127。

130. 朱錦華：〈《閒情偶寄》成書時間考辨〉，《四川師範大學學報（社會科學
版）》，2003 年，第 3 期，頁 53～55。

131. 朱錦華：〈李漁戲曲理論研究 50 年綜述〉，《徐州師範大學學報》，2004
年，第 4 期，頁 17～21。

132. 江一：〈擴古競今——讀《脫窠臼》〉，《江蘇戲曲》，第 9 期，1980 年。

133. 江巨榮：〈《無聲戲》與劉正宗、張縉彥案〉，復旦大學《中國古典文學叢
考》，1987 年。

134. 江弘基：〈李笠翁的人生哲學〉，《實報半月刊》，第 2 卷第 13 期，1937
年。

135. 江汛：〈但做人間識字農——紀念大戲劇家李漁逝世三百周年〉，《西湖》，
第 12 期，1980 年。

136. 江宏、盧榕峰：〈唯我填詞不賣愁 一夫不笑是吾憂——從《風箏誤》的
喜劇創作技法看李漁論戲劇結構〉，《廣西大學學報（哲學社會科學版）》，
2009 年，第 5 期，頁 124～127。

137. 江峰：〈李漁家世及其他——對《李漁生平事跡的新發現》一文之質疑〉，
《戲文》，第 3 期，1982 年。

138. 江寄萍：〈李笠翁十種曲〉，《天津益世報戲劇與電影》，第 39 期，1933 年。

139. 竹癡：〈李笠翁才華和人品的研究〉，《生力月刊》，第 67 期，1973 年 4 月，頁 27～29。

140. 羽離子：〈李漁作品在海外的傳播及海外的有關研究〉，《四川大學學報（哲學社會科學版）》，2001 年，第 3 期，頁 69～78。

141. 羽離子：〈評析李漁的長篇小說在歐美的風行〉，《四川外語學院學報》，2002 年，第 1 期，頁 25～28。

142. 何敏：〈論李漁小說在英語世界的譯介與特點〉，《中國文化研究》，2008 年，第 1 期，頁 162～169。

143. 何樂一：〈李漁出生地小考〉，《江蘇戲劇》，第 8 期，1982 年。

144. 余上沅：〈摘錄李笠翁戲劇理論〉，《清華文學月刊》，第 2 卷第 4 期，1932 年。

145. 余康發、楊劍：〈《合錦回文傳》作者並非李漁〉，《景德鎮高專學報》，2005 年，第 3 期，頁 42～43。

146. 吳戈：〈如何理解李漁的「立主腦」？〉，《浙江師範大學學報》，1986 年，第 1 期，頁 45～48。

147. 吳戈：〈李漁「立主腦」試解〉，《戲劇藝術資料》，第 7 期，1982 年。

148. 吳江：〈填詞之設，專為登場——讀李漁《閒情偶寄》有感〉，《新劇本》，第 2 期，1985 年。

149. 吳宏一：〈李漁「窺詞管見」析論〉，《國立編譯館館刊》，第 24 卷第 1 期，1995 年 6 月，頁 101～127。

150. 吳秀華：〈略論李漁戲劇的美學追求〉，《河北師範大學學報（哲學社會科學版）》，2007 年，第 6 期，頁 48～55。

151. 吳其敏：〈紀曉嵐、李笠翁的淺陋〉，《台北河洛圖書出版社文史小札》，1978 年。（台灣）

152. 吳枝培：〈關於李漁戲曲理論的兩個問題〉，《光明日報文學遺產》，第 496 期，1965 年。

153. 吳芬燕：〈李漁話本小說研究〉，《台灣東吳大學中國文學研究所碩士論文》，第期，1986 年。

154. 吳建民：〈李漁的戲劇思想述評〉，《徐州教育學院學報》，2005 年，第 2 期，頁 80～83。

155. 吳乾浩：〈洗滌窠臼，變舊成新——《李笠翁曲話》研究一得〉，《劇海》，第 1 期，1988 年。

156. 吳國欽：〈理論的巨人，創作的矮子——論李漁〉，《戲劇藝術資料》，第 4 期，1981 年。

157. 吳淑慧：〈明清傳奇教化典範的思索——以李漁《閒情偶寄》對戲曲典範的再理解〉，《輔大中研所學刊》，第 11 期，2001 年 10 月，頁 255～270。

158. 吳喜梅：〈由《閒情偶寄》看李漁尚俗的戲劇觀〉，《理論界》，2007 年，第 6 期，頁 221～222。

159. 吳華雯：〈試論李漁小說創作的商業化〉，《廈門廣播電視大學學報》，2006 年，第 1 期，頁 41～44。

160. 吳新苗：〈從《意中緣》看李漁風情喜劇的特色〉，《雲南藝術學院學報》，2008 年，第 3 期，頁 5～9。

161. 吳新雷：〈李漁和清代戲劇創作論的發展〉，《陰山學刊》，1990 年，第 2 期，頁 1～4、頁 9。

162. 吳楚：〈讀〈李漁全集〉〉，《文學遺產》，第 4 期，1992 年。

163. 吳毓華：〈論證嚴密 新見迭出——讀《李漁戲曲藝術論》〉，《戲曲藝術》，1994 年，第 4 期，頁 74～75。

164. 吳瑞霞：〈李漁劇學聲律論與《中原音韻》〉，《戲曲研究》，2001 年，第 2 期，頁 102～109。

165. 吳瑞霞：〈李漁聲律觀評析〉，《戲曲研究》，2004 年，第 1 期，頁 171～181。

166. 吳瑞霞：〈論《琵琶記》的敘事結構——李漁「立主腦」理論之透視〉，《湖北師範學院學報（哲學社會科學版）》，2003 年，第 4 期，頁 86～89。

167. 吳瑞霞：〈觀眾接受意識與戲曲結構形式——李漁戲曲結構理論透視〉，《戲劇》，2001 年，第 3 期，頁 67、頁 112～116。

168. 吳廣義：〈李漁《十二樓》回首詩詞的語言特色〉，《漢字文化》，2002 年，第 4 期，頁 18～20。

169. 吳廣義：〈李漁戲劇理論在小說創作中的運用〉，《陰山學刊》，2001 年，第 3 期，頁 37～38。

170. 吳鄭：〈也談李漁的「立主腦」說〉，《上海戲劇》，1980 年，第 5 期，頁 41～42。

171. 吳曉鈴：〈考李笠翁的新傳奇八種〉，《中華戲曲》，第 5 輯，1988 年，頁 278～298。

172. 吳錫澤：〈李笠翁論詞〉，《中央日報》，1968 年（分三次連載）。（台灣）

173. 吳瓊：〈解讀李漁《憐香伴》〉，《滁州學院學報》，2009 年，第 1 期，頁 26～29。

174. 吳豔萍：〈以敘事為中心的戲曲文學觀——試論李漁戲曲理論的敘事性〉，《廈門教育學院學報》，2009 年，第 4 期，頁 19～23。

175. 吳豔萍：〈李漁以敘事為中心的戲曲理論成因探討〉，《福建教育學院學報》，2009 年，第 2 期，頁 78～81。

176. 呂依嬙：〈機趣、戲謔、新詮釋——論李漁《無聲戲》的性別書寫〉，《中極學刊》，第 3 期，2003 年 12 月，頁 91～113。

177. 呂特、曾錦標：〈匠心獨運構築的精美樓閣——論李漁的《十二樓》〉，《邵陽師範高等專科學校學報》，2000 年，第 6 期，頁 46～48。

178. 呂特：〈悲劇意蘊：李漁小說解讀的一個特殊視角〉，《湖南第一師範學報》，2002 年，第 3 期，頁 41～44。

179. 呂雙燕：〈「填詞之設 專爲登場」——李漁劇作論中的觀眾心理學〉，《齊魯藝苑》，1990 年，第 3 期，頁 26～28、頁 33。

180. 均寧：〈客隨主行之妙——讀《李笠翁曲話》〉，《上海戲劇》，第 12 期，1962 年。

181. 宋世勇、張彩霞：〈李漁《閒情偶寄》園林美學與戲曲理論的關係〉，《衡陽師範學院學報（社會科學）》，2002 年，第 2 期，頁 76～80。

182. 宋昱：〈大世若「漁」寄閒情——李漁《閒情偶寄》所折射出的現代意識魅力〉，《東南大學學報（哲學社會科學版）》，2009 年，第 S1 期，頁 189～190。

183. 宋筱蕙：〈李漁及其戲曲論〉，《嘉義師專學報》，第 12 期，1982 年 5 月，頁 385～396。

184. 岑雪葦：〈李漁「態」之戲曲美學内涵論析〉，《戲曲藝術》，2003 年，第 4 期，頁 40～43。

185. 李小紅：〈「不效美婦一顰，不拾名流一唾」——李漁論戲曲的通俗性和獨創性〉，《蘭州交通大學學報》，2004 年，第 5 期，114～116 頁。

186. 李小紅：〈李漁論戲劇的舞臺性〉，《青海民族學院學報（教育科學版）》，2003 年，第 2 期，頁 62～64。

187. 李小紅：〈論李漁戲劇的娛樂性〉，《社科縱橫》，2004 年，第 5 期，頁 144～141。

188. 李元貞：〈李漁的喜劇風格及其曲論的成就〉，《大陸雜誌》，第 78 卷第 4 期，1989 年 4 月，頁 24～34。

189. 李元貞：〈李漁的喜劇風格及其曲論的成就〉，《大陸雜誌》，第 78 卷第 5 期，1989 年 5 月，頁 35～46。

190. 李方黎：〈淺談李漁戲劇創作理論的特點〉，《新西部（下半月）》，2009 年，第 9 期，頁 140、頁 155。

191. 李日星：〈李漁對戲劇結構的系統診斷〉，《湘潭大學學報（社會科學版）》，2000 年，第 4 期，頁 100～103。

192. 李日星：〈李漁戲劇「結構」論的美學眞諦〉，《求索》，2000 年，第 2 期，頁 97～101。

193. 李日星：〈從李漁「非奇不傳」的喜劇觀看《望江亭》的審美特徵〉，《湘潭大學學報（社會科學版）》，1985 年，第 4 期，頁 85～89。

194. 李冰：〈從《閒情偶寄》看李漁的聲樂教學理論與實踐〉，《黃鍾（中國．武漢音樂學院學報）》，2003 年，第 S1 期，頁 105～106。

195. 李安恒：〈怎樣看待李漁的編劇理論〉，《文藝百家》，第 1 期，1979 年。

196. 李年豐：〈我國古代著名園林匠師李漁和《閒情偶寄》〉，《廣東園林》，1989 年，第 2 期，頁 5～6。

197. 李年豐：〈李漁和他的造園藝術〉，《園林與名勝》，第 6 期，1985 年。

198. 李年豐：〈清著名園林匠師李漁和《閒情偶寄》〉，《中國園林》，1990 年，第 1 期，頁 21～22。

199. 李利琴：〈李漁、金聖歎戲劇觀比較〉，《四川戲劇》，2007 年，第 3 期，頁 54～56。

200. 李束絲：〈李笠翁的「非奇不傳」戲劇觀〉，《黑龍江日報》，1963 年。

201. 李垣璋：〈《閒情偶寄·詞曲部》中的接受美學思想〉，《十堰職業技術學院學報》，2009 年，第 3 期，頁 81～83。

202. 李建南：〈淺析李漁劇作觀的辨証特色〉，《劇海》，第期，1987 年。

203. 李洪：〈李漁小說戲曲的喜劇性敘事體制及其文化意蘊〉，《遼寧行政學院學報》，2005 年，第 4 期，頁 246～248。

204. 李若馳：〈試探〈曲話〉的戲曲理論體系〉，《延安大學學報》，第 1 期，1985 年。

205. 李軍鋒、李賓：〈李漁小說創作的尚奇觀〉，《唐山師範學院學報》，2006 年，第 3 期，頁 15～17。

206. 李娜、童曉峰：〈虛構·情理·美醜——從傳奇劇《風箏誤》看李漁創作思想的雙重價值取向〉，《北方工業大學學報》，2001 年，第 2 期，頁 39～44。

207. 李娜、歐陽江琳：〈李漁傳奇《比目魚》之藝術特色〉，《安徽文學（下半月）》，2009 年，第 7 期，頁 40～41。

208. 李峰：〈李漁「戲」論對其小說創作的影響〉，《四川戲劇》，2008 年，第 2 期，頁 68～69。

209. 李恭蔚：〈Nathan K. Mao 及 Liu Ts'un-yan 著「李漁」（Li Yu）評介〉，《書評書目》，第 85 期，1980 年 5 月，頁 70～72。

210. 李時人：〈李漁小說創作論〉，《文學評論》，1997 年，第 3 期，頁 96～108。

211. 李國政：〈李漁的戲劇結構論簡說〉，《理論界》，2007 年，第 11 期，頁 212～213。

212. 李強：〈《閒情偶寄》中的聲樂演唱理論〉，《西安音樂學院學報》，2004年，第1期，頁55～57。

213. 李梅：〈近十年李漁品格研究述評〉，《攀枝花學院學報》，2009年，第2期，頁90～93。

214. 李惠綿：〈李漁劇作中的神異情節〉，《中國文學研究》，第5期，1991年5月，頁277～302。

215. 李惠綿：〈明代戲曲文律論之開展演變〉，《臺大中文學報》，第20期，2004年6月，頁135～19。

216. 李惠綿：〈清代曲論之虛實論初探〉，《戲劇藝術》，第3期，1993年。

217. 李硯祖：〈生活的逸致與閒情：《閒情偶寄》設計思想研究〉，《南京藝術學院學報（美術與設計版）》，2009年，第6期，頁33～41、頁233～234。

218. 李敬科：〈「享樂自適」——李漁休閒思想漫談〉，《浙江師範大學學報（社會科學版）》，2008年，第4期，頁35～36。

219. 李瑞豪：〈反諷：李漁的懷疑精神——論李漁短篇小說中的反諷色彩〉，《信陽師範學院學報（哲學社會科學版）》，2004年，第3期，頁105～108。

220. 李瑞豪：〈冷淡心性的悖論——李漁小說中的勸懲〉，《昌吉學院學報》，2004年，第1期，頁11～14。

221. 李萬鈞：〈作為小說家的李漁〉，《外國文學研究》，1995年，第4期，頁52～58。

222. 李萬鈞：〈李漁和西方戲劇理論的對話〉，《福建師範大學學報（哲學社會科學版）》，2000年，第2期，頁47～51。

223. 李萬鈞：〈李漁的「一事」並非亞氏的「一事」〉，《中國文學研究》，第4期，1995年。

224. 李萬鈞：〈從比較文學角度看李漁戲劇理論的價值〉，《文藝研究》，1996年，第1期，頁62～71。

225. 李滿桂：〈李笠翁之戲劇研究〉，《北平晨報劇刊》，1931～1932年（斷續連載）。

226. 李滿桂：〈李笠翁戲劇特長〉，《北平晨報劇刊》，1932年（兩次性連載）。

227. 李慧：〈欲將新事賦新辭，人與世，均入轂——探李漁小說創「新」之法〉，《新鄉師範高等專科學校學報》，2004年，第1期，頁110～112。

228. 李燕、張蔚：〈從《閒情偶寄》看李漁的女性觀〉，《文史博覽（理論）》，2009年，第10期，頁52～53。

229. 李燃青：〈李漁和狄德羅的戲劇美學——中西美學比較研究〉，《寧波師院學報（社會科學版）》，1992年，第3期，頁14～20。

230. 李鴻斌：〈李漁與北京園林〉，《中國園林》，1992年，第4期，頁37～39。

231. 李鎮風:〈金聖歎與李漁戲劇結構論比較〉,《陰山學刊》,2004 年,第 3 期,頁 28～32。

232. 李驊:〈李漁生平五議〉,《浙江省藝術研究所編藝術研究資料第三輯》,第期,1983 年。

233. 杜松柏:〈《李笠翁批閱三國志》李漁評點的價值淺探——從與毛批的差異談起〉,《齊齊哈爾大學學報 (哲學社會科學版)》,2003 年,第 6 期,頁 80～84。

234. 杜松柏:〈奇:李漁小說的藝術境界〉,《明清小說研究》,1996 年,第 4 期,頁 145～153。

235. 杜若:〈與戲劇結不解緣的李笠翁〉,《自由談》,第 32 卷第 8 期,1981 年 8 月,頁 60～64。

236. 杜負翁:〈李漁〉,台灣《中央日報》,1966 年。

237. 杜書瀛:〈《李漁的儀容美學》序說〉,《浙江師大學報》,1996 年,第 4 期,頁 59～64。

238. 杜書瀛:〈《笠翁十種曲》版本、校注及其評價——從《憐香伴》新版校注談起〉,《中山大學學報 (社會科學版)》,2009 年,第 4 期,頁 24～30。

239. 杜書瀛:〈《閑情偶寄》在我國戲劇美學史上的價值〉,《文史知識》,第 12 期,1984 年。

240. 杜書瀛:〈《閒情偶寄》評點〉,《淄博師專學報》,1998 年,第 1 期,頁 44～50、頁 53。

241. 杜書瀛:〈《閒情偶寄》評點 (四)〉,《廣西師院學報》,1998 年,第 1 期,頁 28～32。

242. 杜書瀛:〈再讀李漁——《閒情偶寄》評點本序〉,《揚州大學學報 (人文社會科學版)》,1998 年,第 1 期,頁 13～15。

243. 杜書瀛:〈李漁生平思想概觀〉,《文史哲》,1983 年,第 6 期,頁 21～27。

244. 杜書瀛:〈李漁和造園環境學〉,《中國文化研究》,1996 年,第 2 期,頁 103～109、頁 147。

245. 杜書瀛:〈李漁的戲劇美學引言〉,《淄博師專學報》,1997 年,第 1 期,頁 4～11。

246. 杜書瀛:〈李漁對我國戲劇理論的貢獻〉,《浙江師範大學學報》,1987 年,第 3 期,頁 40～46。

247. 杜書瀛:〈李漁論園林藝術中的山石花木之美〉,《中華藝術論叢》,2008 年,第 00 期,頁 364～380。

248. 杜書瀛:〈李漁論戲劇的審美特性〉,《中國社會科學》,第 1 期,1981 年。

249. 杜書瀛:〈李漁論戲劇真實〉,《文學遺產》,第 1 期,1980 年。

250. 杜書瀛：〈李漁論戲劇結構〉，《美學論叢》，第 4 期，1982 年。

251. 杜書瀛：〈李漁論戲劇導演〉，《文藝研究》，1980 年，第 4 期，頁 125～133。

252. 杜書瀛：〈美與媚：李漁論人體美〉，《東方叢刊》，第 3 期，1996 年。

253. 杜書瀛：〈藝術的抽象和簡化——漫談李漁研究和《笠翁曲話》的價值〉，《新劇本》，第 5 期，1985 年。

254. 杜書瀛：〈讀〈閒情偶寄〉箚記〉，《學習與探索》，第 4 期，1998 年。

255. 杜書瀛：〈讀李漁《閒情偶寄》札記——關於戲劇的審美作用〉，《古典文學論叢》，第 2 輯，1981 年。

256. 杜書瀛：〈讀李漁《閒情偶寄》有感〉，《美與時代（下半月）》，2009 年，第 10 期，頁 15～18。

257. 杜新豔：〈主腦與針線——李漁《拂雲樓》的敘事技巧〉，《海南廣播電視大學學報》， 2006 年，第 1 期，頁 4～5。

258. 杜慧：〈無端笑哈哈 不覺淚紛紛——論李漁白話短篇小說的悲劇内涵〉，《和田師範專科學校學報》，2008 年，第 5 期，頁 80～81。

259. 杜衛：〈李漁的戲曲綜合整體觀〉，《戲劇》，第 2 期，1991 年。

260. 杜衛：〈李漁與亞里士多德戲劇美學思想比較〉，《戲劇》，第 2 期，1989 年。

261. 沈堯：〈《閒情偶寄·詞曲部》新探〉，《劇本》，第 6 期，1979 年。

262. 沈惠如：〈李漁家伶演劇研究〉，《德育學報》，第 8 期，1992 年 10 月，頁 119～128。

263. 沈貽煒、葛雅萍：〈以戲曲爲營生的李漁〉，《浙江廣播電視高等專科學校學報》，2002 年，第 4 期，頁 26～29。

264. 沈貽煒：〈李漁的文化經營之道〉，《藝術百家》，2006 年，第 2 期，頁 15～19。

265. 沈新林：〈「稗官爲傳奇藍本」——李漁小說、戲曲比較研究之一〉，《明清小說研究》，1992 年，第 Z1 期，頁 358～372。

266. 沈新林：〈『莫愁釣客』考〉，《文獻》，第 3 期，1988 年。

267. 沈新林：〈千古絕對 一字難移——李漁與楹聯文化〉，《古典文學知識》，1995 年，第 2 期，頁 61～66。

268. 沈新林：〈宏博精審 求新務實——評《李漁全集》〉，《浙江學刊》，1993 年，第 6 期，頁 96～97。

269. 沈新林：〈李漁的戲曲觀〉，《南通師範學院學報（哲學社會科學版）》，2002 年，第 4 期，頁 146～151。

270. 沈新林：〈李漁金陵事蹟考（上）〉，《南京師大學報（社會科學版）》，1993 年，第 2 期，頁 55～60。

271. 沈新林：〈李漁金陵事蹟考（下）〉，《南京師大學報（社會科學版）》，1994年，第 2 期，頁 85～89。

272. 沈新林：〈李漁品格評議〉，《南京師大學報（社會科學版）》，1991 年，第 3 期，頁 88～93。

273. 沈新林：〈李漁評點《新刻繡像批評金瓶梅》考〉，《明清小說研究》，1995年，第 4 期，頁 38～50。

274. 沈新林：〈李漁園林美學思想探微〉，《藝術百家》，2007 年，第 2 期，頁119～124、頁 147。

275. 沈新林：〈李漁與冒襄〉，《淮陰師範學院學報（哲學社會科學版）》，2003年，第 5 期，頁 676～681。

276. 沈新林：〈李漁與蒲松齡交遊考述〉，《江蘇劇影月報》，第 6 期，1988 年。

277. 沈新林：〈芥子園淺探〉，《明清小說研究》，第 1 期，1989 年。

278. 沈新林：〈探驪覓珠　以告同心——評《李漁（閒情偶寄）曲論研究》〉，《藝術百家》，1995 年，第 4 期，頁 112～114。

279. 沈新林：〈淺談李漁的題畫詩詞〉，《古典文學知識》，2005 年，第 5 期，頁 32～37。

280. 沈新林：〈略論李漁的文藝觀〉，《揚州師院學報（社會科學版）》1989，年，第 4 期，頁 46～49、頁 66。

281. 沈新林：〈無聲戲：李漁的小說觀〉，《揚州師院學報（社會科學版）》，1991年，第 4 期，頁 8～12。

282. 沈新林：〈論李漁小說中的自我形象——兼論自我寄託的創作方法〉，《明清小說研究》，1989 年，第 4 期，頁 12、頁 103～114。

283. 沈新林：〈論李漁的「怪異」——兼論其啓蒙思想與人文精神〉，《明清小說研究》，2006 年，第 2 期，頁 181～190。

284. 沈新林：〈論李漁的小說及其在小說史的地位〉，《南京師大學報》，第期，1988 年。

285. 沈新林：〈論李漁的文藝觀〉，《揚州師院學報》，第 4 期，1989 年。

286. 沈新林：〈論李漁的改名易字及其思想轉變〉，《南京師大學報（社會科學版）》，1989 年，第 3 期，頁 61～66。

287. 沈義芙：〈李漁戲曲藝術漫筆〉，《江西戲劇》，第 4 期，1984 年。

288. 沈義芙：〈略論李漁對湯曲的譏彈〉，《南昌大學學報（人文社會科學版）》，1984 年，第 2 期，頁 84～87。

289. 沈慶會：〈李漁白話短篇小說淺析〉，《科教文彙（下旬刊）》，2008 年，第 1 期，頁 145～146。

290. 沈默、陳雷：〈主立腦，密針線，脫窠白結構篇〉，《廣州文藝》，第 3 期，1981 年。

291. 沈默：〈手則握筆，口卻登場──讀《李笠翁曲話》一得〉，《陝西戲劇》，第 12 期，1981 年。

292. 沈默：〈以舞台演出爲中心的編劇學──談李笠翁曲話〉，《戲文》，第 1 期，1981 年。

293. 汪倜然（汪錫鵬）：〈批評家的李笠翁〉，《矛盾月刊》，第 3 卷第 5 期，1934 年。

294. 汪超宏：〈李漁戲劇理論的自覺意識〉，《華中理工大學學報（社會科學版）》，1997 年，第 4 期，頁 96～99。

295. 汪超宏：〈談李漁的人品及其商人氣質〉，《華中理工大學學報（社會科學版）》，1994 年，第 3 期，頁 109～113、頁 126。

296. 汪開慶：〈李漁的服飾審美理論與日常生活審美化〉，《設計藝術（山東工藝美術學院學報）》，2009 年，第 4 期，頁 46～47。

297. 汪毓楠：〈名字、鏡像與他者──對李漁《風箏誤》的精神分析〉，《吉林廣播電視大學學報》，2008 年，第 2 期，頁 98～99。

298. 言子遊：〈李笠翁的寫劇理論〉，《戲劇雜志（上海）》，第 4 卷第 1 期，1940 年。

299. 車行健：〈李漁論「琵琶記」〉，《輔大中研所學刊》，第 3 期，1994 年 6 月，頁 291～301。

300. 邢益勛：〈窠白不脫，難於創新──讀『李笠翁曲話』有感〉，《新劇本》，第 6 期，1985 年。

301. 周建清：〈論李漁的觀眾本位觀〉，《戲劇文學》，2006 年，第 3 期，頁 70～72。

302. 周美韻：〈淺析李漁的演奏藝術〉，《濟南戲劇叢刊》，第 1 期，1986 年。

303. 周貽謀：〈清代李漁的頤養之道〉，《南京中醫藥大學學報（社會科學版）》，2002 年，第 3 期，頁 147～148。

304. 周貽謀：〈清代李漁對色欲的精闢論述〉，《中國性科學》，2002 年，第 2 期，頁 14～15。

305. 周毅：〈勸懲與娛樂──李漁小說的創作旨歸〉，《黑龍江社會科學》，2001 年，第 2 期，頁 65～68。

306. 周獻民：〈李漁與〈閒情偶記〉〉，《百科知識》，第 10 期，1995 年。

307. 周續賡等：〈清初戲曲及李漁的戲曲理論〉，《中國古代戲曲十九講之一》，北京出版社，1986 年。

308. 孟昭增：〈故事演講教學中的「口授身導」──李漁戲劇理論之一用〉，《上海藝術家》，1996 年，第 6 期，頁 34～35。

309. 孟超：〈談李笠翁《曲話》〉,《文藝報》,第 2 期,1961 年。

310. 宗樹潔：〈以人情得新奇——讀李漁的戲劇創作理論〉,《許昌師專學報》,第 2 期,1982 年。

311. 屈嘯宇：〈神引情節與便面窗——淺議李漁戲劇理論中的戲劇敘事觀〉,《理論界》,2009 年,第 8 期,頁 152～154。

312. 屈嘯宇：〈神引情節與便面窗——淺議李漁戲劇理論中的戲劇敘事觀念〉,《大舞臺》,2009 年,第 2 期,頁 14～17。

313. 岳毅平：〈李漁的園林美學思想探析〉,《學術界》,2004 年,第 6 期,頁 218～222。

314. 念赤：〈李漁戲劇創作理論初探〉,《文科教學》,第 4 期,1982 年。

315. 于敏：〈一人一事說〉,《鴨綠江》,第 12 期,1962 年。

316. 于廣春：〈《閒情偶寄》中的花木種植〉,《園林科技資訊》,1998 年,第 1 期,頁 37。

317. 于謙、魯良：〈李漁《閒情偶寄》中文化休閒思想探析〉,《廣州廣播電視大學學報》,2009 年,第 2 期,頁 60～64、頁 110。

318. 易葉青：〈「能于淺處見才,方是文章高手」〉,《古代文學理論研究叢刊》,第 4 輯,1981 年。

319. 林丹華：〈李漁論戲曲科諢〉,《福建藝術》,第 1 期,1999 年。

320. 林辰：〈喜看《李漁全集》的出版——兼談編輯學者化〉,《中國圖書評論》,1993 年,第 2 期,頁 112～113。

321. 林佳莉：〈從《風箏誤》看李漁的「立言本意」〉,《廈門廣播電視大學學報》,1999 年,第 1 期,頁 33～34、頁 45。

322. 林祖銳、周逢年：〈李漁隨意自適的造園思想〉,《文藝研究》,2009 年,第 12 期,頁 158～159。

323. 林翠鳳：〈「清代名人傳略·李漁傳」糾補〉,《中國書目季刊》,第 24 卷第 2 期,1990 年 9 月,頁 34～48。

324. 武俊紅：〈雅俗並存的社會審美風尚對李漁詞的影響〉,《忻州師範學院學報》,2009 年,第 3 期,頁 27～29。

325. 武俊紅：〈論李漁《窺詞管見》〉,《邢臺學院學報》,2008 年,第 2 期,頁 38～39。

326. 知堂（周作人）：〈笠翁與隨園〉,《大公報文藝》,第 4 期,1935 年。

327. 邵曉舟：〈淺談李漁園林美學思想中的「取景在借」觀點〉,《藝術百家》,2004 年,第 5 期,頁 128～131。

328. 邱春林：〈設計生活——論李漁的設計藝術宗旨〉,《包裝工程》,2005 年,第 2 期,頁 147～149、頁 157。

329. 邱春林：〈設計生活——論李漁的設計藝術宗旨〉，《湖北美術學院學報》，
2004 年，第 2 期，頁 23～26。

330. 邱劍穎：〈李漁戲劇科諢平議〉，《藝苑》，2009 年，第 3 期，頁 51～56。

331. 金萬化：〈不妨聽聽李漁的意見〉，《群言》，1994 年，第 4 期，頁 46。

332. 金萬化：〈李漁對知識產權的呼喚〉，《群言》，1993 年，第 1 期，頁 44
～45。

333. 阿丁：〈戲劇家李笠翁研究〉，《台灣新聞報》，1962 年。

334. 雨石：〈作為文人的李漁〉，《浙江師範大學學報（社會科學版）》，2008
年，第 4 期，頁 37。

335. 侯幼彬：〈李笠翁談建築——讀《閒情偶寄·居室部》〉，《建築學報》，1962
年，第 10 期，頁 25～26。

336. 俞木雄：〈李漁——我國現代文化產業的先驅者〉，《金華職業技術學院學
報》，2002 年，第 4 期，頁 94～95。

337. 俞南飛：〈李笠翁與契訶夫的統一〉，《甘肅文藝》，第 11 期，1961 年。

338. 俞為民：〈論李漁的戲曲創作〉，《南京大學學報》，第 4 期，1989 年。

339. 姜仁達：〈李漁生活美學思想述評〉，《蒙自師範高等專科學校學報》，1994
年，第 3 期，頁 18～24。

340. 姜於風：〈李漁曲目析疑〉，《古代戲曲論叢》，第二輯，1985 年。

341. 姚文放：〈古典主義戲劇美學的總結——李漁的戲劇美學思想〉，《學術論
叢》，第 3 期，1993 年。

342. 姚文放：〈李漁與歌德關於戲劇舞臺性的論述之比較〉，《社會科學輯刊》，
1994 年，第 2 期，頁 132～136。

343. 姚文放：〈李漁戲劇美學的古典傾向與近代因素〉，《藝術百家》，1989 年，
第 2 期，頁 78～83、頁 118。

344. 姚安：〈論李漁的《十種曲》及其戲曲理論的一致性〉，《藝術百家》，2002
年，第 1 期，頁 59～65。

345. 姚品文：〈李漁「立主腦」論辨析〉，《江西師範大學學報》，1992 年，第
1 期，頁 28～33。

346. 姚梅：〈試論八股文「章法理論」對李漁曲論的浸染〉，《武漢大學學報（哲
學社會科學版）》，1996 年，第 6 期，頁 99～103。

347. 施新：〈論李漁的休閒美學思想〉，《名作欣賞》，2006 年，第 22 期，頁
95～98。

348. 柯平：〈李漁自己看了會怎麼說〉，《觀察與思考》，2004 年，第 Z1 期，
頁 110～111。

349. 查月貞、鄒蓉、郭麗君：〈論李漁的詩〉，《景德鎮高專學報》，2008 年，第 1 期，頁 47～49。

350. 段曉華：〈李漁愛情小說創作的調和性〉，《名作欣賞》，2002 年，第 6 期，頁 109～111。

351. 洪欣：〈古代曲論集大成之作——《閒情偶寄》〉，《戲劇文學》，1987 年，第 8 期，頁 64～66。

352. 洪曉雄：〈李漁與水利〉，《水利天地》，1992 年，第 2 期，頁 36～37。

353. 洛地：〈『立主腦』、『減頭緒』——戲曲創作中的兩種手法〉，《浙江藝術研究資料第七輯》，第期，1984 年。

354. 胡小偉：〈曹雪芹與李漁——兼論戲劇對《紅樓夢》藝術的影響〉，《北方論叢》，第 5 期，1983 年。

355. 胡中山：〈論道教文化對李漁戲曲活動的影響〉，《藝術百家》，2007 年，第 3 期，頁 36～38。

356. 胡元翎：〈再論李漁的「虛實」觀〉，《北方論叢》，2007 年，第 4 期，頁 32～35。

357. 胡元翎：〈李漁《蜃中樓》對「柳毅」故事的重寫〉，《文學遺產》，2002 年，第 2 期，頁 90～100、頁 144。

358. 胡元翎：〈李漁及其擬話本藝術精神新解〉，《文學評論》，2004 年，第 6 期，頁 39～48。

359. 胡元翎：〈李漁擬話本篇首詩詞淺探〉，《求是學刊》，2003 年，第 4 期，頁 92～95。

360. 胡元翎：〈從「骨相僅存」到肌膚豐盈——李漁戲劇對小說重寫的原則之二〉，《學術交流》，2003 年，第 5 期，頁 135～138。

361. 胡天成：〈李漁演劇活動摭談〉，《藝術百家》，1990 年，第 4 期，頁 53～59、頁 75。

362. 胡天成：〈論李漁的戲曲基礎理論〉，《藝術百家》，1991 年，第 1 期，頁 29～36。

363. 胡明寶：〈「說人情物理」與「摹仿自然」——李漁與狄德羅戲劇真實觀比較〉，《零陵學院學報》，2004 年，第 1 期，頁 12～16。

364. 胡明寶：〈勸懲與娛樂並重，道學與風流合一——李漁戲劇功能觀評析〉，《零陵師專學報》，1990 年，第 4 期，頁 81～87。

365. 胡芝風：〈臺灣昆劇《風箏誤》、《獅吼記》的有益啟示〉，《中國戲劇》，2007 年，第 1 期，頁 24～25。

366. 胡菊人：〈《肉蒲團》在西方〉，《明報月刊》，第 2 卷第 4 期，1969 年。（台灣）

367. 胡夢華：〈文學批評家李笠翁〉，《小說月報》，第 17 卷號外，1927 年。

368. 胡夢華：〈文學批評家李笠翁〉，《中國文選》，第 81 期，1974 年 1 月，頁 141～154。

369. 胡緒偉：〈李漁曲論若干問題再議──兼答黃天健同志〉，《爭鳴》，第 1 期，1989 年。

370. 胡緒偉：〈李漁戲曲理論的若干問題〉，《爭鳴》，第 4 期，1987 年。

371. 胡適：〈文學進化觀念與戲劇改良〉，《胡適文存》，第 1 集，1961 年。

372. 范民仁：「An Evaluation of Li Yu's Revised Scene of P'I-P'A Chi--With Reference to His Theory of Drama」，《源遠學報》，第 2 期，1989 年 11 月，頁 19～25。

373. 范英豪：〈李漁「貴新」藝術思想散論〉，《蘇州大學學報（工科版）》，2003 年，第 6 期，頁 57～58。

374. 范琦、任曉瑩：〈第一部導演學和「怪才」李漁文〉，《東方藝術》，1994 年，第 5 期，頁 51。

375. 范聖宇：〈從李漁戲劇理論的角度看《紅樓夢》中的戲劇成分〉，《明清小說研究》，2000 年，第 1 期，頁 152～154。

376. 范豔萍、吳建國：〈從角色化人物設置看李漁短篇小說的戲劇思維〉，《中國文學研究》，2006 年，第 4 期，頁 92～95。

377. 計文蔚：〈李漁論妝飾打扮〉，《藝術百家》，1988 年，第 2 期，頁 107～108。

378. 韋玲娜：〈從《閒情偶寄》看李漁的喜劇思想〉，《廣西大學學報（哲學社會科學版）》，1999 年，第 S1 期，頁 201～203。

379. 唐眞：〈談戲曲唱詞──夜讀隨筆〉，《文匯報》，1961 年。

340. 唐雯：〈處處皆矛盾：李漁爲人爲文之印象觀及其探源〉，《商業文化（學術版）》，2007 年，第 5 期，頁 134～136。

341. 唐德勝：〈李漁劇論的觀眾立場及其貢獻〉，《廣州大學學報（社會科學版）》，2002 年，第 9 期，頁 23～27。

342. 唐慕陶：〈有關表演藝術的兩篇文獻〉，《文匯報》，1962 年。

343. 夏寫時：〈李漁生平初探〉，《戲曲研究》，第 10 輯，1983 年。

344. 孫世文：〈李漁《風箏誤》的喜劇特色〉，《戲劇文學》，1999 年，第 4 期，頁 58～61、頁 68。

345. 孫永、王愛君：〈美學視域中的李漁戲劇結構論〉，《宜賓學院學報》，2008 年，第 9 期，頁 6～8。

346. 孫永、王麗麗：〈試論李漁戲劇結構論的美學意義〉，《齊魯藝苑》，2005 年，第 1 期，頁 42～45。

347. 孫永和：〈尚奇摭實，崇新重理——李漁的戲曲情節理論〉，《戲曲研究》，第二十五輯，1987 年。

348. 孫楷第：〈李笠翁著《無聲戲》即《連城璧》解題〉，《北平圖書館館刊》，第 6 卷第 1 期，1932 年。

349. 孫楷第：〈李笠翁與《十二樓》——亞東圖書館重印《十二樓》序〉，《圖書館學季刊》，第 9 卷第 3、4 合期，1935 年。

350. 孫福軒、寇天美：〈淺談李漁的「戀母情結」〉，《同濟大學學報（社會科學版）》，2004 年，第 3 期，頁 85～90。

351. 孫福軒：〈《肉蒲團》作者非李漁考辨〉，《明清小說研究》，2002 年，第 4 期，頁 159～167。

352. 孫福軒：〈主體的凸顯——李漁擬話本小說「敘事干預」略議〉，《信陽師範學院學報（哲學社會科學版）》，2006 年，第 1 期，頁 107～111。

353. 孫福軒：〈李漁「結構第一」新論〉，《戲劇藝術》，2003 年，第 6 期，頁 85～91。

354. 孫福軒：〈李漁飲食文化略論〉，《山東社會科學》，2002 年，第 5 期，頁 91～93。

355. 孫福軒：〈試論李漁對話本小說體制的發展〉，《煙臺師範學院學報（哲學社會科學版）》，2004 年，第 3 期，頁 46～50。

356. 孫福軒：〈話本小說敘事的經典——李漁敘事美學特徵論〉，《明清小說研究》，2004 年，第 4 期，頁 156～167。

357. 孫福軒：〈蒲松齡與李漁的一次交往〉，《蒲松齡研究》，2004 年，第 1 期，頁 5～7。

358. 孫福軒：〈論李漁的裝飾美學〉，《裝飾》，2004 年，第 3 期，頁 20～21。

359. 孫福軒：〈敘事爲本：李漁「賓白」新論〉，《華中科技大學學報（社會科學版）》，2005 年，第 4 期，頁 92～96。

360. 孫興香：〈李漁的世俗之「趣」〉，《井岡山學院學報》，2008 年，第 5 期，頁 59～60。

361. 孫蘭廷：〈李漁的戲曲創作理論〉，《廣播電視大學學報（哲學社會科學版）》，2001 年，第 1 期，頁 58～61。

362. 徐大軍：〈李漁「結構第一」理論的思路與內涵新探〉，《求是學刊》，2008 年，第 2 期，頁 109～113。

363. 徐世中、王光磊：〈試論李漁白話短篇小說的獨特藝術性〉，《廣西社會科學》，2001 年，第 5 期，頁 97～100。

364. 徐世中：〈試論李漁小說戲曲創作思想中的商業意識〉，《江西教育學院學報（社會科學）》，2002 年，第 1 期，頁 16～19、頁 30。

365. 徐世中：〈論李漁的創新求變心態〉，《哈爾濱學院學報》，2008 年，第 6 期，頁 69～73。

366. 徐坤：〈論清代劇壇的雅俗之辨——以尤侗、李漁戲曲的不同毀譽爲例〉，《華東師範大學學報（哲學社會科學版）》，2005 年，第 3 期，頁 68～74、頁 112～123。

367. 徐宗潔：〈「一夫不笑是吾憂」——論李漁「風箏誤」的喜劇佈局〉，《中國語文》，第 92 卷第 5 期（總號 551 期），2003 年 5 月，頁 64～69。

368. 徐保衛：〈「翼聖堂」主人——作爲出版家的李漁〉，《南京理工大學學報（社會科學版）》，1994 年，第 Z1 期，頁 116～119。

369. 徐保衛：〈幻滅和希望——前創作時期的李漁〉，《藝術百家》，1993 年，第 4 期，頁 122～129。

370. 徐保衛：〈作爲小說家的李漁〉，《明清小說研究》，1995 年，第 4 期，頁 51～64。

371. 徐保衛：〈作爲戲劇家的李漁〉，《藝術百家》，1990 年，第 2 期，頁 40～45。

372. 徐保衛：〈李漁—超越父權〉，《江蘇社會科學》，1994 年，第 1 期，頁 106、頁 112～116。

373. 徐保衛：〈李漁的選擇〉，《明清小說研究》，1994 年，第 1 期，頁 156～167。

374. 徐保衛：〈杭州的「寇警」與南京的「妖氛」——再論李漁的「遊蕩江湖」「打秋風」〉，《江蘇社會科學》，1995 年，第 4 期，頁 121～125。

375. 徐保衛：〈接近李漁〉，《藝術百家》，1993 年，第 1 期，頁 14～22。

376. 徐保衛：〈渴望成就——李漁的詩與人〉，《南京理工大學學報（社會科學版）》，1995 年，第 5 期，頁 7～11、頁 60。

377. 徐保衛：〈塵世之旅——李漁的「遊蕩江湖」和「打秋風」〉，《藝術百家》，1994 年，第 3 期，頁 4～12。

378. 徐保衛：〈論李漁文學藝術創作的技術主義傾向〉，《藝術百家》，1999 年，第 3 期，頁 51～58。

379. 徐柏容：〈讀徐保衛《李漁傳》〉，《明清小說研究》，2002 年，第 4 期，頁 243～246。

380. 徐朔方：〈李漁戲曲集前言〉，《劇藝百家》，1986 年，第 4 期，頁 94～98。

381. 徐朔方：〈爲李漁的戲曲創作進一解〉，《劇藝百家》，第 4 期，1986 年。

382. 徐凌霄：〈讀《李笠翁曲話》〉，《劇學月刊》，第 5 卷第 6 期，1937 年。

383. 徐凱、葉嬌：〈李漁短篇小說的敘事特徵〉，《湘潭師範學院學報（社會科學版）》，2004 年，第 5 期，頁 66～68。

384. 徐凱：〈李漁小説的喜劇化表現形態研究〉，《黑龍江社會科學》，2004 年，第 4 期，頁 76～78。

385. 徐凱：〈超越與羈絆——李漁小説思維的戲劇化傾向研究〉，《黑龍江社會科學》，2002 年，第 1 期，頁 63～67。

386. 徐凱：〈傳奇原爲消愁設　一夫不笑是吾憂——論李漁短篇小説的創作旨歸〉，《學術交流》，2007 年，第 1 期，頁 160～162。

387. 徐凱：〈論李漁戲劇的喜劇化表現形態〉，《黑龍江社會科學》，2009 年，第 6 期，頁 113～115。

388. 徐凱：〈懲勸與娛樂——李漁小説喜劇化的内在精神研究〉，《浙江師範大學學報》，2004 年，第 1 期，頁 30～33。

389. 徐愛梅：〈漆園之曠——李漁《奈何天》的文化解讀〉，《社會科學家》，2006 年，第 1 期，頁 28～30。

390. 徐壽凱：〈《閑情偶寄》的幾處失誤〉，《戲劇界》，總第 14 期，1981 年。

391. 徐壽凱：〈李漁及其戲曲理論〉，《李笠翁曲話注釋》附錄之一，1981 年。

392. 柴國珍：〈貴奇・創新・求美——李漁戲劇美學簡論〉，《晉陽學刊》，1997 年，第 3 期，頁 79～82。

393. 殷彤：〈論李漁的戲劇理論〉，《吉林大學社會科學學報》，1991 年，第 5 期，頁 89～94。

394. 浦部依子：〈李漁戲曲《比目魚》中劉藐姑的主導性——對於中國古典戲曲中的兩性關係的一些考察〉，《復旦學報（社會科學版）》，2001 年，第 5 期，頁 135～140。

395. 祝肇年：〈深義休説字面求——談李漁『立主腦』〉，《新劇本》，第 6 期，1985 年。

396. 秦川：〈李漁《十二樓》與吳敬梓《儒林外史》的諷刺藝術之比較〉，《九江師專學報》，1997 年，第 1 期，頁 76～78、頁 85。

397. 秦川：〈李漁小説心理學論略〉，《零陵學院學報》，2003 年，第 1 期，23～26 頁。

398. 秦川：〈李漁短篇小説集《十二樓》的藝術成就〉，《九江師專學報》，1996 年，第 2 期，頁 76～80。

399. 秦川：〈論李漁《十二樓》的思想内容〉，《九江師專學報》，1998 年，第 1 期，頁 62～66。

400. 袁啓明：〈立意惟新，勸懲爲用——淺評李漁的《閑情偶寄》〉，《語文學習》，第 10 期，1987 年。

401. 袁啓明：〈李漁〈閑情偶寄〉和他的戲劇觀〉，《中國古代、近代文學研究》，第 1 期，1996 年。

402. 袁啓明：〈李漁《閒情偶寄》和他的戲劇觀〉，《外交學院學報》，1995 年，第 3 期，頁 76～81。

403. 袁逸：〈作爲出版商的李漁〉，《出版發行研究》，2000 年，第 11 期，頁 76～77。

404. 袁震宇：〈李漁生平考略〉，復旦大學《中國古典文學叢考》，第期，1987 年。

405. 袁震宇：〈李漁生卒年考證補苴〉，《復旦學報（社會科學版）》，1985 年，第 1 期，頁 107～109。

406. 袁震宇：〈李漁的戲曲理論〉，《文史知識》，第 7 期，1983 年。

407. 袁震宇：〈簡論湯顯祖和李漁的辭賦〉，《新亞學術集刊》，第 13 期，1994 年，頁 145～151。

408. 郝文靜：〈從李漁小說中的女性形象看其情愛思想〉，《社科縱橫（新理論版）》，2008 年，第 4 期，頁 122～123。

409. 馬弦、馬焯榮：〈李漁‧莎士比亞比較偶數思維與戲劇創作〉，《藝海》，1995 年，第 2 期，頁 58～65。

410. 高小康：〈自然、個性與意匠的相融（評介〈李漁美學思想研究〉）〉，《文學遺產》，第 6 期，1999 年。

411. 高小康：〈論李漁戲曲理論的美學與文化意義〉，《文學遺產》，1997 年，第 3 期，頁 82～92。

412. 高天鎧：〈文藝巨擘李漁的《芥子園圖章會纂》稿本〉，《收藏界》，2008 年，第 9 期，頁 86～87。

413. 高文彥：〈李漁題畫詩析論〉，《東方人文學誌》，第 3 卷第 2 期，2004 年 6 月，頁 153～168。

414. 高宇：〈古典戲曲導演的方法論——淺談李漁的《演習部》及其他〉，《戲劇藝術論叢》，第 3 輯，1980 年。

415. 高宇：〈李笠翁關於戲曲導演的學說〉，《文匯報》，1962 年 10 月 13 日。

416. 高宇：〈論李笠翁的導演改本——淺談《演習部》及其它之二〉，《戲曲藝術》，第 4 期，1982 年。

417. 高宇：〈戲劇傳統的編劇學與導演方法論——喜讀《李笠翁曲話》注釋本〉，《湖南戲劇》，第 4 期，1980 年。

418. 高明閣：〈論李笠翁的戲曲工作及其編劇理論〉，《遼寧大學科學論文集》，第 1 卷，1962 年。

419. 高朝俊：〈走近李漁——評沈新林的《李漁評傳》〉，《藝術百家》，2001 年，第 3 期，頁 5、頁 122～123。

420. 高瑞娜、仰海龍：〈《曲律》與《閒情偶寄‧詞曲部》之比較〉，《消費導刊》，2008 年，第 7 期，頁 228。

421. 婁瑞懷：〈李漁曲論的美學觀照〉，《藝術百家》，1993 年，第 2 期，頁 41 ～45。

422. 崔子恩：〈《肉蒲團》與《金瓶梅》——《李漁小說論稿》之七〉，《中國社會科學院文學所，學術交流》，1988 年，第 1 期，頁 126～133。

423. 崔子恩：〈從李漁小說看中國古代小說的兩種境界〉，《中國社會科學》，第 4 期，1988 年。

424. 崔子恩：〈論李漁的小說觀和通俗文學觀〉，《中國社會科學院研究生院學報》，1987 年，第 4 期，頁 65～70。

425. 崔茂新：〈李漁研究的美學史視角——讀《李漁美學思想研究》〉，《中國圖書評論》，2000 年，第 10 期，頁 15～16。

426. 崔蘊華：〈李漁小說的個性化敘事〉，《淮陰師範學院學報（哲學社會科學版）》，2002 年，第 2 期，頁 240～242。

427. 崔蘊華：〈李漁對小說的職業選擇〉，《晉東南師範專科學校學報》，2001 年，第 2 期，頁 58～60。

428. 常立、盧壽榮：〈李漁小說的仿擬（戲仿）修辭〉，《修辭學習》，2004 年，第 4 期，頁 53～54。

429. 常儉：〈李漁『設身處地』淺識〉，《貴州戲劇》，第 1 期，1984 年。

430. 張人權：〈李漁《意中緣》中兩女畫師〉，《杭州越風（半月刊）》，1936 年（兩次性連載）。

431. 張子君：〈李漁戲劇理論對小說創作的影響〉，《廣東教育學院學報》，第 1 期，1985 年。

432. 張天疇：〈李笠翁的《閒情偶寄》〉，《書報展望》，第 1 卷第 4 期，1936 年。

433. 張文德：〈李漁與《閒情偶寄》〉，《文化娛樂》，1980 年。

434. 張文勳：〈李漁的戲曲理論（上）〉，《上海戲劇》，1981 年，第 2 期，頁 52～54。

435. 張文勳：〈李漁的戲曲理論（下）〉，《上海戲劇》，1981 年，第 3 期，頁 58～60。

436. 張永綿：〈略談李漁的「正音」理論〉，《浙江師範學院學報》，第期，1979 年。

437. 張玉雁：〈試論李漁的「戲劇結構」論〉，《戲劇文學》，2008 年，第 5 期，頁 65～67。

438. 張成全：〈《合錦回文傳》非李漁所作補證〉，《殷都學刊》，2003 年，第 1 期，89～91 頁。

439. 張成全：〈《肉蒲團》為李漁所作考〉，《明清小說研究》，2008 年，第 4 期，頁 291～304。

440. 張成全：〈也論《合錦回文傳》非李漁所作〉，《殷都學刊》，1998 年，第 1 期，頁 70～75。

441. 張成全：〈李漁創作的商品化傾向〉，《殷都學刊》，1996 年，第 1 期，頁 28～31。

442. 張成全：〈李漁養生思想與楊朱哲學〉，《河南師範大學學報（哲學社會科學版）》2006，年，第 2 期，頁 116～118。

443. 張成全：〈李漁豔詞論略〉，《殷都學刊》，2006 年，第 2 期，頁 67～72。

444. 張成全：〈略論李漁的技藝修養與文學創作的關係〉，《殷都學刊》，1993 年，第 3 期，頁 61～65、頁 68。

445. 張成全：〈笠翁本草與情海郎中——論李漁創作的醫學品格〉，《明清小說研究》，1992 年，第 Z1 期，頁 343～357。

446. 張成全：〈論李漁的園林實踐對文學創作的影響〉，《洛陽師範學院學報》，2006 年，第 4 期，頁 82～84。

447. 張成全：〈論李漁養生思想與楊朱學派養生哲學〉，《河南社會科學》，2006 年，第 2 期，頁 44～47。

448. 張成全：〈論李漁醫養哲學與文學創作的關係〉，《殷都學刊》，1995 年，第 1 期，頁 46～57、頁 63。

449. 張利：〈奇文秀句話芙蕖——讀李漁的科普佳品《芙蕖》〉，《名作欣賞》，2003 年，第 4 期，頁 88～90。

450. 張廷興：〈論李漁戲劇科諢藝術形成因素〉，《東嶽論叢》，2005 年，第 3 期，頁 111～115。

451. 張志紅：〈從《李笠翁曲話》看李漁之音樂美學思想〉，《濟寧師範專科學校學報》，2002 年，第 2 期，頁 83～85。

452. 張秀玉：〈悲霧迷漫的女性世界——李漁小說的女性觀解讀〉，《宵德師專學報（哲學社會科學版）》，2006 年，第 3 期，頁 41～44。

453. 張谷平：〈自出手眼 標新創異（一）——李漁造園美學思想掇要〉，《古建園林技術》，1985 年，第 4 期，頁 42～44。

454. 張谷平：〈自出手眼 標新創異（二）——李漁造園美學思想掇要〉，《古建園林技術》，1986 年，第 1 期，頁 37～41。

455. 張谷平：〈李漁的烹飪美學思想〉，《無錫輕工業學院學報》，1991 年，第 4 期，頁 86～90。

456. 張谷平：〈語跡異途而妙理歸一——李漁的劇論與造園論比較探析〉，《固原師專學報》，1993 年，第 3 期，頁 1～5。

457. 張亞鋒：〈明末清初才子佳人小說與李漁愛情婚戀小說的比較研究——以佳人形象爲中心〉，《湖北經濟學院學報（人文社會科學版）》，2008 年，第 8 期，頁 114～115。

458. 張長青：〈李漁的戲曲美學理論體系〉，《中國文學研究》，1987 年，第 3 期，頁 58～66。

459. 張玲蕙：〈李笠翁和他的《十種曲》〉，台灣《浙江月刊》，第 8 期，1972 年。

460. 張若行：〈「芙蓉國裏盡朝暉」──記「世界之星」包裝最高獎多次獲得者李漁〉，《包裝世界》，1994 年，第 4 期，頁 44。

461. 張哲、王爲群：〈人性的啓蒙：古典戲劇通俗化傾向的美學特徵──萊辛與李漁戲劇美學比較之三〉，《蘭州鐵道學院學報》，2003 年，第 2 期，頁 115～118。

462. 張哲、王爲群：〈挑戰戲劇傳統：萊辛和李漁對於傳統戲劇美學的探索與創造〉，《甘肅教育學院學報（社會科學版）》，2004 年，第 1 期，頁 35～38。

463. 張振鈞：〈莎士比亞與李漁比較研究二題〉，《中國人民大學學報》，1992 年，第 6 期，頁 63～69、頁 121。

464. 張海燕、管莉莉：〈李漁《閒情偶寄》中的生活美學對《紅樓夢》的影響〉，《吉林工程技術師範學院學報》，2003 年，第 8 期，頁 32～36。

465. 張乾坤：〈從「取景在借」看李漁的環境美學思想〉，《江蘇大學學報（社會科學版）》，2007 年，第 4 期，頁 31～34。

466. 張培坤：〈略論李漁的戲劇美學觀〉，《山東社會科學》，2004 年，第 12 期，38～39 頁。

467. 張彩秋：〈李漁戲劇中的複辭重言研究〉，《電影評介》，2008 年，第 21 期，頁 110。

468. 張彩霞：〈李漁《閒情偶寄》園林美學與戲曲理論的關係〉，《九江學院學報》，2006 年，第 3 期，頁 52～56。

469. 張晨：〈從李漁《閒情偶寄》「曲話」部分看戲曲文獻對戲曲理論研究的功用〉，《廣西師範大學文學院》，2009 年，第 5 期，頁 222～223。

470. 張智豔：〈詩意地棲居──李漁《閒情偶寄》中的家居設計思想〉，《襄樊職業技術學院學報》，2007 年，第 5 期，頁 121～123。

471. 張萍：〈論李漁戲劇人物塑造的審美特性〉，《玉溪師專學報》，1996 年，第 5 期，頁 396～399。

472. 張敬：〈李漁〉，《中國文學史論集》，第 4 期，1958 年。

473. 張敬：〈論李笠翁十種曲〉，《幼獅文藝》，第 41 卷第 5 期，1975 年 5 月，頁 139～162。

474. 張葦航：〈《閒情偶寄》與養生〉，《醫古文知識》，2003 年，第 2 期，頁 19～21。

475. 張筱園：〈《閒情偶寄》與日常生活審美化〉，《社會科學家》，2005 年，第 S1 期，頁 471～472。

476. 張滌雲：〈談談李漁和他的短篇小說〉，《明清小說研究》，總第 6 期，1987 年。

477. 張爾賓：〈李漁的芥子園和《芥子園畫傳》〉，《東南文化》，1997 年，第 4 期，頁 122～123。

478. 張曉軍：〈李漁小說的尚情觀〉，《洛陽師專學報》，1997 年，第 6 期，頁 25～29、頁 126。

479. 張曉軍：〈李漁與狄德羅的戲劇理論之比較〉，《解放軍外語學院學報》，1992 年，第 1 期，頁 89～96。

480. 張曉軍：〈商業要求與話本傳統——李漁小說敘述與議論的娛樂色彩〉，《解放軍外語學院學報》，1997 年，第 2 期，頁 108～110。

481. 張曉軍：〈論李漁詞（續）〉，《解放軍外語學院學報》，1994 年，第 6 期，頁 67～70、頁 102。

482. 張曉軍：〈論李漁詞〉，《解放軍外語學院學報》，1994 年，第 5 期，頁 33、頁 74～77。

483. 張曉軍：〈觀眾是李漁戲曲理論的出發點和歸宿點〉，《解放軍外語學院學報》，1997 年，第 6 期，頁 93～95。

484. 張穎：〈以觀眾爲戲曲創作之本——簡論李漁「觀聽鹹宜」的戲曲創作觀〉，《吉林省教育學院學報》，2007 年，第 1 期，頁 70～71。

485. 張蕊青：〈李漁小說的「反流俗」與「媚俗」〉，《明清小說研究》，2004 年，第 4 期，頁 126～135。

486. 張蕾：〈談「袖手於前」〉，《山東師院學報》，第 2 期，1978 年。

487. 張薰：〈李漁「窺詞管見」析論〉，《致理學報》，第 19 期，2004 年 11 月，頁 99～128。

488. 張雙田：〈劇本選編理論：李漁戲劇美學的實踐總結〉，《河南師範大學學報（哲學社會科學版）》，2007 年，第 4 期，頁 126～129。

489. 曹汛：〈走出誤區，給李漁一個定論〉，《建築師》，2007 年，第 6 期，頁 93～100。

490. 曹百川：〈崑曲家李笠翁〉，《金華中學校友會會刊學蠹》，1933 年。

491. 曹金興：〈既以口代優人，複以耳當聽者——李漁『接受』思想述評〉，《寧夏藝術》，第 1 期，1986 年。

492. 曹樹鈞、葉仲年：〈儒家反動戲劇理論的一個代表作——剖析《李笠翁曲話》〉，《解放日報》，1974 年。

493. 梁春燕：〈《十二樓》的道藝追求與李漁的人生定位〉，《人文雜誌》，2002 年，第 5 期，頁 81～87。

494. 梁春燕：〈俗文化視野中的李漁創作研究〉，《西北農林科技大學學報（社會科學版）》，2009 年，第 2 期，頁 91～94。

495. 梁春燕：〈陳繼儒與李漁的文化行爲比較〉，《渭南師範學院學報》，2008 年，第 4 期，頁 67～69。

496. 梁淑玲：〈與李漁對答古今美色——《閒情偶寄》觀女人之美〉，《逍遙》，第 11 期，2007 年 5 月，頁 26～31。

497. 梅花鹿：〈喜劇性的性格根據〉，《文匯報》，1960 年。

498. 梅應運：〈李笠翁戲劇論概述〉，《新亞書院學術年刊》，第 6 卷，1964 年。

499. 符曉黎：〈李漁短篇小說創新藝術探析〉，《紹興文理學院學報（哲學社會科學）》，2005 年，第 3 期，頁 55～57。

500. 符曉黎：〈李漁飲食觀探析〉，《無錫商業職業技術學院學報》，2005 年，第 1 期，頁 111～112。

501. 許金榜：〈李漁劇作的藝術成就初探〉，《中國古典文學論叢》，第六輯，198 年。

502. 許金榜：〈李漁劇作思想成就芻議〉，《山東師大學報（社會科學版）》，1986 年，第 2 期，頁 65、頁 66～69。

503. 許罡：〈李漁：新舊文化撞擊的產兒——試評李漁生平思想〉，《江蘇社會科學》，1993 年，第 1 期，頁 85～90。

504. 許翰章：〈李笠翁年譜〉，《南風》，第 10 卷第 1 期，1934 年。

505. 郭玉坤：〈雅中帶俗 活處寓板——談李漁的喜劇理論與實踐〉，《遼寧師專學報（社會科學版）》，2001 年，第 3 期，頁 49～50。

506. 郭光宇：〈中國古代戲曲理論的一次重大突破——李漁觀眾學初探〉，《信陽師範學院學報（哲學社會科學版）》，1988 年，第 1 期，頁 46～51。

507. 郭光宇：〈譽過其實 去毀幾希——關於李漁劇作的評價〉，《戲劇藝術》，1981 年，第 3 期，頁 76～83。

508. 郭英德：〈「一夫不笑是吾憂」——李漁《風箏誤》傳奇的喜劇特徵〉，《名作欣賞》，1987 年，第 4 期，頁 50～56。

509. 郭英德：〈稗官爲傳奇藍本——論李漁小說戲曲的敘事技巧〉，《文學遺產》，1996 年，第 5 期，頁 70～83。

510. 郭群：〈李漁對王驥德科諢理論的繼承和發展〉，《大舞臺》，2009 年，第 3 期，頁 22～24。

511. 郭銳：〈李漁：中國古代的一位小資〉，《出版廣角》，2005 年，第 7 期，頁 41。

512. 陳三：〈千古閑情一笠翁〉，《暢流》，第 19 卷第 12 期，1959 年。

513. 陳子展：〈戲曲批評家李笠翁〉，《五洲（上海）》，第 1 卷第 10 期，1936 年。

514. 陳少欽：〈情節第一——讀李漁《閒情偶寄・詞曲部》〉，《集美師專學報》，第 2 期，1987 年。

515. 陳本俊：〈關於孔尚任和李漁關係的一個推測〉，《求索》，1986 年，第 1 期，頁 126～127。

516. 陳多、葉文蔚：〈李笠翁的戲曲編劇理論与技巧〉，《戲劇藝術》，第 4 期，1981 年。

517. 陳多：〈「好事從來由『錯誤』」——《風箏誤》新析——李漁淺探之一〉，《藝術百家》，1989 年，第 2 期，頁 69～77、頁 128。

518. 陳多：〈李漁《立主腦》譯釋〉，《上海戲劇》，1980 年，第 2 期，頁 55～57。

519. 陳多：〈李漁《脫窠臼》譯釋〉，《上海戲劇》，1980 年，第 4 期，頁 48～49。

520. 陳多：〈性格喜劇和「耐看詞」〉，《中國古典悲劇喜劇論集》，上海文藝出版社出版，1983 年。

521. 陳多：〈從「學而優則仕」到「學而『優』」——李漁淺探之一〉，《藝術百家》，1988 年，第 2 期，頁 18～28、頁 53。

522. 陳多：〈試談李笠翁的寫劇理論（上）〉，《劇本》，第 7 期，1957 年。

523. 陳多：〈試談李笠翁的寫劇理論（下）〉，《劇本》，第 9 期，1957 年。

524. 陳志耕：〈填詞首重音律而予獨先結構：淺論李漁戲曲結構觀〉，《鎮江學刊》，第 3 期，1994 年。

525. 陳東炘：〈從「風箏誤」談李漁對賓白理論的實踐〉，《劇說・戲言》，第 1 期，1996 年 12 月，頁 93～112。

526. 陳勁松：「Notes on Dramatic Theories of Aristotle and Li Yu（李漁）」，Chinese Culture Quarterly，第 36 卷第 1 期，1995 年 3 月，頁 63～72。

527. 陳建華：〈凝視與窺視：李漁〈夏宜樓〉與明清視覺文化〉，《政大中文學報》，第 9 期，2008 年 6 月，頁 25～54。

528. 陳爲良：〈李漁《十種曲》論析〉，《杭州大學學報（哲學社會科學版）》，1984 年，第 1 期，頁 37～46。

529. 陳爲良：〈李漁戲劇創作理論及實踐初探〉，《杭州大學慶祝建國三十周年科學報告會論文集中國語文分冊》，1979 年。

530. 陳秋良：〈談李漁「蜃中樓」的新創原素〉，《中國語文》，第 96 卷第 4 期（總號 574 期），2005 年 4 月，頁 64～70。

531. 陳衍：〈戲劇的結尾藝術——學習李漁編劇理論雜記〉，《寫作》，第 1 期，1982 年。

532. 陳晉：〈李漁的戲劇人物形象觀探論〉，《錦州師院學報（哲學社會科學版）》，1986 年，第 2 期，頁 10、頁 70～75。

533. 陳國華：〈李漁的戲曲理論與創作中的觀眾學初探〉，《河南社會科學》，2004 年，第 2 期，頁 28～33。

534. 陳國華：〈李漁戲曲活動的商業性特徵〉，《戲劇文學》，2008 年，第 3 期，頁 84～88。

535. 陳國華：〈論李漁的商品意識在戲曲活動中的體現〉，《河南社會科學》，2009 年，第 1 期，頁 165～168。

536. 陳望衡：〈中國古典戲曲美學的高峰──李漁戲曲美學片論〉，《長沙電力學院社會科學學報》，1997 年，第 3 期，頁 103～109。

537. 陳植：〈清初李笠翁氏之造園學說〉，《東方雜志》，第 41 卷第 10 期，1945 年。

538. 陳超：〈淺析李漁小說中的女性情欲主體──從佛洛德「三重人格結構」看李漁小說中的女性描寫〉，《社科縱橫》，2009 年，第 10 期，頁 102～103。

539. 陳順智：〈李漁曲學價值觀略論〉，《武漢大學學報（人文科學版）》，2004 年，第 4 期，頁 476～480。

540. 陳順智：〈李漁的傳奇觀〉，《戲曲研究》，2001 年，第 2 期，頁 110～120。

541. 陳順智：〈歷史‧現實‧舞臺──論李漁的曲學批評思想〉，《戲劇》，2001 年，第 4 期，頁 71～78。

542. 陳維雄：〈略談李漁戲曲理論中的創新〉，《上海師範大學學報（哲學社會科學版）》，1983 年，第 3 期，頁 66～69。

543. 陳維維：〈談李漁《十二樓》與中國小說傳統審美之聯繫〉，《上海師範大學人文與傳播學院 上海 200234》，2008 年，第 1 期，頁 307～308、頁 311。

544. 陳蓓蓓：〈賓白地位的空前提高──讀李漁《閒情偶寄‧詞曲部‧賓白第四》〉，《藝術百家》，2004 年，第 3 期，頁 24～25、頁 103。

545. 陳慶紀：〈李漁戲曲的關目藝術及當代意義〉，《山西師大學報（社會科學版）》，2006 年，第 4 期，頁 49～52。

546. 陳蝶衣：〈清代的戲曲實踐家李笠翁〉，《文學世界》，第 46 號，1965 年。（台灣）

547. 陳廣平：〈論李漁對於中國戲曲理論上的貢獻〉，《西北師大學報（社會科學版）》，1960 年，第 1 期，頁 5～17。

548. 陳興兵：〈李漁改詩〉，《咬文嚼字》，2002 年，第 6 期，頁 27。

549. 陳遼：〈開掘出一個新李漁 讀《李漁傳》〉，《中國戲劇》，2003 年，第 3 期，頁 52～53。

550. 陳遼：〈開掘出一個新李漁──讀《李漁傳》〉，《南京理工大學學報（社會科學版）》，2003 年，第 1 期，頁 35～38。

551. 陳靜勇：〈對李漁《一家言居室器玩部》中傳統住宅室內陳設藝術理論與設計的評析〉,《北京建築工程學院學報》,1995 年,第 1 期,頁 103～118。

552. 陳龍：〈「整整在目,而後可施結撰」——試論《閒情偶寄》對《曲律》戲曲結構論的繼承和發展〉,《鎮江師專學報（社會科學版）》,1987 年,第 2 期,頁 47～51。

553. 陳韓星：〈從潮劇《張春郎削髮》看李漁戲曲結構學說〉,《戲劇評論》,第 4 期,1988 年。

554. 陸元虎：〈李漁喜劇典型論〉,《中國古代、近代文學研究》,第 3 期,1991 年。

555. 陸勇強：〈李漁交遊拾零〉,《明清小說研究》,1999 年,第 4 期,頁 212。

556. 陸建祖：〈論李漁市俗喜劇的創作特色〉,《電大教學》,1999 年,第 6 期,頁 32～35。

557. 陸慶祥：〈爲樂三途——讀李漁《閒情偶寄》有感〉,《浙江師範大學學報（社會科學版）》,2008 年,第 4 期,頁 32～35。

558. 章曉曆：〈《古今全史》與李漁的《古今史略》〉,《揚州大學學報（人文社會科學版）》,2000 年,第 1 期,頁 76～80。

559. 麥耘：〈《笠翁詞韻》音系研究〉,《中山大學學報》,第 1 期,1987 年。

560. 傅少武：〈李漁與莫里哀從事喜劇創作的層因比較論〉,《藝術百家》,2001 年,第 3 期,頁 63～67、頁 103。

561. 傅少武：〈從《意中緣》看李漁的喜劇風格〉,《古典文學知識》,2003 年,第 3 期,頁 117～121。

562. 傅承洲：〈李漁的無聲戲理論與話本的戲劇化特徵〉,《深圳大學學報（人文社會科學版）》,2009 年,第 1 期,頁 107～111。

563. 傅承洲：〈李漁話本的創新與因襲〉,《明清小說研究》,2007 年,第 4 期,頁 242～249。

564. 傅承洲：〈商業型文人與文化型商人——李漁的人生角色〉,《古典文學知識》,2008 年,第 4 期,頁 99～105。

565. 傅秋敏：〈論「選劇第一」——李漁與斯坦尼導演學比較研究之一〉,《藝術百家》,1987 年,第 2 期,頁 106～116。

566. 傅曉航：〈李漁研究中的一個值得注意的問題〉,《大舞臺》,第 1 期,1988 年。

567. 單文惠：〈「笠翁十種曲」研究〉,《國立臺灣師範大學國文研究所集刊》,第 44 期,2000 年 6 月,頁 659～778。

568. 單錦珩：〈生平痼疾注在煙霞竹石間——《李漁旅遊詩文選》前言〉,《書刊導報》,第 163 期,1987 年。

569. 單錦珩：〈李漁〉，《教研資料》，第 5 期，1981 年。

570. 單錦珩：〈李漁四題〉，《浙江師大學報》，1990 年，第 3 期，頁 57～60。

571. 單錦珩：〈李漁年表〉，《浙江師範學院學報》，1982 年，第 4 期，頁 16、頁 36～46。

572. 單錦珩：〈李漁朋輩論李漁及其小說〉，《明清小說研究》，1991 年，第 4 期，頁 113、頁 128～135。

573. 單錦珩：〈李漁杭州交遊考略〉，《杭州師範學院學報（社會科學版）》，1991 年，第 5 期，頁 35～43。

574. 單錦珩：〈李漁的心聲——讀《笠翁詩集》〉，《讀書》，1981 年，第 9 期，頁 44～47。

575. 單錦珩：〈李漁的品格〉，《戲文》，第 2 期，1981 年。

576. 單錦珩：〈李漁評價的歷史考察〉，《浙江師大學報》，1991 年，第 4 期，頁 72、頁 79～85。

577. 單錦珩：〈通俗文化大師德傑出貢獻——寫在〈李漁全集〉問世時〉，《博覽群書》，第 2 期，1991 年。

578. 彭異靜：〈韓劇對李漁戲劇理論的實踐〉，《文史博覽（理論）》，2008 年，第 2 期，頁 29～30。

579. 彭駿：〈「語求肖似」——李漁論人物語言〉，《廣州文藝》，第 10 期，1979 年。

580. 彭駿：〈傳情、肖似、吸引力——李漁論戲曲賓白〉，《南國戲劇》，第 10 期，1981 年。

581. 曾婷婷：〈試析李漁生活美學的精神主旨——以《閒情偶寄》爲線索〉，《名作欣賞》，2009 年，第 2 期，頁 116～118。

582. 曾翔雲：〈析李漁的飲食營養衛生觀〉，《揚州大學烹飪學報》，2000 年，第 4 期，頁 17～19。

583. 棣華：〈清代曲家李笠翁〉，《新民報》，第 2 卷第 3 期，1940 年。

584. 游友基：〈略論李漁戲劇美學思想的特點〉，《古代文學理論研究叢刊第十輯》，第 期，1985 年。

585. 湛偉恩：〈李漁市民喜劇初探〉，《廣州師院學報》，第 3 期，1983 年。

586. 湛偉恩：〈李漁生卒年新証〉，《文匯報》，1981 年。

587. 湛偉恩：〈李漁和他的《風箏誤》〉，《中山大學研究生學刊》，第 2 期，1980 年。

588. 湛偉恩：〈李漁的喜劇創作論〉，《蘇州大學學報》，1984 年，第 4 期，頁 48～52。

589. 湛偉恩：〈李漁喜劇理論初探〉，《廣州師院學報》，第 1 期，1983 年。

590. 湛偉恩：〈李漁與燕子磯〉，《江海學刊》，第 4 期，1984 年。

591. 湛偉恩：〈李漁與聯語〉，《江海學刊》，第 1 期，1985 年。

592. 湛偉恩：〈論李漁詞的愛國思想〉，《廣州師院學報》，第 3 期，1986 年。

593. 湛偉恩：〈論李漁詩歌的愛國思想〉，《廣州師院學報》，第 4 期，1985 年。

594. 湛偉恩：〈論李漁對金聖嘆戲曲理論的批判〉，《廣州師院學報（社會科學版）》，第 1 期，1984 年。

595. 湛偉恩：〈讀《笠翁一家言全集》札記〉，《江海學刊》，第 5 期，1985 年。

596. 湘容：〈李笠翁及其《閒情偶寄》〉，《古今談》，第 21 期，1966 年。（台灣）

597. 湯妙：〈李漁小說創作思想的利與弊〉，《皖西學院學報》，2004 年，第 1 期，頁 112～115。

598. 程小青：〈契合中的矛盾——試論李漁的戲劇主張與實踐〉，《廈門教育學院學報》，2005 年，第 4 期，頁 20～22。

599. 程華平：〈略論李漁的舞臺表演理論〉，《戲劇、戲曲研究》，第 2 期，1994 年。

600. 程華平：〈試論李漁對劇作家與觀眾關係的闡述〉，《信陽師範學院學報（哲學社會科學版）》，1994 年，第 4 期，頁 85～91。

601. 程群：〈戲劇創作與文藝商品的共舞——李漁戲劇創作的商業化趨向〉，《戲劇（中央戲劇學院學報）》，2008 年，第 4 期，頁 81～89。

602. 程榕寧：〈黃麗貞研究李笠翁〉，台灣《大華晚報》，1974 年（分 10 次連載）。

603. 童元方：〈戲如人生——談李漁的《比目魚》小說及戲曲〉，《中國文化》，1991 年，第 1 期，頁 141～147。

604. 童元方：〈戲如人生——談李漁的「比目魚」小說及戲曲〉，《中國文化（風雲時代）》，第 4 期，1991 年 8 月，頁 141～147。

605. 童天慮：〈李漁評點、改定《金瓶梅》考〉，《浙江學刊》，1993 年，第 2 期，頁 85～89。

606. 童俊偉：〈蘭溪李漁壩〉，《浙江學刊》，1993 年，第 2 期，頁 2。

607. 開明（周作人）：〈笠翁與兼好法師〉，《語絲》，第 5 期，1924 年。

608. 馮保善：〈十年磨一劍——評沈新林《李漁新論》〉，《明清小說研究》，第 3 期，1998 年。

609. 馮保善：〈李漁生年考〉，《江海學刊》，1994 年，第 5 期，頁 102。

610. 馮盈之：〈「潔、雅、宜」——略論李漁對於女子服飾的審美理想〉，《寧波大學學報（人文科學版）》，2005 年，第 4 期，頁 88～89。

611. 馮傑：〈淺論李漁的工藝美學思想〉，《山東社會科學》，1989 年，第 3 期，50～52 頁。

612. 馮燾、馮熹：〈論李漁的工藝美學思想〉，《臨沂師專學報》，1989 年，第 3 期，頁 80～86。

613. 黃天健：〈李漁曲論漫議——兼與胡緒偉同志商榷〉，《爭鳴》，第 3 期，1988 年。

614. 黃天驥：〈《風箏誤》藝術特色瑣談〉，《光明日報》，第期，1983 年。

615. 黃天驥：〈論李漁的思想和劇作〉，《文學評論》，1983 年，第 1 期，頁 107～119。

616. 黃果泉：〈「無聲戲」與「結構第一」：試論李漁的敘事主張〉，《河南師範大學學報（哲學社會科學版）》，2001 年，第 6 期，頁 90～93。

617. 黃果泉：〈回歸世俗：《閒情偶寄》生活藝術的文化取向〉，《文學評論》，2004 年，第 6 期，頁 49～53。

618. 黃果泉：〈自娛：李漁的創作心態及文學功能觀〉，《河南師範大學學報（哲學社會科學版）》，2002 年，第 4 期，頁 58～61。

619. 黃果泉：〈李漁：集文士與商賈於一身——試論李漁戲曲創作思想的商業化傾向〉，《河南師範大學學報（哲學社會科學版）》，1995 年，第 5 期，頁 62～65。

620. 黃果泉：〈李漁家庭戲班綜論〉，《南開學報》，2000 年，第 2 期，頁 24～29、頁 36。

621. 黃保真等：〈清代的小說戲曲理論（有李漁專節）〉，《中國文學理論史》，北京出版社，第期，1987 年。

622. 黃海章：〈評李漁的戲曲理論〉，《學術研究》，1966 年，第 2 期，頁 92～95。

623. 黃強、王金花：〈李漁交遊考辨〉，《明清小說研究》，2006 年，第 2 期，頁 168～180。

624. 黃強：〈《肉蒲團》為李漁所作內證〉，《許昌學院學報》，1992 年，第 1 期，頁 52～56。

625. 黃強：〈中國古代散文題材領域的新拓展——從李漁的《一家言》到沈複的《浮生六記》〉，《浙江社會科學》，2009 年，第 8 期，頁 91～96、頁 128。

626. 黃強：〈李漁《古今史略》、《尺牘初徵》與《一家言》述考〉，《文獻》，1988 年，第 2 期，頁 52～62。

627. 黃強：〈李漁《無聲戲》研究中的幾個問題〉，《揚州師院學報（社會科學版）》，1990 年，第 2 期，頁 41～45。

628. 黃強：〈李漁小說創作的虛構意識〉，《明清小說研究》，1992 年，第 Z1 期，頁 330～342。

629. 黃強：〈李漁生平三考〉，《揚州師院學報（社會科學版）》，1988 年，第 3 期，頁 64～68。

630. 黃強：〈李漁交遊再考辨〉，《明清小説研究》，2009 年，第 1 期，頁 199～209。

631. 黃強：〈李漁交遊補考〉，《明清小説研究》，1996 年，第 2 期，頁 132～139。

632. 黃強：〈李漁曲目的『前後八種』與『内外八種』〉，《文學遺產》，第 1 期，1987 年。

633. 黃強：〈李漁哲學觀點與文學思想探源〉，《揚州師院學報（社會科學版）》，1989 年，第 4 期，頁 39～45。

634. 黃強：〈李漁移家金陵考〉，《文學遺產》，第 2 期，1989 年。

635. 黃強：〈李漁揚州事蹟考〉，《揚州師院學報（社會科學版）》，1991 年，第 2 期，頁 130～134。

636. 黃強：〈李漁與《浮生六記》〉，《明清小説研究》，1994 年，第 1 期，頁 168～178。

637. 黃強：〈李漁論元曲〉，《河北學刊》，1991 年，第 6 期，頁 70～75。

638. 黃強：〈李漁戲劇理論體系（上）〉，《揚州師範學院學報》，第 1 期，1994 年。

639. 黃強：〈李漁戲劇理論體系（下）〉，《揚州師範學院學報》，第 2 期，1994 年。

640. 黃強：〈探尋完整而又符合歷史眞實的李漁形象——單錦珩「李漁研究」述評〉，《浙江師大學報》，1993 年，第 1 期，頁 92～96。

641. 黃強：〈論李漁小説改編的四種傳奇〉，《藝術百家》，1992 年，第 3 期，頁 48～54。

642. 黃雅莉：〈李漁《窺詞管見》淺析〉，《語文學報》，第 12 期，2005 年 12 月，頁 57～85。

643. 黃雅莉：〈談李漁論詞之「以景結情」審美表現〉，《中國語文》，第 97 卷第 2 期（總號 578 期），2005 年 8 月，頁 28～39。

644. 黃瑛：〈《奈何天》：從小説到傳奇〉，《社會科學論壇（學術研究卷）》，2009 年，第 1 期，頁 118～12。

645. 黃駿豐：〈李笠翁及其《閑情偶寄》〉，《哲學與文化》，第 7 卷第 10 期，1980 年。（台灣）

646. 黃駿豐：〈李笠翁及其「閒情偶寄」〉，《哲學與文化》，第：7 卷第 10 期，1980 年 10 月，頁 35～39。

647. 黃麗貞：〈李笠翁（李漁）與十二樓〉，《國文學報》，第 2 期，1973 年 4 月，頁 337～356。

648. 黃麗貞：〈李笠翁和十二樓〉，《書和人》，第 204 期，1973 年 2 月，頁 1～8。

649. 黃麗貞：〈李笠翁和十二樓〉，《書和人》，第 205 期，1973 年 3 月，頁 1～8。

650. 黃麗貞：〈李笠翁書的版本〉，《書和人》，1973 年。

651. 黃麗貞：〈李漁戲曲〉，《中華文化復興月刊》，第 24 卷第 2 期（總號 275 期），1991 年 2 月，頁 12～19。

652. 黃寶富：〈李漁的後現代意識〉，《浙江師範大學學報（社會科學版）》，2008 年，第 4 期，頁 27～30。

653. 黃寶富：〈李漁與婺劇的關係〉，《戲曲研究》，2009 年，第 2 期，頁 255～262。

654. 甯宗一：〈藝苑奇才李漁和他的《閒情偶寄》〉，《陰山學刊》，1993 年，第 3 期，頁 9～12。

655. 塗怡萱：〈李漁戲曲理論中的觀眾意識〉，《中極學刊》，第 1 期，2001 年 12 月，頁 133～158。

656. 塗慕喆：〈論李漁《閒情偶寄》中的自然觀〉，《安徽文學（下半月）》，2009 年，第 10 期，頁 124～126。

657. 楊位浩：〈關于李漁『立主腦』說的探討〉，《濟寧師專學報》，第 1 期，1984 年。

658. 楊明新：〈李漁的世界觀與藝術觀〉，《中山大學學報（哲學社會科學版）》，1981 年，第 2 期，頁 47、頁 48～53。

659. 楊明新：〈李漁的戲曲理論初探〉，《文學遺產增刊第十五輯》，第期，1983 年。

660. 楊東方、王海燕：〈論李漁愛情小說的創新性及其意義〉，《社科縱橫》，2006 年，第 9 期，頁 136、頁 137～138。

661. 楊威：〈有感于李漁「擇醫」〉，《中國人才》，1993 年，第 9 期，頁 13。

662. 楊振宇：〈《閒情偶寄》重讀還是誘讀〉，《觀察與思考》，2004 年，第 Z1 期，頁 111。

663. 楊清惠：〈論李漁「風箏誤」反映的劇場意識〉，《問學集》，第 7 期，1997 年 12 月，頁 83～97。

664. 楊嵐：〈李漁對自然的審美〉，《美與時代（下半月）》，2009 年，第 12 期，頁 15～18。

665. 楊琳：〈李漁的故國情結〉，《中國社會科學院研究生院學報》，2009 年，第 6 期，頁 107～114。

666. 楊琳：〈擬話本：從淩濛初到李漁〉，《中國社會科學院研究生院學報》，2006 年，第 3 期，頁 130～135。

667. 楊絳：〈李漁論戲劇結構〉,《文學研究集刊》, 第 1 輯, 1964 年。（北京大學出版社比較文學論文集 1984 年收入）

668. 楊順儀：〈李漁是明代人？〉,《咬文嚼字》, 2009 年, 第 10 期, 頁 18。

669. 楊義：〈李漁小說：程式化和個性化的審美張力〉,《學習與探索》, 1995 年, 第 3 期, 頁 113～119。

670. 楊麗貞：〈論李漁小說理念先行的敘事策略〉,《和田師範專科學校學報》, 2006 年, 第 4 期, 頁 223～224。

671. 楊豔琪：〈論李漁重「場上之曲」的優與劣〉,《社科縱橫》, 1999 年, 第 4 期, 頁 65～66。

672. 萬健：〈李漁的戲劇審美觀〉,《西北師大學報（社會科學版）》, 1984 年, 第 4 期, 頁 76～82。

673. 葉永烈：〈『李漁專家』──馬丁博士〉,《科學與文化》, 第 4 期, 1984 年。

674. 葉志良、適敏：〈命定與抗爭──李漁的現實矛盾與人格突圍〉,《浙江師範大學學報（社會科學版）》, 2008 年, 第 4 期, 頁 25～27。

675. 葉志良：〈李漁的現實矛盾與人格突圍〉,《戲曲研究》, 2008 年, 第 2 期, 頁 203～210。

676. 葉長海：〈明清戲曲演藝論〉,《揚州大學學報（人文社科版）》, 第 5 期, 1997 年。

677. 葉朗：〈李漁的戲劇美學〉,《美學與美學史論集》, 新疆人民出版社出版, 1982 年。

678. 葉琦：〈「漸近自然」的飲食之道──從《閒情偶寄》看李漁的飲食文化觀念〉,《杭州醫學高等專科學校學報》, 2003 年, 第 5 期, 頁 263～265。

679. 葉樹仁：〈「宋稗類鈔」編者辨〉,《書目季刊》, 第 34 卷第 4 期, 2001 年 3 月, 頁 1～12。

680. 葉燁：〈俗而不俗──簡論李漁小說的語言特徵〉,《台州學院學報》, 2003 年, 第 5 期, 頁 49～52。

681. 葉燁：〈整體沿襲與局部調整──簡論李漁短篇小說之體制〉,《宜賓學院學報》2005, 年, 第 1 期, 頁 60～62。

682. 葛麗英：〈李漁戲曲藝術本體論探因〉,《內蒙古大學藝術學院學報》, 2009 年, 第 3 期, 頁 70～75。

683. 葛麗英：〈從文學屬性的倚重到戲曲本體的回歸──論李漁戲曲理論的藝術本體性〉,《內蒙古大學學報（哲學社會科學版）》, 2009 年, 第 6 期, 頁 115～120。

684. 董小玉：〈中西古典戲劇結構美學的歷史性雙向調節──高乃依、李漁比較研究〉,《外國文學評論》, 1996 年, 第 1 期, 頁 106～112。

685. 詹皓宇：〈書寫才女——李漁〈喬復生王再來二姬合傳〉評析〉，《東方人文學誌》，第 8 卷第 4 期，2009 年 12 月，頁 173～190。

686. 詹慕陶：〈有關表演藝術的兩篇文獻——《宜黃縣戲神清源師廟記》和李漁《一家言》〉，《文匯報》，1962 年。

687. 詹慕陶：〈論李漁的為人、劇作和戲劇觀——兼與沈堯、劉克澄等同志商榷〉，《戲劇藝術》，1982 年，第 4 期，頁 130～139。

688. 路林：〈李笠翁及其《閑情偶寄》〉，《安徽文化報》， 1959 年。

689. 路衛華：〈論李漁小說的媚俗追求〉，《黃河科技大學學報》，2003 年，第 2 期，頁 87～89。

690. 鄒紅：〈觀眾在李漁戲劇理論中的位置〉，《文藝研究》，1989 年，第 5 期，頁 137～141。

691. 雷圭元：〈裝飾家李笠翁〉，《亞波羅》，第 15 期，1936 年。

692. 雷曉彤：〈李漁的婚戀、女性觀〉，《九江師專學報》，2001 年，第 4 期，頁 53～56、頁 61。

693. 雷曉彤：〈論馮夢龍、凌濛初對李漁小說創作與理論的影響〉，《江西師範大學學報》，2002 年，第 2 期，頁 45～49。

694. 靳大經：〈戲劇評論的品位——從李漁批評金聖歎想到的〉，《戲劇文學》，1991 年，第 4 期，頁 43。

695. 壽勤澤：〈浙江文化建設的一項重大工程——浙古版二十卷本《李漁全集》述評〉，《浙江社會科學》，1990 年，第 3 期，頁 80～81。

696. 寧俊紅、孟麗霞：〈李漁「立主腦」說與古典戲曲理論觀念的變革〉，《廣西民族大學學報（哲學社會科學版）》，2009 年，第 S1 期，頁 154～156、頁 195。

697. 寧俊紅、劉士義：〈李漁「重機趣」說與古典戲曲「本色」的探求〉，《寶雞文理學院學報（社會科學版）》，2009 年，第 1 期，頁 96～99。

698. 廖玉婷：〈平易中求新奇——李漁戲劇理論美學思想述評〉，《樂山師範學院學報》，2009 年，第 4 期，頁 26～30。

699. 漆億：〈淺析李漁的雙重人格對其創作的積極影響〉，《名作欣賞》，2006 年，第 22 期，頁 98～101。

700. 熊平德：〈「填詞之設，專為登場」——李漁戲劇理論淺議〉，《撫州師專學報》，1990 年，第 4 期，頁 60～67。

701. 聞而畏：〈李漁「抹倒」湯顯祖辨〉，《北京大學學報（哲學社會科學版）》，1994 年，第 6 期，頁 115。

702. 聞思：〈「工巧猶人，自我作古」——介紹《李笠翁曲話》〉，《香港文匯報》，1980 年。

703. 聞嬌、傅侃：〈李漁的故鄉〉，《浙江日報》，1980 年。

704. 聞慶：〈「質疑」應符合事實〉，《戲文》，第 6 期，1983 年。

705. 蒙應等：〈試評李漁的《閑情偶寄》〉，《河池師專學報》，第 2 期，1984年。

706. 蒲昭和：〈清代文人李漁的「節欲觀」〉，《中國性科學》，2007 年，第 1期，頁 37。

707. 趙文卿：〈世界性的李漁研究〉，《人民政協報》，1987 年。

708. 趙文卿：〈李漁研究在海內外〉，《複印報刊資料·戲劇研究》，第 3 期，1986 年。

709. 趙文卿：〈李漁與李漁研究會〉，《浙江日報》，1987 年。

710. 趙文卿：〈李漁與芥子園〉，《戲文》，第 1 期，1984 年。

711. 趙文卿：〈題向風箏寄與天——李漁故鄉漫記〉，《人民日報》，第期，1988年。

712. 趙洪濤：〈「以心爲樂」：李漁的養生美學觀〉，《湖南科技學院學報》，2006年，第 7 期，頁 11～12。

713. 趙洪濤：〈「秀外慧中」：李漁的女性審美觀〉，《商業文化（學術版）》，2007年，第 9 期，頁 233～234。

714. 趙英：〈「稗官爲傳奇藍本」——論李漁小說和戲曲創作的關係〉，《科教文彙（下旬刊）》，2009 年，第 5 期，頁 227。

715. 趙英：〈不效美婦一顰　不拾名流一唾——論李漁小說的創新〉，《科教文彙（上旬刊）》，2009 年，第 7 期，頁 231。

716. 趙海霞、張紅娟：〈特立獨行一「笠翁」——李漁的人格解析〉，《咸陽師範學院學報》，2008 年，第 5 期，頁 97～100。

717. 趙海霞：〈李漁短篇小說中的情理觀〉，《咸陽師範學院學報》，2007 年，第 3 期，頁 97～99。

718. 趙莉莉：〈李漁的「修身觀」在《十二樓》中的體現〉，《高等教育與學術研究》，2009 年，第 7 期，頁 100～102。

719. 趙勤、鄧少海：〈一切從「自我需要」出發——淺析《閑情偶寄》以人爲本的生活美學思維〉，《江西師範大學學報》，2005 年，第 5 期，頁 94～98。

720. 趙漢光：〈評李漁《一家言·居室部》的設計思想〉，《建築學報（同濟大學建築學專業理論組）》，第 1 期，1976 年。

721. 趙聞慶：〈有關李漁生平事跡的幾個問題〉，《浙江師範學院學報》，第 1期，1981 年。

722. 趙聞慶：〈李漁生平事跡的新發現〉，《戲文》，第 4 期，1981 年。

723. 趙樂甡:〈淺談世阿彌和李漁的戲曲理論〉,《現代日本經濟》,1988 年,第 2 期,頁 44～47。

724. 趙錫淮:〈談戲曲唱詞創作規律——讀李漁《閒情偶寄·詞曲部·詞采第二》〉,《戲曲藝術》,2003 年,第 4 期,頁 59～61。

725. 遠益之:〈李漁生卒年考辯〉,《學評論叢刊》,第 13 輯,1982 年。

726. 齊森華:〈李漁的戲劇理論初探〉,《上海師範大學學報》,第 1 期,1980 年。

727. 齊魯青:〈李漁戲劇理論的美學探求〉,《內蒙古大學學報（哲學社會科學版）》,1986 年,第 4 期,頁 21～31。

728. 齊靜:〈李漁視野裏的元曲〉,《戲劇文學》,2009 年,第 5 期,頁 67～70。

729. 劉士林:〈《閒情偶寄》與江南文化的審美情調〉,《江蘇行政學院學報》,2003 年,第 2 期,頁 30～35。

730. 劉丹:〈《閒情偶寄》與亞里斯多德的戲劇理論比較〉,《前沿》,2007 年,第 5 期,頁 218～219。

731. 劉方政:〈李漁的喜劇創作及劇作喜劇性探因〉,《山東大學學報（哲學社會科學版）》,2002 年,第 4 期,頁 17～22。

732. 劉平:〈懷念中國職業戲劇經理人鼻祖李漁〉,《上海戲劇》,2002 年,第 5 期,頁 24～25。

733. 劉幼嫻:〈談李漁以稗官爲傳奇藍本的創作理念——以小說〈生我樓〉與傳奇《巧團圓》爲例〉,《興大人文學報》,第 41 期,2008 年 9 月,頁 117～149。

734. 劉永濤:〈《閒情偶寄》中窗欄設計的美學思想〉,《裝飾》,2005 年,第 4 期,頁 82。

735. 劉玉英:〈李漁典型理論初探〉,《遼寧欣賞與評論》,第 2 期,1980 年。

736. 劉玉峰:〈試析李漁短篇小說中的情愛主題〉,《讀與寫（教育教學刊）》,2007 年,第 6 期,頁 3～4。

737. 劉立傑:〈論李漁小說的敘事藝術〉,《黑龍江社會科學》,2007 年,第 5 期,頁 99～101。

738. 劉有恆:〈談崑劇傳統劇本之重編與新譜:以重編新譜李漁「比目魚」傳奇爲例〉,《民俗曲藝》,第 55 期,1988 年 9 月,頁 113～144。

739. 劉有恆:〈談崑劇傳統劇本之重編與新譜:以重編新譜李漁「比目魚」傳奇爲例〉,《民俗曲藝》,第 56 期,1988 年 11 月,頁 106～143。

740. 劉克澄:〈桃源嘯傲,別存天地——論李漁劇作〉,《戲劇藝術》,1980 年,第 4 期,頁 95～100。

741. 劉良明、呂建紅:〈金聖歎、李漁文論之不同特點新探〉,《武漢大學學報（人文科學版）》,2006 年,第 2 期,頁 197～201。

742. 劉東升：〈淺論李漁〉，《蒲劇藝術》，第 1 期（起連載），1988 年。

743. 劉東升：〈藝術貴在創新——讀李笠翁「脫套」、「求新」篇隨筆〉，《河北戲劇》，第 8 期，1983 年。

744. 劉知漸：〈從李漁孔尚任對歷史劇的看法談起〉，《光明日報》，1962 年（兩次性連載）。

745. 劉彥釗：〈讀《閑情偶寄》札記〉，《河南戲劇》，第 4 期，1983 年。

746. 劉洪儒：〈談李漁的喜劇表現手法〉，《電視與戲劇》，第 1 期，1993 年。

747. 劉紅軍：〈李漁小說創作同戲劇創作的關係〉，《信陽師範學院學報（哲學社會科學版）》，1996 年，第 2 期，頁 56～61。

748. 劉致中：〈《鐵冠圖》爲李漁所作考〉，《文學遺產》，第 2 期，1989 年。

749. 劉原州：〈李漁《奈何天》傳奇析論〉，《國文天地》，第 24 卷第 7 期（總號 283 期），2008 年 12 月，頁 50～54。

750. 劉原州：〈李漁《奈何天》傳奇析論〉，《國文天地》，第 24 卷第 8 期（總號 284 期），2009 年 1 月，頁 52～57。

751. 劉眞武：〈李漁戲劇理論與明季社會〉，《史志文萃》，第 3 期，1991 年。

752. 劉偉：〈李漁小說詞語例釋〉，《宿州教育學院學報》，2007 年，第 2 期，頁 94、頁 109。

753. 劉淑麗：〈從《連城璧》及其《外編》看李漁的兩性觀〉，《明清小說研究》，2006 年，第 2 期，頁 191～198。

754. 劉媛媛：〈淺析李漁《閒情偶寄》〉，《遼寧教育行政學院學報》，2008 年，第 9 期，頁 173～174。

755. 劉晴：〈李漁戲曲創作的商業化傾向〉，《藝術百家》，2005 年，第 4 期，頁 19、頁 29～31。

756. 劉晴：〈論李漁商業化戲曲創作的理論意義〉，《當代戲劇》，2005 年，第 4 期，頁 22～25。

757. 劉琴：〈「水」意象解讀——李漁《合影樓》的建構藝術〉，《綏化學院學報》，2007 年，第 6 期，頁 61～63。

758. 劉琴：〈「其史司馬也」——李漁散文的史家筆法〉，《高等函授學報（哲學社會科學版）》，2008 年，第 4 期，頁 38～39。

759. 劉琴：〈李漁小說研究現狀梳理〉，《陰山學刊》，2008 年，第 1 期，頁 59～64。

760. 劉琴：〈李漁的人生選擇論〉，《重慶三峽學院學報》，2008 年，第 4 期，頁 64～67。

761. 劉琴：〈重評李漁的婚戀婦女觀〉，《重慶師院學報（哲學社會科學版）》，1996 年，第 3 期，頁 85～89。

762. 劉琴：〈整合文人理想、世俗傾向與社會規範——李漁喜劇的創作定位〉，《昆明師範高等專科學校學報》，2004 年，第 1 期，頁 53～56。

763. 劉達科：〈李漁的園林審美觀〉，《山西大學師範學院學報（文理綜合版）》，1990 年，第 Z1 期，頁 59～63。

764. 劉慶：〈李漁交遊淺論〉，《戲劇藝術》，2002 年，第 4 期，頁 68～76。

765. 劉慶璋：〈戲劇情節論——從《詩學》和《閒情偶寄》的情節論談起〉，《蘭州大學學報》，1990 年，第 1 期，頁 77～82。

766. 劉慧珠：〈李漁文學觀中的虛實論〉，《修平學報》，第 5 期，2002 年 9 月，頁 87～107。

767. 劉輝成：〈建立在死亡意識上的生活美學——《閒情偶寄》新釋〉，《柳州師專學報》，2007 年，3 第期，頁 8～11。

768. 劉曉玲：〈淺析《閒情偶寄》中的戲曲敘事理論〉，《中北大學學報（社會科學版）》，2007 年，第 6 期，頁 61～63、頁 66。

769. 劉興漢：〈李漁論滑稽〉，《戲劇文學》，1987 年，第 8 期，頁 37～39。

770. 劉興漢：〈評李漁的小說理論〉，《明清小說研究》，1988 年，第 2 期，頁 71～83。

771. 劉興漢：〈論李漁在中國小說史中的地位〉，《東北師大學報》，1995 年，第 2 期，頁 61～65、頁 81。

772. 劉興漢：〈讀〈李笠翁曲話〉箚記之一——構思第一〉，《戲劇創作》，第 3 期，1980 年。

773. 劉興漢：〈讀《李笠翁曲話》札記〉，《戲劇創作》，第 3 期，1980 年（連載 4 篇）。

774. 劉曙：〈從李漁戲曲理論看《桃花扇》的成功〉，《伊犁教育學院學報》，2003 年，第 4 期，頁 69～73。

775. 樊琪：〈要尊重戲曲的特殊規律——『一人一事』說辨〉，《新劇作》，第 3 期，1985 年。

776. 歐雪松：〈閒談李漁與烹飪〉，《吉林商業高等專科學校學報》，2001 年，第 1 期，頁 34～35。

777. 歐陽丹丹：〈論李漁的服裝美學觀——以當代服裝美學爲參照〉，《淮北煤炭師範學院學報（哲學社會科學版）》，2008 年，第 2 期，頁 140～144。

778. 歐陽少鳴：〈淺論李漁短篇小說藝術的創新求變〉，《福建廣播電視大學學報》，2004 年，第 4 期，頁 14～15、頁 17。

779. 潘丹芬：〈我們都是市民導演——馮小剛與李漁比較論〉，《雲夢學刊》，2007 年，第 2 期，頁 107～109。

780. 潘戈：〈論李漁『結構第一』的內涵〉，《彭城大學學報》，第 1 期，1987 年。

781. 潘立勇、胡伊娜：〈生活細節的審美與休閒品味——李漁審美與休閒思想的當代啓示〉，《浙江師範大學學報（社會科學版）》，2008 年，第 4 期，頁 30～32。

782. 潘秀通、萬麗玲：〈論李漁的總體結構說——《閑情偶寄・詞曲部・結構第一》辨〉，《北方論叢》，第 2 期，1982 年。

783. 潘曉華：〈試論李漁科諢的「貴自然」〉，《滄桑》，2007 年，第 5 期，頁 229～230。

784. 潘薇：〈中西相輝映　劇壇兩奇葩——略論李漁與莫里哀的喜劇觀念及創作〉，《吉林藝術學院學報》，2002 年，第 1 期，頁 7～11。

785. 潘薇：〈李漁與莫里哀喜劇創作跨文化研究（上）〉，《吉林藝術學院學報》2003，年，第 3 期，頁 4～9。

786. 潘薇：〈李漁與莫里哀喜劇創作跨文化研究（下）〉，《吉林藝術學院學報》，2004 年，第 2 期，頁 21～31。

787. 潘攀：〈試論李漁戲曲理論中的「性靈」說〉，《安徽文學（下半月）》，2008 年，第 7 期，頁 57～58。

788. 穀淑蓮：〈《曲話》箚記〉，《遼寧師大學報》，第 2 期，1993 年。

789. 蔣成瑀：〈爲李漁的「科諢」一辯〉，《陝西戲劇》，1981 年，第 1 期，頁 57～58。

790. 蔣星煜：〈李笠翁與王左車〉，《戲劇電影報》，1989 年。

791. 蔣星煜：〈李漁的〈西廂記〉批評〉，《文科學報文摘》，第 4 期，1990 年。

792. 蔣祖怡：〈李漁〉，《浙江日報》，1961 年。

793. 蔣淑賢：〈《閒情偶寄》與川劇藝術的當代轉型〉，《四川戲劇》，2006 年，第 2 期，頁 48～49。

794. 蔣斌：〈李漁的劇本論〉，《揚州大學學報（人文社會科學版）》，2001 年，第 2 期，頁 33～38。

795. 蔣豔、方百壽：〈李漁與袁枚的飲食觀比較及其現實意義〉，《九江師專學報》，2003 年，第 2 期，頁 68～70。

796. 蔡玉紅：〈李漁旅遊文學作品之探微〉，《揚州職業大學學報》，2009 年，第 2 期，頁 19～21、頁 42。

797. 蔡玉紅：〈李漁旅遊觀之探〉，《時代文學（下半月）》，2009 年，第 11 期，頁 175～176。

798. 蔡亞平：〈優人搬弄之三昧——從《風箏誤》看李漁的戲曲創作觀〉，《河南廣播電視大學學報》，2006 年，第 4 期，頁 32～34。

799. 蔡洞峰：〈李漁戲劇結構論的美學意義〉，《新疆藝術學院學報》，2009 年，第 1 期，頁 79～81。

800. 蔡運長：〈《意中緣》的幽默藝術〉，《戲曲藝術》，1997 年，第 4 期，頁 29～33。

801. 諸葛子房：〈李漁與服飾美學〉，《浙江日報》，第期，1984 年。

802. 諸葛布：〈李漁重視小說創作〉，《作品與爭鳴》，第 1 期，1982 年。

803. 鄭秋兔：〈李漁論心理療法〉，《中醫報》，第期，1987 年。

804. 鄭秋兔：〈李漁論養生〉，《氣功》，第期，1988 年。

805. 鄭素華：〈試析李漁的戲曲導演理論〉，《陰山學刊》，2004 年，第 3 期，頁 33～37。

806. 鄭德明：〈試論李漁的創新精神〉，《浙江師範學院學報》，1982 年，第 4 期，頁 30～35。

807. 鄧丹：〈《笠翁十種曲》的「新奇」藝術〉，《戲劇文學》，2007 年，第 2 期，頁 74～77。

808. 鄧丹：〈中國戲曲史上《笠翁十種曲》之特異性〉，《文學前沿》，2007 年，第 00 期，頁 138～143、頁 147、頁 144～146、頁 148～153。

809. 鄧丹：〈李漁戲曲與小說創作的差異性〉，《阜陽師範學院學報（社會科學版）》，2004 年，第 2 期，頁 56～58。

810. 鄧丹：〈論李漁戲曲雅俗糾結的風格特徵〉，《楚雄師範學院學報》，2007 年，第 5 期，頁 7～11。

811. 鄧萌：〈從《風箏誤》淺析李漁創作的時代背景〉，《當代戲劇》，2006 年，第 5 期，頁 52～53。

812. 鄧溪燕：〈「一夫不笑是吾憂」——試論李漁小說的喜劇風格〉，《湘南學院學報》，2004 年，第 6 期，54～57 頁。

813. 鄧溪燕：〈三言二拍對李漁擬話本小說創作的影響〉，《湖南科技學院學報》，2007 年，第 6 期，頁 17～19。

814. 鄧溪燕：〈李漁「無聲戲」小說觀評析〉，《湘南學院學報》，2007 年，第 4 期，頁 40～43。

815. 鄧溪燕：〈李漁小說「俗而不俗」的語言風格〉，《中南林業科技大學學報（社會科學版）》，2008 年，4 第期，頁 109～111。

816. 鄧溪燕：〈試論李漁創作的商業化傾向〉，《湘潭師範學院學報（社會科學版）》，2007 年，第 5 期，頁 104～105。

817. 鄧溪燕：〈試論李漁擬話本小說的文人化特徵〉，《湘南學院學報》，2005 年，第 6 期，頁 56～57。

818. 鄧綏寧：〈李笠翁之戲劇批評〉，《進德月刊》，第 2 卷第 10 期，1937 年。

819. 鄧綏寧：〈李笠翁的戲劇論〉，台灣《公論報》，1952 年。

820. 鄧綏寧：〈李漁生平及其著述〉，《中山學術文化集刊》，第 11 卷第 2 期，
　　　1968 年 11 月，頁 573～603。

821. 鄧運佳：〈《李笠翁曲話》簡評——兼批「四人幫」的文藝創作模式〉，《陝
　　　西戲劇》，第 1 期，1979 年。

822. 黎君亮：〈批評家的李笠翁〉，《矛盾月刊》，第 2 卷第 5 期，1934 年。

823. 冀安：〈淺論亞里斯多德與李漁之異同〉，《北京電影學院學報》，2005 年，
　　　第 2 期，頁 62～67。

824. 盧一飛：〈試論李漁、孔尚任戲曲理論的異同〉，《焦作師範高等專科學校
　　　學報》，2007 年，第 3 期，頁 15～17。

825. 盧元譽：〈小議李漁的「立主腦」〉，《海南大學學報（社會科學版）》，1984
　　　年，第 2 期，頁 79、頁 82。

826. 盧天、華飛：〈結構·情節·語言——讀李笠翁《閒情偶寄》一書札記〉，
　　　《河北日報》，1961 年。

827. 盧旭：〈談李漁小說中的自娛意識〉，《遼寧師專學報（社會科學版）》，2009
　　　年，第 3 期，頁 26～27。

828. 盧長懷、於曉言：〈由《閒情偶寄》想到的中國古代休閒觀〉，《世紀橋》，
　　　2008 年，第 18 期，頁 81～83。

829. 盧壽榮：〈李漁的《閒情偶寄》〉，《古典文學知識》，2001 年，第 1 期，
　　　頁 98～103。

830. 蕭小紅：〈一夫不笑是吾憂——李漁短篇小說的喜劇性〉，《明清小說研
　　　究》，1989 年，第 2 期，頁 156～165。

831. 蕭君玲、鄭仕一：〈李漁戲曲美學在民族舞蹈編創中的應用〉，《北體學
　　　報》，第 14 期，2006 年 12 月，頁 291～300。

832. 蕭欣橋：〈《李笠翁小說十五種》前言〉，浙江人民出版社，1981 年。

833. 蕭欣橋：〈《連城璧》前言〉，《浙江古籍出版社》，第期，1988 年。

834. 蕭欣橋：〈李漁《無聲戲》、《連城璧》版本嬗變考索〉，《文獻》，1987 年，
　　　第 1 期，頁 64～80。

835. 蕭欣橋：〈李漁生平和著作——寫在《李漁全集》出版之時〉，《浙江師大
　　　學報》，1991 年，第 1 期，1～6 頁。

836. 蕭欣橋：〈試論李漁的小說創作〉，《南開學報》，第 4 期，1982 年。

837. 蕭榮：〈自開戶牖 四面涵虛——試論李漁詩詞〉，《浙江學刊》，1982 年，
　　　第 3 期，114～118 頁。

838. 蕭榮：〈李漁的生平和思想〉，《語文戰線》，第 9 期，1982 年。

839. 蕭榮：〈李漁戲劇理論的成就和局限性〉，《杭州大學學報（哲學社會科學
　　　版）》，1980 年，第 4 期，頁 81～88。

840. 蕭榮：〈略論李漁的導演理論〉，《戲文》，第 6 期，1984 年。

841. 蕭榮：〈試論李漁的白話短篇小說〉，《杭州大學學報（哲學社會科學版）》，1982 年，第 3 期，頁 32～39、頁 80。

842. 蕭榮：〈試論李漁的白話短篇小說〉，《杭州大學學報》，第 3 期，1982 年。

843. 蕭德安：〈李漁「求醫」的聯想〉，《人才開發》，1996 年，第 7 期，頁 34。

844. 賴利明：〈論李漁《十二樓》的敘述干預〉，《中央民族大學學報》，1999 年，第 6 期，頁 96～100。

845. 賴慧玲：〈李漁喜劇「笑點」的語用前題分析──以「風箏誤」、「蜃中樓」、「奈何天」為例〉，《東海中文學報》，第 11 期，1994 年 12 月，頁 121～129。

846. 賴慧玲：〈從李漁的「科諢論」看他的三部喜劇──「風箏誤」「蜃中樓」「奈何天」〉，《興大中文學報》，第 6 期，1993 年 1 月，頁 267～282。

847. 錢國蓮：〈李漁戲劇結構論之我見〉，《浙江廣播電視高等專科學校學報》，1994 年，第 4 期，頁 49～51。

848. 錢曉田：〈簡評李漁「生活美學」觀〉，《五邑大學學報（社會科學版）》，2005 年，第 1 期，頁 58～60。

849. 錢樹軍：〈總體研究 別開生面──評〈李漁新論〉〉，《藝術百家》，第 3 期，1998 年。

850. 閻玲：〈觀、聽咸宜──談李漁以觀眾為本位的戲劇理論體系〉，《戲劇之家》，1997 年，第 2 期，頁 13～15。

851. 駱玉明：〈李漁小說的荒誕之趣〉，《古典文學知識》，1999 年，第 5 期，頁 58～61。

852. 駱兵：〈「仍其體質，變其丰姿」──略論李漁導演擇劇的可仍與可改觀〉，《戲劇文學》，2005 年，第 5 期，頁 100～104。

853. 駱兵：〈「文字短長，視其人之筆性」──李漁論賓白字數的多與少〉，《浙江教育學院學報》，2007 年，第 2 期，頁 84～88、頁 102。

854. 駱兵：〈「能於淺處見才，方是文章高手」──簡論李漁關於曲文的典雅與通俗觀〉，《浙江藝術職業學院學報》，2005 年，第 3 期，頁 65～68。

855. 駱兵：〈「能於淺處見才，方是文章高手」──簡論李漁關於曲文的典雅與通俗觀〉，《江西財經大學學報》，2005 年，第 5 期，頁 92～95。

856. 駱兵：〈《笠翁十種曲》女性形象的審美文化闡釋〉，《四川戲劇》，2009 年，第 5 期，頁 87～89。

857. 駱兵：〈《笠翁十種曲》神佛形象的審美文化意蘊〉，《戲劇文學》，2007 年，第 8 期，頁 34～39。

858. 駱兵：〈中醫藥對李漁戲曲創作的影響〉，《中醫藥文化》，2007 年，第 6 期，頁 23～26。

859. 駱兵：〈李漁名號藝術的文化闡釋〉，《江西財經大學學報》，2007 年，第 6 期，頁 83～86。

860. 駱兵：〈李漁的文學創作與旅遊經歷簡論〉，《社會科學家》，2005 年，第 3 期，頁 27～31。

861. 駱兵：〈李漁的戲曲藝術教育思想探幽〉，《戲劇文學》，2006 年，第 9 期，頁 78～81、頁 87。

862. 駱兵：〈李漁表演形態的「閨中」與「場上論」初探〉，《北京舞蹈學院學報》，2008 年，第 3 期，頁 63～66。

863. 駱兵：〈李漁娛樂至上的戲曲功利取向之我見〉，《江西財經大學學報》，2001 年，第 2 期，頁 64～67、頁 80。

864. 駱兵：〈李漁對前人創作的戲曲改編初探〉，《藝術百家》，2004 年，第 2 期，頁 35～39。

865. 駱兵：〈李漁戲曲在國內的傳播〉，《中華戲曲》，2004 年，第 2 期，頁 273～292。

866. 駱兵：〈李漁戲曲接受觀論略〉，《廣東教育學院學報》，2000 年，第 4 期，頁 34～40。

867. 駱兵：〈李漁戲曲理論在國內的傳播〉，《南都學壇》，2004 年，第 3 期，頁 65～68。

868. 駱兵：〈李漁戲曲理論的藝術辯證性解讀〉，《江西財經大學學報》，2004 年，第 1 期，頁 79～84。

869. 駱兵：〈明清之際學術轉變對李漁的影響〉，《南都學壇》，2006 年，第 6 期，頁 61～65。

870. 駱兵：〈從《無聲戲》看李漁悖謬性的敘事策略及其效果〉，《浙江萬里學院學報》，2001 年，第 2 期，頁 112～115。

871. 駱兵：〈淺者深之　高者下之——論李漁《耐歌詞》雅俗相和的藝術特色〉，《南都學壇》，2002 年，第 3 期，頁 66～70。

872. 駱兵：〈略論李漁的對聯創作與理論〉，《南京社會科學》，2002 年，第 10 期，頁 72～77。

873. 駱兵：〈略論李漁崇尚通俗的戲曲接受觀〉，《玉林師範學院學報》，2001 年，第 1 期，頁 55～58。

874. 駱兵：〈試論李漁對公安「三袁」文學思想的繼承與發展〉，《江漢大學學報（人文社會科學版）》，2002 年，第 3 期，頁 54～58。

875. 駱兵：〈試論李漁戲曲改編的敘事策略〉，《藝術百家》，2002 年，第 2 期，頁 56～59。

876. 駱兵：〈歌台觀色相——李漁的劇場論淺探〉，《古典文學知識》，2003 年，第 6 期，頁 96～98。

877. 駱兵：〈論李漁戲曲中道和諧的娛人旨趣〉，《四川戲劇》，2008 年，第 6 期，頁 20～22。

878. 駱兵：〈論李漁觀眾本位的戲曲接受觀〉，《廣西教育學院學報》，2002 年，第 2 期，頁 102～107。

879. 駱兵：〈戲情與園景、曲意與畫境——李漁的戲曲創作與園林藝術之關係〉，《戲劇文學》，2008 年，第 6 期，頁 65～69。

880. 駱雪倫：〈李漁戲劇小說中所反映的思想與時代〉，《大陸雜誌》，第 50 卷第 2 期，1975 年 2 月，頁 4～35。

881. 戴不凡：〈李笠翁事略〉，《劇本》，第 3 期，1957 年。

882. 臏戎：〈評李漁散文〉，《杭州大學學報（哲學社會科學版）》，1985 年，第 4 期，頁 58～63。

883. 薑雲生：〈李漁的幽默觀〉，《讀書》，1983 年，第 10 期，頁 66。

884. 薛世平：〈李漁《閒情偶寄》的科學普及價值〉，《福建廣播電視大學學報》，2003 年，第 2 期，頁 16～19。

885. 謝君：〈李漁戲曲結構佈局理論與其小說創作〉，《安陽師範學院學報》，2009 年，第 1 期，頁 93～94。

886. 謝宜蓁：〈李漁食蟹觀之探究〉，《東方人文學誌》，第 5 卷第 4 期，2006 年 12 月，頁 151～164。

887. 謝明：〈「立主腦」的三定律——笠翁劇論今解〉，《新劇作》，第 6 期，1980 年（連載 5 篇）。

888. 謝明：〈結構第一的技法——笠翁劇論今解之三〉，《新劇本》，第 3 期，1981 年。

889. 謝柏良：〈李漁與二姬〉，《當代戲劇》，1985 年，第 8 期，頁 63～64。

890. 謝柏梁：〈李漁的戲曲美學體系（上）〉，《戲曲藝術》，1993 年，第 3 期，頁 3～10。

891. 謝柏梁：〈李漁的戲曲美學體系（中）〉，《戲曲藝術》，1993 年，第 4 期，頁 47～50。

892. 謝柏梁：〈李漁的戲曲美學體系（下）〉，《戲曲藝術》，1994 年，第 1 期，頁 53～57。

893. 謝挺：〈論觀眾接受——關於李漁的「觀眾學」〉，《文藝理論家》，第 4 期，1992 年。

894. 鍾明奇：〈「自爲一家」：李漁文學創作的核心思想〉，《文學評論》，2009 年，第 4 期，頁 67～73。

895. 鍾明奇：〈李漁：一個有作爲的書坊主與編輯家〉，《復旦學報（社會科學版）》1995，年，第 4 期，頁 75、頁 94～100。

896. 鍾明奇：〈李漁：一個有作爲的書坊主與編輯家〉,《編輯學刊》,1995 年,
第 5 期,頁 97。

897. 鍾明奇：〈李漁小説戲曲創作的「神引」式結構〉,《蘇州大學學報》,1999
年,第 4 期,頁 65～69。

898. 鍾明奇：〈李漁情愛心理的文化哲學探析〉,《中國文學研究》,2000 年,
第 2 期,頁 74～79。

899. 鍾明奇：〈耕雲釣月　綠野娛情——試論李漁對漁樵人生的豔羨企慕〉,《蘇
州大學學報》,1993 年,第 4 期,頁 85～91。

900. 鍾明奇：〈試論李漁「無聲戲」小説創作思想之發生〉,《明清小説研究》,
1996 年,第 2 期,頁 149～157。

901. 鍾明奇：〈論李漁紅顏薄命的情愛思想〉,《蘇州大學學報（哲學社會科學
版）》,2007 年,第 3 期,頁 75～80。

902. 鍾貞：〈李漁與狄德羅戲劇表演觀之比較〉,《社會科學家》,2005 年,第
S2 期,228～229 頁。

903. 鍾筱涵：〈論李漁的自適人生觀〉,《華南師範大學學報（社會科學版）》,
2002 年,第 2 期,頁 58～63。

904. 韓希明：〈千種調笑　百樣滋味——《聊齋志異》與李漁短篇小説的喜劇
性比較談〉,《鎮江師專學報（社會科學版）》,1995 年,第 4 期,頁 12
～14、頁 20。

905. 韓南著、商偉譯：〈論「肉蒲團」（李漁著）的原刊本〉,《中國書目季刊》,
第 28 卷第 2 期,1994 年 9 月,頁 3～8。

906. 韓璽吾：〈民間化：李漁小説的審美追求〉,《荊州師範學院學報》,2003
年,第 6 期,頁 39～40、頁 45。

907. 聶石樵：〈讀曲札記——關於李漁〉,《光明日報》,1960 年。

908. 聶春豔：〈李漁小説創作傾向評述〉,《小説評論》,2009 年,第 S1 期,
頁 145～148。

909. 藍天：〈論李漁敘事美學中的市民意識〉,《北方論叢》,2008 年,第 6 期,
頁 31～36。

910. 豐衛平：〈《浮士德》與《比目魚》中契約之比較〉,《外國語言文學》,2005
年,第 2 期,頁 131～134。

911. 顏路：〈李漁是打不倒的〉,《新劇本》,第 2 期,1990 年。

912. 魏中林、謝遂聯：〈20 世紀的李漁戲曲理論研究〉,《江海學刊》,2001 年,
第 4 期,頁 167～171。

913. 羅中琦：〈李漁《十種曲》慣用情節析論〉,《中國語文》,第 4 卷第 4 期
（總號 622 期）,2009 年 4 月,頁 62～81。

914. 羅中琦：〈李漁科諢論及其實踐〉，《古今藝文》，第 29 卷第 4 期，2003 年 8 月，頁 36～45。

915. 羅白：〈李笠翁的寫劇論〉，《風雨談》，第 9 期，1944 年。

916. 羅白：〈試談李笠翁的《曲話》〉，《劇本》，第 2 期，1957 年。

917. 羅振球：〈《閑情偶寄》的『結構說』辯正〉，《劇影月刊》，第 7 期，1986 年。

918. 羅筠筠：〈李漁工藝思想四題〉，《裝飾》，1994 年，第 1 期，頁 47～48。

919. 譚正璧：〈無聲戲與十二樓〉見其專著《話本與古劇》，《上海古籍出版社》，第期，1985 年。

920. 譚源材：〈「立主腦」試析〉，《戲劇叢刊》，第 5 期，1983 年。

921. 關秀娟：〈天籟自鳴 早熟詩才——白居易、湯顯祖、李漁、吳敬梓少年詩試析〉，《福州師專學報》，2001 年，第 4 期，頁 18～22。

922. 關非蒙：〈李漁論戲曲「結構」——李漁《閒情偶寄》〉，《浙江藝術研究資料》，第 1 輯，1981 年。

923. 關非蒙：〈李漁論戲曲「詞采」〉，《浙江藝術研究資料》，第 2 輯，1982 年。

924. 關賢柱：〈李漁生卒年考〉，《文學評論叢刊》，第 5 期，中國社會科學出版社，1980 年。

925. 竇開虎：〈李漁戲劇「賓白」論〉，《曲靖師範學院學報》2007，年，第 2 期，頁 60～63。

926. 蘭九章：〈多買胭脂繪牡丹能於淺處見高才——簡論李漁擬話本小說的語言藝術〉，《黔南民族師範學院學報》，2008 年，第 4 期，21～24 頁。

927. 蘭九章：〈李漁小說的虛構藝術〉，《邯鄲學院學報》，2006 年，第 1 期，頁 43～45。

928. 蘇利生：〈李漁論戲劇創作〉，《下關師專學報（社會科學版）》，1984 年，第 2 期，頁 19、頁 24～26。

929. 蘇愛民：〈談李漁創作的商品化價值取向〉，《焦作師範高等專科學校學報》，2006 年，第 4 期，頁 27～28、頁 62。

930. 黨聖元：〈評杜書瀛〈李漁美學思想研究〉〉，《文學評論》，第 4 期，1999 年。

931. 蘭文：〈李漁〉，《浙江檔案》，1990 年，第 8 期，頁 35。

932. 蘭溪市李漁研究會：〈正是雷門堪擊鼓——李漁研究會工作回顧〉，《戲文》，第 5 期，1996 年。

933. 顧旭明、楊進發：〈李漁建築人文思想擷遺〉，《紹興文理學院學報（哲學社會科學）》，2006 年，第 5 期，頁 80～82。

934. 顧茂昌：〈李漁與芥子園〉，《中國園林》，1988 年，第 3 期，頁 8～11、頁 32。

935. 顧啓：〈李漁軼事〉，《明清小說研究》，1990 年，第 Z1 期，頁 241～246。

936. 顧敦鍒：〈李笠翁年譜〉，《哈佛燕京學社論文集》，出版年未記載。

937. 顧敦鍒：〈李笠翁朋輩考〉，《台中文苑闡幽》，1969 年。

938. 顧敦鍒：〈李笠翁朋輩考傳〉，《之江學報》，第 1 卷第 4 期，1934 年。

939. 顧敦鍒：〈李笠翁的短篇小說集《無聲戲》〉，《書和人》，第 97 期，1968 年。

940. 顧敦鍒：〈李笠翁研究稿存〉，1969 年。（台灣）

941. 顧敦鍒：〈李笠翁詞學（上）〉，《燕大月刊》，第 1 卷第 2 期，1927 年。

942. 顧敦鍒：〈李笠翁詞學（中）〉，《燕大月刊》，第 1 卷第 3 期，1927 年。

943. 顧敦鍒：〈李笠翁詞學（下）〉，《燕大月刊》，第 1 卷第 5 期，1928 年。

944. 顧敦鍒：〈李笠翁詞學〉，《中國文學會集刊》，第 3 期，1936 年。

945. 顧敦鍒：〈李笠翁詞學〉，《東海大學文苑闡幽》，1969 年。

946. 顧敦鍒：〈馬漢茂博士著《李笠翁論戲曲》〉，《書和人》，第 97 期，1968 年。

947. 顧農：〈《一家言》非即《閒情偶寄》〉，《社會科學輯刊》，1987 年，第 2 期，頁 101。

948. 龔德慧：〈李漁《閒情偶寄》中的居室設計思想〉，《湖北美術學院學報》，2004 年，第 2 期，頁 27～28。

附錄四　中國大陸學位論文資料彙編
（1993～2009）

最終更新日期：2010 年 7 月 30 日

※　說明：

* （國別）作者：〈學位論文名稱〉，學校，論文級別，畢業年度。
* 依畢業年限排序

1. 鍾明奇：〈論李漁及其小說戲曲世界〉，華東師範大學，博士論文，1993 年。
2. 張曉軍：〈藝術的商業化與商業化的藝術：論戲劇家李漁的文學創作〉，復旦大學，博士論文，1995 年。
3. 白瑩：〈戲化的世情──李漁短篇小說特色論〉，湖北大學，碩士論文，1996 年。
4. （韓）朴泓俊：〈李漁通俗戲曲研究〉，華東師範大學，博士論文，1997 年。
5. 樊文忠：〈中國古典戲曲本色理論的歷史嬗變〉，江西師範大學，碩士論文，1998 年。
6. 王紅梅：〈李漁論略〉，首都師範大學，碩士論文，1999 年。
7. 黃果泉：〈李漁的文化人格和文學思想〉，南開大學，博士論文，2000 年。
8. 崔蘊華：〈試論李漁的小說創作〉，陝西師範大學，碩士論文，2000 年。
9. （日）浦部依子：〈李漁戲曲展現的女子形象〉，復旦大學，博士論文，2001 年。
10. 張文珍：〈明末清初通俗小說與社會〉，山東大學，博士論文，2001 年。
11. 王正兵：〈試論李漁的小說藝術〉，華東師範大學，碩士論文，2001 年。
12. 張健：〈試論李漁白話短篇小說的喜劇特色〉，曲阜師範大學，碩士論文，2001 年。

13. 程敬:〈試論李漁的思想轉變〉,復旦大學,碩士論文,2001 年。

14. 劉蓮英:〈論李漁小說「機趣」藝術〉,鄭州大學,碩士論文,2001 年。

15. 胡元翎:〈李漁小說戲曲識要〉,哈爾濱師範大學,博士論文,2002 年。

16. 任心慧:〈試論李漁商業化「治生」方式對其曲論及劇作的影響〉,四川師範大學,碩士論文,2002 年。

17. 姚安:〈論李漁的《十種曲》〉,南京師範大學,碩士論文,2002 年。

18. 宿建秀:〈李漁戲劇理論簡論〉,河北師範大學,碩士論文,2002 年。

19. 葉燁:〈論李漁的雙重品格及其小說〉,湘潭大學,碩士論文,2002 年。

20. 雷曉彤:〈論李漁的文藝思想對小說創作的影響〉,江西師範大學,碩士論文,2002 年。

21. 趙江南:〈論李漁的戲曲本位思想在劇本中的表現〉,湘潭大學,碩士論文,2002 年。

22. 劉慶:〈論李漁家班的演劇之路〉,上海戲劇學院,碩士論文,2002 年。

23. 鍾筱涵:〈李漁戲曲結構論〉,華南師範大學,碩士論文,2002 年。

24. 付少武:〈李漁與莫里哀比較研究〉,南京大學,博士論文,2003 年。

25. 盧壽榮:〈李漁戲曲小說研究〉,復旦大學,博士論文,2003 年。

26. 駱兵:〈李漁的通俗文學理論與創作研究〉,華東師範大學,博士論文,2003 年。

27. 王琛:〈論李漁傳奇作品的審美選擇〉,湖北大學,碩士論文,2003 年。

28. 沈慶會:〈李漁白話短篇小說研究〉,曲阜師範大學,碩士論文,2003 年。

29. 肖巧朋:〈論《閒情偶寄》的休閒思想〉,湖南師範大學,碩士論文,2003 年。

30. 徐世中:〈一夫不笑是吾憂〉,廣西師範大學,碩士論文,2003 年。

31. 陳良:〈李漁擬話本小說及其小說觀念研究〉,陝西師範大學,碩士論文,2003 年。

32. 左桂月:〈李漁文學創作和美學追求的商業色彩〉,中國人民大學,碩士論文,2004 年。

33. 王月平:〈李漁白話短篇小說中的女性問題研究〉,北京師範大學,碩士論文,2004 年。

34. 王卉:〈繪方圓于一手——李漁小說戲曲創作觀念研究〉,北京師範大學,碩士論文,2004 年。

35. 王淑萍:〈試論李漁的生活美學〉,暨南大學,碩士論文,2004 年。

36. 安平:〈成熟到奢侈　精緻到唯美——李漁文化人格略論〉,吉林大學,碩士論文,2004 年。

37. 朱錦華：〈李漁戲曲理論解讀〉，四川師範大學，碩士論文，2004 年。

38. 姜洪濤：〈論李漁短篇白話小說的敘事藝術〉，中央民族大學，碩士論文，2004 年。

39. 畢嵐：〈論市場語境下戲劇的生存〉，武漢大學，碩士論文，2004 年。

40. 許莉莉：〈試論李漁戲曲理論和創作實踐的錯位關係〉，蘇州大學，碩士論文，2004 年。

41. 程群：〈論李漁戲曲的商品性〉，四川師範大學，碩士論文，2004 年。

42. 楊琳：〈李漁對凌濛初的繼承與發展〉，曲阜師範大學，碩士論文，2004 年。

43. 溫春仙：〈《十二樓》的敘事模式〉，湖南師範大學，碩士論文，2004 年。

44. 鄧丹：〈《笠翁十種曲》研究〉，首都師範大學，碩士論文，2004 年。

45. 張振杰：〈論李漁的商人品格及其戲曲創作〉，內蒙古大學，碩士論文，2005 年。

46. 趙洪濤：〈李漁的家居美學觀〉，湖南師範大學，碩士論文，2005 年。

47. 劉琴：〈創作與消費的調適——以李漁的短篇小說爲中心〉，華中師範大學，碩士論文，2005 年。

48. 藺九章：〈李漁「無聲戲」理論研究〉，河北師範大學，碩士論文，2005 年。

49. 王捷：〈李漁《閒情偶寄·種植部》研究〉，北京師範大學，碩士論文，2006 年。

50. 李軍鋒：〈不效美婦一顰，不拾名流一唾——試論李漁白話短篇小說的尚奇觀及其創作實踐〉，山東師範大學，碩士論文，2006 年。

51. 張蘭華：〈李漁白話短篇小說敘事藝術研究〉，遼寧大學，碩士論文，2006 年。

52. 王金花：〈李漁研究三題〉，揚州大學，碩士論文，2006 年。

53. 王淑芬：〈李漁的小說理論與小說創作〉，河北大學，碩士論文，2006 年。

54. 朱秋娟：〈李漁家班與李漁戲曲創作、戲曲理論間的互動〉，揚州大學，碩士論文，2006 年。

55. 周建民：〈論李漁傳奇創作的新異性〉，江西師範大學，碩士論文，2006 年。

56. 段建強：〈《園冶》與《一家言·居室器玩部》造園意象比較研究〉，鄭州大學，碩士論文，2006 年。

57. 高秀麗：〈李漁關于「趣」的美學思想〉，山東師範大學，碩士論文，2006 年。

58. 陳海敏：〈試論李漁的文化產業思想〉，揚州大學，碩士論文，2006 年。

59. 喬文：〈李漁與莎士比亞喜劇中喜劇性語言比較研究〉，中國海洋大學，碩士論文，2006 年。

60. 黃勇軍：〈李漁短篇小說與薄迦丘《十日談》敘事比較研究〉，重慶師範大學，碩士論文，2006 年。

61. 朱源：〈李漁與德萊頓戲劇理論比較研究〉，蘇州大學，博士論文，2007 年。

62. 張成全：〈李漁研究〉，南開大學，博士論文，2007 年。

63. 黃春燕：〈李漁的戲曲敘事觀念與明末清初的江南城市文化〉，北京師範大學，博士論文，2007 年。

64. 朱帥：〈李漁小說的封建道學理念〉，北京師範大學，碩士論文，2007 年。

65. 李婷婷：〈世俗化與人文化的完美結合——李漁愛情婚姻小說初探〉，北京師範大學，碩士論文，2007 年。

66. 范豔萍：〈明末清初擬話本小說創作的敘事軌跡〉，湖南師範大學，碩士論文，2007 年。

67. 馮美娣：〈語文校本課程《走近李漁》的開發研究〉，浙江師範大學，碩士論文，2007 年。

68. 王燕燕：〈從《十種曲》看李漁的女性觀〉，華東師範大學，碩士論文，2007 年。

69. 王艷玲：〈李漁「無聲戲」觀念下的擬話本小說創作〉，華南師範大學，碩士論文，2007 年。

70. 馬楠：〈試論李漁喜劇的當代性〉，北京師範大學，碩士論文，2007 年。

71. 潘丹芬：〈試論李漁的觀眾理論〉，湖南師範大學，碩士論文，2007 年。

72. 蔡東民：〈李漁劇論研究百年（1901～2000）檢討〉，上海戲劇學院，碩士論文，2007 年。

73. 盧旭：〈李漁戲曲理論對其小說創作的影響〉，遼寧師範大學，碩士論文，2007 年。

74. 龐瑞東：〈李漁《閒情偶寄》之曲論研究〉，內蒙古師範大學，碩士論文，2007 年。

75. 譚洋：〈論李漁小說創作與戲曲理論之間的關系〉，中國海洋大學，碩士論文，2007 年。

76. 高源：〈李漁的整體戲劇觀念及其理論研究〉，山東大學，博士論文，2008 年。

77. 吳清海：〈李漁戲曲舞臺演出理論解讀〉，新疆師範大學，碩士論文，2008 年。

78. 李菁：〈翻譯行為的操縱性研究——李漁《夏宜樓》英譯比較〉，華東師範大學，碩士論文，2008 年。

79. 李敬科：〈道學風流合而爲一〉，浙江大學，碩士論文，2008年。

80. 王園園：〈《閑情偶寄》戲曲修辭理論研究〉，福建師範大學，碩士論文，2008年。

81. 王瑩：〈試論李漁短篇小說的悲劇因素〉，中國海洋大學，碩士論文，2008年。

82. 朱彩霞：〈李漁曲論研究〉，新疆大學，碩士論文，2008年。

83. 張春娟：〈淺談李漁的戲曲結構理論〉，山西大學，碩士論文，2008年。

84. 張乾坤：〈李漁與明清時期環境審美思想研究〉，山東大學，碩士論文，2008年。

85. 錢水悅：〈李漁《閑情偶寄》生活美學思想初探〉，浙江大學，碩士論文，2008年。

86. 豐慧：〈《李笠翁曲話》修辭思想初探〉，曲阜師範大學，碩士論文，2008年。

87. 李娟：〈消費文化視野下的《閒情偶寄》研究〉，湖南師範大學，碩士論文，2009年。

88. 孫興香：〈李漁世俗美學思想研究〉，曲阜師範大學，碩士論文，2009年。

89. 郝文靜：〈李漁擬話本小說中的女性形象研究〉，浙江師範大學，碩士論文，2009年。

90. 羅曉：〈美國漢學界的李漁研究〉，華東師範大學，碩士論文，2009年。

附錄五　台灣學位論文資料彙編
（1993～2009）

最終更新日期：2010 年 7 月 30 日

※　說明：

＊　（國別）作者：〈學位論文名稱〉，學校，論文級別，畢業年度。

＊　依畢業年限排序

1. （日）平松圭子：〈李笠翁十種曲研究〉，國立臺灣大學中國文學研究所，碩士論文，1972 年。

2. 張百蓉：〈李漁及其戲劇理論〉，中國文化大學中國文學研究所，碩士論文，1980 年。

3. 吳芬燕：〈李漁話本小說研究〉，國立高雄師範大學中國文學研究所，碩士論文，1985 年。

4. 葉雅玲：〈李漁文學理論與小說創作關係研究〉，中國文化大學中國文學研究所，碩士論文，1990 年。

5. 吳淑慧：〈李漁及其《十種曲》研究〉，淡江大學中國文學系研究所，碩士論文，1996 年。

6. 呂宜哲：〈李漁小說理論探述——從「閒情偶寄」中的「文學觀」談起〉，東海大學中國文學研究所，碩士論文，1997 年。

7. 張東炘：〈李漁戲曲三論〉，國立臺灣大學戲劇研究所，碩士論文，1997 年。

8. 單文惠：〈《笠翁十種曲》研究〉，國立臺灣師範大學國文研究所，碩士論文，1998 年。

9. 余美玲：〈李漁的《連城璧》與《十二樓》之研究〉，國立清華大學中國文學系研究所，碩士論文，2001 年。

10. 林靜如：〈李漁的音律理論在《笠翁傳奇十種》中的實踐〉，國立臺北藝術大學傳統藝術研究所，碩士論文，2002 年。

11. 劉幼嫻：〈李漁的戲曲理論〉，國立中山大學中國語文學系研究所，博士論文，2003 年。

12. 林雅鈴：〈李漁小說戲曲研究〉，東海大學中國文學系研究所，博士論文，2004 年。

13. 郭怡君：〈明代戲曲編劇理論研究〉，東吳大學中國文學系研究所，碩士論文，2005 年。

14. 朱亮潔：〈李漁新論——遺民觀點的考察〉，國立中央大學中國文學研究所，碩士論文，2005 年。

15. 辜贈燕：〈李漁韻學研究〉，國立成功大學中國文學系研究所，碩士論文，2006 年。

16. 段正怡：〈張岱、李漁飲饌小品之考察〉，元智大學中國語文學系研究所，碩士論文，2007 年。

17. 陳儀珊：〈《連城璧》之婦女研究〉，高雄師範大學回流中文碩士班，碩士論文，2007 年。

18. 鄺采芸：〈明末清初傳奇多元對應關係研究——以李玉、李漁、洪昇、孔尚任為主〉，國立政治大學中國文學研究所，博士論文，2007 年。

19. 江仁瑞：〈李漁十二樓的創作特質研究〉，國立彰化師範大學國文學系研究所，碩士論文，2007 年。

20. 陳美芳：〈李漁《十二樓》之女性研究〉，國立臺南大學國語文教學碩士班，碩士論文，2007 年。

21. 彭郁文：〈雅俗之趣對李漁園林觀的影響〉，元智大學中國語文學系研究所，碩士論文，2008 年。

22. 吳麗晶：〈李漁擬話本小說敘事研究——以敘事邏輯與行動元分析為主〉，國立嘉義大中國文學系研究所，碩士論文，2008 年。

參考書目

※ 說明：

　　* 分專書、學位論文、單篇論文三大類，每類再分細目。

　　* 專書　（國別）作者：《書名》，出版資料（含出版地：出版社，出版年）。

　　* 學位論文　（國別）作者：〈學位論文名稱〉，學校，論文級別，畢業年度。

　　* 單篇論文　作者：〈篇名〉，《期刊名》，卷期，出版年月，頁數。

　　* 每類皆依姓名筆劃排序

一、專書

（一）李漁研究

1. （美）張春樹、駱雪倫著，王湘雲譯：《明清時代之社會經濟巨變與新文化——李漁時代的社會與文化及其現代性》，上海：上海古籍出版社，2008 年。

2. 王連海注釋：《閒清偶寄圖說》，全二冊，濟南：山東畫報出版社，2003年。

3. 王學奇等校注：《笠翁傳奇十種校注》，天津：天津古籍出版社，2009 年。

4. 民輝譯：《閒情偶寄》，長沙：嶽麓書社，2000 年。

5. 朱傳譽主編：《李漁傳紀資料》，全六冊，台北：天一出版社，1981～1985年。

6. 江巨榮、盧壽榮校注：《閒情偶寄》，上海：上海古籍出版社，2000 年。

7. 艾舒仁編次、冉云飛校點：《李漁隨筆全集》，成都：巴蜀書社，2002 年。

8. 吳瓊：《湖上笠翁——清代奇閒李漁》，崑明：雲南人民出版，1996 年。

9. 李忠實譯注：《閒情偶寄》，天津：天津古籍出版社，1996 年。

10. 李漁：《笠翁劇論》，上海：上海中華書局，1940 年。

11. 李漁:《閒情偶寄》,《中國古典戲曲論著集成》,第 7 冊北京:中國戲劇出版社,1982 年。

12. 李漁:《閒情偶寄》,臺北:明文書局,2002 年。

13. 李漁:《閒情偶寄》台北:長安出版社,1992 年。

14. 李漁:《閒情偶寄》,台北:台北廣文書局,1977 年。

15. 李德原譯注:《李笠翁曲話譯注》,天津:天津古籍出版社,1988 年。

16. 杜書瀛:《李漁美學思想研究》,北京:中國社會科學出版社,1998 年。

17. 杜書瀛:《論李漁的戲劇美學》,北京:中國社會科學出版社,1982 年。

18. 沈新林:《李漁評傳》,江蘇:南京師範大學出版社,1998 年。

19. 沈新林:《李漁評傳》,江蘇:蘇州大學出版社,1997 年。

20. 孟澤校點:《人間詞話 笠翁曲話》,長沙:嶽麓書社,1999 年。

21. 俞為民:《李漁《閒情偶寄》曲論研究》,南京:江蘇教育出版社,1994 年。

22. 俞為民:《李漁評傳》,江蘇:南京大學出版社,1998 年 2000 年再版。

23. 洪為法選注:《李漁文選》,上海:北新書局,1937 年。

24. 胡元翎:《李漁小說戲曲研究》,北京:中華書局,2004 年。

25. 胡天成:《李漁戲曲藝術論》,重慶:西南師範大學出版社,1993 年。

26. 徐保衛:《李漁傳》,天津:百花文藝出版社,2002 年。

27. 徐壽凱注釋:《李笠翁曲話注釋》,合肥:安徽人民出版社,1981 年。

28. 浙江古籍出版社編:《李漁全集》,全二十冊,杭州:浙江古籍出版社,1990 年。

29. 浙江古籍出版社編:《李漁全集》,全十二冊,杭州:浙江古籍出版社,1992 年(1998 年再版)。

30. 馬漢茂 Martin, Helmut 輯:《李漁全集》,全十五冊,台北:成文出版社,1970 年。

31. 崔子恩:《李漁小說論稿》,北京:中國社會科學出版社,1989 年。

32. 張曉軍:《李漁創作論稿:藝術的商業化與商業化的藝術》,北京:文化藝術出版社,1997 年。

33. 曹聚仁校訂:《閒情偶寄》,上海:上海梁溪圖書館,1925 年。

34. 陳再明:《湖上異人李笠翁》,台北:漢欣文化事業公司,1995 年。

35. 陳多註釋:《李笠翁曲話》,湖南:人民出版社,1981 年。

36. 單錦珩:《李漁傳》,成都:四川文藝出版社,1986 年。

37. 單錦珩校點:《閒情偶寄》,杭州:浙江古籍出版社,1985 年。

38. 敦睦堂：《龍門李氏宗譜》，浙江：蘭溪李氏宗譜八卷，1940 年。

39. 黃果全：《雅俗之間——李漁的文化人格與文學思想研究》，北京：中國社會科學出版社，2004 年。

40. 黃強：《李漁研究》，杭州：浙江古籍出版社，1996 年。

41. 黃麗貞：《李漁》，台北：河洛圖書出版社，1978 年。

42. 黃麗貞：《李漁研究》，台北：純文學，1974 年。

43. 黃麗貞：《李漁研究》，台北：國家出版社，1995 年。

44. 萬晴川：《風流道學：李漁傳》，杭州：浙江人民出版社，2005 年。

45. 萱子編：《李漁說聞》，濟南：山東畫報出版社，2006 年。

46. 董每戡：《《笠翁曲話》拔萃論釋》，廣州：廣東高等教育出版社，2004 年。

47. 趙文卿、李彩標編：《李漁研究》，北京：中國文聯出版社，2000 年。

48. 趙文卿、趙肖羽編：《李漁研究麒麟集》，北京：文化藝術出版社，1990 年。

49. 蕭榮：《李漁評傳》，杭州：浙江文藝出版社，1985 年。

50. 蕭榮：《李漁評傳》，杭州：浙江古籍出版社，1987 年。

51. 駱兵：《李漁的通俗文學理論與創作研究》，北京：經濟管理出版社，2004 年。

52. 顏天佑：《閒情偶寄：藝術生活的結晶》，台北：時報文化，1995 年。

53. Chun-shu Chang（張春樹）、Shelley Hsueh-lun Chang，（雪萊，漢名駱雪倫）*Crisis and Transformation in Seventeenth-Century China：Society, Culture, and Modernity in Li Yü's World*，University of Mivhigan，1992 年。

54. Eric P. Henry（韓南），*Chinese Amusement ： The Lively Plays of Li Yu*《中國人的娛樂：李漁的充滿生氣的演出》，Mass. : Harvard University Press，1980 年。

55. Hanan Patrick, *The Invention of Li Yu*《李漁的創作》，Cambridge, Mass. : Harvard University Press.，1988 年。

56. Man, Sai-cheon（文世昌），*A Study of Li Yu on Drama*《李漁戲劇理論的研究》，Hong Kong：University of Hong Kong Libraries, 1970。

57. Matsuda Shizue（馬措達），*Li Yu:His Life and Moral Philosophy as Reflected in His Fiction*《李漁生平及其小說中所反映的道德哲學》，Thesis（Ph.D.）--Columbia University, 1978. Ann Arbor, Mich. : University Microfilms International,1985。

58. Mao Nathan K.（茅國權）、Liu Ts'un-yan（柳存仁），*Li Yü*《李漁》，Boston：Twayne Publishers, 1970。

（二）戲劇戲曲類

1. （元）陶宗儀：《南村輟耕錄》，北京：文化藝術出版社，1998 年。

2. （明）潘之恆：《潘之恆曲話》，北京：中國戲劇出版社，1988 年。

3. （明）張岱：《琅嬛文集》，長沙：嶽麓書院，1985 年。

4. （明）張岱：《陶庵夢憶》，北京：中華書局，1985 年。

5. （清）李斗：《揚州畫舫錄》，北京：中華書局，2001 年。

6. 人民文學出版社編輯部編：《曲海總目提要》，北京：北京人民文學出版社，1959 年。

7. 中國戲劇出版社編：《中國古典戲曲論著集成》，全 10 冊，北京：中國戲劇出版社，1982 年（1959 年第一次出版）。

8. 王士儀：《論亞里斯多德《創作學》》，台北：里仁書局，2000 年。

9. 王士儀：《戲劇論文集：議題與爭議》，台北：和信文化，1999 年。

10. 王鋼：《校訂錄鬼簿三種》，鄭州：中州古籍出版社，1991 年。

11. 王國維：《王國維戲曲論文集》，北京：中國戲劇出版社，1984 年。

12. 王瓊玲、華瑋主編：《明清戲曲國際研究會論文集》，全二冊，台北：中研院文哲所，1998 年。

13. 王瓊玲：《晚明清初戲曲之審美構思與其藝術呈現》，台北：中研院文哲所，2005 年。

14. 朱文相：《中國戲曲學概論》，北京：文化藝術出版社，2004 年。

15. 何輝斌：《戲劇性戲劇與抒情性戲劇》，北京：中國社會科學出版社，2004 年。

16. 余秋雨：《戲劇理論史稿》，上海：上海文藝出版社，1983 年。

17. 余秋雨：《戲劇審美心理學》，成都：四川人民出版社，1985 年。

18. 吳梅：《顧曲麈談　中國戲曲概論》，上海：上海古籍出版社，2002 年。

19. 吳毓華：《古代戲曲美學史》，北京：文化藝術出版社，1994 年。

20. 吳毓華編著：《中國古代戲曲序跋集》，北京：中國戲劇出版社，1990 年。

21. 呂效平：《戲曲本質論》，南京：南京大學出版社，2003 年。

22. 李克和：《中國曲學研究》，湖南：嶽麓書社，1999 年。

23. 李昌集：《中國古代曲學史》，南京：華東師範大學出版社，1997 年。

24. 李昌集：《中國古代散曲史》，上海：華東師範大學出版社，1996 年（再版）。

25. 李玫：《明清之際蘇州作家群研究》，北京：中國社會科學出版社，2000 年。

26. 李惠綿：《元明清戲曲搬演論研究——以曲牌體戲曲爲範疇》，台北：文史哲出版社，1998 年。

27. 李惠綿：《戲曲批評概念史考略》，台北：里仁書局，2002 年。

28. 李曉：《戲曲理論史述要》，北京：文化藝術出版社，1994 年。

29. 周華斌：《中國戲劇史論考》，北京：北京廣播學院出版社，2003 年。

30. 孟昭毅：《東方戲劇美學》，北京：經濟日報出版社，1997 年。

31. 林國源：《古希臘劇場美學》，台北：書林，2000 年。

32. 俞爲民：《明清傳奇考論》，台北：華正書局，1993 年。

33. 俞爲民等：《中國古代戲曲理論史通論》，台北：華正書局，1998 年。

34. 姚一葦：《戲劇原理》，台北：書林，1997 年。

35. 姚文放：《中國戲劇美學的文化闡釋》，北京：中國人民大學出版社，1996 年。

36. 施旭升：《中國戲曲審美文化論》，北京：北京廣播學院出版社，2002 年。

37. 施旭升：《戲劇藝術原理》，北京：中國傳媒大學出版社，2006 年。

38. 胡忌、劉致中：《崑劇發展史》，北京：中國戲劇出版社，1989 年。

39. 胡明偉：《中國早期戲劇觀念研究》，北京：學苑出版社，2005 年。

40. 夏寫時：《中國戲劇批評的產生和發展》，北京：中國戲劇出版社，1982 年。

41. 夏寫時：《論中國戲劇批評》，山東：齊魯書社，1988 年。

42. 秦學人、侯作卿編：《中國古典編劇理論資料彙輯》，北京：中國戲劇出版社，1984 年。

43. 孫惠柱：《戲劇的結構》，台北：書林，1993 年。

44. 徐慕雲：《中國戲劇史》，上海：上海古籍出版社，2001 年。

45. 張庚、郭漢城：《中國戲曲通史》，台北：丹青圖書有限公司，1987 年。

46. 張庚、郭漢城：《中國戲曲通論》，上海：上海文藝出版社，1993 年。（1989 年再版）。

47. 張庚、郭漢城主編：《中國戲曲通史》，北京：中國戲劇出版社，1980 年。（1992 年再版、2006 年新版增修）。

48. 張發穎：《中國戲班史》（增訂本），北京：學苑出版社，2003 年。

49. 張敬：《明清傳奇導論》，台北：華正書局，1981 年。

50. 張燕瑾：《中國戲曲史論集》，北京：北京燕山出版社，1995 年。

51. 許建中：《明清傳奇結構研究》，鄭州：中州古籍出版社，1999 年。

52. 貫湧主編：《戲曲劇作法教程》，北京：文化藝術出版社，2002 年。

53. 郭英德：《明清文人傳奇研究》，（北京：北京師範大學出版社，1992 年。

54. 郭英德：《明清傳奇史》，南京：江蘇古籍出版社，1999 年。

55. 郭英德：《明清傳奇綜錄》，石家莊：河北教育出版社，1997 年。

56. 郭英德：《明清傳奇戲曲文體研究》，北京：商務印書館，2004 年。

57. 陳竹：《中國古代劇作學史》，湖北：武漢出版社，1999 年。

58. 陳竹：《明清言情劇作學史稿》，武昌：華中師範大學出版社，1991 年。

59. 陳建森：《戲曲與娛樂》，上海：人民出版社，2003 年。

60. 陸萼庭：《崑劇演出史稿》（修訂本），台北：國家出版社，2002 年。

61. 陸萼庭：《崑劇演出史稿》，上海：上海文藝出版社，1980 年。

62. 傅瑾：《中國戲劇藝術論》：太原：山西教育出版社，2000 年。

63. 傅曉航、張秀蓮主編：《中國近代戲曲論著總目》，北京：文化藝術出版社，1994 年。

64. 傅曉航：《戲曲理論史述要》，北京：文化藝術出版社，1994 年。

65. 曾永義：《詩歌與戲曲》，台北：聯經出版社，1988 年。

66. 曾永義：《論說戲曲》，台北：聯經出版社，1997 年。

67. 曾永義：《戲曲源流新論》，台北：立緒文化出版社，2000 年。

68. 楊世祥：《中國戲曲簡史》，北京：文化藝術出版社，1989 年。

69. 楊惠玲：《戲曲班社研究：明清家班》，廈門：廈門大學出版社，2006 年。

70. 楊棟：《中國散曲學史研究》，山東：山東大學出版社，1998 年

71. 葉長海：《中國戲劇學史稿》，上海：上海文藝出版社，1986 年。

72. 葉長海：《中國藝術虛實論》，台北：學海出版社，1997 年。

73. 葉長海：《曲律與曲學》，台北：學海出版社，1995 年。

74. 葉長海：《曲學與戲劇學》，上海：學林出版社，1999 年。

75. 葉長海主編：《中國戲劇研究》，福州：福建人民出版社，2006 年。

76. 趙山林：《中國戲曲觀眾學》，上海：華東師範大學，1990 年。

77. 趙山林：《中國戲劇學通論》，合肥：安徽教育出版社，1995 年。

78. 趙景深：《中國古典小說戲曲論集》，上海：上海古籍出版社，1985 年。

79. 趙景深：《曲論初探》，上海：上海文藝出版社，1980 年。

80. 劉水雲：《明清家樂研究》，上海：上海古籍出版社，2005 年。

81. 蔡欣欣：《臺灣戲曲研究成果述論》，台北：國家出版社，2005 年。

82. 蔡毅編：《中國古典戲曲序跋彙編》，濟南：齊魯書社，1989 年。

83. 鄭傳寅：《中國戲曲文化概論》，湖北：武漢大學出版社，1993 年。（1998 年修訂版）。

84. 鄭傳寅：《傳統文化與古典戲曲》，湖北：湖北教育出版社，1992 年。

85. 鄧長風：《明清戲曲家考略》，上海：上海古籍出版社，1994 年。

86. 鄧長風：《明清戲曲家考略三編》，上海：上海古籍出版社，1999 年。

87. 鄧長風：《明清戲曲家考略續編》，上海：上海古籍出版社，1997 年。

88. 鄧長風：《明清戲曲家考略》，上海：上海古籍出版社，1994 年。

89. 盧前（盧冀野）：《中國戲劇概論》，上海：世界書局，1934 年。

90. 盧前（盧冀野）：《明清戲曲史》，台北：台灣商務印書館，1971 年。（1994 年再版）。

91. 譚帆、陸煒：《中國古典戲劇理論史》，北京：中國社會科學出版社 1993 年。（2005 年，由上海：華東師範大學出版社再版）

92. 譚霈生：《戲劇藝術的特性》，上海：上海人民出版社，1985 年。

93. 蘇國榮：《戲曲美學》，北京：文化藝術出版社，1999 年。

94. 顧仲彝：《戲劇理論與技巧》，北京：中國戲劇出版社，1981 年。

95. 顧春芳：《戲劇交響——演劇藝術擷萃》，上海：復旦大學，1998 年。

（三）翻譯類

1. 王士儀譯注：《亞理斯多德《創作學》譯疏》，台北：聯經，2003 年。

2. 吳鈞燮、聶文杞譯、威廉·阿契爾著（W. Archer）：《劇作法》（*Playmaking*），北京：中國戲劇出版社，1980 年。（2004 年再版）

3. 杜定宇譯、海倫·契諾伊：《西方名導演論導演與表演》（收錄《西方導演小史》），北京：中國戲劇出版社，1992 年。

4. 胡耀恆譯、奧斯卡·布羅凱特（Oscar G. Brockett）著：《世界戲劇藝術欣賞》（*History of the Theatre*），台北：志文出版社，1985 年。（2001 年再版）

5. 姚一葦譯注：《詩學箋註》，台北：書林，1984 年。（1989 年台灣中華書局再版）

6. 徐士瑚譯、阿·尼柯爾（A. Nicoll）著：《西歐戲劇理論》（*The Theory of Drama*），北京：中國戲劇出版社，1985 年。

7. 崔延強：《亞里士多德·論詩·修辭術：亞歷山大修辭院》，台北：慧明文化出版，2001 年。

8. 張黎譯、萊辛（G. E. Lessing）著：《漢堡劇評》（*Hamburgische Dramaturgie*），上海：上海譯文出版社，2002 年。

9. 陳中梅譯注：《詩學》，北京：商務印書館出版，2003 年。（第四版）

10. 陳中梅譯注：《詩學》，台北：台灣商務印書館，2001 年。

11. 童道明主編（譯）：《戲劇美學》，台北：紅葉文化，1993 年。

12. 路應昆：《戲曲藝術論》，北京：北京廣播學院出版社，2002 年。

13. 劉效鵬譯：《詩學》，台北：五南書局，2008 年。

14. 劉國賓等譯、斯泰恩（J. L. Styan）著：《現代戲劇理論與實踐》（**Modern Drama in Theory and Practice**），北京：中國戲劇出版社，2002 年。

15. 繆靈珠譯、章安祺編訂：《繆靈珠美學譯文集》，第一卷，北京：中國人民大學出版社，1998 年。

16. 羅念生譯：《詩學》，北京：人民文學出版社，2002 年。（第四版）

17. 羅曉風譯、喬治・貝克（G. P. Baker）著：《戲劇技巧》（**Dramatic Technique**），北京：中國戲劇出版社，1985 年。

（四）其他

1. （宋）歐陽修、宋祁：《新唐書》，北京：中華書局，1975 年。

2. （宋）李昉：《太平廣記》，台北：文史哲出版社，1981 年。

3. （宋）劉壎：《水雲村稿十五卷》，收入《四庫全書珍本四集》，冊 289～290。

4. （元）胡祗遹：《紫山大全集二十六卷》，收入《四庫全書珍本四集》冊 291～294。

5. 北京中華書局影印：《全唐詩》，北京：中華書局，1960 年。

6. 北京中華書局影印：《全唐文》，北京：中華書局，1983 年。

7. 方孝嶽：《中國文學批評》，上海：上海世界書局，1934 年。

8. 王季思：《王季思教授古典文學論文選》，廣州：廣東高等教育出版社，1996 年。

9. 王運熙、顧易生主編：《中國文學批評通史》，上海：上海古籍出版社，1996 年。

10. 王爾敏：《明清時代庶民文化生活》，長沙：嶽麓書社，2002 年。

11. 王衛民編校：《吳梅全集》，石家莊：河北教育出版社，2002 年。

12. 包亞明譯：《文化資本與社會煉金術——布爾迪厄訪談錄》，上海：人民出版社，1997 年。

13. 申丹：《敘述學與小說文體學研究》，北京：北京大學出版社，2007 年。

14. 伍蠡甫、胡經之主編：《西方文藝理論名著選編》，全三冊，北京：北京大學出版社，2001 年。

15. 朱東潤《中國文學批評史大綱》，上海：上海古籍出版社，1957 年。

16. 朱恩彬：《中國文學理論史概要》，濟南：山東文藝出版社，1989 年。

17. 李廣倉：《結構主義文學批評方法研究》，湖南：湖南大學出版社，2006 年。

18. 李學穎集評標校、吳偉業著：《吳梅村全集》，全三冊，上海：上海古籍出版社，1990 年。

19. 邱江寧：《清初才子佳人小說敘事模式研究》，上海：上海三聯書店，2005 年。

20. 胡亞敏：《敘事學》，武昌：華中師範大學出版社，1994 年。

21. 孫楷第：《中國通俗小說總目提要》，北京：中國文聯，1990 年。

22. 徐朔方箋校：《湯顯祖詩文集》，上海：上海古籍出版社，1982 年。

23. 高辛勇：《修辭學與文學閱讀》，北京：北京大學出版社，1997 年。

24. （中國大陸）國務院學位委員會辦公室和教育部研究生工作辦公室編：《授予博士碩士學位和培養研究生的學科專業簡介》，北京：高等教育出版社，1999 年。

25. 張少康、劉三富：《中國文學理論批評發展史》，北京：北京大學出版社，1995 年。

26. 敏澤：《中國文學理論批評史》，北京：人民文學出版社，1982 年。

27. 郭紹虞：《中國文學批評史》，上海：上海古籍出版社，1979 年。

28. 郭紹虞：《中國歷代文論選》，北京：中華書局，1962 年。

29. 郭預衡主編：《中國古代文學史長篇——元明清卷》，北京：首都師範大學出版社，2000 年。（二版）

30. 傅修延：《文本學——文本主義文論系統研究》，北京：北京大學出版社，2004 年。

31. 游國恩：《中國文學史》，北京：人民文學出版社，1964 年。

32. 程麻：《中國心理偏失：圓滿崇拜》，北京：社會科學文獻出版社，1999 年。

33. 馮惠玲、張輯哲：《檔案學概論》，北京：中國人民大學出版社，2001 年。

34. 黃保真、蔡鍾翔、成復旺：《中國文學理論史》，北京：北京出版社，1991 年。（1987 年第一次出版）

35. 楊星映：《中國古代文學理論批評史綱要》，重慶：重慶大學出版社，1999 年。

36. 葉朗：《中國美學史大綱》，上海：上海人民出版社，2005 年。

37. 趙一凡等主編：《西方文論關鍵字》，北京：外語教學與研究出版社，2006 年。

38. 趙衡毅：《新批評——一種獨特的形式文論》，北京：中國社會科學出版社，1988 年。

39. 蔣瑞藻：《小說考證》，上海：上海古籍出版社，1984 年。

40. 魯迅：《中國小說史略》，收入《魯迅全集》，北京：人民文學出版社，1981 年。

41. 薛理桂：《檔案學導論》，台北：漢美圖書，1998 年。

42. 關紹箕：《後設語言概論》，新莊：輔仁大學出版，2001 年。

（五）工具書

1. 么書儀等編著：《中國文學通典：戲劇通典》，北京：解放軍文藝出版社，1999 年。

2. 中國大百科全書總編輯委員會《戲曲・曲藝》編輯委員會：《中國大百科全書・戲曲曲藝卷》：北京上海：中國大百科全書出版社，1983 年。

3. 中國大百科全書總編輯委員會《戲劇》編輯委員會：《中國大百科全書・戲劇卷》，北京上海：中國大百科全書出版社，1989 年。

4. 中國藝術研究院資料館報刊組編：《戲曲理論文章索引（1949～1981）》，北京：內部發行，1983 年。

5. 中國藝術研究院戲曲所資料室編著：《中國戲曲研究書目提要》，北京：中國戲劇出版社，1992 年。

6. 王沛綸編著：《戲曲辭典》，台北：台灣中華書局，1975 年。

7. 王森然遺稿、《中國劇目辭書》擴編委員會擴編：《中國劇目辭典》，石家庄：河北教育出版社出版發行，1997 年。

8. 王學奇、王靜竹撰著：《宋金元明清曲辭通釋》，北京：語文出版社，1999 年。

9. 吳新雷主編：《中國崑劇大辭典》，南京：南京大學出版社，2002 年。

10. 李修生主編：《古本戲曲劇目提要》，北京：文化藝術出版社，1997 年。

11. 洪惟助主編：《崑曲辭典》，宜蘭：國立傳統藝術中心，2002 年。

12. 漢語大詞典編輯委員會編纂：《漢語大詞典》，上海：漢語大詞典出版社，1999 年。

13. 齊森華、陳多、葉長海主編：《中國曲學大辭典》，杭州：浙江教育出版社，1997 年。

二、學位論文

（一）李漁研究（以下提供建議閱讀之論文，李漁相關學位論文參見本文附錄四、附錄五）

1. （韓）朴泓俊：〈李漁通俗戲曲研究〉，華東師範大學，博士論文，1997 年。

2. 朱亮潔：〈李漁新論——遺民觀點的考察〉，國立中央大學中國文學研究所，碩士論文，2005 年。

3. 吳清海：〈李漁戲曲舞臺演出理論解讀〉，新疆師範大學，碩士論文，2008 年。

4. 林雅鈴：〈李漁小說戲曲研究〉，東海大學中國文學系研究所，博士論文，2004 年。

5. 胡元翎：〈李漁小說戲曲識要〉，哈爾濱師範大學，博士論文，2002 年。

6. 高源：〈李漁的整體戲劇觀念及其理論研究〉，山東大學，博士論文，2008 年。

7. 張成全：〈李漁研究〉，南開大學，博士論文，2007 年。

8. 張百蓉：〈李漁及其戲劇理論〉，中國文化大學中國文學研究所，碩士論文，1980 年。

9. 張曉軍：〈藝術的商業化與商業化的藝術：論戲劇家李漁的文學創作〉，復旦大學，博士論文，1995 年。

10. 許莉莉：〈試論李漁戲曲理論和創作實踐的錯位關係〉，蘇州大學，碩士論文，2004 年。

11. 黃果泉：〈李漁的文化人格和文學思想〉，南開大學，博士論文，2000 年。

12. 黃春燕：〈李漁的戲曲敘事觀念與明末清初的江南城市文化〉，北京師範大學，博士論文，2007 年。

13. 劉幼嫻：〈李漁的戲曲理論〉，國立中山大學中國語文學系研究所，博士論文，2003 年。

14. 潘丹芬：〈試論李漁的觀眾理論〉，湖南師範大學，碩士論文，2007 年。

15. 蔡東民：〈李漁劇論研究百年（1901～2000）檢討〉，上海戲劇學院，碩士論文，2007 年。

16. 盧壽榮：〈李漁戲曲小說研究〉，復旦大學，博士論文，2003 年。

17. 駱兵：〈李漁的通俗文學理論與創作研究〉，華東師範大學，博士論文，2003 年。

18. 鄺采芸：〈明末清初傳奇多元對應關係研究──以李玉、李漁、洪昇、孔尚任為主〉，國立政治大學中國文學研究所，博士論文，2007 年。

（二）其他

1. 侯雲舒：〈明清戲劇理論之結構概念研究〉，國立中山大學中國文學研究所，碩士論文，1994 年。

2. 高禎臨：〈明傳奇六十種曲戲劇情節研究〉，東海大學中國文學研究所，碩士論文，1994 年。

3. 游宗蓉：〈元雜劇排場研究〉，國立臺灣大學中國文學研究所，1995 年。（1998 年由文史哲出版社出版）

4. 郭怡君：〈明代戲曲編劇理論研究〉，東吳大學中國文學系研究所，碩士論文，2005 年。

三、單篇論文

（一）李漁研究（以下提供建議閱讀之論文，李漁相關論文參見本文附錄三）

1. （日）岡晴夫，仰文淵譯：〈李漁的戲曲及其評價〉，《復旦學報（社會科學版）》，1986 年，第 6 期，頁 51～59。（岡晴夫：《關於李漁評價的考察》，《藝術研究》第 54 號，1989 年 3 月，第 103～133 頁。中譯載《藝術研究》第 11 輯，浙江省藝術研究所 1989 年，第 338～358 頁。）

2. （日）岡晴夫，胡志昂譯：〈關於李漁評價的考察〉，浙江《藝術研究》，第 11 輯，1989 年。（岡晴夫：《關於李漁評價的考察》，《藝術研究》第 54 號，1989 年 3 月，第 103～133 頁。）

3. （日）岡晴夫：〈李漁的戲曲及其評價〉，《中國古代、近代文學研究》，第 1 期，1987 年。（岡晴夫：《李漁的戲曲及其評價》，《藝文研究》第 43 號，1982 年 12 月，第 57～73 頁。中譯載《戲曲研究》第 17 輯，文化藝術出版社 1985 年；《復旦大學學報》（社會科學版）1986 年第 6 期，第 51～59 頁；《李漁全集》第 20 卷，浙江古籍出版社 1991 年，第 252～272 頁。）

4. （日）岡晴夫：〈明清戲曲界中的李漁之特異性〉，《中國古代、近代文學研究》，第 3 期，1998 年。

5. 王建科：〈李漁的科諢理論及其小說戲曲的科諢藝術〉，《東方人文學誌》，第 1 卷第 4 期，2002 年 12 月，頁 123～147。

6. 王建科：〈李漁的科諢理論及其在戲曲史上的地位〉，《陝西師範大學繼續教育學報》，2003 年，第 1 期，頁 56～60。

7. 王秋貴：〈笠翁教優——李漁藝術教育主張淺識〉，《戲曲藝術》，1984 年，第 1 期，頁 80～84。

8. 王璦玲：〈明末清初才子佳人劇之言情內涵及其所引生之審美構思〉，《中國文哲研究集刊》，第 18 期，2001 年 3 月，頁 139～188。

9. 王璦玲：〈晚明清初戲曲審美意識中情理觀之轉化及其意義〉，《中國文哲研究集刊》，第 19 期，2001 年 9 月，頁。183～250

10. 伏滌修：〈論李漁「一夫不笑是吾憂」的商業化戲曲創作宗旨的積極意義〉，《藝術百家》，2001 年，第 3 期，頁 18～23。

11. 伏滌修：〈論李漁與李玉的職業戲曲作家與專門戲曲作家之別〉，《戲曲藝術》，2004 年，第 3 期，頁 50～55。

12. 伏滌修：〈論李漁戲曲傳奇性的實現〉，《戲曲藝術》，2002 年，第 1 期，頁 22～27。

13. 朱秋娟：〈李漁家班系年〉，《南京理工大學學報（社會科學版）》，2008 年，第 4 期，頁 28～33。

14. 朱秋娟：〈李漁家班與《閒情偶寄》的戲曲理論〉，《藝術百家》，2008 年，第 1 期，頁 145～148。

15. 朱秋娟：〈李漁與他的家班女樂〉，《古典文學知識》，2008 年，第 1 期，頁 101～105。

16. 朱萬曙：〈論李漁的戲劇理論體系〉，《藝術百家》，1991 年，第 1 期，頁 37～45。

17. 朱穎輝：〈如何評價明代劇作、劇論與舞臺實踐的關係——對《李漁論戲劇導演》一文的商榷〉，《文藝研究》，1981 年，第 2 期，頁 125～127。

18. 朱錦華：〈《閒情偶寄》成書時間考辨〉，《四川師範大學學報（社會科學版）》，2003 年，第 3 期，頁 53～55。

19. 朱錦華：〈李漁戲曲理論研究 50 年綜述〉，《徐州師範大學學報》，2004 年，第 4 期，頁 17～21。

20. 羽離子：〈李漁作品在海外的傳播及海外的有關研究〉，《四川大學學報（哲學社會科學版）》，2001 年，第 3 期，頁 69～78。

21. 吳淑慧：〈明清傳奇教化典範的思索——以李漁《閒情偶寄》對戲曲典範的再理解〉，《輔大中研所學刊》，第 11 期，2001 年 10 月，頁 255～270。

22. 吳瑞霞：〈觀眾接受意識與戲曲結構形式——李漁戲曲結構理論透視〉，《戲劇》，2001 年，第 3 期，頁 67、頁 112～116。

23. 李惠綿：〈李漁劇作中的神異情節〉，《中國文學研究》，第 5 期，1991 年 5 月，頁 277～302。

24. 李惠綿：〈明代戲曲文律論之開展演變〉，《臺大中文學報》，第 20 期，2004 年 6 月，頁 135～19。

25. 杜書瀛：〈《李漁的儀容美學》序說〉，《浙江師大學報》，1996 年，第 4 期，頁 59～64。

26. 杜書瀛：〈《笠翁十種曲》版本、校注及其評價——從《憐香伴》新版校注談起〉，《中山大學學報（社會科學版）》，2009 年，第 4 期，頁 24～30。

27. 杜書瀛：〈李漁對我國戲劇理論的貢獻〉，《浙江師範大學學報》，1987 年，第 3 期，頁 40～46。

28. 沈惠如：〈李漁家伶演劇研究〉，《德育學報》，第 8 期，1992 年 10 月，頁 119～128。

29. 沈新林：〈李漁金陵事蹟考（上）〉，《南京師大學報（社會科學版）》，1993 年，第 2 期，頁 55～60。

30. 沈新林：〈李漁金陵事蹟考（下）〉，《南京師大學報（社會科學版）》，1994 年，第 2 期，頁 85～89。

31. 沈新林：〈論李漁小說中的自我形象——兼論自我寄託的創作方法〉，《明清小說研究》，1989 年，第 4 期，頁 12、頁 103～114。

32. 姚文放：〈李漁戲劇美學的古典傾向與近代因素〉，《藝術百家》，1989 年，第 2 期，頁 78～83、頁 118。

33. 姚安：〈論李漁的《十種曲》及其戲曲理論的一致性〉，《藝術百家》，2002 年，第 1 期，頁 59～65。

34. 姚品文：〈李漁「立主腦」論辨析〉，《江西師範大學學報》，1992 年，第 1 期，頁 28～33。

35. 胡元翎：〈李漁《蜃中樓》對「柳毅」故事的重寫〉，《文學遺產》，2002 年，第 2 期，頁 90～100、頁 144。

36. 胡天成：〈李漁演劇活動摭談〉，《藝術百家》，1990 年，第 4 期，頁 53～59、頁 75。

37. 胡明寶：〈勸懲與娛樂並重，道學與風流合一——李漁戲劇功能觀評析〉，《零陵師專學報》，1990 年，第 4 期，頁 81～87。

38. 范民仁：「An Evaluation of Li Yu's Revised Scene of P'I-P'A Chi--With Reference to His Theory of Drama」，《源遠學報》，第 2 期，1989 年 11 月，頁 19～25。

39. 徐保衛：〈「翼聖堂」主人——作爲出版家的李漁〉，《南京理工大學學報（社會科學版）》，1994 年，第 Z1 期，頁 116～119。

40. 徐保衛：〈塵世之旅——李漁的「遊蕩江湖」和「打秋風」〉，《藝術百家》，1994 年，第 3 期，頁 4～12。

41. 浦部依子：〈李漁戲曲《比目魚》中劉藐姑的主導性——對於中國古典戲曲中的兩性關係的一些考察〉，《復旦學報（社會科學版）》，2001 年，第 5 期，頁 135～140。

42. 高小康：〈論李漁戲曲理論的美學與文化意義〉，《文學遺產》，1997 年，第 3 期，頁 82～92。

43. 高宇：〈古典戲曲導演的方法論——淺談李漁的《演習部》及其他〉，《戲劇藝術論叢》，第 3 輯，1980 年。

44. 高宇：〈論李笠翁的導演改本——淺談《演習部》及其它之二〉，《戲曲藝術》，第 4 期，1982 年。

45. 高宇：〈戲劇傳統的編劇學與導演方法論——喜讀《李笠翁曲話》注釋本〉，《湖南戲劇》，第 4 期，1980 年。

46. 張文勳：〈李漁的戲曲理論（上）〉，《上海戲劇》，1981 年，第 2 期，頁 52～54。

47. 張文勳：〈李漁的戲曲理論（下）〉，《上海戲劇》，1981 年，第 3 期，頁 58～60。

48. 張敬：〈論李笠翁十種曲〉，《幼獅文藝》，第 41 卷第 5 期，1975 年 5 月，頁 139～162。

49. 張薰：〈李漁「窺詞管見」析論〉，《致理學報》，第 19 期，2004 年 11 月，頁 99～128。

50. 郭光宇：〈譽過其實 去毀幾希——關於李漁劇作的評價〉，《戲劇藝術》，1981 年，第 3 期，頁 76～83。

51. 郭英德：〈「一夫不笑是吾憂」——李漁《風箏誤》傳奇的喜劇特徵〉，《名作欣賞》，1987 年，第 4 期，頁 50～56。

52. 陳多：〈「好事從來由『錯誤』」——《風箏誤》新析——李漁淺探之一〉，《藝術百家》，1989 年，第 2 期，頁 69～77、頁 128。

53. 陳多：〈李漁《立主腦》譯釋〉，《上海戲劇》，1980 年，第 2 期，頁 55～57。

54. 陳多：〈李漁《脫窠臼》譯釋〉，《上海戲劇》，1980 年，第 4 期，頁 48～49。

55. 陳勁松：「Notes on Dramatic Theories of Aristotle and Li Yu（李漁）」，*Chinese Culture Quarterly*，第 36 卷第 1 期，1995 年 3 月，頁 63～72。

56. 陳賡平：〈論李漁對於中國戲曲理論上的貢獻〉，《西北師大學報（社會科學版）》，1960 年，第 1 期，頁 5～17。

57. 傅秋敏：〈論「選劇第一」——李漁與斯坦尼導演學比較研究之一〉，《藝術百家》，1987 年，第 2 期，頁 106～116。

58. 單錦珩：〈李漁評價的歷史考察〉，《浙江師大學報》，1991 年，第 4 期，頁 72、頁 79～85。

59. 黃果泉：〈李漁家庭戲班綜論〉，《南開學報》，2000 年，第 2 期，頁 24～29、頁 36。

60. 黃強：〈李漁生平三考〉，《揚州師院學報（社會科學版）》，1988 年，第 3 期，頁 64～68。

61. 黃強：〈李漁戲劇理論體系（上）〉，《揚州師範學院學報》，第 1 期，1994 年。

62. 黃強：〈李漁戲劇理論體系（下）〉，《揚州師範學院學報》，第 2 期，1994 年。

63. 黃強：〈論李漁小說改編的四種傳奇〉，《藝術百家》，1992 年，第 3 期，頁 48～54。

64. 黃雅莉：〈李漁《窺詞管見》淺析〉，《語文學報》，第 12 期，2005 年 12 月，頁 57～85。

65. 楊絳：〈李漁論戲劇結構〉，《文學研究集刊》，第 1 輯，1964 年。（北京大學出版社比較文學論文集 1984 年收入）

66. 葉朗：〈李漁的戲劇美學〉，《美學與美學史論集》，新疆人民出版社出版，1982 年。

67. 詹皓宇：〈書寫才女──李漁〈喬復生王再來二姬合傳〉評析〉，《東方人文學誌》，第 8 卷第 4 期，2009 年 12 月，頁 173～190。

68. 劉慶璋：〈戲劇情節論──從《詩學》和《閒情偶寄》的情節論談起〉，《蘭州大學學報》，1990 年，第 1 期，頁 77～82。

69. 劉慧珠：〈李漁文學觀中的虛實論〉，《修平學報》，第 5 期，2002 年 9 月，頁 87～107。

70. 鄭素華：〈試析李漁的戲曲導演理論〉，《陰山學刊》，2004 年，第 3 期，頁 33～37。

71. 鄧丹：〈中國戲曲史上《笠翁十種曲》之特異性〉，《文學前沿》，2007 年，第 00 期，頁 138～143、頁 147、頁 144～146、頁 148～153。

72. 鄧綏寧：〈李漁生平及其著述〉，《中山學術文化集刊》，第 11 卷第 2 期，1968 年 11 月，頁 573～603。

73. 蕭榮：〈李漁戲劇理論的成就和局限性〉，《杭州大學學報（哲學社會科學版）》，1980 年，第 4 期，頁 81～88。

74. 賴慧玲：〈李漁喜劇「笑點」的語用前題分析──以「風箏誤」、「蜃中樓」、「奈何天」為例〉，《東海中文學報》，第 11 期，1994 年 12 月，頁 121～129。

75. 賴慧玲：〈從李漁的「科諢論」看他的三部喜劇──「風箏誤」「蜃中樓」「奈何天」〉，《興大中文學報》，第 6 期，1993 年 1 月，頁 267～282。

76. 謝柏梁：〈李漁的戲曲美學體系（上）〉，《戲曲藝術》，1993 年，第 3 期，頁 3～10。

77. 謝柏梁：〈李漁的戲曲美學體系（中）〉，《戲曲藝術》，1993 年，第 4 期，頁 47～50。

78. 謝柏梁：〈李漁的戲曲美學體系（下）〉，《戲曲藝術》，1994 年，第 1 期，頁 53～57。

79. 魏中林、謝遂聯：〈20 世紀的李漁戲曲理論研究〉，《江海學刊》，2001 年，第 4 期，頁 167～171。

80. 羅中琦：〈李漁《十種曲》慣用情節析論〉，《中國語文》，第 4 卷第 4 期（總號 622 期），2009 年 4 月，頁 62～81。

81. 羅中琦：〈李漁科諢論及其實踐〉，《古今藝文》，第 29 卷第 4 期，2003 年 8 月，頁 36～45。

（二）其他

1. 丁揚忠：〈戲劇戲曲學學科建設之我見〉，《戲曲藝術》，2005 年，第 3 期，頁 8～11。

2. 余言：〈從「戲劇戲曲學」說起〉，《中國戲劇》，2008 年，第 3 期，頁 58～59。

3. 李惠綿：〈戲曲「關目」論之興起與發展〉，收錄於《宋元文學學術研討會論文集》，（台北：東吳大學中文系出版，2002 年 3 月），頁 173～219。

4. 沈達人：〈20 世紀戲曲學斷想〉，《民族藝術》，1997 年，第 1 期，頁 8～10。

5. 周企旭：〈戲曲學視野的「劇種」與「聲腔」〉，《當代戲劇》，2007 年，第 5 期，頁 14～17。

6. 周湘魯、王依民：〈首屆戲劇戲曲學學科建設研討會在廈門大學召開〉，《中國戲劇》，2004 年，第 7 期，頁 30～31。

7. 苗懷明：〈吳梅進北大與戲曲研究學科的建立〉，《北京社會科學》，2008 年，第 6 期，頁 65～72。

8. 袁鳳琴：〈「水神托人傳書」母題的流變〉，《藝術百家》，2004 年，第 2 期，頁 35～39。

9. 許子漢：〈戲曲「關目」義涵之探討〉，《東華人文學報》，第 2 期，2000 年 7 月，頁 125～142。

10. 郭若沫：〈歷史·史劇·現實〉，《戲劇月報》，1943 年第四期。

11. 陳多：〈由看不懂「戲劇戲曲學」說起〉，《戲劇藝術》，2004 年，第 4 期，頁 12～19。

12. 曾永義：〈從格範、開呵、穿關到程式〉，《戲曲研究》2005 年，第 68 輯，頁 93～106。

13. 賀壽昌：〈戲劇戲曲學發展戰略構想〉，《戲曲藝術》，2005 年，第 4 期，頁 4～7。

14. 廖奔：〈20 世紀中國戲劇學的建構〉，《文藝研究》，1999 年，第 4 期，頁 42～44。

15. 廖奔：〈縱觀戲劇戲曲學學科發展〉，《戲曲藝術》，2005 年，第 4 期，頁 35～37。

16. 歐陽予倩：〈怎樣才是戲劇〉，《戲劇論叢》，第 4 輯，1957 年 11 月，頁 197～199。

17. 鄭傳寅：〈西學、國學與 20 世紀的戲曲學〉，《湖北大學學報（哲學社會科學版）》，2005 年，第 5 期，頁 497～499。